文 澜 学 术 文 库

韦乐 著

《西厢记》评点研究
（清代卷）

社会科学文献出版社
SOCIAL SCIENCES ACADEMIC PRESS (CHINA)

本书受教育部人文社会科学研究项目资助

总　序

中南财经政法大学新闻与文化传播学院建院虽然只有十余年，但院内新闻系、中文系和艺术系所属学科专业都是学校前身中原大学1948年建校之初就开办的，后因院系调整中断，但从首任校长范文澜先生出版《文心雕龙讲疏》开始其学者生涯，到当代学者古远清教授影响遍及海内外的台港文学研究，本校人文学科的研究可谓薪火相传、积淀丰赡。

1997年，学校重新开办新闻学专业，创建新闻系，相关学科专业建设开始步入新的发展阶段，2004年，新闻与文化传播学院组建。近年来，在学校建设"高水平、有特色的人文社科类研究型大学"的发展目标的指引下，中文系和艺术系相继在2007年和2008年成立，人文学科迅速得到恢复和发展。

为了检阅本院各学科研究工作的实绩，进一步推动研究的深入和学科的发展，我们将继续编辑出版本院教师系列学术论著"文澜学术文库"丛书。

丛书以"文澜"命名，一是表达我们对老校长范文澜先生的景仰和怀念，二是希望以范文澜先生的道德文章、治学精神为楷模以自律自勉。

范文澜先生曾在书斋悬挂一副对联："板凳要坐十年冷，文章不写一句空。"这种做学问的自律精神在今天更显得宝贵和具有现实意义。《文心雕龙讲疏》是范文澜先生而立之年根据在南开大学的讲稿整理完成的第一部学术著作，国学大师梁启超为之作序："展卷诵读，知其征证详核，考据精审，于训诂义理，皆多所发明，荟萃通人之说而折衷之，使义无不明，句无不达。是非特嘉惠于今世学子，而实大有勋劳于舍人也。"学术研究之意义与价值，贵在传承文明、承前启后、继往开来、推陈出新。范文澜先生之《文心雕龙讲疏》后又经多次修订，改名《文心雕龙注》以传世，作者有着严谨的学风、精益求精的精神，实为吾辈楷模。正因如此，其著作乃成为《文心雕龙》研究史上集旧注之大成、开新世纪之先河的里程碑式的巨著。

先贤已逝，风范长存。高山仰止，景行行止。虽不能至，然心向往之。

是为序。

胡德才

2015年7月6日于武汉

目 录

绪 论 / 001
 一 关于"评点" / 001
 二 《西厢记》评点的诞生与成长 / 005

上编 综合研究

第一章 清代《西厢记》评本概览 / 021
 第一节 清代初期评本 / 021
 第二节 清代中期评本 / 037
 第三节 清代晚期评本 / 043

第二章 清代《西厢记》评点的评点意图 / 047
 第一节 承载自我 / 047
 第二节 度尽金针 / 051
 第三节 惊世醒梦 / 056
 第四节 厘定经典 / 059
 第五节 重返氍毹 / 063

第三章 清代《西厢记》评点的评点方式 / 066
 第一节 评析式 / 066
 第二节 论定式 / 078
 第三节 改评式 / 087

第四章　清代《西厢记》评点的理论成果 / 093

第一节　文体定位
　　——从"戏曲小道"到正统文章 / 093

第二节　题材认识
　　——"好色而不淫"与"变而不失其正" / 099

第三节　艺术解读
　　——人物、结构、语言 / 106

第四节　写作研究
　　——为文之心与行文之技 / 126

第五章　清代《西厢记》评点的美学特性 / 143

第一节　结构之美
　　——体系性 / 143

第二节　语言之美
　　——从感性缠绵到理性峻洁 / 148

第三节　思想之美
　　——雅 / 155

下编　个案研究

第六章　《朱景昭批评西厢记》述论 / 165

第一节　评者生平及成书时间 / 165

第二节　评本的理论状况 / 166

第七章　《西厢引墨》述论 / 176

第一节　评本的文献状态和评者生平 / 176

第二节　"变而不失其正"题材认识的思想根源 / 179

第三节　"与墨卷相发"的艺术评析 / 180

目录

第八章　《论定西厢记》述论 / 188
　第一节　毛西河与《西厢记》/ 188
　第二节　论定《西厢记》的主要方法 / 191
　第三节　《论定西厢记》的主要建树 / 198

第九章　《西厢记演剧》述论 / 209
　第一节　诸评者生平及改评分工 / 209
　第二节　"场上戏"的艺术魅力 / 212

结　语 / 218

附录一　王实甫《西厢记》汇评举隅 / 220
　凡例 / 220
　第四本　草桥店梦莺莺杂剧 / 221

附录二　金圣叹《第六才子书西厢记》汇评举隅 / 233
　凡例 / 233
　四之四　惊梦 / 234

主要参考文献 / 246

绪　论

一　关于"评点"

评点是中国古代文学批评的一种特殊形式。它起源于我国早期的章句之学与文论之学。曾国藩曾云："自六籍燔于秦火，汉世掇拾残遗，征诸儒能通其读者，支分节解，于是有章句之学。……科场有勾股点句之例，盖犹古者章句之遗意。试官评定甲乙，用朱墨旌别其旁，名曰圈点。后人不察，辄仿其法以涂抹古书，大圈密点，狼藉行间。故章句者，古人治经之盛业也，而今专以施之时文圈点者，科场时文之陋习也，而今反以施之古书。"[①] 此是指明评点之"点"是由章句的离经断句发展而来的。而事实上，章句之学在促进标点发展的同时，其中那些与圈点结合在一起的经注义释也为"评"的形成奠定了基础。我们不仅可以在其中看到旁批、夹批、尾批等评语形态的起源，而且可以发现一些蕴藏在释义中的评论性观点已经与后世的评语内容具有一定的类似性。另外，正如章学诚所云："评点之书，其源亦始钟氏《诗品》，刘氏《文心》。然彼则有评无点；且自出心裁，发挥道妙；又且离诗与文，而别自为书，信哉其能成一家言矣。"[②] 早期包括选评和专论两种形式在内的文论著作中有大量关于文学作品的见解，而这无疑也是评点中评语内容的一大源头。

至南宋时代，标点和评论得以成熟地结合，真正的评点开始登上历史

---

① （清）曾国藩：《经史百家简编序》，《曾国藩全集·诗文》，岳麓书社，1986，第 265 页。
② （清）章学诚著，叶瑛校注《文史通义校注》，中华书局，1985，第 958 页。

的舞台。吕祖谦《古文关键》、楼昉《崇文古诀》、真德秀《文章正宗》和谢枋得《文章轨范》等评本中的钩、抹、圈、点、截等标识符号类型已经相对丰富，与之相配合的评语在内容上也呈现出一定的体系性，而比较稳定的评点视角也在日渐形成中。《古文关键》在总论《看文字法》中就提出"第一看大概主张；第二看文势规模；第三看纲目关键：如何是主意首尾相应，如何是一篇铺叙次第，如何是抑扬开合处；第四看警策句法：如何是一篇警策，如何是下句下字有力处，如何是起头换头佳处，如何是缴结有力处，如何是融化屈折、翦截有力处，如何是实体贴题目处"①，正是从主题、结构、语言三个方面来考察作品。这种思想与艺术兼顾的视角对后来的评点影响至深。而《文章轨范》则被元人程端礼认为具有使作品"篇法、章法、句法、字法备见"②的特征，而这也是后来评点家们非常热衷的一个视角。

南宋以后，评点继续发展，至明代后期开始进入鼎盛阶段。评点本在名目称谓上也变得多种多样，除"批评"、"评点"、"批点"等明确指示文学批评性的名称外，"评释"、"评校"、"订正"、"论定"等渗入了学术考辨思维的术语也开始进入评点本的命名系统。同时，有一类改评本也开始出现在评点领域，其最具有代表性的特征是文本有大量改动，评语和它们互相呼应、互相阐发。《西厢记》评点领域的《西厢记演剧》就是这种特殊类型的典型例证。

评点的来源和发展状况是如此复杂，以至于学界对它的界说也是各执一词。综合历年来前人在此方面的研究，大约以下列四种观点较为突出：第一种认为评点"既是一种批评方式，同时又是一种文学形式；既是一种与文学形式密切相关、结合在一起的文学批评形式，同时又是一种含有批评成分、与批评形式连为一体的文学形式。……评点文学是一种兼有文学批评和文学作品双重属性的特殊文学形态"，"评点文学虽然有着批评和文学的双重含意和属性，但就其个性活动来说，其主导面仍在批评的一面，

---

① （宋）吕祖谦：《古文关键》，中华书局，1985，《看文字法》第1~2页。
② （元）程端礼：《程氏家塾读书分年日程》，《四部丛刊续编》（第49册），上海书店，1984，卷二第3页。

而不在文学"①。第二种则认为"评点的含义有广、狭之分。狭义的评点专指批点结合的形式，离开作品的评论不包括在内。广义的评点是开放的概念，凡是对作家和作品的评论都可以纳入评点学范畴"，"常用语则有'批'、'评'之分。'批'也是'评'，但'批'在形式上必须与被批作品结合，离开原作则无从批，而'评'在形式上是可以脱离原作的"②。第三种认为"所谓'评点'，指'一语点破'的意思，有如老杜的'读书破万卷'之'破'，又如禅宗的'悟破'之'破'。中国的诗论、文论，向来有以'禅'论诗、以'禅'论文的说法，崇尚'妙悟'。即一经指点立即悟破，如禅语所说'一棒喝破，如灌醍醐'。评点的'点'，正是指这个经'指点'而'悟破'的意思，也是将这种论禅之法，借用到小说领域里来"③。最后一种则是比较主流的看法，即认为只有评语紧紧依附于文本，且文本中必须有圈点符号标注的批评样式，方可称为评点。

这些观点是各家研究者从不同的研究角度得出的，对评点的特性都有不同程度的揭示，但也存在着或多或少的片面性。第一种观点注意到了评点本身的审美特性，但是它在谈"文学评点"的同时又讲"评点文学"，所描述的其实是包括作品和评点在内的整个评本的状态，而非针对评点的准确阐释。第二种观点注重评点中"评"的特性，但是它却将一般性的文学批评与评点相混淆，而它对"批"和"评"的分别界定亦缺乏准确性。第三种观点的主观色彩相对浓厚，它从禅学的视角较为形象地表达了研究者对"评"与"点"的直观认识，但这种认识无疑离评点的文献事实有一定距离。第四种观点是四者当中最为公允的，因为它兼顾"点"与"评"，十分符合大部分评点的文献特征，却未能反映上文提到的改评本之文献特征，而这类评本在通俗文学领域却有独特的意义。

在总结前人得失的基础上，结合本书将要着力研究的《西厢记》评点的实际状况，我们认为，要比较稳妥地界说评点，首先应处理好两组关系，即评点和一般性批评的关系、评点和注释考辨的关系。

第一，评点和一般性批评。一般文学批评在评点的形成过程中起到

---

① 孙琴安：《中国评点文学史》，上海社会科学院出版社，1999，《绪论》第1~2页。
② 朱世英、方遒、刘国华：《中国散文学通论》，安徽教育出版社，1995，第907~908页。
③ 白盾主编《红楼梦研究史论》，天津人民出版社，1997，第68页。

了重要作用；在评点出现以后，它和评点又相互影响。比如《西厢记》早期评点表现出比较明显的"类诗"倾向，这显然是受到了之前朱权、何良俊、王世贞等批评《西厢记》言论的影响。而清代李渔在《闲情偶寄》中论《西厢记》之"主脑"，也不能说和明末清初评点领域对《西厢记》叙事理论的大力探讨没有关系。这种针对同一作品所产生的观点之交叉混融的确容易令人忽视二者的差异性。但事实上，二者在文本特征上根本就是不同的。一般性的批评很多都游离于文本之外，批评者是将作品文本作为一个整体来进行宏观的考察，偶尔会涉及文本的细节，但这绝非其主要的批评思维。而评点则一定要结合并依附文本，它的立足点就是具体的文本细部特征。如果说它也有整体性的批评思维，那么这种整体性也是贯注于若干细部研习之中，并且通过这些细节来间接体现的。因此，所有未曾紧密依附文本的批评都不能被纳入评点研究的范畴。

话到此处，顺便谈一部比较特殊的《西厢记》刊本，即清代道光年间吴兰修校订的《西厢记》。此书是吴氏将金圣叹《第六才子书》和数种前人刊本相互比勘之后整理出的改编本，"大抵曲用旧本十之七八，科用金本十之四五"[①]。就文本改动而言，它与《槃薖硕人增改定本西厢记》以及李书云等《西厢记演剧》性质相同，但与后两者相比，其作品文本间却没有针对相应改动进行论说的评语。尽管该书前有一篇《附论十则》，在其对金本的评价中可以看出吴氏校订此书的原则，但这只是一种高屋建瓴式的概论，并不具备密切依附文本进行论析的意义。因此，此书不应该被视为一部真正的评本。

第二，评点和注释考辨。如前所述，注释考辨本是评点的一大源头，但"陶冶性情，别有风旨，不可以典册、简牍、训诂之学与焉也"[②]。从阅读接受的角度看，注释考辨的主要意义在于它以辨字释典疏通了文义，扫清了文本层面的阅读障碍，这与揣摩艺术形象，探索文本深义，乃至发掘创作规律等的文学评点处在不同层次。不过，对任何事物的认识都不能一概而论。当一部作品经过若干的注释和评论已经为人所熟悉以后，那些新

[①] （清）吴兰修重订《西厢记》，桐华阁刊本，清道光二年。
[②] （清）王夫之著，戴鸿森笺注《姜斋诗话笺注》，人民文学出版社，1981，第1页。

出现的注释考辨本往往就不是为疏通字句以扫清阅读障碍而存在，而是以一种学术考辨的外在形态，灌装评注者关于作品的认识观点。就《西厢记》而言，明代自最早的谢世吉订正本开始就已有这种情形，至王骥德评本和凌濛初评本则初步成熟，而到清代，毛西河论定本则更是集大成地发展为"由述见论"的间接批评方式。因此很有必要将这些评本列为考察对象。

由此，评点应该是紧密依附于作品文本的，以评语和圈点为主要形态要素的，在某种情况下可辅以改编的，用以阐发评者一定文学观点的特殊的文学批评样式。这样一种界说，至少在《西厢记》领域是实用的。

二 《西厢记》评点的诞生与成长

评点被引入通俗文学领域，是在明代中后期，而《西厢记》便是最早那批被关注的作品中的重头戏。这在很大程度上得益于它作为戏曲作品在戏台传播的巨大成功。早在元代，周德清《中原音韵》自序中就已信手拈第一本第三折"忽听，一声，猛惊"论韵，表明当时作品在氍毹上已有相当影响。明代沈德符《万历野获编》卷一曾载明武宗临幸杨一清府看《西厢记》表演，而嘉靖年间的《雍熙乐府》和万历年间的《群音类选》这些供演出的选本中都收录了它。万历时，潘之恒还说"武宗、世宗末年，犹尚北调，杂剧、院本，教坊司所长。而今稍工南音……"[①]，这些都表明唱演热潮一直持续到万历前。而就现存的《西厢记》评点文献来看，最早的评本恰恰正是出现在万历年间。

万历七年（1579）诞生了谢世吉订正、少山堂刊行的评本《新刻考正古本大字出像释义北西厢》。此书前有谢氏所著《引》，称赏《西厢记》在戏曲中"出奇拔萃"的地位，并从创作和接受两面追索其"词由心发"和"义由世传"的文学性质，颇具批评意味。文本所附批语中也已出现了"无心处忽相遇"、"折折有情"等评论性的内容。[②] 因此，它在事实上已经是个评点本，但从题名表述来看，其对评论的标榜尚比较隐晦，反映了评点肇

[①] （明）潘之恒著，汪效倚辑注《潘之恒曲话》，中国戏剧出版社，1988，第51页。
[②] 黄霖：《最早的中国戏曲评点本》，《复旦学报》2004年第2期。

始阶段的状态。

紧随其后，万历八年（1580）序刻的《重刻元本题评音释北西厢记》则已明确标题为"评"，书前有程巨源《崔氏春秋序》和徐士范《重刻西厢记序》，文本批语中已有相当一部分有评论性质。

万历二十六年（1598），有秣陵继志斋陈邦泰所刊之《重校北西厢记》。书前有龙洞山农《刻重校北西厢记序》、《重校北西厢记总评》及《重校北西厢记凡例》。其中《总评》系摘录王世贞《艺苑卮言》，而《凡例》则反映出该评本对戏曲体式的关注。

万历三十八年（1610）以后，明代两大名人评点系列逐渐出现。首先是李卓吾评点系列。李卓吾即李贽，明代著名的思想启蒙家，他提倡"童心说"，抨击"存天理，灭人欲"的程朱理学为假道学，被当时的人视为"异端之尤"。他对《西厢记》有过评论，其观点见于《焚书》。而他似乎也批点过《西厢记》，因为袁宏道在《李温陵传》中曾言："（李贽）所读书皆抄写为善本，东国之秘语，西方之灵文。……下至稗官小说之奇，宋元名人之曲，雪藤丹笔，逐字校雠，肌襞理分，时出新意。"[①] 而李贽自己也在《与焦弱侯》中云："古今至人遗书抄写批点得甚多，……《水浒传》批点得甚快活人，《西厢》、《琵琶》涂抹改窜得更妙。"[②] 不过，今存之诸本署名李贽的《西厢记》评本却不一定真是李贽所批，因为当时即有不少人指出书商假托李贽之名制作评本的现象。例如，李贽门人汪珂就说过："海以内无不读先生之书者，无不欲尽先生之书而读之者，读之不已或并其伪者而亦读矣。夫伪为先生者，套先生之口气，冒先生之批评，欲以欺人而不能欺不可欺之人，世不乏识者，固自能辨之。第寖至今日，坊间一切戏剧淫谑，刻本批点，动曰卓吾先生，耳食辈翕然艳之，其为世道人心之害不浅。"[③] 王骥德也说："顷，俗子复因《焚书》中有评二传（指《西厢记》与《琵琶记》）及《拜月》、《红拂》、《玉合》诸语，遂演为乱道，终

---

① （明）李贽：《焚书》，中华书局，1974，序言第7～8页。
② （明）李贽：《续焚书》，中华书局，1975，第88～89页。
③ （明）李贽：《续焚书》，版本同上，序言第9页。

帙点污，觅利瞽者。"① 万历三十八年起凤馆刊刻的《元本出相北西厢记》，署名王世贞和李贽合评，但事实上，无论王、李，二者评论的焦点都在于剧本的语言，这虽然和王世贞《艺苑卮言》中的《西厢记》之论保持了精神上的一致，但却和李贽在《焚书》等著作中审视《西厢记》的视角大相径庭。因此，此本的李贽评语基本上可以确定为伪作。真正比较符合李贽著作中关于《西厢记》论调的，是同年由容与堂刊刻的《李卓吾先生批评北西厢记》，该评本着重关注的是剧本作为叙事文学的特性，而在评点形态上，该书也粗具规模。不仅有圈点，而且眉批、旁批、出批都已具备。万历年间还有两种李卓吾评本，一是书林游敬泉刊刻的《李卓吾批评合像北西厢记》，一是潭阳刘应袭刊刻的《李卓吾先生批评北西厢记》。两书皆无甚进步。前者据陈旭耀《现存明刊西厢记综录》介绍，多袭用起凤馆本批语，甚至连其中的"王曰"、"李曰"都没有做技术上的处理；而后者的评语则与后面将要论及的陈眉公评本近同，而陈眉公评本又与容与堂李评本在一定程度上近似。明末，又有《李卓吾先生批点西厢记真本》，此书为西陵天章阁藏版，崇祯十三年（1640）序刻，此书有少量旁批，如"妙甚！趣甚"、"点得趣"之类，都较简短。另外，在浙江图书馆还有一种《李卓吾先生批点西厢记真本》，据蒋星煜先生所言，该书无序跋、题识、凡例和附录，却多了眉批。②

在李卓吾评本的影响下，明代出现了一系列署名为名人评点的《西厢记》评本，但其评点之内容却与李评本有千丝万缕的关系。其中较早的是万历四十六年（1618）书林萧腾鸿师俭堂刊刻的《鼎镌陈眉公先生批评西厢记》，此书的批语是以新创为主，但根据其第二十出后的评语"卓老谓《西厢记》是化工笔，……卓老果会读书"可以推知，该书的评点者是很推崇李卓吾的，书中也的确有少量与容与堂李评本相同或相近的批语，因此，它与容与堂李评本还是有一定联系的。陈评本之后，署名魏仲雪评点的《新刻魏仲雪先生批点西厢记》、署名徐奋鹏评点的《新刻徐笔峒先生批点西厢记》、署名孙鑛评点的《硃订西厢记》以及署名汤显祖评点的《汤海若

---

① （明）王骥德：《新校注古本西厢记》，《续修四库全书》（第1766册），上海古籍出版社，2002，第155页。
② 蒋星煜：《西厢记的文献学研究》，上海古籍出版社，1997，第86页。

先生批评西厢记》等在明代末期纷纷诞生。这些评本的批语很多都是或者袭用起凤馆评本、容与堂李评本和陈眉公评本，或者互相抄袭，总的看来，其理论成果都未曾脱离李评本和陈评本所建立的范畴。

李卓吾评点系列之外，在明代影响巨大的还有署名徐文长批订的一系列《西厢记》评本。徐文长即徐渭，他在戏曲方面很有造诣，不仅亲自写戏，还展开理论探讨。和他蔑视礼法、主张个性和真情的哲学主张相一致，他在戏曲上重真率和本色。他一定是评点过《西厢记》的，因为曾经师从他的王骥德在《新校注古本西厢记·自序》中论及《西厢记》诸版本时曾云："故师徐文长先生，说曲大能解颐，亦尝订存别本，口授笔记，积有岁年。"[①] 但是，徐渭的评本大概有很多种，王骥德已经说过："天池先生解本不同，亦有任意率书、不必合窾者，有前解未当、别本更正者。大都先生之解，略以机趣洗发，逆志作者，至声律故实，未必详审。余注自先生口授而外，于徐公子本，采入较多。今暨阳刻本，盖先生初年匽略之笔，解多未确；又其前题辞，传写多讹，观者类能指摘。"[②] 看来，徐渭自己也不止一次地评点过《西厢记》，再加上明代假托伪造名人手笔的风气，令诸多徐渭评本真伪难辨。凌濛初就在其校注的《西厢记》之《凡例》中说："近有改窜本二：一称徐文长，一称方诸生。徐，赝笔也。方诸生，王伯良之别称，观其本所引徐语，与徐本时时异同。王即徐乡人，益征徐之为讹矣。徐解牵强迂僻，令人勃勃。"[③] 迄今所存署名徐文长的《西厢记》评本共有六种，即万历三十九年（1611）刻《重刻订正元本批点画意北西厢》、万历年间刻《田水月山房北西厢藏本》、崇祯四年（1631）序刻《徐文长先生批评北西厢记》、明代后期崇善堂刻《徐文长批评北西厢》、明代后期潭邑书林岁寒友刻《新刻徐文长公参订西厢记》、明代后期刻《新订徐文长先生批点音释北西厢》。

六者都不为王骥德所提及，是否纯出徐手，实难判定。其中，《批点画意

[①] （明）王骥德：《新校注古本西厢记》，《续修四库全书》（第1766册），上海古籍出版社，2002，第2页。

[②] （明）王骥德：《新校注古本西厢记》，《续修四库全书》（第1766册），上海古籍出版社，2002，第155页。

[③] （明）凌濛初：《凌刻套板绘图西厢记》，上海古籍出版社据上海图书馆藏明凌濛初刻初印本影印，2005。

北西厢》、《田水月山房北西厢》是比较早的评本，两者的评点状况也存在极大的相似性，在内容上既有直接的主观评论，也有寓观点于释解的情形。它们阐发的思想中有一部分与徐渭的戏曲主张和哲学观一致，而其中对方言俗语、声律音韵等的重视，则使它们具有一定的学术考订色彩。这是重主观阐发且案头性较突出的李卓吾评本所没有的，后来王骥德《新校注古本西厢记》的做法正与此有一定共通性，可能是受到了启发。《徐文长先生批评北西厢记》后出，其评点状态与前两者基本一致。至于崇善堂刻《徐文长批评北西厢》，是陈旭耀在《现存明刊西厢记综录》中提到的。据他所述，该书的正文内容基本与《批点画意北西厢》相同，"从其版式看，似乎是用田水月山房本稍作修订后重印"①。总的看来，这四个评本都应属于一个评点系统。《新刻徐文长公参订西厢记》书中实注明"羊城平阳郡佑卿甫评释"，徐文长只是被赋予了"参订"一职，它及《新订徐文长先生批点音释北西厢》的评点状态和上述三者有很大差异，这两本书的评语纵横捭阖，主观性甚强，无甚学术考订意味，与容与堂李卓吾评本的风格倒是比较接近。

另外，崇祯年间还出现了一种《三先生合评元本北西厢》，号称李卓吾、徐文长和汤若士三大名家合评，但事实上，书前三人序言中的李序和徐序分别出自容与堂李评本、《田水月》或《批点画意》徐评本，只有汤序不知何出。不过，汤序中有云："事之所无，安知非情之所有？情之所有，又安知非事之所有？"倒与汤氏《牡丹亭题辞》中的"第云理之所必无，安知情之所必有邪"有一定相似性，不知前者是否从后者化出。曲文评语形态有眉批和套批，内容上对容与堂李评本、《田水月》或《批点画意》本等有袭用，不过套末的汤评中则多有新撰，如它对第三折第三套的看法和很多评本不同，似乎对张生求爱未遂耿耿于怀："看这懦秀才做事，俾我黯然闷杀，恨不得将红娘充做张生，把娇滴滴的香美娘'扢扎帮便倒地'也。"但也有一些评语在观点上不乏借鉴前面诸家处。比如第二折第三套的"此出夫人不变一卦，缔婚后趣味浑如嚼蜡，安能谱出许多佳况哉"就与陈眉公评本第七出出批"若不变了面皮，如何做出一本《西厢记》"意思相近。第二折第一套的"两下只一味寡相思，到此便没趣味。突忽地孙彪出头一

---

① 陈旭耀：《现存明刊西厢记综录》，上海古籍出版社，2007，第244页。

搅，惠明当场一轰，便助崔、张几十分情形"就与容与堂李评本眉批"老孙来替老张作伐了"以及陈眉公评本眉批"张生的媒人消息到了"有一定相似性。而第三折第一套的"红娘委实是个大座主，张生合该称红为老老师，自称为小门生"更是化用了容与堂李评本第十四出出批"红娘是个牵头，一发是个大座主"。

标榜名人评点的，除了上述诸本外，尚有一种《西厢会真传》，系明代后期刻本，署汤若士批评，沈伯英批订。沈伯英即沈璟，他与汤显祖分别是明代后期曲坛著名的吴江、临川之争的两大领军人物。此本以二人名头相标榜，无疑可招来大量的读者，但其评语却多是拼凑之前诸家的观点。被它袭用的评本有《田水月》徐评本或《批点画意》徐评本、徐士范序刻本、继志斋本、容与堂李评本、起凤馆王李合评本、王骥德本、凌濛初本等。

万历四十二年（1614），王骥德序刻了《新校注古本西厢记》。王氏号方诸生，曾师事徐渭，是晚明的剧作家和戏曲理论家。此书在署"明会稽方诸生校注"的同时也署"山阴徐渭附解；吴江词隐生评；古虞谢伯美、山阴朱朝鼎同校"，但事实上，王氏自己出力是最多的。这可以被视为现存明代《西厢记》评本中确系文人独立评点的第一例。此书在方法上继承并极大地发展了《批点画意》徐渭评本或《田水月》徐渭评本中的考订特色，但评论的主观性明显弱化，更多的是在考订辨释时，间杂以评论。其所关注的对象颇为丰富，包括戏曲体制、曲律音韵、曲白语词、典故运用、文意逻辑，等等。其中尤重戏曲体裁的独有特征研究，这与王氏自言"自童年辄有声律之癖"（《新校注古本西厢记自序》）的研究兴趣倒十分吻合。

与王骥德本风格比较接近的还有凌濛初所评的《西厢记》，此书在天启年间刊刻。和王本一样，这也是一部确系文人独立完成的《西厢记》评本。凌氏也是一位精通戏曲的文人，曾著有《谭曲杂札》阐发自己的戏曲理论观。他的《西厢记》评本显然受到了《批点画意》或《田水月》徐渭评本，特别是王骥德本的启发，将评论的重心聚焦在戏曲体制、脚色名目、曲文语词特别是衬字等问题上，正如其《凡例》所云，"以疏疑滞、正讹谬为主，而间及其文字之入神者"；凌氏要在这种考订评释中表达他对戏曲体式的重视，徐渭本和王骥德本因而常常成为其论说的对象。

最后，在明代还有一种特别的《西厢记》评本，即天启元年（1621）

序刻的《槃薖硕人增改定本西厢记》。此书除去评语和圈点这两种常规的评点形态之外，对戏曲文本进行了较大改动，而文本评语中对这些改动进行论说者占有一定数量。槃薖硕人即晚明人徐奋鹏，他评点并改动《西厢记》的初衷大约有两种。一是诸本杂出，他欲正本清源；二是王实甫原本是北曲，不适合南方人搬演，而陆天池和李日华各自改编的《南西厢记》又"殊失作者之旨，均之去正始之音邈矣"（《巢睫轩主人叙》）。因此他希望制作一部可以用于"明窗净几，琴床烛影之间"与"良朋知音"细按静品的《西厢记》（《玩西厢记评》），这大约也是此书又称"词坛清玩"本的原因。既是私家清玩，所以徐氏的评点以及改动都是在展示他自己对《西厢记》的认识乃至期待。那些不涉改动的评语基本都是在参校徐渭本、闽本、京本等版本后依据自己的见解做出的文本评判和理论认识，其中不乏深刻见解，如评莺莺送给张生那首《待月西厢下》的文学功能是"惟张悟得。如'半'字、'疑'字，皆是可以恍惚误人处，亦是令旁观者不甚晓。至后事之不谐，红终谓莺未必实约。予初谓红慧，然生亦慧，莺尤慧"。这类见解正是该评本真正的价值所在。至于改编，则堪称混乱，不仅保留了原本的北曲曲牌，又增入了不少南曲曲牌，还自创了一些曲牌，甚至还加入了诸宫调的曲牌，有时竟荒谬到从李日华《南西厢记》中杂采一些曲白组织成曲词，却不给出曲牌（如第四折《禅房假遇》即有此现象）。看得出来，这种所谓"改编"其实甚少考虑曲律音韵元素，当它们和新增的一些不高尚的曲白情节结合在一起时，"正本清源"固已属子虚，而服务于演出也绝非其评点用意。评本完全是依从评者个人喜好，用于其私下里自娱自乐的消遣品。

总的看来，明代是《西厢记》评点从无到有、从稚拙渐趋成熟的发展阶段，四方蔚起的评本营造出一片欣欣向荣的热闹景象。在仔细分析它的诸种文学表象后，我们其实可以总结出这个阶段的四大主要特征。

1. 评点意图以娱情为主

如前所述，评点诞生以前，《西厢记》传播的主要阵营是在戏台娱乐行当中。万历四十四年（1616）何璧校刻的《北西厢记》序言中以"然一登场，即耄耋妇孺，瘖聋疲癃，皆能拍掌"[①]来描述它的搬演效应。在这个南

---

① （明）何璧：《北西厢记序》，《北西厢记》，何璧刻本，明万历四十四年。

音渐盛的时代，缘何《西厢记》还能激发观众如此痴狂的反应呢？考察该时期社会思想的流行动态可知，这是心学勃发的时期，重情任性的思想正泛滥于天下。也就是说，观众在此时对《西厢记》的热情，很有可能已不再是出于悦耳的追求，而更多的是被它诉"情"的主题吸引。当时的思想斗士李贽就曾说过："声色之来，发于情性，由乎自然，是可以牵合矫强而致乎？"① 正是在这个特殊的时刻，《西厢记》评点登上了历史的舞台。"自边会都，鄙及荒海穷壤，岂有不传乎？自王侯士农而商贾皂隶，岂有不知乎？"②《西厢记》虽然不再具有唱演的优势，却可以依托它长久以来树立的地位和影响，以新的方式越来越兴盛地传播，满足观众在戏场之外的进一步接触欲望，在车船书斋中继续慰藉其浪漫而寂寞的心灵。所以，评点的诞生，民众的娱情需求显然是一个很大的诱因。所谓"评以人贵"，"坊估刻以射利"，若干批语重复或颠三倒四，却挂着著名文人头衔的评本之不断涌现，也可以证明评本出现的背后有着怎样一个利润巨大的商业市场。由此，明代的《西厢记》评点并不是诞生在一种严肃庄重地谈"经国之大业，不朽之盛事"的氛围中，娱情是其最明显的意图，而商业则是其发展的动力。

娱情意图在评点的文本中得到了证实，徐士范序刻本中署名程巨源的《崔氏春秋序》一面指出作品主"情"的魅力，所谓"遂使终场歌演，魂绝色飞，奏诸索弦，疗饥忘倦，……盖人生于情，所谓愚夫愚妇可以与知者。……奏演既多，世皆快睹，岂非以其'情'哉"，一面又给出"太雅之罪人"的评价。起凤馆本中的王世贞评语一面赏玩着"骈俪中情语"（第二出之【哨遍】眉批），一面却又称作品为"一部烟花本子"（第二十出之【锦上花】眉批）。这些褒贬杂合的矛盾言辞充分反映了评点者们的心理。在儒文化语境中，他们非常清楚作品和官方思想的龃龉，但在这个特殊的纵情时代，他们都不愿充当卫道士从而放弃享受作品带来的情感愉悦，不过这也决定了他们不会以对待诗文的严肃态度来对待《西厢记》。在戏曲评点的世界中，快乐与轻松至上，正所谓"游戏，游艺，运动，和艺术的消遣，把人从常轨故辙中解放出来，消除文化生活的紧张与约束"③。

----

① （明）李贽：《焚书》，中华书局，1974，第369页。
② （明）何璧：《北西厢记序》，《北西厢记》，何璧刻本，明万历四十四年。
③ （英）马林诺夫斯基著，费孝通等译《文化论》，中国民间文艺出版社，1987，第80页。

事实上，作为接受的一方，民众对评本也的确怀有娱情的心理期待，因为在这些销量极好的评本中，大众和世俗的审美趣味俯拾皆是。比如评者们虽然以基本正面的视角来审视张生和崔莺莺，但这并不妨碍他们也会以世俗的口吻调侃这对才子佳人的书卷酸气：张生登场，借奔流之黄河抒发自己的抱负，却被戏谑为"如今姓张姓李的都如此"（容与堂李卓吾评本第一出【混江龙】眉批）；夫人赖婚，张、崔只能借琴声暗通心曲，又被调侃为"夺得王孙女夜奔衣钵"（起凤馆本第八出【东原乐】眉批）。老夫人作为情事绊脚石，理所当然地遭到声讨和斥责，诸如"老夫人原大胆，和尚房里可是住的"（容与堂李卓吾评本第一出眉批）、"清白家风，都是这乞婆弄坏"（《三先生合评元本北西厢》之《巧辩》套评）等，尖刻的语言毫不留情地抛给了她。而胆大神勇的惠明和尚，显然很符合民众心中的英雄形象，因此被大赞为"活佛"，容与堂李评本的评者甚至恨不得将莺莺配给他。这些言论对文教伦常极尽嘲弄蔑视，心学虽较程朱豁达，却也不脱儒家根本，若不是与文教隔膜而心理负担轻的世俗大众有此期待，单靠读书人出身的评者独自神思，恐怕难以如此痛快淋漓，更不用说赫然附诸文本，炽销四方。

娱情的意图发展到明代末年，逐渐发生了一些微妙变化。《三先生合评元本北西厢》之王思任序有"证道于性，虚静而难守；证道于情，灵动而善人"之说，采用心学的观点，将理学视角下难以和谐的《西厢记》与名教联系在一起，认为"兹刊有功名教"。而《徐文长先生批评北西厢记》之李廷谟跋更云："或有人诮予曰：'经术文章顾不刻，何刻此淫邪语为？'予则应之曰：'要于善用善悟耳。子不睹夫学书而得力于担夫争道者乎？'"这是将常人眼中只能"娱情"的作品与立身治国的"经术文章"挂钩，认为只要运用得当，前者的价值堪与后者并提。由此可以看出，与正统意识形态相结合的致用意图在明王朝灭亡的前夕已经开始萌芽。至于究竟要怎样"用"和"悟"，明人已经没有时间来给出答案了。这个命题只能由后面的人来阐释。

2. 评点方式渐趋系统

评点肇始于诗文，经过宋元以来的发展，已渐次形成一套由序言、总评、尾批、旁批、夹批等数种元素构成的外在体制。然而这些元素基本以较松散的方式结合在一起，这与诗文本身篇幅短小有很大关系。由于作品规模不大，评者往往只需要就作品给出一个囫囵印象或在小范围内进行有一定关联性的探讨。

当这一方式被引入戏曲评点，问题就凸显出来了。以早期的徐士范序刻本为例，眉头行间虽然批附着不少评语如"色色倾人"、"四海一空囊，其留多矣"之类，然而它们明显处于随机生发状态，彼此并无联系；在评点方式构建中，出与出、评语和序言之间没有体现出系统特征，和作品二十出的宏阔体制很不相称。这种情形在起凤馆本、李卓吾评本系列、陈继儒评本、魏仲雪评本等许多冠名名人的评本中一直延续着，直到万历年间王骥德评本的出现才得以改观。

王骥德本以分曲评点的方式对每套内的各支曲文都进行了评点，而绝大部分评语都在旁征博引中辨订曲律及曲意，对音乐圆融性和曲意流畅性的追求有所体现，五折二十套的识读因而呈现一定的整体特征，而这正与评本前后所附诸序跋声气相应。槃花馆主人序正感慨文人"津津称艳"却不知问鲁鼎之赝；王骥德自序也坦陈自己有"声律之癖"，又好以意逆曲文之"微辞隐义"，并"杂证诸剧"；朱朝鼎跋则痛斥前人《西厢记》评点"徒取艳调"的弊病，盛赞王评"订讹剖疑"。由此，王骥德评本的出现表明戏曲评点已开始摆脱早期向诗文评点邯郸学步的稚拙状态，这种从诗文中借来的批评方式已经开始与戏曲自身的文体特征相融，以文学指导思想和外在组织形态相结合的方式令评点展现一定程度的系统性，标志着戏曲评点方式开始趋向成熟。

在评点方式渐趋成熟的过程中，评点的形态要素种类在不断扩充着。诗文评点在这方面的发展实绩无疑为戏曲评点提供了基础，所以在早期的徐士范序刻本中，作品文本中但凡评者认为比较重要的字句，都已经标示上相应的圈点，而文本眉头和文句行间也置有批语，书前还有序言。到起凤馆本时，则又在序和作品正文之间增设了《凡例》和总评。同年出现了容与堂李卓吾评本，其作品文本中的评语形态变得更加丰富，除去眉批和旁批外，文句之间还有夹批，每出之后还有出批。再往后发展，到王骥德本时，又出现了跋语。由此，《西厢记》评点在进入清代以前，已在评点方式及形态要素上具有比较稳定的框架。不过，框架虽然搭起来了，形态要素彼此之间的实际配合性却比较薄弱,颇有各自为政的意味。这便使得整个评点组织性不强,显得颇为松散。这些缺陷,将由清人来填补。

3. 评点内容渐重叙事

《西厢记》在进入评点视野之前,已在戏曲理论界受到了一定程度的关注。尽管它作为戏曲文学具有"曲"和"剧"的双重特性,但当时的研究者们在"诗词曲一脉"观念的主导下,还是倾向于以研究诗词的视角来审视这部作品,研究的焦点往往凝聚于作品语言本身的美学鉴赏。例如,明初朱权曾言:"极有佳句,若玉环之出浴华清,绿珠之采莲洛浦。"[1] 王世贞也在《曲藻》中用"骈丽中情语"等术语对其十五条佳句进行了品析。

曲界这种根深蒂固的看法无疑影响了初生的评点,使有些早期评本主要从诗歌品评的角度来品评曲词。例如,起凤馆本上卷卷首之《刻李王二先生批评北西厢序》以"词曲中陈思、太白"总评作品;在具体的文本评点中,不仅署名王世贞的评语属于佳句赏析,就连署名李卓吾的评语大都也属词句鉴赏的范畴,例如它摘出第五出【混江龙】的"香消了六朝金粉,清减了三楚精神"评为"自当卢骆艳歌、温韦丽调",又评第三出【紫花儿序】是"意中境,影中情"。这都明显和诗歌品评中的"摘句批评"极为近似。

戏曲文学本是情节性极为突出的文学样式,片言只语的鉴赏并不符合它的逻辑性特征与整体性要求。而戏曲曲词又是以"代言体"的形式写作,抒发的是角色的情感,反映的是角色的性格,所以从解读者立场直接欣赏其字态句色并不能准确揭示它们的情感内涵和文学价值。同时,在娱情意图下,单靠品句论词的评点内容,显然也很难激起民众的阅读欲望。所幸,评点是一种紧紧依附字句文本而远离声乐的批评样式,它的无孔不入和灵活机动让评者们很快就注意到了作品的叙事特性。从容与堂李卓吾评本开始,一系列署名名人的评本都渐渐将评论的重心转移到作品的叙事层面;而王骥德本等在进行曲词考辨时,也开始注意以叙事因素作为取舍的标准,变革在悄然滋生。

---

[1] （明）朱权:《太和正音谱·古今群英乐府格势》,陈多、叶长海选注《中国历代剧论选注》,湖南文艺出版社,1987,第94页。

首先，道白开始被纳入研究视野，与曲词一起被一视同仁，评者们能从叙事功能及艺术风格等视角对之进行分析。道白是散体语言，具有更明显的通俗叙事气息，它与曲词同等地被作为戏曲语言而受到关注，是一个具有相当意义的转变。尽管关注的程度还比较薄弱，但它表明评者们已经开始越过"曲体"拘囿而注意到戏曲文本的叙事特性。

其次，正所谓"看书不从生动处看，不从关键处看，不从照应处看，犹如相人不以骨气，不以神色，不以眉目，虽指点之工，言验之切，下焉者矣"[①]，叙事逐渐成为评者们的研究焦点。评者们开始以全局性思维考察剧本的结构，很多人都指出"白马解围"、"夫人停婚"、"乘夜逾墙"和"草桥惊梦"是情节发展的几大关键。同时，他们也认识到起伏跌宕是情节的重要特征，所以在评夫人赖婚情节时会说"若不变了面皮，如何做出一本《西厢记》"（陈眉公评本第七出出批）。叙事离不开写人，评者们开始注重研究作品对人物的塑造。比如"崔家情思，不减张家。张则随地撒泼，崔独付之长吁者，此是女孩家娇羞态，不似秀才们老面皮也"（三先生合评本第一折第三套套批），此是论述人物塑造的个性化问题；"曲白妙处，尽在红娘口中摹索两家，两家反不有实际。神矣"（容与堂李卓吾评本第九出出批），则是注意到人物的侧面刻画法；"此时若便成交，则张非才子，莺非佳人。……有此一阻，写尽两人光景，莺之娇态，张之怯状，千古如见"（容与堂李卓吾评本第十一出出批）更是以人物塑造为主干来认识《赖婚》的结构意义。

最后，评者们发现了曲词的叙事载体意义，不再停留于早期的字肤句色赏玩。"贱相色，贵本色"（《重刻订正元本批点画意北西厢》徐渭自序），"略其辞华，表其神理"（崇善堂徐文长评本澂园主人叙）之类的观点纷纷出炉。评者们逐渐认识到，曲白的根本功能不在于抒发作者的情感，而在于塑造人物和叙述情节，因此他们会评《佛殿奇逢》的曲白是"摹出多娇态度，点出狂痴行模，令人恍然亲睹"（陈眉公评本第一出出批），又评《月下佳期》是"极尽惊喜之状"（容与堂李卓吾评本第十三出出批）。

---

① （明）醉香主人：《题卓老批点西厢记》，《李卓吾先生批点西厢记真本》，西陵天章阁刊本，明崇祯十三年。

将叙事摄入评点的范畴，是戏曲摆脱曲学的笼罩和诗学的干扰，向自身文体独立目标前进的一个大步骤。随着《西厢记》评点开展的不断深入，其获得的成果也在日益增多。虽然从总体来看，其体系性还不很明显，但是许多观点的启发性，及其彼此间朦胧的呼应性，却是不容忽视的。

4. 求"真"的评点审美特征

"真"是心学思想盛行下的晚明社会普遍的审美取向。参与《西厢记》评点的李卓吾便是"真"美学思想的热烈拥护者，在其著名的"童心说"中，他提出"夫童心者，绝假存真，最初一念之本心也。若失却童心，便失却真心；失却真心，便失却真人。人而非真，全不复有初矣"[①]。

如此观念反映在明人的《西厢记》评点中，于是我们可以看到其对直爽型人物形象的高度称颂和对虚伪型人物的嘲谑挖苦。例如惠明就被称颂为"好和尚"、"烈汉子"（容与堂李卓吾评本第五出眉批），而偷窥莺莺的普救寺众僧包括法本在内则被嘲为"到此际入定，禅师定情不住"（徐士范序刻本第四出【乔牌儿】眉批）、"好一班志诚和尚"（容与堂李卓吾评本第四出【乔牌儿】眉批）。评点用语也因感情的激切而显得纵横恣肆、无所顾忌。诸如"活佛！你何不退了兵得了莺莺"、"不知趣"（容与堂李卓吾评本眉批）、"你觑：有个钻入长裙的眼睛"（陈眉公评本第一出眉批）等皆随处可见。我们还可以看到其对人物形象生动刻画和事件描述真实性的注重。例如"尝言吴道子、顾虎头只画得有形象的，至如相思情状，无形无象，《西厢记》画来的逼真、跃跃欲有，吴道子、顾虎头又退数十舍矣。千古来第一神物，千古来第一神物"（容与堂李卓吾评本第十出出批）、"摹出多娇态度，点出狂痴行模，令人恍然亲睹"（陈眉公评本第一出出批）。

由此，"真"在明人那里其实具有两种含义：一种属于人物个性的范畴，彰显人物心行一致、敢想敢做的率直；一种则属于文学创作的范畴，强调作者对人物核心精神的捕捉以及对这种精神的生动传达。

"东风夜放花千树"，自少山堂本问世后，《西厢记》评点在其后的六十余年间迅速发展，很快便形成如火如荼的局面。这种蓬勃的气势，以及那不断涌现的新命题及其所取得的理论建树，充分展现出晚明人好思善论的

[①] （明）李贽：《焚书》，中华书局，1974，第273~274页。

气质和畅情纵心的娱乐精神，犹如焰火闪耀在夜空，勾画出一片属于戏曲评点的新界域。所以，明代《西厢记》评点不断地得到学界的关注。不过，作为一种新型的批评样式，要岿然屹立在磅礴的文学批评体系中，成为本土文学理论构建所切实依凭的基石之一，是必须得具备一个由特定意图、特定方法、特定思路和特定美学特征等一系列要素所构建的稳固传统的，而这个任务，明人显然已经无暇顾及，只有等待理性而严肃的清人来完成。

上 编

综 合 研 究

　　《西厢记》评点在清代臻于成熟。三百年间的评本，已经稳定呈现出纯粹展现评者个人意志的评点意图、明晰而系统的评点方式、丰硕而饱满的理论成果、鲜明而有特色的美学特性。本编将就此展开系统探究。

第一章

清代《西厢记》评本概览

清代的《西厢记》评点留在人们头脑中最显著的印象，恐怕就是清初金圣叹的《第六才子书西厢记》。这部著名文学批评家和著名作品结合的评本，就像一股飓风，席卷着神州大地，几乎连王实甫的原本都为之黯然失色。因此，在过去的研究认识中，它的光辉辐射着清代《西厢记》评点的整个天空，似乎三百年就这么一枝独秀。事实上，清代《西厢记》的评点领域并不寂寞，每个阶段都有评本源源不断地出现，聚合出一幅磅礴的、具有鲜明时代特色的评点风貌图。

第一节 清代初期评本

清初的评点者基本都是由明入清的文人，大都接受过包括评点在内的明代《西厢记》传播的熏染，具有一定的学术基础。他们在晚明纵情任性的世风中长大，又历经政治环境变革带来的思想冲击。在顺治至康熙年间，他们纷纷提笔批书，借《西厢记》阐发文学观念，寄托人生抱负。

一 《详校元本西厢记》

此书为清初刻本。其体系构成颇为简单，正文两卷，眉头镌有评语。书前有不足三百字的评者自序一则，落款为"含章馆主人封岳识"。书后附有带眉批的《会真记》及同样署名为"含章馆主人封岳"的《读会真记》

一篇。《读会真记》的内容据其文末所交代的，乃是组合宋代王铚和明代王世贞的评论而成，因这位含章馆主人深以为然，所以辑取之。自序则简略叙述了评书的缘由、成书和刊刻时间，以及评书的体例。其文如下：

> 王实甫、关汉卿《西厢记》，千秋不刊之奇书也。历年既久，或经俗笔增减，迂僻点窜，或伶人便于谐俗，遂至日讹日甚。予留心殆二十年，惟周宪王及李卓吾本差善。崇祯辛巳，乃于朱成国邸见古本二册，时维至正丙戌三月。其精工可侔宋板，盖不啻获琛宝焉。借校尽五日始毕。拟发刻未遑，而日月逝矣，不永其传，究将湮废。万事已矣，亦复何所事哉！谨寿诸枣梨，期垂久远，俾具真鉴者不为时本所乱，亦大快事。噫！是亦摩诘之所谓空门云尔。有谓北曲每本止四折，其情事长而非四折所能竟，则另分为一本。故周本作五本，本首各有题目正名四句。末以【络丝娘】、【煞尾】结之，为承上接下之词。察每本四折，杂剧体耳。全本或未然。得睹元刻，益悉偏执之陋，故拈出之。凡曲中时本错误字，略注于上，其易鉴别与白中字句不尽及。
>
> 含章馆主人封岳识①

据此序可知，评者乃是一名叫封岳的人，号含章馆主人。查《清代人物生卒年表》可知，封岳实系明末清初人黄培之号。黄培生于明万历三十二年（1604），卒于康熙八年（1669），字孟坚，山东即墨人。黄培的祖父黄嘉善为明万历至天启年间名宦，曾官兵部尚书、太子太师等显职。黄培因袭祖荫于明末出任锦衣卫指挥佥使，"秩升大堂，提督街道"②，明亡后不复出仕。从清顺治年间开始，至康熙初，黄培曾作诗数百首，并合刻为《含章馆诗集》，其中有不少心怀明朝的内容，因此引发出清代初年北方最大的"文字狱"案，株连者有两百余人，其中不乏顾炎武等学界名流。康熙八年，黄培以"背负本朝，心怀明季"③之罪被处死。

---

① （清）黄培：《详校元本西厢记》，清初刻本。本书所引黄本文献皆出于此。
② （清）宋琏：《锦衣卫提督街道都指挥同知墓志铭》，《黄培文字狱案》，青岛市新闻出版局，2001，第241页。
③ （清）宋琏：《锦衣卫提督街道都指挥同知墓志铭》，《黄培文字狱案》，版本同上，第243页。

第一章　清代《西厢记》评本概览

黄培虽出身世宦显族之门，但"尤嗜学，持卷寻绎，必得其要领"[1]。其诗"诸体苍厚难名，分席子美，非达夫所能等夷也。至五、七言绝，又与太白、龙标并驱"[2]。他又善古文，"辞造近昌黎堂奥"[3]。对戏曲，他也很是用心，从上面序文可知，他关注《西厢记》剧本近二十年，已形成自己的一套见解。对充斥天下书肆的各种《西厢记》版本，他认为只有周宪王本和李卓吾本还过得去。因此，当他于1641年（崇祯辛巳）偶然在朱成国家中看到元代至正丙戌（1346）三月刊刻的《西厢记》善本时，立刻借回对校，以评点方式揪出通行本与其出入甚大的地方。然而书完稿后不及付梓，明王朝即已灭亡，因此这部《详校元本西厢记》实刻成于清代，从时序上应该被列为清代《西厢记》评本之首。

评本的戏曲文本在总体上分作上下卷，每卷十出。出数的序列号并不因分卷而打断，各自标为"第一出"直至"第二十出"。每出皆为四字标目，其中上卷十出的标目分别是：佛殿奇逢、僧房假寓、墙角联吟、斋坛闹会、白马解围、红娘请宴、夫人停婚、莺莺听琴、锦字传情、妆台窥简。下卷十出的标目则是：乘夜逾墙、倩红问病、月下佳期、堂前巧辩、长亭送别、草桥惊梦、泥金报捷、尺素缄愁、郑恒求配、衣锦荣归。正文中没有题目正名。如此体例与明代徐士范序刻本、起凤馆本、容与堂李卓吾评本等类似，却与凌濛初本分本分折并带题目正名的体例截然不同。

这就出现了矛盾，因为黄氏在序言中称善周宪王本和李卓吾本。李卓吾本种类繁多，真假不一，也不知他认同的是哪一种，但从上述文献状态可知，黄本的体例至少与今存的部分李评本类似。然而他认同周宪王本却让人费解。周本现今固已不得见，但凌濛初本则是"悉遵周宪王元本，一字不易"[4]。据凌氏言，周宪王本分五本，每本四折，又有题目正名，而黄本正属于被凌氏所指责的"时本从一折直递至二十折"，"妄以南戏律之，概加名目，如'佛殿奇逢'、'僧房假寓'之类"。另外，凌氏又称周本中

---

[1] 宋琏：《锦衣卫提督街道都指挥同知墓志铭》，《黄培文字狱案》，青岛市新闻出版局，第241页。
[2] 宋继澄：《含章馆诗集序》，《黄培文字狱案》，版本同上，第115页。
[3] 宋继澄：《含章馆诗集序》，《黄培文字狱案》，版本同上，第115页。
[4] 凌濛初：《西厢记·凡例》，《凌刻套板绘图西厢记》，上海古籍出版社据上海图书馆藏明凌濛初刻初印本影印，2005。本段凌氏言辞均出自此。

"外扮老夫人，正末扮张生，正旦扮莺莺，旦俫扮红娘"，而黄本中各角色皆直接署为"夫人"、"张生"、"莺莺"、"红娘"等，这也正是凌氏所指责的"悉易以南戏称呼，竟蔑北体"。

按照黄本评语中不断出现的"时本为'某'"推测，他采用的戏曲底本应该就是那所谓的至正元本。由此，我们很难不对这个元本起疑：究竟该元本是否存在？或者该元本是否是真的元本？这些问题现在很难有确切的答案。不过黄本作为校本的破绽的确颇多，比如他在评语中时常详引凌濛初本的观点，由此可以看出他读书其实是颇为细致的，但不知为何对他最看重的元本的介绍却仅仅停留在"于朱成国邸见古本二册，时维至正丙戌三月。其精工可侔宋板"这般含糊其辞的程度；又如，他从未说明校订所用的参校本，即所谓"时本"是什么本子；再如，他的评语中时见"'某'时本作'某'，误"之语，主观判断下得如此明确，却从不给出任何理由，从不做出任何说明。因此，从校勘的角度来看，这并不是一部高质量的校本。

作为校本的不审慎并不妨碍《详校元本西厢记》作为评本的价值。评点与校勘最大的不同就在于责任者主观意志的渗入。黄本这种不予理由即断正误的做法恰恰使它的许多校勘结论带上了主观评论色彩，而深入考察全书各处的正误断勘，更可以发现，这些频繁出现的"误"、"非"、"大谬"之下，却原来都蕴涵着并不紊乱繁杂的文学艺术准则，显然，它们正是评者文学思想的体现。

黄本所关注的对象偏于琐细，有很多都是一句曲文中的个别字词、一个曲牌或者一个科范等，在内容上有相当一部分属于音韵调法、体例制度的范畴。比如它在第一出《佛殿奇逢》论【上马娇】之"偏、宜贴翠花钿"时引凌濛初观点云："偏，一字韵句，所谓曲中短柱。后'嗤嗤的'，亦上'嗤'字为句。【上马娇】本调如此，勿认'偏宜'、'嗤嗤'连读。"再如第三出《墙角联吟》论【拙鲁速】之"你便是铁石人，铁石人也动情"云："上'铁石人'是衬句，非本调，应叠。"而有更多的评语，单纯根据评语字面是很难划分其归属的，也很难获知评者何以断其正误。然而一旦将评者所谓的正确文本和错误文本进行比勘，即可以发现其中蕴涵的文学观点。

例如，第一出其论张生上场白之"贞元十六年二月上旬"云"时本作'十七年'，误"。乍然一看，似颇突兀，但只要联系宋代王铚关于元稹所作的莺莺传奇事应发生在唐贞元十六年春之说，即可看出黄氏重视本事的文学观。又如，第十八出《尺素缄愁》论【三煞】之"这斑管，曾霜枝栖凤凰，泪点渍胭脂"曰："俗本多作'霜枝曾栖凤凰时，因甚泪点渍胭脂'，学究之气熏人。"可见黄氏重视戏曲语言的本色自然。大约因为处于明清交接之时，"本色"观在黄本中体现得颇为明显，不仅如此例者比比皆是，它甚至还多次征引凌濛初的"本色"论，如对于第十出《妆台窥简》张生看信之后的道白"呀，有这场喜事，撮土焚香，三拜礼毕。早知小姐简至，理合远接。接待不及，勿令见罪！小娘子，和你也欢喜"，黄本即引凌本云："即空主人曰：'白之酸处，正是元人伎俩处。时本改削之，便失本色。'""本色"之外，人物塑造和文意贯通也是黄本决勘文本的两个重要文学依据。例如，第二十出《衣锦荣归》中，黄本认为第二支【落梅风】应该由红娘唱，时本让张生唱，是错误的。考察该曲，语词通俗，情感直切明快，它更符合红娘心直口快的性格和不曾读书的身份，黄本此论，显然是以人物性格为衡而发。而第十九出《郑恒求配》论【小桃红】之"洛阳才子善属文"云"'洛阳'上俗本多'若不是'三字，谬"，这便是出于文意贯通的考虑，因为此句之后的曲文都是在讲夫人和小姐对张生的欣赏，与此句是顺承关系，一旦增添表示假设转折的"若不是"，文意便晦涩难解。

二 《第六才子书西厢记》

此书为刻本，最早在清顺治年间（大约在1656年后不久）由贯华堂刊刻。[①] 后来翻刻和重刻者不计其数，著名者如康熙年间世德堂刻本、四美堂刻本、怀永堂刻本，乾隆年间书业堂刻本、宝淳堂刻本等。它是包括评本在内的所有《西厢记》版本中存世最多的一种。在不断翻刻和重刻的过程中，书的内容也在不断扩充。最早的贯华堂刊本为八卷，主要由以下内容

---

① （清）佚名《辛丑纪闻》载金圣叹"丙申批《西厢记》"，此"丙申"即顺治十三年（1656）。

构成：卷一（《恸哭古人》和《留赠后人》二序）、卷二（《读第六才子书西厢记法》）、卷三（《会真记》以及王铚、范摅、王楸、陶宗仪各自的考据文章共4篇，还有元稹、白居易、杜牧、沈亚之、李绅等人的诗词共有20余篇）、卷四（《西厢序》和题目总名、第一之四章）、卷五（第二之四章）、卷六（第三之四章）、卷七（第四之四章）、卷八（续之四章）。后来康熙年间所出的吕世镛怀永堂刻《绘像第六才子书》增添了绘像和《醉心篇》，卷首则另附康熙庚子（1720）吕氏自序。乾隆年间出的邹圣脉《楼外楼订正妥注第六才子书》又增补了戏曲文本的字词典故注解。而下文将要论述的邓汝宁《静轩合订评释第六才子西厢记文机活趣》（又名《增补笺注绘像第六才子书西厢记释解》或《吴山三妇评笺第六才子书》）和周昂《此宜阁增订金批西厢记》以及蓝炳然《天香吟阁增订金批西厢记》其实也属于《第六才子书》版本的范畴，其中更增添了新的序文和评语等。这些新增添的内容与《第六才子书》原有内容杂汇流传，形成各种各样的《第六才子书》版本。其题名亦五花八门，如《增像第六才子书》、《绣像第六才子书》、《绘图第六才子书》、《绣像全本第六才子书》、《绣像妥注第六才子书》、《绘像增注第六才子书释解》等。其分卷也不再完全保持原有的八卷形式，如楼外楼刻邹圣脉汇注本就是六卷外加卷首一卷，将序文、《读法》及《会真记》等内容统统放入卷首，而将戏曲正文放入卷一至卷五，卷六则为《醉心篇》。

《第六才子书》的评者是清初著名的文学批评家金圣叹，其原名为采，字若采，后改名人瑞，圣叹是其改名后的字或号。江苏苏州人。明末曾考取秀才，终生未入仕途，以评书衡文为业。他为人狂放不羁，纵气使性。清顺治十八年（1661），他在清世祖丧期与诸生痛哭文庙，并上揭帖请逐贪酷县令任维初，被巡抚朱国治诬为"震惊先帝之灵"[1]和聚众倡乱。朝廷因此大兴狱案，酿成清初震惊江南的"哭庙案"，他则被列为此案主犯处斩。金氏治文，"凡一切经史子集，笺疏训诂，与夫释道内外诸典，以及稗官野史，九彝八蛮之所记载，无不供其齿颊，纵横颠倒，一以贯之，毫无剩

---

[1] （清）佚名：《辛丑纪闻》，《丛书集成续编》第25册，上海书店出版社，1994，第150页。

义"①，又常发惊世骇俗之论。他礼遵儒家道统，却又出入佛、老，故其评论之间，思想驳杂。他著述繁复，据族人金昌叙录，共二十余种，其中很多都属于未完稿。传世者除为人熟知的《第六才子书西厢记》和《第五才子书水浒传》之外，还有《才子书汇稿》、后人所辑《沉吟楼诗选》等。

"才子书"其实是金氏规划的一个评点系列，除《西厢记》之外，入选的还有另外五部文学经典，即《离骚》、《庄子》、《史记》、《杜诗》、《水浒》。遗憾的是，他因罹难只完成了《西厢记》和《水浒》两部书的评点，还有一部《杜诗解》未竣。由此可知，金氏评点《西厢记》并非出于对戏曲的热情和痴迷，而只是构建和阐发其文学观的一种手段，所以不管是戏曲《西厢记》，还是小说《水浒》，抑或杜甫诗歌，在他看来，都只用"一副手眼"评读即可。这一点，他的崇拜者周昂看得非常清楚，周昂曾说："吾亦不知圣叹于何年月日发愿动手批此一书，留赠后人。一旦洋洋洒洒，下笔不休，实写一番，空写一番。实写者即《西厢》事，即《西厢》语。点之注之，如眼中睛，如颊上毫。空写者，将自己笔墨写自己性灵，抒自己议论，而举《西厢》情节以实之，《西厢》文字以证之。"（《此宜阁增订金批西厢记·后候》金氏折批之眉批）

因此，金氏对作为戏曲剧本的《西厢记》文本，是并不审慎的。首先，他在《读法》中就已明确宣称："圣叹《西厢记》，只贵眼照古人，不敢多让。至于前后著语，悉是口授小史，任其自写，并不更曾点窜一遍，所以文字多有不当意处。盖一来虽是圣叹天性贪懒，二来实是《西厢》本文珠玉在上，便教圣叹点窜杀，终复成何用？普天下后世，幸恕仆不当意处，看仆眼照古人处。"② 由此可知他和明代的王骥德等人或是后面将要论述的毛西河不一样，对文本是否精准无误，他并不上心。文本于他只是一种借以阐发文学观点的载体，细部的差谬并不会给这个目标带来负面影响。不仅如此，他还窜改王实甫的既有文本，这种窜改绝对是有意而为之，目的是要为其评语中阐发的文学观点提供证据支持。因此，金本的戏曲文本是

---

① （清）廖燕：《金圣叹先生传》，《廖燕全集》，世纪出版集团、上海古籍出版社，2005，卷十四。
② （清）金圣叹：《贯华堂第六才子书西厢记》，清顺治贯华堂刻本。本书所引金本文献皆出于此。

很不同于以往的其他任何评本的。

在文本单位的划分上，金本既没有采用北曲"一本四折"的体式，也没有接受南戏化的"出"或"套"，而是径直在第一层次标以"第×之四章"，在第二层次标以"×之×"（"×"代表序列数字），如王本的第一本就被改题为"第一之四章"，其下四折则被标识为"一之一"、"一之二"、"一之三"、"一之四"，这使得作品看起来已不似剧本而更像小说。特别需要注意的是，第五本不改作"第五之四章"，而是"续之四章"，其下四章也分别呼之曰"续之一"、"续之二"等。自明以来，第五本是否他人续作之争已成为《西厢记》研究领域的一桩公案，但明代除崇祯年间闵齐伋"会真六幻本"明确将其标为"关汉卿续"之外，绝大部分版本都还是将五本视为一体。金氏在标目上的这种举动，配合他在文本评点中对第五本的诟病，显然是要在出版领域内旺燃闵氏的星星之火，高扬续作拙劣之说，从而开启了整个清代评点领域漠视第五本的主流论调。

在标目上，题目总名"张君瑞巧做东床婿，法本师住持南禅地。老夫人开宴北堂春，崔莺莺待月西厢记"被置于全剧开头，各本的六言四句题目正名则分别被置于各"第×之四章"之开头，具体为：

第一之四章	老夫人开春院	崔莺莺烧夜香
	小红娘传好事	张君瑞闹道场
第二之四章	张君瑞破贼计	莽和尚杀人心
	小红娘昼请客	崔莺莺夜听琴
第三之四章	张君瑞寄情诗[①]	小红娘递密约
	崔莺莺乔坐衙	老夫人问医药
第四之四章	小红娘成好事	老夫人问由情
	短长亭斟别酒	草桥店梦莺莺
续之四章	小琴童传捷报	崔莺莺寄汗衫
	郑伯常干舍命	张君瑞庆团圆

[①] 傅晓航《金批西厢诸刊本纪略》（《戏曲研究》第20辑，文化艺术出版社，1986）所载山西省图书馆藏贯华堂刻本此处题为"张君瑞寄情词"。

前十六章又分别拥有两个字的名称，分别是：惊艳、借厢、酬韵、闹斋、寺警、请宴、赖婚、琴心、前候、闹简、赖简、后候、酬简、拷艳、哭宴、惊梦。以二字形式命名虽是承自明代，但明代却没有哪个评本的二字标目与此完全相同，甚至差别极大，而且，"前候"与"后候"、"闹简"、"赖简"与"酬简"这些名目明显具有一定的关联性。所以，这些名目应该是金氏在参考明本的基础上自己拟定的，其中似刻意在营造一种前后的逻辑性。至于脚色署名，则既不标以杂剧的末、旦、外、净之类，也不标以传奇的生、旦、小旦等，而径直署以张生、莺莺、红娘、夫人等，这使得剧本与一般性叙事作品更加相似。①

与他对待王实甫原本的粗糙相比，金氏对自己的评点却是相当细致认真的。仅就文本表现形式而言，其评点组织可谓精密如织。哭前赠后的双序、八十一条读法、正文开篇前之《西厢序》、文本之中各章的折批和节批，使整个文本被评点包裹得严严实实，不像是评点穿插文本，倒像是文本论证评点。一言以蔽之，整部《第六才子书》就是以评点方式构建出的"圣叹自制"《西厢记》。

三 《朱景昭批评西厢记》

此书为抄本，底本原为吴晓铃先生收藏，2004年被影印收录于吴书荫主编的《绥中吴氏藏抄本稿本戏曲丛刊》。全书不分卷，正文前有序言四篇和《读法》六条。序言之中，最后一篇题名为"钟氏原序"，不知何人所作，应该是过录自评本使用的戏曲底本。另外三篇则依次署以易水钱镛季平、龄江张珩楚材、山阴朱璐景昭。《读法》作者亦为朱璐。正文结束后有署"萧山陈正治绮函"的跋语一篇。

此书大约完成于1656~1671年间，评者正如书题所揭示的那样，为山

---

① 这些关于金本的戏曲文本介绍是以贯华堂刻本情形为准的。《第六才子书》在历次重刻和翻刻中内容多有变化，比如关于"续之四章"的篇名，贯华堂刻本的目录上标有：泥金报捷、锦字缄愁、郑恒求配、衣锦荣归，但在"续之四章"的正文版心处，却没有如前十六章那般标注篇名，只分别代之以"续一"、"续二"、"续三"、"续四"。而在后来的一些刊本中，篇名已改为：捷报、猜寄、争艳、团圆。

阴（今浙江绍兴）人朱景昭，"璐"应该是其名。此人生平难见于史料，经笔者考证，其为清初一无功名文人。① 在评者自序中，朱氏对自己评点《西厢记》的背景有所交代："近阅吴中改本一帙，逐段注解，逐篇评论，立意命词，大都宗南华、御寇，而才分有未逮焉者。使得良师友磨砻陶铸之，几登作者之坛。惜其任以己意，尽将原本割裂改涂，每一展看，肠欲为呕，目欲为眩。……然其一番评注苦心，议论风生，煞有可观，不容泯没。予因特检原本，取其评注之得当者，另录一编，间有缺略散漫者，附以臆见，稍为增损。……又取明季诸先正各本，凡评论之有裨于文艺者，汇录焉。"② 考察评本的具体情形，可知此"吴中改本"即金圣叹评本。由此可知，朱本并非是纯原创性质的，而是以"原本"《西厢记》为戏曲底本，摘录前人评本特别是金圣叹评本中的评语，经过自己的组织，并辅之以自己的见解构建的评本。

当然，朱璐自以为的"原本"其实离杂剧《西厢记》的原貌还有相当距离，只能算作未经圣叹改动的文本。它的体例并非"一本四折"，又无题目正名，而是以"套"为单位，将全剧分作十六套。值得注意的是，张生草桥梦莺莺之后的内容已被彻底删去，这令它成为《西厢记》出版史上第一部彻底抛弃原本第五本的版本。其标目也是二字形式，分别是：遇艳、投禅、联诗、附荐、解围、请宴、寒盟、琴心、传书、省简、逾墙、订约、就欢、巧辩、伤离、旅梦。这些标目有些与明本如王骥德本、李廷谟刊徐渭评本等相似，但有些标目如"琴心"，在此之前却仅见于金圣叹本，因此，它们应该是朱璐在广泛参考明本和金圣叹本之后进行加工的结果。总目和题目正名已完全不见，脚色标署亦同金本一般，直接标作张生、莺莺、红娘、老夫人等。由此可见，该戏曲底本仍然为一传奇化的剧本。文本中有少量单圈标示，至于评语，则被置于两种位置：一是眉头，用以批评该页文本之中的相应内容；一是每套末尾，对该套之中评者认为最重要的问题进行阐述。

评语的来源，除去少部分朱璐自身的见解外，其余部分主要来自金圣叹

---

① 成书时间和朱氏生平推勘详见下编第一章。
② （清）朱璐：《朱景昭批评西厢记》，清初抄本。本文所引朱本文献皆出于此。

本，另外还有徐渭和王思任等一些明人的评语。经比较，可知徐评多出于《田水月山房北西厢藏本》，此不赘谈。这里特别要强调的是王思任评语。

这是一个很值得学界重视的问题，因为今存王思任关于《西厢记》的评论文字仅两篇，一为《三先生合评元本北西厢》之王序，一为《王实甫西厢记序》（见《王季重十种》）。至于是否有过"王思任《西厢记》评本"，却已成为一桩学术公案。傅惜华先生《元代杂剧全目》等重要书目都将它列出，但也都无法提供文献证据。蒋星煜先生因而认为它"并不存在，王思任尝为《三先生合评本北西厢记》作过一篇短序，因此书流传不广，后人以讹传讹，王思任'作序'本竟成为王思任'评本'了"[1]。但是，作为王氏身后不远的同乡，朱璐却在评本中录有几条并不见于上述两序的王氏评语。兹列于下：

> 登峰造极，俱在第一层尖上取舌。此书成后，千古人学问尽呆，资质俱钝。（《朱璐自序》）
> 此篇胡珠乱撒，但闻清贵错落之声。（《琴心》套批）
> 填词至此，鬼神欲泣，真宰必售。一日一唱，一唱一叹。谁得而馘射之。（《伤离》套批）
> 情理所极，几与圣经贤传同一，不可思议。（《伤离》套批）

第一条引自王氏《西厢记序》（据朱璐言），后三条针对曲章而发。如此看来，王氏对《西厢记》不仅有专序，似乎更有曲文评点。当然，事情真相如何，还有待于文献的进一步佐证。

四 《论定西厢记》

此书现存清康熙十五年（1676）学者堂刻本及民国间武进董氏诵芬室石印重刊本。评者毛西河即清初著名的经学家和文学家毛奇龄，其生平参见下编第三章。全书正文五卷，首尾各附一卷。其卷首内容为：康熙丙辰仲春延陵兴祚伯成氏序、毛氏自撰之《论定西厢记自序》、《西厢记杂论》

---

[1] 蒋星煜：《"王思任评本西厢记"疑案》，《华东师范大学学报》（哲社版）1998 年第 2 期。

十则、莺莺图像一幅、莺莺图像跋、《会真记》（附《辩证》）、余杭陆进谨《后跋》、《考实》。卷末内容为：《西厢记卷末》、元稹《莺莺诗》及《春晓诗》、杨巨源《崔娘诗》、李绅《莺莺歌》、沈亚之《酬元微之春词》、王涣《惆怅词》、杜牧《题会真诗三十韵》、毛甡与张杉及金敬《敷联续会真诗三十韵》、秦观《调笑令词》、毛滂《续调笑令词》、赵令畤《蝶恋花词十二首》（有题序）、杨慎《黄莺儿词》。正文五卷则是对《西厢记》文本展开的具体论定。①

《论定西厢记》的戏曲底本，据毛氏自序所言，乃是偶得于兰溪方记室家的元至正旧本之明永乐十三年重刻本，毛氏认为该本"曲白皦凿，与元词准"，因此"以兰溪本为准，矢不更一字，宁为曲解，定无添易"。毛氏述此兰溪本事，言之凿凿，似真有其事，但是此书现已不能得见，也不见其他人提及。若此书果真存在，则从评本的戏曲文本情形来看，它的确具有一定的北曲风貌，但也不乏奇怪的体例特征。全剧分五本，每本之下又各分四折，但在各折标数上却不是按照单本内部次序各标作"第一折"至"第四折"，而是将全剧打通，依次标作"第一折"至"第二十折"。各折并不单独标目，只在每本结束处标以六言四句的【正名】，其内容为：

第一本	老夫人闭春院	崔莺莺烧夜香
	俏红娘问好事	张君瑞闹道场
第二本	张君瑞破贼计	莽和尚生杀心
	小红娘昼请客	崔莺莺夜听琴
第三本	老夫人命医士	崔莺莺寄情诗
	小红娘问汤药	张君瑞害相思
第四本	小红娘成好事	老夫人问由情
	短长亭斟别酒	草桥店梦莺莺
第五本	小琴童报喜信	老夫人悔姻缘
	杜将军大断案	张君瑞两团圆

---

① 国图藏康熙学者堂刻本有残缺，此处文本情形是综合上述两种版本而言。本书下引毛本文献，将采用优先征引学者堂刻本的方式，若逢学者堂刻本残缺处，则以诵芬室重刊本内容补入。

全剧结束处又有总目四句曰"张君瑞巧做东床婿，法本师住持南禅地。老夫人开宴北堂春，崔莺莺待月西厢记"，它们在很多《西厢记》版本中都被列于剧作开头。

至于评本在论定中所参考过的版本，则可据其评语的具体内容推知。在毛氏的论辞之中曾明确提及的《西厢记》版本有：王骥德本、董解元本、徐文长本、碧筠斋本、朱石津本、金在衡本、顾玄纬本、《雍熙乐府》本、日新堂本、周宪王本。其中王骥德本出现的频率最高，董解元本次之，徐文长本再次之，余者出现次数则不多。貌似毛西河参校了许多的前人本子，但事实上，只要仔细检阅其论辞，就会发现除董解元本被大量引用作为主要例证，以及日新堂本和周宪王本只在论剧本标目和作者问题时各被征引一次之外，其余诸本相涉观点，皆可见于王骥德的《新校注古本西厢记》，而此书正是毛氏在《自序》中特别攻击的对象。因此，在毛氏指名道姓的那一堆《西厢记》版本里，真正被其参考的本子，主要只有王骥德本和董解元本。而对明末那部和王骥德评点方式相近的凌濛初本，毛氏从不曾提及，比对二书内容，也绝少相近处，只是他征引的日新堂本和周宪王本关于剧本标目和作者的观点在现存明本中只曾同时出现于凌本，看来，毛氏或许阅览过凌本，但在正式论定的过程中却应该没有参考它。

然而，事情远非如此简单。因为毛本还有一个隐性参考本，这便是有清一代影响最盛的金圣叹《第六才子书西厢记》。在毛氏的论辞中，它被提及得相当频繁，只不过毛氏从不以正名呼之，而是言必称"盱衡抵掌者"。毛氏以考据见长，论必引经据典，又最憎改窜原文，而金圣叹的评点风格显然严重犯了他这些忌讳，所以他对金氏相当轻蔑不屑，不断在论定之中揪住对方进行批判。

尽管毛氏对金圣叹的观点不屑一顾，但评本的评语却像金本一般，是以分章划段的形式穿插于戏曲文本之中，对相应内容进行评说。评语基本都是毛氏自撰，但也有个别是来自邵赤文、萧研邻、汤显祖、屏侯和萧孟昉等人，这些人或为前贤，或为毛氏之交好。

五 《西来意》

此书为刻本，初刻于清康熙年间，又名《元本北西厢》和《梦觉关》。全书四卷，前一卷，后一卷，内容相当丰富。卷前内容为：金堡《西来意序》、徐继恩《序西来意》、查嗣馨《梅岩手评西厢序》、蒋薰《西来意小引》、褚廷琯《序》、俞汝言《西厢说意序》、潘廷章《西厢说意》、《西厢三大作法》、《西厢只有三人》、《读西厢须其人》、王廷昌等《附记语录一则》、潘景曾等《记事》七条、元稹《会真记》、翁昺《跋会真记后》。很多序言款识中都录有作序时间，金序为"康熙己未"（1679），徐序和潘氏《说意》皆为"康熙庚申"（1680），查序为"康熙丁未"（1667），据此推测，此书或成于康熙前期。卷后则收入褚元勋《西厢辩伪》，它从金圣叹《第六才子书》各章中罗列证据，痛陈金本改换关目、强作解事、窜易字句、横分枝节的四大罪状。此书另有乾隆四十三年（1778）任以治抄本，其卷前又添加了任氏所撰的《元本北西厢序》和《金评西厢正错序》各一篇，另有无名氏序一篇。

评本的戏曲底本，据潘氏《读西厢须其人》所言，乃是"悉从《田水月》、碧筠斋元本点定，绝不窜易一字"①。《田水月》本如绪论所述，是一种徐渭评本，而碧筠斋本则为今已失传的明代嘉靖二十三年（1543）刻本。②在《田水月》本卷首有《叙》，其中提到"余于是帙诸解并从碧筠斋本，非杜撰也"和"余所改抹悉依碧筠斋真正古本"，看来《田》、碧二本在戏曲底本上具有密切的承传关系。事实上，潘本在曲文具体评点中并未提及碧筠斋本。在《白马解围》一章，它删去了杜将军所唱的【赏花时】，并评曰："此下有【赏花时】一阕，元本所无，今删之。但前后白多，文情殊觉冷淡。"此话明显是化用《田水月》本同处的评语"此二套古本无。但

---

① （清）潘廷章：《西来意》，清康熙间刻本。本书所引潘本文献皆出于此。
② 据陈旭耀《现存明刊西厢记综录》所言，山东师大图书馆藏有一部清同治十年的《碧筠斋古本北西厢记》抄本，其曲文除部分借自金圣叹本之外，大都与《重刻订正元本批点画意北西厢》和《田水月山房北西厢》相同。陈氏经考证，认为该抄本的底本是失传的碧筠斋本。此说是否确实，笔者不敢断定，姑且存之。

前后白多，恐去之觉冷淡了"，只是将"古本"直接改称"元本"而已。据此推测，潘氏不一定真的将两个本子都阅过，而很有可能是据《田水月》本《叙》而顺便言及碧筠斋本。另外，在《把盏停婚》一章的【清江引】处，它有夹批曰："此阕向作红唱。延阁订本仍作莺唱，其理更深。读末句自知之。"可知崇祯四年（1631）序刻的延阁主人李廷谟订正《徐文长先生批评北西厢记》也被潘氏参考过。

考察潘本曲文的具体情形，它一共是四卷，每卷四折，第一折前有楔子。值得注意的是，张生草桥梦莺莺以后的文本也被删去了。总目四句"张君瑞巧做东床婿，法本师住持南禅地。老夫人开宴北堂春，崔莺莺待月西厢记"以及王实甫原本中各本的题目正名四句（潘本只称"正名"）皆予以保留，其具体情形为：

第一卷	老夫人开春院	崔莺莺烧夜香
	小红娘传好事	张君瑞闹道场
第二卷	张君瑞破贼计	莽和尚生杀心
	小红娘昼请客	崔莺莺夜听琴
第三卷	老夫人命医士	崔莺莺寄情诗
	俏红娘问汤药	张君瑞害相思
第四卷	小红娘成好事	老夫人问由情
	短长亭斟别酒	草桥店梦莺莺

各折又有四字标目，分别是：佛殿奇逢、僧房假寓、墙角联吟、斋坛闹会、白马解围、红娘请宴、把盏停婚、闻琴感意、书院传情、妆台窥简、乘夜逾垣、寄方问病、月下佳期、堂前巧辩、长亭送别、草桥惊梦。脚色署名不遵元剧旧称，莺莺、红娘、老夫人、法本、法聪被简署以"莺"、"红"、"夫人"、"本"、"聪"，张生虽被署以"生"，却不能确定这究竟是南曲化男主角的概称，还是"张生"二字的简称。由此，潘本的文本情形其实还是和《田水月》本有一定差别，尽管二书都有相同的总目、楔子和题目正名，但在体制上，《田水月》本是分作一折四套，而各套的四字标目也和潘本多有出入。所以，潘氏所谓的"绝不窜易一字"其实是一种夸张的说法。至于潘本删掉草桥梦莺莺之后的内容，除去是潘氏对作品主题理

035

解的产物外，也不排除有受到金圣叹评本影响的因素。

潘本的评语相当多，它们密布在文本的行间和句间，在各折的末尾，还有篇幅颇长的《说意》，对该折进行总体性评述。评者潘廷章，字美含，号梅岩，浙江海宁人。他在明末为诸生，明亡后，避世不出，潜心著述，著有《硖川集》《渚山楼集》等。从《记事》所言之"是书初因伪本突出，耳食者竞相传诵，特为标指觉迷"，以及卷后所附褚氏《西厢辩伪》可以推知，反感日益盛行的金圣叹《第六才子书》是他评点《西厢记》的直接诱因，因此文本评语中不时可以见到他对金氏观点的批驳。但当他主要以佛家思想视角解读《西厢记》时，却又在一定程度上呈现出与金氏评语中也曾流露的因果论和空幻观的一致性，大约曾历经"天崩地解"的文人都有着某种共同的心结。

六 《西厢记演剧》

此书为刻本，大约刻成于清康熙二十七年（1688）之后不久。全书分上下两卷，内容构成颇为简单，除正文外，仅在书前有一则署名"广陵李书云"之序言。参与该书评点工作的人员不止一人，据李书云序中所言"汪子蛟门，每折批评，相与鼓掌。……不数月而蛟门作古人矣。予能无挂剑之义哉！付之梓人"①，可知李氏与那位叫汪蛟门的都是评者。同时，该书上、下卷开篇处皆题"大都王实甫元本，广陵李书楼参酌，吴门朱素臣校订"，可知李书楼、朱素臣二人亦是评者。②

此书与其他评本相比的特别之处在于，它是一部改编王实甫原本并以评点进行相应论说的评本，因此它的文本情形与之前任何一种《西厢记》都不同。作品以"折"为单位，却将原本的第二本第一折和第三本第二折各拆作两折，又彻底砍掉张生草桥梦莺莺之后的情节，成为十八折。分别题作：游殿、借寓、联吟、修斋、寺警、解围、请宴、停婚、听琴、传情、窥简、诗约、跳墙、问病、佳期、巧辩、送别、惊梦。③ 又于第一折之前另

---

① （清）李书云等：《西厢记演剧》，清康熙间刻本。本书所引李本文献皆出于此。
② 关于作者的具体考证详见下编第四章。
③ 此为正文中的题名，目录中的题名与此有一定差别。在目录中，第一折、第二折、第四折、第十三折分别题作：奇逢、假寓、闹斋、逾墙。以下论述中涉及题名时皆以正文为准。

加"首折",以作《家门》。原本的题目正名全部取消,唯总目四句"张君瑞巧计东床婿,法本师住持南禅地。老夫人开宴北堂春,崔莺莺待月西厢记"被撰于《家门》开篇。在脚色署名上,莺莺被署以"旦",张生被署以"生",红娘被署以"小旦",老夫人则署"老旦",法聪为"副净",法本为"外",杜将军为"小生",小二为"末",琴童、孙飞虎被署以"丑"。正如李序所言之"元本一字不更",王实甫原本曲词基本不被更易,只是所唱之人发生改变,不再由一人专唱一折曲词,而是由不同脚色杂唱。例如:第一折《游殿》本来全属张生的唱词已被改为张生、崔莺莺、琴童和法聪四人杂唱。至于王本的道白科范等,则多被改易,例如第五折《寺警》莺莺自请献贼之后,原本老夫人所云之"俺家无犯法之男,再婚之女,怎舍得你献与贼汉,却不辱没了俺家谱"被改作"宁可同死,决不如此"。又如,第十折《传情》开篇,此本在张、红相见之前增添了琴童对张生害相思的调侃以及琴童接应红娘的一段对话。

评语则被附于每折作品文本之后,以折批形式出现,同时附上的还有《音释》。《音释》是对文本中个别阅读起来相对困难的生僻字进行注音,被释之字寥寥几个,并不像其他版本中的《音释》那么烦琐。评语则来源复杂,除去以汪蛟门为主、李书云为辅的评者自撰评语外,尚录有徐文长、骆金乡、汤显祖、沈璟、金圣叹、毛西河、萧研邻、邵赤文诸人之评语。其中,徐文长、汤显祖和沈璟的评语应是转引自王骥德《新校注古本西厢记》,金圣叹评语自是引于《第六才子书》,而毛西河、萧研邻、邵赤文的评语则引自毛西河《论定西厢记》。

第二节 清代中期评本

《第六才子书》问世以后,由于其巨大的实用性和高度的审美指导性,它不仅很快取代王实甫本成为当时天下最为流行的《西厢记》版本,而且似乎成为戏曲评点范畴内的一座丰碑和世人难以逾越的一座高峰。很多人纷纷效仿圣叹笔法评点其他戏曲,但对这部金氏操刀过的《西厢记》,却不敢再贸然提笔。然事无绝对,雍正年间,一位叫邓温书的人揣着和金氏类似的"不随水逝云卷、风驰电掣而去"期待，以"扫尽十丈红尘，跻身霄外"的雄心，用连曲带批的整部金《西厢》作底本展开评点，采取旁征博引的方式，进一步开掘金评的奥义。乾隆初年，又有一个叫周昂的人怀着对金《西厢》的推崇和对金氏本人的钦羡，同样以包括金批在内的金《西厢》作底本，制作出《此宜阁增订金批西厢》。

一 《静轩合订评释第六才子西厢记文机活趣》

此书为刻本，笔者所见者为清乾隆十七年（1752）新德堂刻本，其内封注有"潭水刘大登庚订，齐昌邓汝宁集解"。卷首有署名"何闻广誉海氏"的《题合订西厢记文机活趣全解序》和署名"齐昌邓温书汝宁氏"的《合订西厢记文机活趣全解序》，两序的落款时间分别为"雍正九年岁次辛亥初夏望二日"（1731）和"雍正五年丁未岁重阳后一日"（1727）。由此推断，此书的初刊时间似应在雍正年间。评者为邓温书，汝宁或是其字号，生平不详。

邓本问世以后，被多次翻刻，后来更有改其名为"增补笺注绘像第六才子书西厢释解"，并伪标以"吴吴山三妇合评"副题发行者。此种刊本去掉了何序与邓序，却窜入了一篇署名汪博勋的序文，序之落款时间为"康熙已酉年"（1669）。此序内容与明崇祯十三年（1640）西陵天章阁《李卓吾先生批点西厢记真本》的醉香主人序基本相同，只有个别字句的差别，故应为伪作。"吴吴山三妇"则是清初文学家吴仪一（字吴山）的三位妻子，分别是陈同、谈则和钱宜。大概因这三人曾合评《牡丹亭》，所以翻刻者会伪造此副题，以增噱头。总的看来，邓本在清代的销路不错，一版再版，至今存世颇多，有乾隆年间致和堂刻本、嘉庆年间五云楼刻本、道光年间文苑堂刻本、光绪年间上海石印本等。

就乾隆新德堂刻本而言，全书八卷。正文之前的内容颇为繁杂，除去何、邓二序之外，尚有如下内容：元稹、杨巨源、杨慎、徐渭等前贤关于崔张情事题材的诗词；崔莺莺绘像和二十幅插图；以各折标目为题所作的二十首小词；标注为"四明张楷著，潭水刘堂大登氏庚订"的《新精订西厢蒲东珠玉诗》；何誉海所著的介绍《西厢记》作者和历代研究者的《词学先贤姓氏》；《凡例》十六条；金圣叹批评《西厢记》所得文法摘录二十一条；前代《西厢记》评家罗列。正文完结以后，书尾尚附有《第六才子西厢记摘句骰谱》、署名"元晚进王生名未详"的《围棋闯局》和《园林午梦》。《园林午梦》之末有所谓的"圣叹评曰"，内容为："即此观之，莫说人被利名牵，神魂不安。即儒者，闭窗评论今古，亦是一种机心未净处。读渔翁于梦，可以豁然猛醒。"[①] 正文之中，在金氏《读西厢记法》之前，另有一篇《读西厢记法》，内容则是摘自毛西河评本开篇处的《考实》。

与以往的《西厢记》评本不同，邓氏是第一次以金圣叹《第六才子书》为底本进行评点。其评议对象不仅包括被金氏改动过的曲文，而且也囊括了金批本身。为此，正文采用了上下分栏版式，金《西厢》原有之文本被镌于下栏，评语则镌于上栏，只有个别以旁批形式置于下栏文中。文本中有红色单圈标注，以呼应相应的评语。眉栏批语主要分为参评、释义、参释三种，其中参评和参释多为议论性评语，而释义则多是对字词典故的解释。这些批语的来源非常复杂，除少量自创外，很多都出自前人的各种《西厢记》评本和注本。释义多转自明代注释本，如弘治本等，而评述性内容则多引自明代李卓吾本、徐文长本和清代毛西河本。特别是毛本，它是邓氏摘引的主要对象。虽然评语以转引为主，但转引所蕴含的取舍标准却能体现邓氏的文学原则，反映其文学观点。该评本的原创性固然是大打折扣的，但作为金评本"再批评效应"中最早的一家，它的情形正符合了当时受众的需求，顺应了传播的潮流。前述的良好出版实绩正是一个证明。

附 乾隆致和堂刊本《增补笺注绘像第六才子书西厢释解》之无名氏眉批

该书现藏于国家图书馆，其底本为清乾隆年间致和堂刊刻的《增补笺注绘像第六才子书西厢释解》，书之扉页处有"衍庆堂"红色图印一枚，大约是其所有者盖印。文本中有墨笔单圈标注，批语为墨笔撰写，置于书之眉头，个别置于文本行间，共有28条。兹列有代表性者于下：

---

① （清）邓温书：《静轩合订评释第六才子西厢记文机活趣》，清乾隆十七年新德堂刻本。本书所引邓本文献皆出于此。

我则曰："文者见之谓之淫，淫者见之谓之文。"(《读第六才子书西厢记法》第二条)

确论。(《读第六才子书西厢记法》第十九条)

鹡鸟，鸠属。"渌"，音漉，水名，最清。鹡鸟之眼最伶，其清如渌水，老而愈伶愈清，此比红娘之眼也。俗言"伶鹡鸟渌眼"是也。(《借厢》【小梁州】之"鹡伶渌老不寻常，偷睛望，眼挫里抹张郎")

池塘生春草。(《寺警》【混江龙】之"昨夜池塘梦晓")

忐闹。(《寺警》【耍孩儿煞】)

"假意"二字大有意味，见红娘与张生已相淫相爱为夫妻，视再得莺莺为余意耳。(《前候》【后庭花】之"虽是些假意儿，小可的难到此")

封皮上有"鸳鸯"二字。(《前候》【青哥儿】之"又颠倒写鸳鸯二字")

猜破红娘与张生谐和无间矣。(《闹简》第三节金圣叹节批"岂非(莺莺)亲见归时红娘，已全不是去时红娘，慧眼一时觑破，便慧心彻底猜破故耶")

西王母以碧桃合汉武帝。(《闹简》末尾张生白"今闻碧桃花有约，鳔胶黏了又生根")

窥透莺莺心。(《赖简》折批)

"闭月羞花"，"羞"，羞惭，似专情□，此应□前愠怒。(《赖简》【揽筝琶】第五节之"他水米不沾牙，越越的闭月羞花")

明透之言，即此便写出红娘早与张生相淫无数矣。(《赖简》末尾批李卓吾评语"此时若便成合，则张非才子，莺非佳人，是一对淫乱之人，与红娘何异")

"单"者，指莺莺不相思。"恁"，音任，思念也。(《后候》【调笑令】之"便道秀才们从来恁，似这般单相思好教撒吞")

"绵里针"，有心计也。"软禁"，软弱自禁，不敢动手。(《后候》【鬼三台】之"得了个纸条儿恁般绵里针，若见了玉天仙，怎生软厮禁")

知心青衣。(《拷艳》第十九节之金批"昔曹公既杀德祖，内不自安，因命夫人通候其母，兼送奇货若干，内开一物云'知心青衣二人'。异哉! 世间岂真有此至宝耶? 为之忽忽者累月。今读《西厢》,知红娘正是其人")

转。(《哭宴》之夫人白"红娘,吩咐辆起车儿,请张生上马,我和小姐回去")

最是感人。(《惊梦》【新水令】之"望蒲东萧寺暮云遮,惨离情半林黄叶")①

这些评语究竟为何人所撰,现暂不可知。就其内容看来,多是金评或邓批不曾论及的。其中除少量音义典故之注释外,大部分都具有文学研究意义。从评者的口吻看来,此人颇具才子气息,其评点有明显针对金圣叹评点的再批评意图。这不仅指他爽朗真挚地赞其"确论",以及干脆击节叹赏金评的"知心青衣",更是指他向金圣叹发起的挑战。"文者见淫"和"淫者见文"已是显例,而他对莺莺、红娘和张生三人形象的认识,更是严重冲击了金氏精心构建的"雅洁真纯",那狂放的论调甚至连明人也望尘莫及。由此,该评本虽在版本状态上显得不那么正规,但仍然值得我们重视。

二 《此宜阁增订金批西厢》

此书为刻本,朱墨套印,现有清乾隆六十年(1795)刻本,清代后期又多有翻刻,如光绪二年(1876)的《如是山房增订金批西厢》。全书六卷,卷首排布了一系列序文,包括周昂自撰的《增订西厢序》、《赠古人上篇》、《赠古人下篇》、《哭后人上篇》、《哭后人下篇》、《西厢辨》和《续序西厢》,以及金圣叹《第六才子书》的《恸哭古人》、《留赠后人》、《删存读西厢法》、《金序西厢》。此外尚有《例言》及《会真记》。卷一至卷五则是带评点的戏曲正文。

评者周昂,字少霞(一说为号),江苏常熟人。他生于雍正十年(1732),卒于嘉庆六年(1801)。乾隆三十年(1765)拔贡,授宁国训导,三十五年(1770)举于乡,三十七年(1772)以病辞归故里。他长于韵学,

---

① (清)邓温书:《增补笺注绘像第六才子书西厢释解》,清乾隆间致和堂刻本(国图藏本)。本书所引此评本文献皆出于此。

曾著《古韵通叶》、《通韵叶音》、《韵学集成摘要》、《通叶略例》等，辑《增订中州全韵》，并为沈乘麐《韵学骊珠》作序。他在戏曲上也颇有造诣，曾撰传奇《玉环缘》、《西江瑞》、《兕觥记》，还曾评点传奇《鹤归来》等。

此书名为《增订金批西厢》，顾名思义，乃是以金圣叹《第六才子书》为底本，在金评的基础上再作评点。《例言》有云："实甫、圣叹虽属天才，然白璧之瑕，殊难阿好。索垢求疵，特为二家羽翼，非有意操戈也。"① 看来，周氏的评点带有指摘甚至补谬的意味，矛头之下，乃是两个对象：一个是王实甫本中原有的文本，另一个则是为金氏改动的戏曲文本及其评点，而后者无疑是更主要的。为此，其序言便基本都是针对金氏序言而作，无论在写作方式还是在思想内容方面，都与金序形成对应关系。例如，《赠古人上篇》和《赠古人下篇》是对应金氏的《恸哭古人》，《哭后人上篇》和《哭后人下篇》则对应金氏的《留赠后人》，《西厢辨》和《续序西厢》又是对应金氏置于正文开篇前的《西厢序》（此评本中名为《金序西厢》）。《删存读西厢法》则是因认为金氏《读第六才子书西厢记法》"凑九九之数，大是可笑"，故而根据自己的标准选取了其中"不碍文义，可备观览"的十五条。

正文文本中标注着不少单圈和斜点等评点符号，评语数量众多，或附于眉头，或安插在文本的行间句间。这些评语基本都秉持着认同基础上的质疑、继承基础上的发展态度，以一分为二的原则来对待评点对象。对王实甫原本，它不时予以支持，并将金氏修改处的王本原文列出，但也不是没有批驳，而这在一向于口头奉王本为圭臬的《西厢记》评点范畴内是很少见的。对金氏的改动和评语，它在认同金评不少观点的同时，也不断指出其谬陋之处。评语大多为周氏原创，但也有征引他书者。《例言》有云："《西厢记》评注校订诸家有：周宪王、朱石津、金白屿、屠赤水、徐士范、徐文长、王伯良及赵氏诸本。迨即空观主人集其成，而说乃大备。至圣叹评本后出，而各家俱为积薪。今兼收并取，即其言未的，亦有附录者，以广见闻也。"此中所列前人虽多，但考察评点的实际情形，他征引的主要还是凌濛初校注本，其他人的评语，很多都是转引自凌本。

---

① （清）周昂：《此宜阁增订金批西厢》，清乾隆十三年刻本。本书所引周本文献皆出自此。

第三节　清代晚期评本

《此宜阁》评本之后，清代《西厢记》评点的发展似乎进入了停滞期。此时《第六才子书》的各种版本，诸如怀永堂本、文盛堂本、三槐堂本、五云楼本、致和堂本、文苑堂本、会贤堂本、四义堂本、味兰轩本等，在市面上继续风行。直至光绪年间，才出现了新的《西厢记》评本，即戴问善《西厢引墨》。三十年后，清王朝覆灭，文学的进程却没有与政治的更迭保持绝对一致。1916年，中华书局所刊行的蓝炳然《天香吟阁增订金批西厢记》，无论在形式上还是在内容上，都与清代《西厢记》评点一脉相承，当然，它已经是传统《西厢记》评点的最后一簇景观。

一　《西厢引墨》

此书为清光绪六年（1880）稿本，全一册，分上下卷。原书为傅惜华先生收藏，现存于中国艺术研究院资料室。书之扉页有墨笔题字"渤海沧州蔚州学正戴君华使遗墨"。全书内容构成颇为简单，正文之外仅一序一跋。其序下有款识为"光绪六年岁在上章执徐寻行数墨书室"；其跋名曰《书西厢后》，落款为"处暑日谂庵甫又题"，跋下有"华使"印和"戴问善"印各一枚。评者戴问善，系清末一位教育事业从事者，又是一位经世派人士。

这是又一部以金圣叹《第六才子书》为底本的《西厢记》评本，但是已经做出了一定的改动。首先，它删除了所有的金氏评语和圈点，仅保留了戏曲文本。其次，在金本中大受诟病的《惊梦》之后文本已被它彻底删除。再次，总目和题目正名全部取消，而原有的"第×之四章"以及下属的"×之一"、"×之二"等单位序列标识全部换为"第×折"。最后，个别文句似参考过明本而有所改动，比如《惊艳》【寄生草】"这边是河中开府相公家，那边是南海水月观音院"的"这边是"和"那边是"分别改作"你道是"和"我则说是"，就与槃薖硕人《增改定本西厢记》相同。底本全以墨笔誊写，其行间则以朱笔对评者认为重要的文句进行标注，圈点符号有单圈、双圈和斜点三种形式。评语皆为戴氏原创，以朱笔撰写，大部分置于正文眉头，少量置于文本的行间和句间。这部评本的具体情形，将在下编第二章予以详细介绍，此不赘述。

二 《天香吟阁增订金批西厢记》

此书为1916年中华书局刊行本。全书四卷，无序无跋。书之扉页注明校正者为"梅江蓝炳然"，卷一开篇处亦题有"梅江蓝炳然韵石校正"字样。蓝炳然，据《台湾省通志稿·人物志》载，是台湾新竹人，清光绪初秀才，以设帐授徒为业，在家乡颇有声望；他博学多闻，尤善书画，而为人则爽朗不羁；日本人占领台湾之后，他在光绪三十二年（1906）西渡大陆，之后不知所终；曾编注《东莱博议约选》。

此书取名为《增订金批西厢记》，与周昂的《此宜阁》评本名称相同，其实它正是在周本的基础上发展而成的。但它并没有像周昂批金本那样保持金本的原貌，更没有保持周批的原貌，所有的《序》、《读法》、《例言》乃至评语都被删去，只留下单纯的《第六才子书》戏曲文本作为底本，重新进行评点。但即便是这戏曲文本，蓝氏也进行了一定程度的修改。题目总名和各本的题目正名已被删除。在文本单位划分上，原有的"章"已被恢复为"折"，在排序上则打通全文，依次为"第一折"直至"第十六折"。在各折标目上，采取了双重标目形式，即既保留金氏的二字名目，又增添了六字标目，详情如下：

> 老夫人开春院、张君瑞借僧房、小红娘传好事、崔莺莺赴道场
> 张君瑞解贼围、小红娘昼请客、老夫人赖婚事、崔莺莺夜听琴
> 张君瑞寄情诗、小红娘递密约、崔莺莺乔坐衙、老夫人问医药
> 小红娘成好事、老夫人问情由、短长亭饯君瑞、草桥店梦莺莺①

---

① （清）蓝炳然：《天香吟阁增订金批西厢记》，中华书局，1916。本书所引蓝本文献皆出于此。

可以看出，这些六字标目实际上是将原有各本之题目正名予以一定改动后拆分至各折而来。至于金氏所诟病的《惊梦》完结之后的文本，蓝氏和前面很多评点者一样，也将其彻底删去。对具体的曲白，他在个别地方进行了改动，而经考察，可知这些改动多数都是据周昂在《此宜阁》本评语中的意见做出的，当然，有的也是蓝氏自己的主张。

评者对重要的文句进行了单圈标识。评语则或者附于眉头，或者置于文句中，或者列于章段间，内容大部分都属于文学评论的范畴，而又有个别的字词音释、义释和典故阐释。评语的来源比较复杂，有的是节录被删掉的金氏节批和夹批，有的选录周批，有的又与毛西河本节批有关，有的则采自邓温书评本，但也有很多是蓝氏本人自创。这些出处不同的文字杂合在一起，拼凑之感却并不十分浓厚。这一方面是评点颇为松散自由的形式使然，而另一方面，则是因为这些观点应该已经过评者有意的组织，都被集中在两个特定的主题上：一是作品的审美解析，包括对结构、人物形象和语言的探讨；另一个则是写作技法指南，其中，叙事的顺畅性是评者尤其关心的内容。例如《借厢》之第十四节，金氏原本在法本向张生解释崔府何以指派红娘前来询问斋期之后，便紧接法本向红娘言说法事的具体日期，然后张生便假哭以求法本同意附斋，而法本对刚才张生唐突自己之事却毫不介怀，一口应承。对此，蓝氏在法本解释完之后立即追加一句张生道白曰："原来如此，幸勿见怪。"眉头又针对此改动评道："须加'原来'二句，措语方圆。"两相比较，蓝氏的观点的确使人物性格和情节的发展更加合乎情理，叙事也变得更加自然流畅。

综合考察清代《西厢记》评点的发展轨迹，可以发现，清代前期是《西厢记》评点最为繁荣的阶段，各家评本从不同角度对作品进行探讨，均表现出颇为突出的个性色彩。《第六才子书》固然相当出色，但在此时并没有获得如同它后来那样唯我独尊的地位。诞生在金本之后的四种评本都没有表现出对金本的顶礼膜拜。评者们或轻或重地，都在自己的评本中表示出对金本的不满，而不满的焦点基本都集中于他对王实甫原本的改动、过于忽视作品的戏曲文体属性以及解文太过附会三个方面。但事实上，他们又在不同程度上接受了金氏的影响，在评点的形式和方法上，乃至在文学观点上都表现出了明晦不一的借鉴和认同。由此可知，清代前期评点领域对《西厢记》的认识是在矛盾中趋于统一的。

随着时代的发展,在《西厢记》场上搬演愈发淡出社会和八股取士仍然坚挺的时代背景下,金本"以文解曲"的优势日益彰显。这和它对作品的深透分析相辅相成,使得其余各家评本逐渐淡出传播界。《第六才子书》成为天下最通行的《西厢记》版本,"顾一时学者,爱读圣叹书,几于家置一编"①。这在一定程度上其实也限制了《西厢记》评点的进一步发展,使得清代中后期的评点都相对沉寂。此时出现的评本,无一例外地都使用金氏《西厢记》作底本,而"以文论曲"的思维也向纵深发展。在此时的评点领域中,《西厢记》俨然已非戏曲文本,而被视为古文和八股一类的文章。

另外,清代的评点全都由文人独立完成。明代那种书商策划运作,杂凑评语,假托名人手笔的混乱状况已不复存在。这种改变,和评本本身制作动机的改换密切相关。明代评本是在戏台《西厢记》表演颇为兴盛的情形下逐渐发展起来的,很多书之所以会诞生,是为了满足民众在戏台外的娱情之需,其出版具有较强的商业目的。而清代的评本,正如下文即将谈到的,全部都是出于评者个人的兴趣乃至内心使命感。特别是那些手稿式评本,就现今的留存情形来看,一般都是孤本,在当年它们也就只是在评者所熟识的友人之间进行小范围的传播,这更是与商业利益风马牛不相及了。尽管他们之中除金圣叹、毛西河外,余者皆不负盛名,显然不能和明代动辄李卓吾、徐文长、汤海若等诸大家抗衡(这大约也是清代评本不如明代评本备受关注的一个重要原因),但事实上,这些评本都具有质实的内容,基本都是评者花费心血、苦心孤诣的成果,都能真正反映不同时期、不同处境中评者自身的兴趣与追求。因此,漫漫三百年中,《西厢记》的评点并不是金《西厢》一枝独秀的,我们应该本着实事求是的态度,仔细审慎地发掘这片尚未得以认真开垦的花园。

---

① (清)王应奎:《柳南随笔》,中华书局,1983,第46页。

第二章

清代《西厢记》评点的评点意图

所谓评点意图，是指评点者展开评点工作的动机和进行评点工作的思想指导。如果我们将评点视为一个由评点意图、评点方式和评点成果以及评点美学特性组构而成的概念本体，那么评点意图与其他诸要素都不同。因为其他诸要素都位于评点文本可以直接呈现的显性层面，而评点意图却一定是存在于评点者的主观意识的范畴，是一种纯粹隐性的评点要素。尽管如此，这种隐性要素却贯穿于整个评点过程，成为评点的灵魂，其他各要素无不服从于它的指导。正如绪论所言，明代的《西厢记》评点是在一种以"娱情"为主流，并由"娱情"渐趋"实用"的意图中进行的。而随着历史进入清代，《西厢记》评本已经摆脱了商业营利的干扰，变成纯粹由文人独立完成以展现文人志趣、寄托文人抱负的载体，在外界环境要素和文学内部要素的共同作用下，清代《西厢记》评点的意图呈现出复杂多样的状态。

第一节 承载自我

"承载自我"的评点意图鲜明地体现在金圣叹《第六才子书西厢记》和周昂《此宜阁增订金批西厢》中。

金本卷一有两篇序文，一曰《恸哭古人》，一曰《留赠后人》。与全书都紧密结合作品切实发论的一贯风格不同，此二序显得颇为虚浮飘忽。究其原因，乃是它们并不为解析作品而设，而是要描述作为评点者的金氏发

出评书行为的主观心理意图。《恸哭古人》开篇即以设问的形式直切主题:

> 或问于圣叹曰:"《西厢记》何为而批之、刻之也?"圣叹悄然动容,起立而对曰:"嗟乎!我亦不知其然。然而于我心则诚不能以自已也。"

为何要评点《西厢记》呢?圣叹解释其原动力在于一种发自内心的冲动,是头脑中有观点要阐发,不吐不快。这种评点意图就和前人的"书尚评点,以能通作者之意,开览者之心也"[①] 截然不同。在金氏这里,评点并不追求准确阐释作者的原意,从而在作者和读者之间架起一座桥梁,它只是评者在其内心驱使下一种不能自已的行为。

何为"不能自已"?继续考察这两篇序文,我们将找到答案。"几万万年月皆如水逝云卷、风驰电掣,无不尽去,而至于今年今月而暂有我。此暂有之我,又未尝不水逝云卷、风驰电掣而疾去也。"在这里,金氏提到了一个困惑了人类无数年却永远也难以摆脱的残酷事实,这便是时光的永恒和个体人生的短暂。本来,这只是事物发展的一种客观规律。但是圣叹偏偏就难以接受,他说:"既已生我,便应永在;脱不能尔,便应勿生。"由此看来,他是一个极其执着于个体人生的人,所以面对这种残酷却无可避免的事实,他痛苦万分。"无端而忽然生之,又不容少住者,又最能闻声感心,多有悲凉。"这种悲剧的发生,应该归罪于谁呢?是造化万物的天地吗?序文笔调一转,又曰:"彼谓天地非有不仁,天地亦真无奈也。欲其无生,或非天地;既为天地,安得不生?"他意识到这个悲剧是一种人生注定的宿命。那么人该如何面对这种无奈的现实呢?"然而幸而犹尚暂有于此。幸而犹尚暂有于此,则我将以何等消遣而消遣之?"在这里,金氏提出了一个名曰"消遣"的术语,用以阐释个体人在面对无奈现实时唯一可以采取的行动,那便是在肉体不能长存的情形下竭力将自我精神发挥到极致,从而弥补生命短暂带来的缺失感。

那么,如何才能将自我精神发挥到极致呢?是世俗所谓的建功立业吗?

---

① (明)袁无涯:《忠义水浒全书发凡》,朱一玄编《明清小说资料选编》,南开大学出版社,2012,第284页。

君不见,世间多少功业,最后都落入了"水逝云卷、风驰电掣而尽去"的命运。然而,如果因此而干脆不作为,则更会"疾作水逝云卷、风驰电掣顷刻尽去"。由此,执着者的人生其实就处在一种两难的境地中。无论作为还是不作为,都难免于时光的吞噬。圣叹因此悲呼道:"细思我今日之如是无奈,彼古之人独不曾先我而如是无奈哉?……如使真有九原,真起古人,岂不同此一副眼泪,同欲失声大哭乎哉?"

然而恸哭并不能解决问题。经历过晚明重个体的启蒙思想浸润的金圣叹自然不甘就此沉沦。"我既前听其生,后听其去,而无所于惜,是则于其中间幸而犹尚暂在,我亦于无法作消遣中随意自作消遣而已矣。"他决定采取行动,最大限度地保存自己的精神。在对古往今来万事万物的追索之中,他终于找到了这个切入口:

> 择世间之一物,其力必能至于后世者。择世间之一物,其力必能至于后世,而世至今犹未能以知之者。择世间之一物,其力必能至于后世,而世至今犹未能以知之,而我适能尽智竭力,丝毫可以得当于其间者。夫世间之一物,其力必能至于后世者,则必书也。夫世间之书,其力必能至于后世,而世至今犹未能以知之者,则必书中之《西厢记》也。夫世间之书,其力必能至于后世,而世至今犹未能以知之,而我适能尽智竭力,丝毫可以得当于其间者,则必我此日所批之《西厢记》也。夫我此日所批之《西厢记》,我则真为后之人思我而我无以赠之故,不得已而出于斯也。

评点《西厢记》,于金圣叹而言,便是最大限度地保存自我的唯一有效途径,便是最好的"消遣"。所谓"我与之批之刻之以代恸哭之也",对生命的执着和因此而产生的焦灼在不断地驱使着他提笔倾吐自我,使其将生命的光焰不断转化为评点的文字,用以对抗人生短暂的窘境,从而使个体精神长留世间,与天地共存,与日月同辉,这便是他所谓的"不能自已"。在这种"不能自已"中,评点摆脱了商业的干扰,也不再是肤浅的笔墨游戏,甚至不再是沟通作者与读者的桥梁,而成为承担评者生命价值的载体。所以金圣叹会说:"我自欲与后人少作周旋,我实何曾为彼古人致其矻矻之力也哉?"而且特别强调:"圣叹批《西厢记》是圣叹文字,不是《西厢记》文字。"

金圣叹这种"承载自我"的评点意图在乾隆年间为周昂所继承并加以更深入地阐发。这位晚圣叹百年的"后人"无疑是以圣叹知音自居的。他自言金氏的两则序文曾让他"泪未尝不涔涔下也"。其《此宜阁增订金批西厢》卷首有序文四则，分别是《赠古人上篇》、《赠古人下篇》、《哭后人上篇》、《哭后人下篇》，它们被安排在金氏的《恸哭古人》和《留赠后人》之后，既是一种效仿，更是一种跨越时空的回应。

和金圣叹一样，周昂也是一位相当执着于个体人生的评者。其《赠古人上篇》之"我既不欲随水逝云卷、风驰电掣而去，则必筹夫水不能逝、云不能卷、风不能驰、电不能掣，而常留于天地，常留于古今，此非恃我言以留之不可"正和金氏的论调一脉相承。从圣叹借《第六才子书》成功留寓自己的精神于世间的实例中，周氏看到了评书在解决人生短暂问题上的有效性。"古人既随水逝云卷、风驰电掣而去，其不随水逝云卷、风驰电掣而去，则古人恃有其书在也。"而他对"承载自我"的评点意图则有着比金圣叹更为深刻的认识。

首先，评点源自"性灵"。他说："未有《西厢》以前，实甫何以忽然而特创？未批《西厢》以前，圣叹何以忽然而加评？殊不知镜花水月，即使实甫不作此书，圣叹不批此书，一种灵机妙绪自隐约于天地古今。"这是认为评点之根在一种"灵机妙绪"，而这"灵机妙绪"所指大约是人内心中天然具备的灵感和真性情，文人一旦受其驱动，将"动于不自已"而提笔。在《增订西厢序》论王《西厢》、金《西厢》及自己的《西厢记》评本各自的独立价值时，周昂进一步将此"灵机妙绪"阐发为"性灵"，所谓"人之所以异于物者，……有情以引其绪，有理以树其臬，是故性灵所自禀也，心思所自有也，口吻所自具，笔墨所自抒也"。"性灵"在周昂的时代是颇具影响的一种文学主张，以袁枚为代表的一批文人在当时的诗文坛上力倡此说，从袁枚曾为周昂撰写墓志铭一事可以推知二人绝非毫无瓜葛，至少周昂"意气偶然，不为绳约所羁"[①] 的性格，就与"重性灵"的文学思想

---

① （清）袁枚：《周君少霞墓志铭》，《袁枚全集》第 2 册，江苏古籍出版社，1993，第 545 页。

有着内在的一致性。"性灵"说的提出,本意主要是针对文学创作的,但周昂却将它引入了文学评点的范畴,这无疑是受到了金圣叹以评点为源自"内心不能自已"观点的启发,而他把"性灵"视作人之为人的根本属性,实已在昭示评点应具备由评者输供的自由的灵魂。

其次,评点作为评者精神的倾诉,应彻底摆脱之于评点对象的附属地位。周昂曾以自负的口吻说道:"有实甫之《西厢》,何不可有圣叹之《西厢》? 有圣叹之《西厢》,何不可有我之《西厢》?""读实甫之《西厢》,焉能不读圣叹之《西厢》? 读圣叹之《西厢》,又焉能不读我之《西厢》?"一连串的反问传达的是对评本不能湮没于前人成果的独立价值的强烈主张,是要进一步强化评点本身相对于文本的独立价值。在这样的认识前提下,他对评点与评点对象的关系进行了一种新的阐释,即它们之间应是一种地位平等而又相互依存的关系。"古人之书不必藉吾言以留,而吾之言实藉古人以留。吾言藉古人之书以留,则古人之书亦何尝不藉吾言以留。……二者固有相须之势焉。"这一宣言式的论调,已对评点独立的本体价值提出了明确要求。

第二节 度尽金针

在清代的《西厢记》评本中,以"度尽金针"为评点意图的代表性评本是朱璐《朱景昭批评西厢记》和戴问善《西厢引墨》。这个评点意图的诞生,仍然要追溯到金圣叹《第六才子书西厢记》,因为在《西厢记》评点的范畴内,"度尽金针"这个术语的首次出现就是在金本卷首《读法》的第二十三条:

> 仆幼年最恨"鸳鸯绣出从君看,不把金针度与君"之二句,谓此必是贫汉自称王夷甫,口不道阿堵物计耳。若果知得金针,何妨与我略度? 今日见《西厢记》,鸳鸯既绣出,金针亦尽度,益信作彼语者,真是脱空谩语汉。

这段文字采取比喻的方式,将《西厢记》这部成功的文学作品比作美丽的鸳鸯绣品，而将营构出精彩文学作品的艺术方法比作刺绣针法。金氏提出此论的背景，乃是之前的《西厢记》评点者多以赞叹作品优秀为主，却没有清楚地解释作品是怎样优秀，又何以优秀。金氏因此着力填补此空白，其对作品艺术奥秘的详尽阐释也成为整个评本最出彩之所在。如果说"承载自我"是金氏评点《西厢记》的意图，那么"度尽金针"便是他实现此意图的有效手段。

金氏对"金针"的探寻是承继着明人进行的。我们曾在绪论中指出，在明末的《西厢记》评点中出现了一个有意味的倾向，那便是开始把作为戏曲剧本的《西厢记》与地位崇高的正统文学相联系。例如，槃薖硕人《增改定本西厢记》之《玩西厢记评》认为剧本与《四书》和《五经》"并流天壤不朽"，《徐文长先生批评北西厢记》之李廷谟跋云："或有人诮予曰：'经术文章顾不刻，何刻此淫邪语为？'予则应之曰：'要于善用善悟耳。子不睹夫学书而得力于担夫争道者乎？'"即使是站在曲学立场来评点《西厢记》的凌濛初，也在其评本《凡例》中说："是刻实供博雅之助，当作文章观，不当作戏曲相也。"在这些将《西厢记》的评点方向推离民众和戏台的言论逐渐出现的同时，叙事也日益成为评点者的兴趣所在和考察重心。这种方向和路线在金圣叹手中无疑得到了一种飞跃性发展。金氏彻底将戏曲文本当作《左传》、《庄子》、《史记》以及唐宋古文一般的文章来解读，同时结合八股的思维，从构思、行文等角度集中探讨作品的写人叙事艺术。他一方面以鉴赏的视角细细剖析其中的艺术之美，另一方面着力于提出许多中肯可行的读写技法，如"灵眼觑见，灵手捉住"、"极微"、"那辗"、"狮子滚毯"、"烘云托月"、"月度回廊"、"移堂就树"、"羯鼓解秽"等。这种带有鉴赏意味的创作技艺探求，使金本在一定程度上已经堪称叙事文学创作的指导书籍。对《西厢记》评点而言，这是前所未有的进步。因此，金本的流布迅速而持久，拥有了巨大的读者量。它似乎向后人打开了一扇窗，让他们知道，原来不登大雅之堂的戏曲文本也可以有这种正经而实在的用途。于是效慕者纷起，并日渐丢弃鉴赏而功利地奔向技法剥析，"度尽金针"的评点意图由此出现。从现存文献资料来看，朱璐差不多就属于这第一批效慕者。

在朱本的卷首，朱璐放置了一篇由自己撰写的《西厢记序》，其中有段文字对我们考察他评点《西厢记》的意图颇有帮助：

> 近阅吴中改本一帙，逐段注解，逐篇评论，立意命词，大都宗南华、御寇，而才分有未逮焉者。使得良师友磨砻陶铸之，几登作者之坛。惜其任以己意，尽将原本割裂改涂，每一展看，肠欲为呕，目欲为眩……然其一番评注苦心，议论风生，煞有可观，不容泯没。予因特检原本，取其评注之得当者，另录一编，间有缺略散漫者，附以臆见，稍为增损，使览之者如疏决河堤，悉遵故道，如摆设棋枰，复安成局。又取明季诸先正各本，凡评论之有裨于文艺者，汇录焉……作《西厢记》读之可也，作《左》、《国》、《子》、《史》读之，无不可也。彼不知读《西厢记》者，即不能读《左》、《国》、《子》、《史》者也。善读《左》、《国》、《子》、《史》者，必能日取《西厢记》一倡三叹者也。

从这段文字可以看出，朱璐受金评的影响很深。在他的认识中，《西厢记》是和《左传》、《战国策》、《史记》和诸子之文性质相同的文章。他在金圣叹之后，采取以选录金评为主，皆采众家之长的方式来评点《西厢记》，纯粹是为"有裨于文艺"。而"有裨于文艺"的内涵在他这里并不宽泛，这从其序言之后提纲挈领的《读西厢记法》即可看出：

> 作文最忌手扰一题，前半是此意，后半亦是此意也；手扰两题，前篇是此意，后篇亦是此意也。如掺执歌板，捱门弹唱，总不脱【驻云飞】一套，极为可厌矣。《西厢》必变幻莫测，不使重复雷同。

> 作文最忌题是此意，而文亦止此一意也；题有此意，而文反失此一意也。如胶柱鼓瑟，如刻舟求剑，牵缠粘滞，读之徒增烦闷。《西厢》必翻腾开拓，另辟生面。

> 作文最忌字句鄙俚也。如月露风云，固属浮靡可厌，若杜撰牵强，亦足贻笑大方。《西厢》必出语矜贵，落笔典重，雄伟苍秀之气，迥异诸书。

> 作文最忌起势不张也。如韩淮阴之登坛对，如邓高密之仗策言，如诸葛忠武之陇中计，矢口而谈，便探骊珠。故起势得则通篇觉增神彩，起势失则通篇便减气色。《西厢》每于起处必有怒涛峻岭之势。

作文最忌余勇不劲也。如千岩必拱绝巘，如群川毕赴大海，将阁（应为"搁"）笔时而能恣意飞翔，斯为文家妙境。《西厢》每于篇终曲尽淋漓之致，使笔酣墨舞。

作文最忌中气不充也。如山游者转入谷口，而划然天开；如溪行者适逢水尽，而蔚然云起。若首尾结构，而中无纵横穿插之妙，如潢污坑阜，复何可观？《西厢》每中一篇，务令峰回路转，使人应接不暇。

与金本洋洋洒洒的八十一条《读法》相比，朱本《读法》的篇幅已相当短小。这是因为朱本需要关注的内容本来就比金本要单纯许多，如何作"文"——打造什么样的作品结构，以及运用什么样的语言，成为朱本唯一关心的内容。金本之中对"淫"的纠结和力辨、对评本之于作品原创文本的独立性注重等，皆已消失不见。而就文本中朱本对金评的具体选录情形来看，除去上述内容，金本中那些感性的借题发挥内容、鉴赏性内容，以及从创作者心理的角度来研究创作的内容，朱氏也不予选录。由此可以看出，"度尽金针"在朱本这里已经完全变为一种评点意图，并且成为一种内涵明确的、狭义的意图，即挖掘作品所使用的写作技法，以用于指导那些在文章写作上有所希冀的人们。

经过金本的昭示和朱本这类评本的进一步点明，《西厢记》可资文章（特别是正统文章）写作借鉴的功能已经相当明确。"度尽金针"的评点意图由此得以以更加细化和更加专业化的面目继续出现在清代的《西厢记》评点中，这便是戴问善的《西厢引墨》。

戴问善此书的书名实已昭示了该评本的评点意图。"引"即援引；"墨"即绳墨，引申为法度准则。"引"、"墨"二字合于一处，正表明评者欲从《西厢记》这部典范作品中援引写作之法度。而究竟是要用于指导什么文体的写作呢？戴氏自序中已经说得相当明确：

为子弟者，教以通文义，而能禁其不读《西厢》哉？因取而与墨选杂置之，为之标其关键节目，指其起结伏应，清其脉络气机，何处相对，何处相映，间亦示以理趣，期与墨卷相发明。题曰《西厢引墨》。俾知虽淫艳之词，有理有法，上通乎《史》、《汉》，而下有益于

第二章 清代《西厢记》评点的评点意图

应试之文。务以分读者之目,而移其心。①

"墨卷"即"应试之文",也即八股文,由此,戴氏是要从对《西厢记》写作技法的解析中找到可资八股文写作借鉴的相关诀窍。戴本也因此成为《西厢记》评点史上罕见的专为应试文写作服务的评本。作为"小道"的戏曲剧本竟然实实在在地成为当时最冠冕堂皇的文章的写作指导教材。如此绝妙现象的出现,当然是金、朱等一代代人坚持不懈、苦心经营的结果,但也和《西厢记》本身的文学特性有一定联系。

八股文形成于中国特定的语言文字背景和中国人特定的思维背景中,其中糅合了中国各种文学成分的特征,因此八股其实具有不少和其他文学样式相通的特性。就戏曲而言,其叙事章法、代人物立言的叙写方式以及语言音韵等诸多艺术特征都和八股具有共通性。早在明代,就已经有人看出了这一点,比如王骥德《曲律》卷三即云:"套数之曲,元人谓之'乐府'。与古之辞赋,今之时义,同一机轴。有起有止,有开有合。须先定下间架,立下主意,排下曲调,然后遣句,然后成章。……务如常山之蛇,首尾相应。"② 而徐渭《南词叙录》的"以时文为南曲,元末、国初未有也,其弊起于《香囊记》"③ 乃是从反面指出了二者的交结。贺贻孙《激书》卷二《涤习》则又载有汤显祖以《牡丹亭》教授黄君辅时文的正面事例。④ 人们在将戏曲与八股并提时,《西厢记》就属于他们最喜欢举的例子。比如李延昰《南吴旧话录》卷十一《规讽》载明人陆文裕指示廖同墅读《西厢记》以提高时文水平之事;吴乔《围炉诗话》也云:"自六经以至诗余,皆是自说己意,未有代他人说话者也。元人就故事以作杂剧,始代他

---

① (清)戴问善:《西厢引墨》,清光绪稿本。本书所引戴本文献皆出于此。
② (明)王骥德:《曲律》,《中国古典戏曲论著集成》(四),中国戏剧出版社,1959,第132页。
③ (明)徐渭著,李复波、熊澄宇注释《南词叙录注释》,中国戏剧出版社,1989,第49页。
④ 事见贺贻孙《激书》卷二《涤习》,原文如下:近世黄君辅之学举子业也,揣摩十年,自谓守溪、昆湖之复见矣。乃游汤义仍先生之门。先生方为《牡丹亭》填词。与君辅言,即鄙之。每进所业,辄掷之地,曰:"汝不足教也。汝笔无锋刃,墨无烟云,砚无波涛,纸无香泽。四友不灵,虽勤无益也。"君辅涕泣求教益虔。先生乃曰:"汝能焚所为文,澄怀荡胸,看吾填词乎?"君辅唯唯。乃授以《牡丹亭记》。君辅闭户展玩久之……由是文思泉涌,挥毫数纸以呈先生。先生喜曰:"汝文成矣,锋刃具矣,烟云生矣,波涛动矣,香泽渥矣。畴昔恶臭化芳鲜矣。"趣归就试,遂捷秋场,称吉州名士。

人说话。八比虽阐发圣经，而非注非疏，代他人说话。八比若是雅体，则《西厢》、《琵琶》不得摈之为俗，同是代他人说话故也。"① 由此，《西厢记》可资八股借鉴的观点实自明代即有，而金圣叹和朱璐的评本无疑促使这种认识变得更加体系化，更加具有可操作性。

他们虽然没有明确将《西厢记》与八股联系，而只是指出它和前贤的古文典范极具相通性，但古文和八股本就有千丝万缕的联系，特别是古文所重视的"起承转合"结构思维也正是八股修习的重心之一。因此，当他们那到处都贯穿着这种思维的评本在一个八股取士的时代开始了流播，可以想见那曾挑动了多少士子敏感的神经。钱钟书《谈艺录》载清人张诗舲曾自言举业得力于《西厢记》。② 张氏为道光年间人，当时的《西厢记》传播领域早已为《第六才子书》霸据，对张氏的八股写作起到巨大启发作用的，极有可能就是金本。由此，戴氏《引墨》的问世，在那样的时代背景中实在是一种"水到渠成"的文学现象，它可以从侧面反映出《西厢记》在读书人特别是应举者心目中主要是一种怎样的形象。

第三节 惊世醒梦

"惊世醒梦"的评点意图主要体现在潘廷章的《西来意》中，潘本以佛家"空幻"思想来解读《西厢记》，欲借此以表达评者对历史和社会的独特认识。在那样一个时代，该评点意图的出现的确是在情理之中的，因为"天崩地解"的明清鼎革令很多由明入清的士人失去了精神支柱，感受到前所未有的虚空。潘廷章便是这类人的一个典型代表。

他生于万历四十年（1612），在明末为诸生，明亡后"弃举业，不复应试"③，甚至还参与了顺治二年（1645）同乡周宗彝组织的抗清战斗。事败后隐居，以教书为业，心中怀着"蓟北无人横铁马，洛南有客叹铜驼"

---

① （清）吴乔：《围炉诗话》卷二，《续修四库全书》（第1697册），上海古籍出版社，2002，第619页。
② 钱钟书：《谈艺录》，中华书局，1984，第33页。
③ 《硖川续志》卷六，《中国地方志集成·乡镇志20》，上海书店，1992，第944页。

(《金陵》) 的深深愤怨，又无奈地目睹着"下里儿童新长成，窄袖广帽添风采"(《烟雨楼词》) 的社会现实。[①] 在坐视抗清风云日渐消散的过程中，心愿与现实严重背离的绝望情绪，终于将这位用世的儒者送入了空王寂境。他的孙子所作的评本《记事》说他"避迹河汾，逃虚耽寂，尽空一切"，俞汝言《西厢说意序》也说他"学道有年，空诸一切，方将情种因缘，尽归寂灭。"

然而这个评点意图竟与《西厢记》结合在了一起，却不能不被视为一个异数。因为这部描写才子佳人颠倒爱河的戏曲作品，真正是红尘味十足，连它的题名都取自男女主角欢合的场所。孰能料想它在潘氏手中，竟然史无前例地改称为《西来意》。"西来意"是一个著名的佛家术语，其字面含义是指"达摩祖师西来中土之意"，实质却是指达摩所传的心法，也即佛家的思想要义。在佛学史上，它历来都是学佛者追寻和探求的核心。《五灯会元》、《碧岩录》等都曾记载学佛者求各禅师开示"西来意"之公案。潘氏将它作为题名，真正是要"以我观物，故物皆着我之色彩"，把自己已然空寂的内心投射到这部俗世情爱作品上，"缘情证性，即色归空"。在他的自序《西厢说意》中，他以简练的笔墨阐释了他眼中这场精彩纷呈的情事：

> 《西厢》何意？意在西来也。以佛殿始，以旅梦终。于空生，而即于空灭，全为西来示意也。生自西来，灭亦从西去。来前去后，乌容一字？而其中所构诸缘，俱在西厢，故即以《西厢》名之。西厢者何？普救佛殿之西偏也。佛殿为大乘，其偏则为小乘。系之佛殿以西，是虽小乘犹不失西来之意云尔。……其俱系之普救者，愍彼一切世间魔女魔民，无明作劳，欲海茫茫，爱河浮溢，颠倒沉溺，莫能超脱，特为现缘觉声闻身说法，而使皆得度，故以普救为义。……因于六结而现六尘，因于六尘而得六入，因于六入而返六根，何意《西厢记》揭示此旨！

他以故事情节的发生地点为切入口，对作品进行佛学化阐释。首先认为情事被设计在名为"普救"的寺庙中，便是作者意欲借情事的生灭唤醒

[①] 张小芳：《西来意撰者潘廷章生平考》，《中华戏曲》2009 年第 1 期。

世众，使尚自沉迷于红尘欲海中的他们醍醐灌顶，从而实现大乘佛学普度众生的宗教目的。然后进一步认为西厢这个灵魂地点被设计在普救寺之西，更是作者表达"佛祖西来"意的匠心独运。既然地点都是佛境的化身，那么其中"你方唱罢我登场"的纷纭人事则更是"空即色，色即空"的展现。由此，佛家所谓的"六结"、"六尘"、"六入"和"六根"便在张生与崔莺莺的相遇、相知、相结、相猜、相合、相离等情节中一一对应地寻得了依托。由此，这场使世人痴狂了数百年的旖旎情事在潘氏的评点中被重塑为"以色身演说"（《记事》），目的是点醒醉梦中的世人，看透牵绊内心的爱恨喜悲，灭情入寂。评本的曲文果断止步于草桥惊梦，其用意正在于此。

如前所述，潘氏的心境在清初绝非个案，所以他"惊世醒梦"的评点意图得到了当时不少人的理解和支持。在清代评本中，乃至在所有《西厢记》评本中，没有哪一部像潘本这样有如此多的人为其作序，且所有的序言都那么团结地汇聚在"空幻"的旗帜下，共同昭示评本"惊世醒梦"的意图。兹举几例以证：

若《西厢记》又以一音演说法，一切众生亦各随类得解。雪铠道人不为《西厢》转，更欲转《西厢》于一切众生，情场热艳中下一点清凉散。（金堡《西来意序》）

此编出而才人学人另开户牖，俾欲海沉沦，猛然得渡。然则黄山谷绮语一流，岂复堕泥犁地狱乎？亦以相救云尔。（徐继恩《序西来意》）

梅岩子独出慧眼，诠成妙理，自佛殿烦恼起头，终归梦觉。发乎情，止乎礼义；又脱乎礼义，超乎情力。能空诸一切，如秋月澄辉，游龙戏海，纵横出没，不可方物。大地山河，一尘不染，可谓庄严入妙。非妙庄严之笔，不能发妙庄严之旨。（查嗣馨《梅岩手评西厢序》）

乃雪铠道人则于《西厢》一梦，独得西来意也。若曰："吾将转戏诨场，洗脂粉色，令优人换本来面目，天下自是亦少梦矣！"（蒋薰《西来意小引》）

梅岩潘子欲为下根人觉迷，不使老生舌本作强，特借《西厢》标指，直欲破尽尘缘，还归本际，使芸芸大梦中，尽向鸡鸣一觉。此夜

气初回,认情最切处也,由以证性不远矣。(褚廷琯《序》)

兹复于情缘窟中,拔草寻根,反起一重魔障。从来大根人,出入三昧,显诸解脱。意若生龙,乃于清净海中,作百般游戏,愈觉圆通自在。(俞汝言《西厢说意序》)

第四节 厘定经典

并非所有评家都崇尚畅快淋漓的主观倾吐,另有一部分评家会认为,在《西厢记》的面目已经因长期传播而变得混乱模糊时,最迫切的任务是为作品"定型",以此建构"真理性"认识。黄培《详校元本西厢记》、毛西河《论定西厢记》和邓汝宁《静轩合订评释第六才子西厢记文机活趣》就是在这种评点意图下诞生的评本。

元明以来,在长期的戏台搬演和刊刻出版等多种渠道的传播中,《西厢记》逐渐确立起"曲中翘楚"、"千古绝调"的经典地位。然而南曲的影响以及传播环节中的若干个人因素,都在使这部经典的面目越发远离旧时模样。因此,早在徐渭评点《西厢记》时,就已开始使用"考订解颐"的办法。其后更有王骥德和凌濛初或愤于"文人墨士,匪惭瞆目。辄操褊心。概津津称艳弗置,不问鲁鼎之多赝也"(《新校注古本西厢记》之《粲花馆主人序》),或慨叹"自赝本盛行,览之每为发指,恨不起九原而问之"(凌濛初校正本之《凡例》),从而依托各自的曲学造诣,以校正的方式对《西厢记》进行了整理。尽管这两部本子在文献举证上已堪称翔实,但在清人的眼中,却还是不尽人意,或者他们会认为,作为评点,这两部书似乎缺了些什么。

从黄培的《详校元本西厢记》开始,答案就已经在揭晓。评本序言有云:"王实甫、关汉卿《西厢记》,千秋不刊之奇书也。历年既久,或经俗笔增减,迂僻点窜,或伶人便于谐俗,遂至日讹日甚。"此话看似与明人所称无异,然而当读者期待在评点中见识若干资料故实时,他们便会惊奇地发现只有单薄的"时本作……",而曲文已经索性按照所谓的古本直接修改了。这不是常规的校正态度，评者雷厉风行得几近武断。而正如上一章所述，在这些简短的校正下，其实又隐含着比较明晰的文学观点，展现了黄氏的文学思想。序言中说："日月逝矣，不永其传，究将湮废。万事已矣，亦复何所事哉！谨寿诸枣梨，期垂久远，俾具真鉴者不为时本所乱，亦大快事。"看来，黄培的校正在明清易代的特殊背景下已经没有那么单纯，与其说他是在去伪存真地替《西厢记》洗刷眉目，还不如说他是在矫这部文学经典入其彀中，以传输个人之意志。所以，同样打着"校正"的名号，"整理"却已在不经意间演变为"厘定"，评点的性质因此益得彰显。

不过，黄培的"厘定"比起毛西河来，却又稚嫩了许多。和明代的王、凌一样，毛氏也通于曲学，所以当他回溯起《西厢记》成为经典的历程时，真是侃侃而谈：

《西厢记》者，填词家领要也。夫元词亦多矣。独《西厢记》以院本为北词之宗，且传其事者，似乎有异数存其间焉。昔元稹为《会真记》，彼偶有托耳。杜牧、李绅辈，即为诗传之。逮宋，而秦观、毛泽民即又创为词，作【调笑令】焉。暨乎赵安定郡王撰成【商调·鼓子词】凡一十二章，俾讴师唱演，谓之传奇。至金章宗朝，有所为董解元者，不传其名氏，实始为填北曲，名曰《西厢记》，然犹是拧弹家唱本也。嗣后元人作《西厢》院本，凡几本，而后乃是本以传。继此则又有陆天池、李日华辈复叠演南词，导扬未备。天下有演之博、传之通如《西厢》者哉！

如此练达的表述正像具体评点中将若干元剧文献信手拈来一般，充分展示着毛氏的曲学功力。但毛氏又不是一位单纯的曲学家或者文学家，在历史记载中，他更显赫的身份是经学家。众所周知，他痛恨宋儒的空谈义理，提倡"重事功，尚用世"。为实现这一理想，他以"卫圣匡经"为任，在名为儒经整理而实为儒经厘定的行为中拉开了清代学术文化大整理的序幕。并不亚于他对宋儒的攻击，他指斥那些改窜《西厢记》的人是"拗曲成伸，疆就狂臆。不知作者为何意，词曲为何物，宫调为何等，换形吠声，一唱百和"。其言辞之犀利，超过史上任何一家。所以，《论定西厢记》其实是整理儒经前的一场热身和练兵，从王骥德那里继承而来却被发挥得更加圆熟的"以剧解剧"和"以剧证剧",与他日后整理经书时的"以经解经"和"以经证经"正是一脉相承的。同样,毛氏解经时那种意气做派也在这部评本中露出端倪。王骥德的方法乃至资料虽于他有启发意义,但在具体评点中,王氏的校正在很多时候都成为靶子,诸如"甚谬"、"多有未确"、"误矣"、"颠倒不合"等不留情面的言辞频繁出现,即便有的时候他本人也没有举出更有力的证据。毛氏如此犀利并不是因为他占有了真正有信服力的古籍,事实上,他对自己底本的交代并不比黄培明确多少:"骤得善本于兰溪方记室家,与向所藏本颇相似,特不署所序名。镂字委刓而幅窄,称为元至正旧本,而重授刻于初明永乐之一十三年。"就以这样一段含糊其辞的介绍,他便将明人一向尊奉的碧筠斋本判为"伪本"。所以不得不说,当饱满的资料考订被这般强硬的个性所引导时,《西厢记》实已成为一部为毛氏所绳约的经典。

随着历史发展到清代中期,当金《西厢》已经取代其余版本成为当时最通行和最经典的《西厢记》版本时,同样迫切的任务又一次需要人来完成。邓温书《静轩合订评释第六才子西厢记文机活趣》由此登上了舞台。

对金圣叹评本的地位,邓氏有着充分的认识,其自序所言"《西厢》一书解者无虑数十家,而今皆已瓦解,止行圣叹一解",便是在简练描述金本垄断天下的传播现状。对金本的成就和现实意义,他也看得相当透彻:"堪与《庄子》、《史记》并垂不朽。""兴致流丽,攻举业者不可不读之,以活泼其文机也。""自非得达观先觉者,以为之指点其机锋,又孰从而知其技之至斯极哉?""熟读之,何患不能发人彗性耶?"而对金本的疏漏缺陷,他更是了然在胸。金圣叹"只贵眼照古人"的做派导致"意可解而其词仍多未解",这不仅使读者难以应对《西厢记》"多北方乡语"和"引用故事,及引用元词甚多"的文本特征,而且最终必定削弱"度尽金针"的效果。所以,邓氏会为自己的评本题名"活趣",其用意便是要最大限度地释放底本的文学能量,使作品获得最透彻的解读。这不仅包括大量征引前人的成果来辅助金评阐释曲文,"所冀后有解人读《活趣》之解,则解其所已解,因以解其所未解,遂至于无乎不解,而不复言'可解不可解'。是可与语《西厢》之解也已";更重在引入毛西河这一金圣叹在清代的"劲敌",使两者能跨越时光的间隔进行沟通①,"或有驳圣叹说虽未甚当,而引证确切可参者,亦必附之存参"。眉栏上那些转征来的引经据典,实质都是为了这番匠心。对此,可以用两个例子来具体感受:

以《借厢》中张生遭红娘斥责后所唱的【五煞】为例,金圣叹改王实甫本的对莺莺唱为对红娘唱,评为"望红娘肯通一线,则有如是之美满也"。但这曲之前的【耍孩儿】写的明明是莺莺对老夫人的惧怕,与红娘是否通线有什么关系呢?其间明显存在着一定的解读盲区。所以,邓氏补评道:"此又一转。言莺之所以惮夫人者,只是红娘不肯通线,少年性气,不耐受耳。倘肯通一线,得我亲傍时,何惮夫人耶?""转"字对莺莺的心理进行了完整揭示,崔家三人的微妙关系由此明晰,金氏的评语才真正水到渠成、通透明彻。而邓氏此评,却是化自毛西河评语的"此又一转。言莺之所以惮老夫人者也,则是少年性气,不耐受耳。倘得我亲傍时,虽初间不耐,到一亲傍后,试看何如。盖其所以有性气者,终是未得情耳。倘得情,夫人且不惮,何性气耶"。这个"转"字却是依托王实甫原本的曲文,揭示的是张生胡思乱想的反复心理。由此,邓氏的转引,是能充分立足金本的实际情形,积极借助前人成果来拓展思维,以此对金评进行深化阐释。

同样是《借厢》,在张生初见红娘时有描写红娘外貌神态的【脱布衫】,其中有句刻绘红娘眼神的"抹张郎"。金圣叹认为"全然抹倒张生,并不以张生为意",按照其"烘云托月"理论,丫鬟这种反应正可衬托主人莺莺的高贵。但邓氏却在眉头批附上毛西河的观点,以董解元《西厢记》中的"见人不住偷睛抹"和《两世姻缘》剧的"他背地里斜的眼梢抹"为佐证,将其阐释为"红之撩已"。很显然,邓氏似乎已察觉到了金说的牵强,他主张的"活趣"大概还是要以尊重曲文的实际情形为前提,因此他要引导人们走出金评的拘囿,在推勘两种观点的过程中接近那个最可靠的真相。

---

① 如上一章所介绍的,毛本是清代所有评本中最针对金本的,毛西河对金圣叹言必称"盱衡抵掌者"。以他在清代的名气,本不输金氏,奈何这部后出二十余年的《论定西厢记》在传播效应上就是无法和《第六才子书》抗衡。

第二章 清代《西厢记》评点的评点意图

第五节 重返氍毹

"重返氍毹"意图主要体现于李书云等人合作评点的《西厢记演剧》。同样是评点《西厢记》，这几位评者并没有毛西河等那种厘定典籍的学术精神，更无金圣叹等那样难以抑制的表达欲望和宏伟深远的"立言"之想。他们耗神费时的目的非常单纯，即只是想让这部戏曲作品回复到戏台这个它本来应该在的位置上。

在这群评点者的眼中，《西厢记》并非一部可以和《水浒》等通俗性叙事作品或者《庄子》《史记》乃至八股等正统文章相置换的、一般意义上的文学作品，也不是什么苦心经营起来的空幻思想象征。在李书云自序中，《西厢记》被誉为"风华流丽，实为填词家开山"，这便是表明评者视野下的《西厢记》就只是一部实实在在的戏曲作品。然而，这部戏曲作品在评者看来却是命途多舛。"自南曲兴而北音衰，北调渐次失传，又每折一人独唱，绕梁之声不继，遂为案头之书。坊本又多□（或为"舛"）错，本来钩画，不可复睹，而好□（或为"事"）者，必不能舍，酿成诸害。李□□（或为"日华"）擅易南曲，但谐音韵，窜其好□（或为"词"），汤若士所谓'却媿王维《旧雪图》'，害一。至逢场插科打诨，俗恶不堪，又李本之所不载，害二。弋腔虽唱本文，而举动乖张，伤风败俗，令人喷饭，害三。坊刻四种，董、王合璧，当矣！以陆、李混珠，何哉？害四。《西厢印》《鸳鸯扇》《后西厢》若类不可胜述，人各有才思，何□（或为"不"）自辟丹章，而必以《西厢》为名？□（或为"殊"）为可厌，害五。"是言感慨北曲的式微让该戏淡出了戏台，而对作品在传播过程中所遭到的乱改和模袭，他们更是痛心疾首。

在这"五害"之中，除去最后一条批判混淆视听的仿作之外，第一、二、四条都是针对《南西厢》而发，第三条则是针对弋阳腔的表演。这后两者都有一个共同的特征，即对王实甫原本进行了改动。李书云等对它们的憎恶与毛西河等憎恶"鲁鱼亥豕"是不同的。李氏等人并非反对改易，相反地，他们认为在北曲腔调和体例已不行于世的情形下，要重新点燃这部瑰宝生命之火的途径就是改易，以使其适应现时的戏台需要。李日华等人改作《南西厢》，以及弋阳腔表演者的改动，也都是怀着同样的动机。但是，李书云等认为这两者的改易都是相当失败的。关于弋阳腔的改易，明代凌濛初本第四本第二折【紫花儿序】的评语对此有所介绍。凌氏在批"老夫人猜那穷酸做了新婿，小姐做了娇妻，这小贱人做了牵头"时曾云："弋腔梨园作生先与红乱，丑态不一而足，无怪越人有'饶头'之癖矣！"由此可知，弋阳腔在搬演《西厢记》时，为迎合大众心理，进行了一些比较低俗的改动，这显然与王实甫本原有的精神背道而驰。而李日华等人的《南西厢》或为谐南音而改换曲词，损害了作品的原有面目，或者增加陋俗的科白，破坏了原本清丽典雅的风格。

李书云等评者对这些打着《西厢记》名号却将其弄得面目全非、精神消解殆尽的改本深恶痛绝。为了使《西厢记》能够重上戏台又能保持其原有的神采，他们着手改评这部作品，不仅以昭示表演意图的"演剧"二字命名此书，而且提出了比较具体的改评目标，所谓"俾生旦净丑，得以各擅其长"，"思得佳丽，问答合拍，吟得句匀，念得字真，间以丝竹，一洗排场恶习"。这种目标显然迥异于金圣叹、戴问善等人的"批之刻之以代恸哭之"或者"有益于应试之文"，也与毛西河追求"曲真而白清"的纸上言曲有着很大差别。

李书云本这种希望作品能重返氍毹的评点意图不仅反映在文本上，评者的生平史实中也不是没有轨迹可寻。和李氏交好的清初著名文学家冒襄在其《同人集》中留下了两篇诗赋来记录自己于康熙癸亥（1683）中秋在李书云的仁安堂赴宴时目睹其家班演出全本《西厢记》的情形。一是《癸亥扬州中秋歌为书云先生仁安堂张灯开宴赋》，其中有云："梁溪既远教坊绝，北曲《西厢》失纲纽。君家全部得真传，清浊抗坠咸入扣。"[①]一是《戊辰中秋即事和佘羽尊长歌原韵》，其中有云："癸亥同游在扬州，李家灯月真希罕。"[②] 两者都对这次表演给予了高度评价，认为其剧本精彩，演技

[①] （清）冒襄：《同人集》卷九，《四库全书存目丛书》（集部385册），齐鲁书社，1995，第408页。

[②] （清）冒襄：《同人集》卷十一，《四库全书存目丛书》（集部385册），版本同上，第454页。

"入扣",而且那使用琉璃灯布置的剧场效果也非常美妙。在第一章中我们已经说过,《西厢记演剧》刊刻成书应该在康熙二十七年(1688)以后,那么冒氏所观赏的这次演出当然不可能是完全照着现在我们见到的《演剧》本来进行的。但是,既然该本由多位评者合作完成,其间又有参酌、评点和校订等分工,可以推想此书的完成必定经历了一个不短的时间过程。这些好戏之人很有可能是一边改评《西厢记》,一边在戏台上进行表演验证,不断以演出指导文本的改评,这也正好可以反映评本纯是服务于氍毹搬演的评点意图。

综上所述,在清代评点《西厢记》的人虽然不算多,但一旦投身于这项工作,就必然带有某种鲜明的意图。见仁见智之中,文人各自的心性抱负纷纷借助这部前世佳作得以流露,造成评本虽有限,评点意图却比较丰富的奇特情形。然而,不论是其中的哪一种意图,我们都已经嗅不到向往娱乐的气息,即便是李书云等人为重返氍毹而改评的《演剧》,其主要的意义也不在娱乐层面。它更多地展现出的,是北《西厢》爱好者们对自己那种脱俗志趣的一份执着。在那南音纷扰的时代中,这种行为甚至带有几分凄凉的意味。由此,入清之后,世俗的精神已逐渐在《西厢记》评点中散去,无形中《西厢记》已逐渐被推离了它戏曲小道的位置,开始承载一些在过去从来就不属于它的阳春白雪式重任。

第三章

清代《西厢记》评点的评点方式

所谓评点方式，是指评点者为实现自己的评点意图而对文本实施的具体批评手法。它不仅包括那些由各种评点形式要素组成的、可直接呈现的外在评点形态，更指蕴涵于外在形态之下的那些具体批评方法。就清代《西厢记》评本而言，五种不同的评点意图其实反映出评者三种不同的评点思维，从而决定了清代《西厢记》的评点方式主要有评析式、论定式和改评式三种。

第一节 评析式

评析式是直接展示评者主观思想认识的评点方式，它被大多数评者采用。不论是志在"承载自我"的金圣叹本和周昂本，还是意图"度尽金针"的朱璐本、戴问善本和蓝炳然本，以及希冀"惊世醒梦"的潘廷章本，主观的评论和剖析都成为评点的主要存在方式。在这种方式中，评点的外在形态非常发达，评者们十分积极地根据自己的需要使用各种具有不同功能范围的形式要素，进行有计划的安排组织，从多种视角来对作品展开批评。

一 评点形态

在绪论中我们曾经提到，明代《西厢记》评本在评点形态上已经初具雏形，书之前后有序跋，文本中则有夹批、旁批、眉批和折批（或套批）

第三章 清代《西厢记》评点的评点方式

四种评语形式,它们与文中各色圈点符号相配合,共同阐发评者对文本的观点。时至清代,在评析式《西厢记》评本中,评点形态不仅在形式要素上发展得更加丰富,而且其内部的全面性和系统性也变得相当突出。综合考察上述诸家评本,便可发现它们是由序跋、读法、折批(或套批)、节批、眉批、夹批、旁批组合在一起,配之以相应的圈点符号,通过互补、互证、互联来对评者的思想和认识进行系统阐发。

序跋的功能主要是阐发评者对整部文学作品的概括性认识。清代的评本或者同明代评本一样,也不止一篇序跋,但其特别之处在于,其中至少有一篇必然是由评者亲自撰写,这就和明代序跋多出自书商运营下的他人之手有着质的差异。评者的亲自执笔,可以更直接地吐露整部评本的主旨和立意,也可以更好地和具体的文本评点相融合,从而真正在整个评本中起到提纲挈领的作用。比如金圣叹的《恸哭古人》和《留赠后人》,两篇序言首先在命名上就为他的评点定了位,同时又能激发读者的千古妙思,使他们能打破时光的隔阂而对这位评者倍感亲切。而通过阅读序言的具体文字,读者又可以进一步明确这部评本原来是金圣叹借王实甫的经典作品来阐发己意,洞晓其欲让后世读者充分意识到《西厢记》对"文心"启发作用的用心,从而也让他金圣叹的人生价值得以实现。有了序言的心理预热,正文具体评点时那些极其细微的艺术剖析,以及金圣叹时不时地发出的之于社会和人生的各种感慨,便都可以被读者饱满领受。金圣叹评点的传播能取得那么大的成功,不能不说和它这种宏观而系统的组织形式有着相当大的关系。又如,戴问善在《西厢引墨》中同时设置序、跋并亲自撰写。这两篇文字篇幅其实不长[①],但却相当明晰地交代出评者对《西厢记》的基本看法,即作品描写的私情题材本身虽然并不值得肯定,但却寄托了作者的良苦用心,所以它是一部"变风"、"变雅"之作,因此不能因"淫书"的误解而否定作品;读者应该着力关注的,是它可资八股借鉴的写作技艺。这正是整部《西厢引墨》的评点主旨,文本中的具体评点,也正是对这一主旨的具体展开。

读法的功能和意义与序跋类似。金圣叹本和朱璐本中都有它的身影。

---

① 序跋具体内容详见下编第二章。

它们都被安置在序言之后，作品正文之前，以条目的形式罗列出现。在《西厢记》评点的范畴内，读法是清人的创举。作为始作俑者的金圣叹，带着强烈的"表达自我、昭示后人"意图，将自己对《西厢记》的认识要点罗列为八十一条，内容涉及对"淫"的辨析、创作技艺、阅读诀窍、人物探讨、评本性质等，使读者在尚未接触具体的作品文本评点之前，就已经对评者意欲阐发的思想形成大致的认识。朱璐本作为以选录金本评语为主的评本，也继承了这一评点形式要素。不过它却只列出了六条，内容只涉及结构和语言这两个评者关注的核心问题。这种更简要凝炼的风格使该形式要素可以更加纯粹地承载评本的主旨。

相对于序跋和读法，折批（或套批）的功能指向范围有一定的收缩。在《西厢记》中，它主要对一折或一套文本进行论说，阐发评者对该折（或套）的总体性认识或点睛式观点。金圣叹本、潘廷章本、朱璐本和戴问善本都使用了该形式要素，其摆放位置则根据评者的不同需要而有所差别。比如金圣叹本就将它放在每折文本之前，阐述他所认识到的该折要点。这对即将阅读该折具体文本评点的读者显然起到了一种引导作用，使其在阅读后文时可以带着一定的目的去关注相应的文本内容。例如《寺警》的折批阐述了该折所使用的移堂就树、月度回廊、羯鼓解秽三种布局方法。这三种方法若不经指示，一般读者未必能够看出。而折批的出现，使读者先有了悟，然后细细品味文本以及其中的具体评析，这无疑能更好地帮助他们认识《西厢记》所运用的这些创作技艺，而圣叹对后人的引导也成功实现。而另一些评本，比如潘廷章本，却将折批安排在文本之末，这是在读者已经充分接触具体文本评析之后作一提高和总结，让读者更加深入地领会评者希望传达的思想观点。就像第一折《佛殿奇逢》，在具体的文本解读中，张生"西洛至此"被解读为"明揭西来之意"，张生佛殿遇莺莺则又被解读为"正在参菩萨拜圣贤之际，一举头转眼间，忽现出风流冤业来，此正色空相禅之介，为一部《西厢》起头。词意接而不接，情事联而不联，陡然若逢宿债，恍然若睹前因，此无明种子立地成魔，一时犯手，便不知何缘了却。不是一刀两断，终无省头日子，故直至草桥而后觉也。"由此，在充分打下以禅释文的基础之后，折末便出现了名为"说意"的折批，总结前面的具体陈说，概括论述该折所体现的佛学思想。它一方面指出该折旨在"无色中示色",是作者指示读者"大觉"之起头;另一方面又在"因缘和合"思想的指导下,认为这场孽缘的缔造之根乃是崔相国修造别院的行径,由此告诫读者"慎勿造因"。折批由于是总括性的评说,一般篇幅都比较长,但也不排除言简意赅的点睛之论,比如戴问善本的折批一般都不过数句。在这种情形下,折批所阐发的更多的是一种提升式的观点,即在具体文本评点之后以高屋建瓴的视角揭示这一段文本对作品整体的意义。例如戴氏在《酬韵》一折末尾批道:"此一折位置在《闹斋》前,极有匠心。无此则《借厢》与《闹斋》气脉太紧,即《闹斋》亦止张生一面,甚无味也。"这便是从结构布局的角度指出该折对整部作品的意义。

节批的功能指向范围更加狭小,乃是一折之中的一段文本。使用这一形式要素的有金圣叹本、潘廷章本和蓝炳然本。作为始作俑者,金本将每折文本拆分成若干小节,在每一小节之后阐释文意,分析其可资鉴赏处和可资借鉴处,而人物塑造和情节架构显然成为其中的热议话题。由于金氏注重人物心理刻画和形象发展的层次性以及叙事的渐进性,故节批与节批之间往往呈现出很强的体系性与逻辑性。如果说折批表达了评者对一折文本的总体认识,那么节批则承担着阐发评者关于每折文本内部体系性认识的功能。比如金氏将首章《惊艳》分为十五节,开篇的【点绛唇】、【混江龙】、【油葫芦】、【天下乐】四支曲词被划作前三节,金氏认为它们主要用于刻画张生才高志洁的气度品量。而从【村里迓鼓】至折末的文本则分别被划作第四节到第十五节,金氏认为这主要是从张生的视角描述了佛寺蓦然遇莺莺的情节经过。因此,各节节批一方面注意点出情节层面的步步推进以及回环照应,另一方面则注意从情节刻绘中发掘莺莺的矜贵和张生的痴诚等人物形象特质。由此,节批使金氏能充分贴合文本,既详尽阐发了他在折批中强调的"烘云托月"式人物刻画论,又使他重结构的思想获得现身说法。节批的优越性很快被潘廷章发现,与金氏有一定区别的是,这种评点形式要素在其评本中主要展现的不再是对情节结构的兴趣,而是与潘氏评点此书的意图密切相关。他是按作品如何体现空幻观来分节划段的,因此,他的划分比较粗线条。同样以第一折为例,他就只划出了八节。开篇的【点绛唇】、【混江龙】、【油葫芦】、【天下乐】为第一节,节批注重指出张生形象中的"一切不能入,亦一切不能夺"的特征。在佛家思想看来,这种特征无疑正是犯"执"的表现，所以张生才会因见色而生情，因生情而有"情之所钟，百劫难灰，遂有后此之死心塌地也"的表现。评本划出的第二节则是店小二向张生推荐普救寺的对白，节批抓住寺庙是武则天所敕造一点得出情缘发生地是"孽地瘴天"的结论。其后张生陡遇莺莺的【节节高】被划作第三节，意在阐释"陡然若逢宿债，恍然若睹前因，此无明种子立地成魔。……'风流孽冤'四字併说尤妙，便可参破多少因缘幻妄诸义"。【元和令】、【上马娇】和【后庭花】虽分别被划作第四、五、六小节，但三个小节的节批总体上都在表达一个共同的观点，即文本对莺莺之色刻画得非常成功。余下的【柳叶儿】、【寄生草】、【赚煞】以及其间的道白又分别被划作第七、八节，两节之节批也是着力传达张生遇艳后的"见景生情，随机使巧"。由此，崔、张相遇的情节在节批的作用下被剥析为对"因色生孽"的逐层现身说法，佛学式文本解读得以实现。

眉批、夹批和旁批是比较传统的形式要素，在明代评本中就已经被普遍使用。时至清代，它们仍然活跃在各个评本之中，除金圣叹本和潘廷章本外，其余评本都大量使用了眉批。而除朱璐本之外，夹批也在各评本中频繁出现。潘廷章本、戴问善本和周昂本还使用了旁批。与前面诸种要素相比，这三种形式以更突出的细部批评为特征。

撰于文本眉头的眉批相对灵活，它既可以论说一段文本，又可以专析文本中的个别细节，因此使用得比较宽泛。比如周昂本卷一第四章《闹斋》之【碧玉箫】上有眉批曰："起四语何等风情，读之令人心痒。下半乃恶俗至此！'大师'、'班首'、'头陀'、'行者'，前两曲中俱有，此曲又是'沙弥'、'行者'，不嫌复乎！'嚎'、'哨'，皆趁韵用字，可发粲。"这便是针对一支曲子进行的评析。而戴问善本第三折《酬韵》【拙鲁速】之【后】曲眉头有评语曰："三字妙！人劳劳一生，只为此'有一日'耳。"这又仅仅是针对曲文中的"有一日"三字而发。

夹批一般没有眉批那种文本跨度较大的评点对象，它更多的是针对一支曲词内部或一段道白内部的部分文句进行评说。它们频繁细密地出现在文句之间，随时阐发评者的观点，清晰地反映评者的解读思路。兹以金本《琴心》中【斗鹌鹑】的夹批为例：

第三章 清代《西厢记》评点的评点方式

【越调·斗鹌鹑】（莺莺唱）云敛晴空，冰轮乍涌。此非写月也，乃是写美人见月也。风扫残红，香阶乱拥；此非写落红，乃是写美人走出月下来也。离恨千端，闲愁万种。上四句之下，如何斗接此二句？故知上二句是人也，非景也。试反复诵之。

评者在解读首二句写月的曲文时，认为那不是真正地在刻画月，而是在刻画莺莺的翘首望月。接着又认为次二句写风与落花，也并非真正地在刻画这两种物象，而是在描绘莺莺出户走入月下庭院的动作。末二句直接写人，正印证了评者的上述观点，他因此顺理成章地得出了该支曲词都是在借换景以表现莺莺移步的观点。这种细腻的解读，反映出评者以"人"为核心的解读思路，也正为其后节批的推出奠定了扎实的基础。其节批正云："右第一节。只写云，只写月，只写红，只写阶，并不写双文，而双文已现。有时写人是人，有时写景是景；有时写人却是景，有时写景却是人。如此节，四句十六字，字字写景，字字是人。伧父不知，必曰景也。"这完全就是对夹批观点的概括和强化。

旁批的评点对象更加琐细，它往往是阐发评者不经意间获得的思想灵光。与折批、节批和夹批这些相互间连锁呼应性比较突出的要素相比，旁批显得比较随意。比如周昂本《后候》章张生所念之莺莺诗的首句"休将闲事苦萦怀"处有旁批曰："如何算闲事？"又如，《请宴》章【三煞】之"总为君瑞胸中百万兵。自古文风盛"处又有旁批曰："腐！"《赖婚》章【五供养】之"殷勤呵正礼，钦敬呵当合"处则又旁批曰："二语尚有语病。"再如戴问善本《酬韵》折红娘白"恰回夫人话也"处有旁批"此句为下'曾告夫人'句作根"，《闹简》折【二煞】之"疾忙去，休辞惮"处又有旁批曰："此即不耐听语气。"从这些实例可以看出，旁批基本都很简略，主要针对一句曲白或其中的个别字词发表直观的印象式评说，展现的都是评者在审美、思想内容和艺术架构等各个方面的直接感受。

形式是思想的载体。评析式下的评点形态无论在评语单位设计还是评述内容上都表现出严密的逻辑体系性。由折批到节批，再到眉批、夹批和旁批，外加序跋和读法，这种层层细化、回环照应的形态实则都是服务于一个中心，即如何充分表达评者关于作品的主观认识。这种中心明确、层次清晰的评点形态相对于明代那种随意散漫的情形，无疑是一种巨大进步。它是评点已经成为一种成熟文学批评样式的有力证据之一。

至于圈点符号，在《西厢记》评点中，也是以评析式最为丰富。它们的功能意义仍然是以凸显相应文本的重要性为主。在很多时候，它们更是为配合评语而设。特别是眉批这种脱离了文句位置的评语，圈点符号对指明其批评对象，使读者清晰地了解评者的意图而不致发生误读现象，无疑具有重要意义。不过，从总体来看，清人在圈点上所下的功夫远不如他们在评语形式上的探索。从文献资料的实际情形来看，基本还是停留于明人的发展水平。在形态上，仍然只有圈（分为单圈"○"和双圈"◎"）、斜点（、）直线（—）等几种。其具体的运用则依评者个人的喜好和需要而定。在一般情况下，单圈是使用频率最高的一种。其他符号的运用则因人而异。比如周昂会对一些具有明显联系性的文字使用斜点，就像《酬简》章中，第十一节至第十三节的金评分别写有"谅之"、"忽然又恨之"、"忽然又谅之"，它们都被标上斜点，周氏似乎要以此提醒读者注意这些句子是在阐述张生反复无常的心理变化。而他在同章第二十节金氏节批和【寄生草】曲词下却画上了直线。考察他在这两处的评语，分别是"阿好—至此"和"少霞却以为过火语"，可知直线在他那里是用来传达不满意的符号。至于清代评本圈点的颜色，则基本以和文本相同的黑色为主。但也有使用朱色的，比如《西厢引墨》和《此宜阁增订金批西厢》。不过这其实也没有特别的意义，因为两书的评语也是朱色的，因此朱色圈点的使用目的主要是为了和黑色的底本相区别。

二 评点方法

（一）艺术批评

艺术批评是指从探寻作品艺术魅力的角度评点作品的方法。《西厢记》作为一部文学艺术品，其魅力主要体现在曲折精彩的情节、生动饱满的人物形象、清新典雅的语言和缠绵悱恻的动人情感。而这些引人入胜的亮点，则来自作者所使用的艺术技巧。评者工作的一个主要内容，就是要从文本的具体表象中将它们剥析出来，既引导读者知道作品"美"之所以"美"的由来，又令意欲仿效者获得入门之途径。

艺术批评的展开需要从不同视角来进行。就《西厢记》评点而言，其中最常用的是心理视角和文法视角。所谓心理视角，是指从人物心理的角度去解析作品的艺术魅力。作为戏曲文学作品的主体部分，曲词是以代言体的形式叙写角色的所闻所见，抒发角色的所想所感。因此，心理视角显然是与这种文学体裁最为吻合的批评视角。积极地运用它，显然可以对作品的艺术内涵起到良好的揭示作用，既可以深入解读人物的性格，并进而清晰地把握作品的结构进程，又能真正体会到作品中作者意欲传达或作者意料之外的思想观点和艺术神韵。

金圣叹率先加大了这种视角的运用力度。他在解读曲词时，常常都是将自己换位为人物，设身处地地从其心理角度去阐释相关人物的每一个行动、每一句言辞，以及他的所见、所闻、所思，由此解读出文本字句表象下的深刻内蕴。例如《酬韵》【斗鹌鹑】有词曰："罗袂生寒，芳心自警。"仅仅八字，金氏却能解读为："张生则心急如火，刻不可待，穷思极算，忽然算到夜深其袂必寒；袂寒，其心必动；心动，则必悟烧香太迟，不可不急去矣。此谓之'芳心自警'也。"在此，评者完全进入了张生的内心世界，以张的心理来分析张所面对的情境事件，从两句看似客观平淡的描写中剥茧抽丝，使读者仿佛身临其境般，看到一个对意中人思之如狂的书生形象。

金圣叹以后，心理视角在评者对作品的艺术批评中继续得到广泛运用。比如潘廷章批《僧房假寓》【小梁州】之"胡伶渌老不寻常，偷睛望，眼挫里抹张郎"曰："偏是张生偷睛看来如此，张满眼眶尽是一个红娘，反觉红眼梢头略无半点张生。有一种急欲求当于红之心，遂有此一种唯恐不当于红之意。"这种阐释便完全是从张生的心理的角度来进行的。戴问善批《赖婚》之【离亭宴带歇拍煞】时有云："几于一纳头憔悴死矣。"这也是评者通过自己与崔莺莺的心灵换位，从她的角度解读出"从今后，我也玉容寂寞梨花朵，朱唇浅淡樱桃颗。如何是可"这些文句所要表现的心理状态，即母亲赖婚带给她的巨大痛苦。

如果说心理视角是使评者更深入地开掘作品艺术魅力的有效方法，那么文法视角则是评者在进行写作研究时最习惯于选取的角度。所谓文法，即做文章的方法。正如《文心雕龙·章句》所云："夫设情有宅，置言有位，宅情曰章，位言曰句。故章者，明也；句者，局也。局言者联字以分疆，明情者总义以包体。区畛相异，而衢路交通矣。夫人之立言，因字而生句，积句而成章，积章而成篇。"① 一篇文章由大大小小的段落章节组成，章节又由句子构成，而字则是最基本的文章组成要素。由此，文法又可细化为章法、句法和字法。由于文法基本上强调的是一种"组构"，所以它最重起承转合。清人评点《西厢记》时基本都带有不同程度的写作研究意识，在文法的批评视角下，他们因此相当注重分章划段，指点起结伏应。

金圣叹率先在评点领域对《西厢记》展开分章划段，在帮助读者更清晰地了解作品构架的过程中指点行文的诀窍。例如《借厢》的【斗鹌鹑】、【上小楼】和【后】以及其间的道白被划作第六、七、八、九节，金氏分别指出这是"破题"、"入题"、"反透"和"正文"，完全是按照起承转合的思维来解析作品。以服务八股写作为批评宗旨的戴问善本虽然没有分章划段，却总是密切关注着文本的行文进程。同样是《借厢》，他对张生向法本借厢情节的跟踪式评点便是："文章最争起笔"、"在题前突点，此种紧字诀"、"随笔透过，此即所谓以下文作开也"、"此清机徐引也"、"趁势透过，绝不嫌犯口，此种笔意最可喜"、"徐徐入题，有此一笔便觉警紧，亦墨家要诀也"以及"正文完"。

（二）事理批评

与上述指向艺术魅力这种形上层次的评点方法相反，事理批评指向的乃是普通的现实生活。评者除去文学批评者的身份之外，还是一名普通的社会人。大约因为评点并非严格的理论著述形式，因此评者们不时地会脱离自己的批评者身份，还原为普通社会人，以生活的眼光看待作品中的一些文学现象。这便产生了事理批评这种以现实社会生活逻辑来评说作品的方法。

事理批评的出现，最早是在金圣叹本中。《寺警》后半部分的评点体现得相当明显。例如，对由【滚绣球】后半曲和【叨叨令】前半曲组成的第

---

① （梁）刘勰著，杨明照校注拾遗《文心雕龙校注》，中华书局，1959，第231页。

三节，金氏就津津论说佛教信徒不吃肉的虚伪，最后言辞犀利地说道："今诸秃奴，乃方欲以己之不食肉，救拔我之食肉，此其无理可恨，真应唾之，骂之，打之，杀之也。"这段评论反映出金氏对佛门戒荤腥律令的蔑视和对一般僧徒借此标榜慈悲的憎恶，是金氏在个人生活经历中得出的好恶性感受，却并不属于文学性的批评内容。所以周昂会在其旁评道："先生肯出结否？"

周昂虽然能够看到金氏脱离文学的范畴所发的生活性言论，但他自己的评点也不时会出现这种情形。例如，对《惊艳》【元和令】的"尽人调戏"，他认为"谬甚！无论双文固相府千金，即寻常女郎，亦无尽人调戏之理，况邂逅间乎"，并不支持金氏"天仙化人，目无下土，人自调戏，曾不知也"之说。《借厢》中周氏更认为张生多次唐突法本的行为并不能凸显其机智，反而是失礼之举，因为"初会面时遽作此等语，岂情理所有"。又如，关于《闹斋》的【新水令】，金氏对该曲的解读是张生在法事日的凌晨即赶到了佛殿，在他看来，这正可反映张生的心急火燎。周氏却并不同意此说，其夹批有云："十四初更，料和尚都在睡梦中，殿楹正闭，张生此时彷徨露下，不太苦乎！'月轮'不必泥定月，'瑞烟'不必泥定烟，亦是随手拈用，写出古殿巍峨气象。如圣叹说，所谓粘泥之絮。"同章【鸳鸯煞】金氏认为崔、张在斋会上"四目二心"，暗传情愫。周氏却说："稠人广众前，四目二心如何关照！真是凭臆之言。"再如《请宴》之【四边静】乃是红娘叮嘱张生合欢夜要小心对待莺莺，周昂立即评道："此种情词，少霞云扯淡。且红一小女儿，'今宵欢庆'以下数语似老作家矣，语甚不堪。圣叹激赏不置，何也？"在这些例子中，周昂都没有从文学艺术的需要出发来解读文本，而是从生活逻辑出发，以事件发生的现实可能性来绳约作品。这种做法有其一定的合理性，因为在常规情形下，文学作品要具有感染力，首先应该符合基本的生活逻辑。但是，过于用生活的眼光打量文学，终究不是一种纯正的文学批评态度。

（三）哲学批评

哲学批评是指评者以某种特定的哲学观点为指导去解读文学作品，从文本中获得证据以证明这种哲学观点的评点方法。这与文学范畴内的一般性思想探讨是有区别的。一般的思想探讨，是立足于文学作品本身去挖掘其文本表象下所蕴含的思想。而哲学批评则是先树立某种意识，然后以文本来证明这种意识。潘廷章本是运用哲学批评最突出的一个评本。

如前所述，潘本解读《西厢记》的核心观点是"空幻"，但这种空幻显然不是随着文本解读的深入推进而逐渐被评者探求和发现的。潘氏早在序言《西厢说意》中即明确认为整部作品是以"空生空灭"示读者以"西来意"，并认为全部情节都只是"六结、六尘、六入、六根"的艺术表象。他的解读，其实是预揣着空幻的哲学观而到文本中去寻求印证。因此但凡文本之中有任何可联系或可资联想处，潘氏都不会放过。对联系明显的地方，他会指出。而对常规情形下并无可联系但经刻意引申却可获得联系的地方，他更会予以强调。例如作品是在张生赶考住店的情景中拉开恋情序幕的，而恋情结束后又是张生赶考住店。这样回环型的情节设计，恰正与佛家以"空"为本源的观点相契合。因此，潘氏在《惊艳》张生登场时立刻就指出："一部《西厢》十六篇，以逆旅始，以逆旅终，此作者特特着意处，莫忽看过。"同样，也是出于这个哲学观念，潘氏对崔、张佛殿相逢的解读与历来评者都不相同，认为那是"于空王之境，忽现绝色"，而在《草桥惊梦》处，他也干净利落地戛然而止，取消了最后四折的内容。由此，崔张恋情便完美地展现了如何从沉溺色幻到"咸登大觉"的觉悟过程。

《西厢记》的作者在创作这部文学作品时是否真的受到佛学思想的影响，我们不得而知，但潘氏这种哲学批评方法的主观臆断性显然是比较突出的。比如他在《佛殿奇逢》店小二提到普救寺是武则天香火院处评道："寺为则天娘娘盖造，便不是福地，是孽地；不是洞天，是瘴天。多一分盖造，便增一分孽障。"对同折和下折《僧房假寓》张生多次自我介绍中的"西洛至此"，潘氏也认为是"明揭西来之意"。他对红娘切责张生的理解则是"百丈往参马祖，被祖一喝，直得三日耳聋。张得红娘峻拒之词，将一天欢喜，变作恁地嗔痴。张虽具猛力，未免颠倒堕其云中。红侍者机锋簇簇，此只当得入门一棒"。再看他对飞虎围寺和白马解围情节的理解：

二月十五日修斋，十六日即兵起。……一片空王境界，几归劫火。……孙飞虎非孙飞虎也。白马将军非白马将军也。惠明非惠明也。

自当日业缘初遘，苦厄便生。从空造色，因色成魔。而法本老僧不能开示本来，还归清净，而又构诸男女，陈经设忏，鹓奔䄠逐，点污空王。借先灵为媒媾，假啼哭作睇笑。业高十丈，魔高百丈，则见有猛火光中若罗刹王、鸠槃茶王率诸无量药叉、牛头兽面，齿牙狰狞，齐来啖人。若刀山铁橛，剑树剑轮，杀气飞动；若轰雷霹雳，飞砂炮石，为击为冲；若水火铁围，重重匝绕，不可度脱。此业由因生，现前果报。尔时世尊在清净国土大发慈悯，命火头阿罗汉现身惠明，降伏此魔。命韦陀尊者现身白马将，镇定山门。庶尔后一切比丘、比丘尼、善男子、善女人，勿以念经礼忏造诸业缘，流逸不生，尘根永断，偕归乐土，获大安稳。此不念《法华经》，不礼《梁皇忏》，是惠大师自道本觉虚明真性，不受轮回，为现前一切比丘、比丘尼、善男子、善女人忏悔说法也。

显然，这些阐释都已经完全脱离了作品本身的文学元素，而是抓住文本中某个可能与佛家思想扯上关系的细节，肆意按照评者头脑中的"空幻"观念生发，因此带有一定的牵强附会意味。

（四）伦理批评

伦理批评是指以一定的社会伦理道德规范去审视作品的批评方法。《西厢记》是一部描写青年男女私情的文学作品，在一个严格遵循"男女授受不亲"和婚姻必须以"父母之命，媒妁之言"为前提的礼教桎梏时代，这样的题材无疑是敏感而禁忌的内容。《西厢记》的评点者们是生活在这样一种时代背景下的社会人，当然又都是喜爱和推崇该作品的人。这种艺术喜好和社会主流伦理的不容所产生的矛盾让他们在执笔探讨其艺术魅力的同时，也不得不按照伦理的思维对作品进行一番评说，或者多方修饰，力图使其被纳入"礼"的范畴，或者不着痕迹地对其不守"礼"的特征予以承认和批驳。

在清代评本中，金圣叹本率先使用了伦理批评方法。作为一部着力探寻《西厢记》艺术秘法以示后人门径的评本，它承载着评者希冀自我之不朽的理想，那么它当然不应该和当时社会主流伦理背道而驰。因此，伦理批评方法被引入。金氏抓住男女情事是人类社会中的正常现象一点对排斥《西厢记》的人进行反击。其《读法》有云："人说《西厢记》是淫书，他止为中间有此一事耳。细思此一事，何日无之，何地无之，不成天地中间有此一事，便废却天地耶！细思此身自何而来，便废却此身耶！……此一事，直须高阁起不复道。"在《酬简》之折批中，金氏也一反常态，不再谈论艺术，而是反复围绕着如何鉴别"淫"的话题絮絮叨叨，从伦理的角度剖析"淫"与"非淫"的区别。

金本之后，大部分评本受其启发，都将艺术批评作为主要的评点方法，伦理批评则以零星的状态存在。这些评本的评者大多在伦理上持保守态度，因此并不像金氏那样刻意为其矫饰，而是对《西厢记》的不合礼法性予以承认。也许正因为如此，这些伦理批评都以比较隐蔽的方式穿插在艺术批评之中，显得不着痕迹。显然，耗费心力评点这部作品的他们并不希望人们将注意力集中在这上面，从而忽视作品的艺术价值。比如周昂本，它在《寺警》【柳叶儿】之"待从军，果然辱没家门。俺不如白练套头，寻个自尽，将尸榇献贼人，你们得远害全身"处就没有同意金氏的"下策"之说，而是评道："此却最上策，后此恋张而淫奔不终，何尝非辱没家门？"又如朱璐本，它在叙写崔张、合欢的《就欢》眉头就直接写下了"懿美之累"的评语。

清末，戴问善本接踵金本，继续集中运用伦理批评方法为《西厢记》在"礼"的世界中寻求一席之地。与金本不同的是，戴本没有想尽办法将私情说成合"礼"的行为，并认为金本所为，"亦救火抱薪者也"。它在《书西厢后》中直接指出作品所描写的很多内容都相当不合主流伦理观，却又很懂得将话锋收转，抬出《易》的"履霜坚冰"，从"变雅"的角度为作品找到合理的存在依据。

第二节　论定式

与评析的直抒己见不同，论定是依托曲白的校勘辨释来直接或者间接地表达评者观点的评点方式。校勘、释解和考辨密布的文本表象使采用该评点方式的评本和传统的校注本非常相似。但事实上，它们仅仅是传达评者一定文学观点的手段。这种评点方式将整理文献的表象和阐发己见的精神融为一体，成为那些力图厘定经典的评本采用的主要手段。黄培《详校元本西厢记》、毛西河《论定西厢记》和邓汝宁《静轩合订评释第六才子西厢记文机活趣》都是如此。

一 评点形态

论定式评点传达文学观点的主要手段是文本细部的学术性考释，因此在评点的外在形态上并没有如评析式那样严密系统的要求。除去圈点之外，评语作为评点形态中最重要的一环，其功能被设定为随时对文本中评者所认为的疑难内容进行辨析考释，故而它的意义主要体现于所传达的信息，而不在其本身的形式。所以，论定式评本评语的形式要素相当单纯，一般只有一种，多者也不过两种。

黄培《详校元本西厢记》脱稿于明末。正如黄氏自序所说的那样，此书在"崇祯辛巳"（1641）间已成，只是因为王朝更迭，到清代才得以刻印出版。因此，该评本选用了明代评点中使用频率最高的眉批作为评语的承载形式。在眉头不定时地对文本中评者认为值得考辨的内容进行论说。通阅全书，这些被考辨的文本对象是相当散乱的，它们或者是一支曲文中的一个字、一组词，或者是整支曲文，或者是道白中的一句话，抑或一个科介。同时，它们也是跳跃的，并不是每支曲词或道白都被列入辨析范围，事实上，一连几段曲文被抛置一边不予讨论也是比较常见的现象，比如第三出《墙角联吟》中描写莺莺去后，张生伫立空庭的【络丝娘】至【绵搭絮】三支曲文。由此，黄本的眉批相互之间完全独立，当它们统统被堆放在眉头时，就显得没有组织性和体系性。这也表明黄氏对文本的关注尚为片断式的，在一定程度上还带有明人评点的那种随意性和偶然性特征。

成书于康熙年间的毛西河《论定西厢记》则诞生于金圣叹《第六才子书》大行天下之后，金氏评本突出的体系性和其支分节解的文本评语形式显然对毛本有不小的启发。考察全书，可以发现，每一折文本都被分成了若干节段，而评语即紧附每个节段之下，对该段文本进行考辨论说。也就是说，节批成为毛本评点文本的唯一评语形式，配合文本中用以标识重要文句的斜点，共同阐发评者对这段文本的认识。而这种认识中往往既不乏总体的把握，又有重点的细部探讨。以第三折为例，全折内容就被大致分解为七个部分。每个部分之下，都以节批评释，既论其总旨，又对内部诸要紧之处进行阐释。节批的使用，使评点在保证评者能重点探讨其特别关注的文本细部问题之同时，亦能兼顾其余文本，从而消除了过去片断式眉批缺乏全面性的弊病。由于评点对象具有紧密的情节承接性，节批与节批之间往往也具有比较明显的逻辑联系，由此极大地提高了论定式评点的组织体系性。

似为遗憾的是，采纳了毛本不少观点的邓汝宁本却没有继续使用节批这一评语形式，笔者推测这可能和其底本是包括评语在内的整部金《西厢》有关。因为金本本身已有节批，倘若邓氏再一次使用这种形式要素，将会造成版式上的混淆。相比之下，他使用的上下栏形式倒更加便于阅读。虽然邓本将批语主要置于眉栏（邓本的旁批数量很少），但其在排版上却很注意按照金氏划分的节段来放置批语，尽量将本节段的批语集中于一处。由此，其形式虽为眉批，其实质内容却与节批无异。另外，邓本还将眉批分为"释义"、"参释"、"参评"三种类型，"释义"承担字句注释和典故说明，和传统的校注无甚差别，不过它并非批语的主要成分。批语中更多的是"参评"和"参释"，它们通过校勘和考辨含蓄地展示评者的文学观点，而前者的评论性相对更突出，它们都属于评语的范畴。

二 评点方法

论定式评点因为需要大量依托学术考释，所以在戏曲作品形成演化过程中产生的许多基本研究视角都会被这种方式承继，比较突出的是本事研究和体例调法研究。然而由于清代评点已经处于对作品叙事特性有着高度自觉的阶段，所以，情节批评反而会成为这种评点的精神内核。

（一）本事批评

所谓本事，是指文学作品编撰所依据的原型。《西厢记》是根据唐代元稹带有自传性质的小说《莺莺传》改编的，这使得本事研究在早期的《西厢记》研究中占有比较重要的分量。从宋代王铚开始，直到明代的许多校注本，都津津于从史实的角度来勘证这一情事题材。王骥德本作为校注学发展为评点学的关键性转变，它将这一传统的批评方法带入了评点的范畴，比如它在论第一套第一支曲子【赏花时】时就从史实角度落实了莺莺的身份和家庭境况。进入清代，本事批评并未被评点家们弃置，然而其厘定出的结论却发生了较大的转变。

  黄培本作为明清过渡时期产生的评本，本事批评的使用比较明显。黄氏眼中的《西厢记》仍然是与《莺莺传》相关的史实原型的延续，因此他在文本但凡涉及人物介绍或时间描述之处，都格外留心。例如在作品开篇的老夫人自道中，他就于"官拜当朝相国"处评道："时本作'前朝'，误，德宗已立二十一年矣。"于"生得这个小姐"处评道："时本作'只生得'，岂未考《会真记》'弱子幼女'及'命其子曰欢郎'之句耶？"于"小字莺莺，年一十七岁"处又评道："时本作'十九岁'，误。《会真记》所载甚明。"这是从题材相沿的角度将小说原型作为戏曲作品的衡量尺度。而在张生上场自道处，他评"年方二十二岁"曰："时本作'二十三'，误。"这显然是依据王铚考证的"（元微之）至贞元十六年庚辰，正二十二岁"得出的结论，又是进而从题材相关的史实角度来确定戏曲作品的文本描述。

  在毛西河本中，本事批评也未曾消失。它同样也是被运用在人物介绍或时间描述之处，不过其被倚重的程度却发生了变化。它已经不再细碎地关注人物的年龄、序次、所处的具体历史时间和历史地点等，而是使用这种评点方法进行一种概括性的论说。例如，同样是开篇老夫人的上场白，它就只说道："博陵，崔氏郡名。据王性之《辩证》，谓莺是永宁尉崔鹏女，然亦拟议如是耳。况词家子虚，原非信史。必谓崔是终永宁而归长安，非终长安而归博陵者，一何太凿。"毛本之后，大量选录毛氏观点以论金《西厢》的邓汝宁本在这个问题上也没有作更多的停留，只是将毛氏的这些话语完整录入。可见，本事批评在评点领域内有被逐渐淡化的趋势。

（二）体例调法批评

  作为一部戏曲文学作品，《西厢记》被纳入研究者的视野最早应是基于它轰动的演出效果。因此，早期的《西厢记》研究者都倾向于从曲学的视角来探究文本。在万历二十六年（1598）的继志斋本中，体例和调法等内容就已经成为评者决勘曲文的重要视角，到后来王骥德《新校注古本西厢记》中，它更成为其评点的根本方法。体例是指戏曲作品在形式体制上必须遵循的规则，宏观而言，它可以包括作品的基本单位组织、脚色唱例、单位内部各曲调的组织乃至曲调内部的字句安排等由粗渐细的内容；但后两项内容一般都被划入另一个更微观的概念——"调法"。调法主要是从声乐的角度来探讨一折戏内部的形式规则。在常规情形下，一折戏只使用一个宫调，而一个宫调下汇集若干曲子。曲子之间的排放、曲子内部字句的罗列，无不遵从一定的声乐规则，具体内容则有音韵使用、衬字安插等。

在金圣叹评点促使天下纷纷以"文"的视角来解读《西厢记》时，也许是出于对作品文体属性的强调，这种传统评点方法在毛西河的评本中仍然占据着相当大的分量。在评本开篇未入正文之前，毛氏就明确指出"元曲有院本、有杂剧。杂剧限四折，院本则合杂剧为之，或四剧，或五剧，无所不可，故四折称一剧，亦称一本"，"每本之末必作【络丝娘】、【煞尾】二语，缴前启后，以为关锁"。这是在论说杂剧最基本的单位组织，对作品进行宏观的体例批评。而在进入正文评点以后，但逢有非常规的体例要素出现时，他也会一一阐述，如第一折开篇即遭逢"楔子"，他立刻论道："楔子，楔隙儿也。元剧限四折，倘情事未尽，则从隙中下一楔子。此在套数之外者，故名'楔'。他本列此在第一折内，固非。若王伯良以楔为引曲，尤非也。一曲不引四折，况元剧有楔在二三折后者，亦引曲耶？"

言说体例之外，毛本更注重对作品进行调法批评。以第一折开场楔子为例，这段文本的篇幅并不长，只由老夫人的一大段上场白和一小段下场白，以及两只分别由老夫人与莺莺演唱的曲子组成。毛氏首先指出："楔子必用【仙吕·赏花时】、【正宫·端正好】二调，间有【仙吕·忆王孙】、【越调·金蕉叶】，偶然耳。"这是阐述宫调问题。接着便论老夫人所唱的【仙吕·赏花时】曲云："'因此上'、'盼不到'，衬字也。"这是阐述衬字问题。然后又论莺莺所唱的【赏花时】之【幺】云："《中原音韵》以'值'字分隶平韵。'人值'句，务头，所谓第二字拗句也，今借音'滞'。"这是论述音韵问题。

虽然毛本这种评点方法受前人特别是王骥德的启发颇多，但在具体运用中所表现的思维却有很大区别。比如毛本第七折（王本为第二折第三套《负盟》）之【离亭宴带歇拍煞】，毛、王二人都支持"香馥馥同心缕带割"，都反对俗本的"香馥馥寿带同心割"，而又都意识到该句第五字应为仄声，第七字却应为平声。因此，王氏显得比较纠结，他不得不承认前者"于调不合"，仅仅是出于语言对仗上的考虑才选用了它。而毛氏则云："'同心缕带'用唐诗'同心结缕带'句，俗以'心'字宜仄，'带'字亦平，改作'寿带同心'，在调列则过拘，在词例则不通矣。"类似的又如毛本在论第十三折之前楔子（王本为第四折第一套）中的【端正好】曲时有云："此调本仙吕宫，然元词多标正宫，不拘。王伯良疑其有误，竟改仙吕。"由此可见，毛氏在运用调法批评来评定文本时所持的是一种通达的态度。在他看来，调法是戏曲应该遵循但却不必死守的一种规则。这种通达或许并不符合严谨的学术要求，但却正是"论定"的典型表现，即要敢于掌控手中的资料使其为己所用，而不是被资料所牵制。

（三）情节批评

将《西厢记》视为一个由若干曲词和道白组合而成的叙事情节整体，这是晚明以来众多评家，特别是清初金圣叹苦心经营的结果，也是"戏"在戏曲文体属性中凸显的必然。所以，这个在王骥德《新校注古本西厢记》等文献整理特色明显的明本中很少运用的方法，却成为清代论定式评本的精神内核。情节批评的对象比较复杂，从文本范围来讲，它不仅指向全剧的整体性叙事内容，而且囊括了作品内部各本、各折（出）、各曲或者各段道白内部，甚至是一句曲白本身的叙事。从具体内涵来讲，则又包括事件逻辑、人物性格逻辑以及语言的叙事功能等。

黄培《详校元本西厢记》率先展现了这种方法。首先黄本非常注重事件的逻辑。比如第一出《佛殿奇逢》中，它在【混江龙】与【油葫芦】之间的张生白"行路之间，早到蒲津。你看这黄河浩浩荡荡，波浪泼天，是好惊人也呵"处评道："时本多漏此白。"考察这部分曲白文意，可知【混江龙】是张生自述苦学经历，而【油葫芦】则是点出旅途已至黄河岸边，并借描写黄河的雄壮气势暗示张生的高才远志。两者之间的联系并不紧密，因此，上述道白的存在便非常有必要，它可以向读者传达张生离乡应考的剧情，从而使两曲自然衔接。又如第二出《僧房假遇》的【石榴花】曲中，它在"五旬因病身亡"与"平生正直无偏向，止留下四海一空囊"之间的法本白"老相公弃世，必有所遗"处评道："即空本去此白殊未当。"显然，从情节来看，此白在两句曲词之间起着过渡引带之作用，使张生对故乡家世的笼统介绍能够自然过渡到他对父亲为人的细节性介绍。而在同出之【上小楼】曲后，黄本却批驳张生白"这一两未为厚礼"为"赘白"，力主删除。这又是因为该道白所阐述的内容在【上小楼】的前半部分曲词中已经有所传达，而就该道白所处的文本位置而言，它与其上下演绎的事件都不协调，其上文"把言词说上"是张生央求法聪劝说法本，下文法本白"先生必有所命"则是法本开始询问究竟所求何事，两者之间被掺入这么一句，显然格格不入。另外，同出【小梁州】之【幺篇】中，它又反对凌濛初本将"夫人诳"改作"夫人忺"，因为"忺"字是"不令许放"之意，对紧接的曲词"傥不令许放"是"反多一层"，在事件描述上形成重复。而关于法本回答红娘几时做法事的道白"三月十五日"，黄氏却又评道："时本作'二月十五'，误！前已云'人值残春'矣。"这又不仅仅是一出内部的事件逻辑探讨，而是在更广泛的文本范围中研究剧本情节的前后照应关系了。类似的又如第二十出《衣锦荣归》中它评张生上场白"今日衣锦荣归"曰："'荣归'，时本作'还乡'，误。"这显然是考虑到剧本前部曾交代河中府并非张生之故乡，而只是张生的结姻之地。黄本不仅注意到曲白，甚至连剧本中的一些科介在事件行进中的逻辑作用也不曾漏过。第二十出的尾部有"使臣上，众相见科"，黄本在此处评道："时本多漏使臣上科并敕旨，则【锦上花】、【清江引】所云无著落矣。"考察文本之情节，可以发现此科之前，场上只有张生、莺莺、红娘、老夫人、杜将军、郑恒、法本诸人，而此科之后的【锦上花】和【清江引】却在歌颂帝德圣恩，与以上诸人的口吻都不十分吻合。只有当来自天家的使臣上场，这些堂皇之辞的出现才显得自然而贴切。

其次，它已经注意到从人物刻画的角度来厘定文本。《佛殿奇逢》中，黄本在描写张生与莺莺相遇的【元和令】唱词"他那里尽人瞧盼"处评道："'瞧盼'，时本误作'调戏'。"为何一定认为"瞧盼"正确而"调戏"错误呢？就两词的含义而言，"瞧盼"传达的直观含义是只可远观而不可亵玩，而"调戏"却明显带有不尊重意味。黄本如此看法，显然是认为后者并不适用于相府千金身份的莺莺。又如，它评第四出《斋坛闹会》之【驻马听】曲词"害相思的馋眼恼"云："'眼恼'，字甚妙，因馋极而恼，故打点十分下狠看。即空本作'脑'便谬。"该曲词出现在张生第三次遇见莺莺前的场景中。在此之前，他与莺莺在佛殿中的不期而遇使他知道对方是位天仙般美丽的女子，而月夜隔墙联诗又使他知道对方的高妙才华，他对莺莺已经爱得如痴如醉，因此他极度渴望能在这第三次相遇（法会）中尽情领略对方的美。然而，莺莺却迟迟不到场。一个"恼"字，无疑正详尽凸显了张生此时爱极生恨的心理状态。从人物刻画的角度来看，的确比"脑"更为高明。再如第十四出《堂前巧辩》中，老夫人在获悉张莺私情后见到莺莺的第一句话便是"贱人"，黄本即在此评道："'贱人'时本俱作'莺莺'，不肖怒时情景。"此论的确中肯，门第之见甚为浓厚的相府夫人乍闻女儿竟然苟合平民书生，其心中的失望与愤怒可想而知，而"贱人"的确比"莺莺"更能反映她此时的这种心理状态。另外如第九出中的【后庭花】，黄本在此评"元来他染霜毫不勾思"道："即空主人曰：'不勾思'言才有余也。徐、王改为'构'，便索然。"这又是对张生才华满腹特质的强调。

　　黄本从事件逻辑和人物刻画的角度来厘定剧本的文句，其实正反映出他对戏曲语言的认知态度。不可否认的是，黄本之中仍然存在着一部分从对仗等纯语言形式的角度来推勘文本的情形，比如它在第五出《白马解围》评【混江龙】之"淹消了六朝金粉"处云"'淹消'时本多误作'香消'"，便是为了和其后一句"清减了三楚精神"形成对仗。但是，就整个评本来看，这种对字面艺术形式的追求显然不及它对事件描述与人物刻画的关心。我们基本可以认定，在黄培的心目中，《西厢记》的语言在遵从戏曲体制的前提下，最主要的功能应该是为情节叙述服务。正因为如此，黄本可以关注到许多前人不曾发现的语言上的细微之处。兹以第十五出《长亭送别》为例，其中的【叨叨令】末句，之前的王骥德、凌濛初诸本都作"久以后书儿信儿，索与我恓恓惶惶的寄"，而黄本却认为"久已后"应该作"则盼着"，所谓"此时是对红伤感，非嘱生也"。单纯就音韵调法和字面形式而言，此句实无讨论的必要，所以前人也很少在此句上纠缠。但黄氏对此曲的考察却已跳出了曲词本身，而是将它置于具体的叙事场景中，强调曲词是一个人物（小姐）对另一个人物（侍婢）所发出的信息。由此，盼望鸿雁频传在此时此地并非莺莺所提出的一项要求，而是她内心最真切的一种渴望，这种渴望是如此强烈，以至于她不能自已地对贴心侍婢发出感慨。而在莺莺嘱托完张生的【二煞】之后，黄本便安排张生下场，其科白云："再有谁似小姐？小生肯又生此念？小姐放心，小生就此拜别。泪随流水急，愁逐野云飞。（下）"这与之前的王骥德本和凌濛初本一直到出末莺莺下场后才安排张生离场截然不同。对此，黄氏的态度相当鲜明："时本作莺、红下后而生方行，误。"考察本出，乃是由莺莺主唱，是从莺莺的视角叙写她送别恋人的事件，从叙事逻辑来考虑，断然没有送行者比被送者先行离开的情理。而【二煞】之后的【一煞】唱词又有"青山隔送行，疏林不做美，淡烟暮霭相遮蔽"诸语，显然是在叙写恋人远去之后她望穿秋水的远眺情形。因此，黄本的观点应该是正确的，而这种正确认识的得出，正是建立在对剧本叙事性文学意义充分认识的基础之上的。

　　黄本之后，毛西河论定本更进一步地加重了情节批评在评点中的分量。由于整个评本的性质已经从"校注"彻底发展为"论定"，因此这种方法已不仅仅是通过文本的厘定来体现，更多的时候，它直接表现为论者对文本叙事性文学特征的探讨。

　　首先，毛本仍然在延续黄本的做法，借助情节来厘定文本。比如对《西厢记》研究中的一个焦点——第五本是否是他人续作的问题，他就持有坚定而单纯的看法，即认为第五本与前四本一定是个统一的整体。而他言之凿凿的理由，则来自剧本第十四折【收尾】的曲词，所谓"来时节画堂箫鼓鸣春昼，列着一对儿鸾交凤友。恁时节才受你说媒红，方吃你谢亲酒"，毛氏认为这正是"起后四折也"。同时，第十六折【鸳鸯煞】中又有"除纸笔代喉舌"一语，毛氏认为这也是在为第五本中张、崔互寄书信的事件作铺垫。

　　除借助情节来厘定文本之外，毛本更偏重于直接论说剧本的叙事性文学特征，其中最突出的，便是对文本叙事结构的探讨。考察全部剧本，我们可以发现，毛本对《西厢记》文本的论定，在很大程度上是遵循着叙事层次的划分模式来进行的。这具体表现为它会采用"分章划段"的方式，根据本折文意的发展层次，在宏观层面将每一折的曲白划为几个部分。例如第三折就被划分为七个部分，毛氏依次将各部分主旨概括为"揣其必至之情，预为不至之计"、"写莺"、"写烧香"、"实写酬和"等。而在各个部分内部，毛氏对文本的解读在很大程度上都是从曲白文意的角度来进行的。就以第三折中"揣其必至之情，预为不至之计"的第一部分为例，该部分主要由【斗鹌鹑】和【紫花儿序】两支曲子组成，其曲文如下：

【斗鹌鹑】玉宇无尘，银河泻影，月色横空，花阴满庭；罗袂生寒，芳心自警。侧着耳朵儿听，蹑着脚步儿行，悄悄冥冥，潜潜等等。

【紫花儿序】等待那齐齐整整，袅袅婷婷，姐姐莺莺。一更之后，万籁无声，直至莺庭。若是回廊下没揣的见俺那可憎，你看我紧紧的搂定；则问你会少离多，有影无形。

毛氏首先指出"罗袂"二句是叙写张生对莺莺的推测，"以此时夜久凉生，芳心易动，揣莺未必不出也"，因此引出了以下的"侧耳""蹑步"，"悄悄""潜潜"等描写张生等待莺莺情形的语句。而"一更之后"则又是张生久待莺莺未果之后产生的大胆幻想，所谓"'直'是空写也，'没揣的'犹云无意间也，'有影无形'是惝悦语，最妙。通折亦俱有疑鬼疑神之意"。

第三节 改评式

改评式是一种特殊的评点方式，它以结合了相应评语和圈点的文本改编来展示评者的文学观点。这并不包括所有但凡改动且附评语的情况，比如金圣叹等人在评点中也不时对王实甫原本作些改动，但那纯粹是为了配合其文论观点的阐发，由于评者并无"改"的初衷，所以从总量来看，那种改动形不成规模，而仅仅是评析中的小小点缀，充其量只能称为"评改"。而这里所谈的改评方式，它不会制造数量庞大的评语，但文本的改编程度则非常突出。如果说这些改编是一条画好的龙，那么评语就是龙的眼睛，它以凝炼精准的言辞提携那些散漫复杂的改易，达到良好的评点效果。唯一能让评者产生这么强烈的初衷要去改编这部经典的，大概也只有重返氍毹的动力了,李书云等人的《西厢记演剧》正采用了这种评点方式。

一 评点形态

在改评式评点中,评语和圈点不再是评者阐发文学观点的仅有途径,而是发挥点睛作用的形式要素,由此决定了评语的意义主要在其内涵而不在其形式。评语形式因而相当单纯。正文之前没有读法、总论之类的内容,正文中也没有眉批、夹批、旁批等,只在每一折文本的尾部附上折批。这种特征符合改评本的需要,因为这些评语在内容上正是对分散在每一折文本内部的若干处改编的意义之高度概括,那提纲挈领的言辞足以和改编进行呼应,从而充分展示评者的文学观点。

相比评语和圈点的有限运用,文本的改编则显得相当繁多。当然,改编并不像评点的两种基本形式要素那样明显可感,而是颇具隐匿性。只有将评本与王实甫原本相校对,才能发现它的存在。改编对评点具有极重要的意义,它们彼此依存,不可拆分,评语中凝炼抽象的文学观点在很大程度上正是通过改编化作了若干具体可感的文本细节,从而实现了对评者文学观点的饱满呈现。因此,要透彻认识这种独特的评点方式,就必须对和评点成掎角之势的改编予以重视,将它纳入评点的形式研究的范畴中,作为评点一个极其重要的辅助手段来对待。

二 评点方法

如前所述,改评式评点的目的是使杂剧《西厢记》能够在传奇当道的时代重新焕发戏台生机,因此,评本中一切评点方法的使用都必须围绕着这个灵魂。具体考察《演剧》,可以发现它大致采用了以下几种具体的评点方法:

(一)改评结合的体制变动

体制变动指的是对王实甫原本的杂剧体制作出适合戏台演出的加工。评者不仅按照南曲体制取消分本,径直以"折"为基本单位来划分剧本,而且非常注意考虑各折情节容量的平衡，使每折用同一宫调演述一个长短适度又相对独立的完整情节，以适应剧场演出。比如第五折《寺警》和第六折《解围》在王实甫原本中是被合于第二本第一折的，但事实上，这一折的内容含量十分庞大，从莺莺登场自抒心绪到夫人告知祸事，再到莺莺失色痛哭，然后是夫人许婚请救，接着张生应募作书，然后又是惠明自荐，最后才是惠明送书并杜将军灭贼解围。从情节进程来看，它过于复杂；而从音律运用来看，它先后使用了【仙吕】、【正宫】和【仙吕】三个宫调，实在异于杂剧的一折只用一个宫调的体制。因此，历来关于此折的体制都争执不休。有的版本比如凌濛初本，主张将其中惠明登场之后，以【正宫】演唱的内容都另外划作"楔子"，同时删去惠明向杜将军投书时所唱的【仙吕·赏花时】二曲。有的版本如毛西河本，则主张将杜将军上场之后的情节（其中包括惠明所唱的【赏花时】二曲）划作"楔子"。但无论是哪一种观点，其实都未曾考虑到北曲已经式微的实际情形，按照凌、毛二氏的观点，剧本被搬上戏台后，此折内容仍然庞大，中心仍然不突出。因此，《演剧》评者在《解围》末尾评道："此折太长，分作两折登场，自尔休暇。"评本索性将惠明登场以后的情节断开，另作一折。如此，《寺警》与《解围》不仅宫调分明，而且从情节上来看，前者围绕着孙飞虎围寺的核心事件展示出莺莺对张生的心意，并且通过张生应募推动了崔张情事的发展，后者则围绕着解围事件重点烘托惠明在自荐和搬兵过程中的英勇，各自都剧情紧凑，中心突出，显然更加适合于戏台搬演。

（二）改评结合的唱词调度

唱法改动是指评本对原本《西厢记》演唱方式的调整。作为杂剧的《西厢记》，其演唱任务基本由正末（张生）、正旦（莺莺）以及旦俫（红娘）承担，另外，在第二本第一折处还有部分曲词由净（惠明）承担。其余脚色皆只承担相应科白而不演唱。而且，在通常情形下，一折戏的演唱都是由一个脚色完成，像第一本第四折和第二本第一折那样有主唱脚色之外的脚色参唱的情形并不多见。对此，《演剧》本结合南戏的演唱方式做出了很大调整。它将原属一人之唱词分拆予多人，使一折之中但凡登场的脚色都有演唱的机会，从而充分发挥他们的表演潜能，使其摆脱了在原本中的摆设地位。例如第一折《游殿》折批有云:"【点绛唇】四调,皆张生唱,琴童默无一语,岂不呆煞?却借'云路鹏程'四语,写出张生平日攻苦才学,更妙。不然张竟自赞矣。【村里迓鼓】九调,旧俱张生唱。莺、红登场,竟不吐一辞,成何关目?此元本止供观览,难于上场。兹借'随喜'九句作莺唱。虽非作者原旨,然与夫人着莺、红佛殿上闲散心耍一遭转合。且女儿家数罗汉、参菩萨,自有情态,以张生紧接'正撞着五百年风流业冤',文势陡健,中间串插红法,俱针缝相连。于元本不增减一字,不过更换一二人口吻,便有移宫换徵之妙,真属匠心。览者观此一阕,全本便可类推。"考察此折,按照王实甫原本,唱词本都为张生所有,但事实上该折登场之人却有五个,即张生、琴童、法聪、崔莺莺和红娘。《演剧》本考虑到演出效果的需要,从曲词中筛选出部分可以由张生的相随之人或相遇之人承担的部分,让另外四人——参与演唱。在张生刚登场自抒怀抱时,陪伴他的是琴童,因此【混江龙】的"投至得云路鹏程九万里,先受了雪窗萤火二十年。才高难入俗人机,时乖不遂男儿愿"被划分出去,以琴童的口吻来称赞张生的才华、抱负并感慨他的怀才不遇,这的确比原本更具信服力。在张生游寺时,陪伴他的是法聪,遇到的是莺莺和红娘。对后者这类剧作的主要脚色,《演剧》本显然希望她们能在表演上有充分的发挥空间,因此它改单向的张生视角叙事为双向的崔、张视角共同叙事,将叙写游寺历程的【村里迓鼓】分给莺莺,中间又不断插入红娘道白,用以提点莺莺唱词。而张生在莺莺去后所唱的【后庭花】、【寄生草】和【赚煞】也被法聪参唱,其中的"风魔了张解元。似神仙归洞天,空余杨柳烟,只闻鸟雀喧"、"东风摇曳垂杨线,游丝牵惹桃花片"和"近庭轩,花柳依然,日午当庭塔影圆"皆由法聪承担。这些描写外围景致的曲词由旁人唱出来,更能衬托张生因一心一意惦记莺莺的失魂落魄,从而令表演变得更加生动。

唱词调度还有其他各种各样服务于表演的原因,比如有的是为了便于戏台呈现,比如《佳期》中叙写男女合欢情形的【元和令】四曲本由张生演唱,《演剧》本却先让生、旦"携手同下",然后让红娘留在场上作偷看状,以演唱四曲。对此,折批有云:"此折天成,无可更换,但【元和令】以下四曲当场不便演唱,属红窥觑摩揣,更为入情。"有的却是出于人物形象可信度的考虑,比如《停婚》中【新水令】之【幺】本为莺莺曲词,但评本却将其中的"做一个夫人也做得过"唱词赋予红娘。对此，折批正有云："大家闺阁如何作此丑语？改属红娘，极为得体。"

（三）改评结合的科白变动

科白变动是指对原本《西厢记》中科介道白的增删。和曲词着重展现角色的内心世界不同，科介和道白着重用于外部情节的表现，它们是刻画人物、推动剧情发展和活跃剧场气氛的重要手段。所谓"词是肉，介是筋骨，白、诨是颜色"[①]，"词曲一道，止能传声，不能传情，欲观者悉其颠末，洞其幽微，单靠宾白一着"[②]。在杂剧《西厢记》中，科白本已不少，但它们主要承担的是情节的展现和推动功能，在营造剧场氛围、烘托表演效果等方面，力度并不充分。对此，《演剧》本进行了较大幅度的修改。例如第二折《借寓》折批曰："张生自叙家门，略添法本官白数语，更为有情。"考察文本，可知张生自叙家门的曲词为【石榴花】，此曲在王实甫原本中仅于"五旬上因病身亡"后插有一句法本道白"老相公弃世，必有所遗"，而评本却改作：

【石榴花】太师——问行藏，小生仔细诉衷肠，（外）愿闻。（生）自来西洛是吾乡，（副净）师父，还是西京还是洛阳？（外）待张相公说来。（生）宦游在四方。寄居咸阳。（副净）嗄，是关中。（外）令尊大人何处作官？（生）先人拜礼部尚书多名望。（外）如此高官，不知高寿多少？（生）五旬上因病身亡。（外）老相公做此高官，必有所遗。（生）平生正直无偏向，止留下四海一空囊。

这些新增的道白虽然没有带来新的剧情，但却正反映出该折评语中所谓的"绝妙问答，绝妙诙谐"之美学追求，表演变得更加生活化，氛围变得更加活跃，这无疑可以带给观众更多的亲切感。

又如，《巧辩》折批有云："此折生色处全在科目宾白，增改有情，与

[①] 《沈际飞评点牡丹亭还魂记·集诸家评语》，隗芾、吴毓华编《古典戏曲美学资料集》，文化艺术出版社，1992，第162页。
[②] （清）李渔：《闲情偶寄》，浙江古籍出版社，1985，第44页。

曲理承接自合，遂觉耳目一新。"考察该折文本，果然较王实甫原本增添了不少科白。特别是大量科介的使用，让剧本的戏台呈现变得更加生动明晰。比如夫人在拷红结束后命红娘传唤莺莺，评本大约是借鉴了金圣叹本，为夫人、红娘和莺莺都设计一个"哭"的科介，但是三人之"哭"又个个不同：老夫人是"哭介"，莺莺是"以袖遮脸不语哭介"，红娘则是"亦佯哭，偷觑老旦、旦介"。这三个有区别的科介很明显地将三种不同的心态鲜明地呈现在观众眼前：老夫人深感门风败坏，是真正的难过；莺莺身为相府千金而发生私情，眼见母亲难过，自然是羞愧难当，所以遮脸不语；而身为奴婢的红娘是不会有主子那么强烈的礼教观念的，精灵狡狯的她是整个情事的运筹帷幄者，所以她是假作哭态，实则却在关心事情的进展。

而有些科白的改动，则是由唱词调度引起的。因为评者既然要保持曲词的原本情形而不予以滥增，就必须通盘考虑，审慎地将曲词进行拆分，以赋予合适的角色。在某些情况下，这将引发情节的局部调整，而这种调整往往正是通过科白的变动来实现的。例如第八折《停婚》折批曰："官白添'（红娘）此酒为何而设'，遂以【五供养】作夫人答词，最冠冕。"【五供养】是该折的第一支唱词，在王实甫原本中属于莺莺，但评本大概认为这支以主人身份感恩请客的曲词由老夫人演唱更为合适。因此，它将原本开篇处夫人、张生对饮的科白改作夫人和红娘的对白，让夫人自道停婚之不得已以及心中对张生救命的感激，从而让表现感恩之心的【五供养】自然而然地划归夫人名下。当然，这种改动不免导致人物形象发生改变，此乃后话，本章暂不赘述。

第四章

清代《西厢记》评点的理论成果

第一节　文体定位
——从"戏曲小道"到正统文章

《西厢记》本来是一部戏曲文学作品，这是毋庸置疑的。但是，具体到评点的范畴，特别是在我们着力讨论的清代评点的范畴，它在事实上的文体定位就变得复杂起来。评点中仍然存在着的体例调法和戏场搬演探究表明《西厢记》作为"戏曲"的基本文体属性依旧得到承认，但评点中更突出的情形却是文本层面的叙事研究，特别是从写作角度进行的、用于指导正统文章撰写的叙事技法研究，成为主流探讨内容。这表明评点视野下的《西厢记》已逐渐被推离原有的戏曲轨道，而被纳入正统文章的范畴。

一　《西厢记》作为"戏曲"的传统文体属性依然得到承认

《西厢记》有很多问题历来被人们争论得沸沸扬扬，比如它的作者究竟是王实甫还是关汉卿或是别的什么人，比如张生草桥梦莺莺之后的内容是否是后人增添等，但它是一部来自元代的、用于场上演出的戏曲作品，这一点却从来未有人怀疑过。事实上，早在《西厢记》研究的开山时代，大部分研究者的兴趣都是集中在这唱演之上的。作为评点本的孕育体，当时的注释本是这么看待《西厢记》的："世治，歌曲之者犹多。若《西厢》，曲中之翘楚者也。况闾阎小巷家传人诵。作戏搬演，切须字句真正，唱与图应，然后可。"① 评本诞生之后，这种认识在相当长的时间内仍然被评者们采用。早期徐士范序刻本的《崔氏春秋序》即称其"为杂剧绝唱，良不虚也"。起凤馆王李合评本序也赞其为"词曲中陈思、太白"。再后来，王骥德本和凌濛初本更是兢兢业业地从声韵等戏曲的独有属性方面来探讨作品；槃蓝硕人改定《西厢记》的初衷也是为便于私人唱娱自遣。入清，这种认识依然存在，而在黄培本和毛西河本等那几部以论定方式进行评点的评本以及李书云等的《演剧》中表现得尤为明显。

就那些论定式评本的序看来，评者所关心的还是分本分折的体制问题、王作或关作的作者问题等。黄序明确呼《西厢记》为"曲"。毛序也称《西厢记》为"填词家领要也。……以院本为北词之宗"。在对作品进行文学探源时，毛氏找到的也不是别的，而是同样属于词曲范畴的金代董解元《西厢记诸宫调》。这些都说明这部分评者大致上仍是将《西厢记》当作戏曲底本来对待的。因此，具体到文本评点中，体例调法会成为他们探析作品的重要视角。

至于李书云等的评改本，那根本就是以复燃《西厢记》戏台艺术生命为宗旨的。它不仅将作品归属于"传奇"，称其为"填词家开山"，更着手尽最大努力在不改变王本曲词的前提下实现对剧本的南曲化表演。评者对演唱方式的修改、对科白的改易、对体制的重新划分，都是围绕着活跃剧场效果，使表演符合观众的审美心理来进行的。汪蛟门分列于十八折的二十条评语，亦全围绕着改编进行论说。

而即便是评析式评本，他们偶尔也还是会提到《西厢记》的戏曲属性，例如朱璐本的朱氏自序曾以"填词虽属小技，立言不择伶伦"评说《西厢记》。戴问善本序言在揣测《西厢记》的写作目的时，也曾云："《诗》曰'怀人'，《骚》曰'求女'。词曲虽《风》、《骚》之余，谅未足语此。"周昂本更有部分从调法角度论析曲文的评语。很显然，虽然在现实戏台中，《西厢记》已很少上演，但历史文献中所载录的那些轰动的

---

① 《新刊大字魁本全相参增奇妙注释西厢记》，河北教育出版社据北大图书馆藏弘治刻本影印，2006，第316页。

表演效果，以及作品文本中所存在的那么多脚色标注和那以若干曲词来传情达意的表现方式，都不可能让接触它的人漠视它曾经是一部真正用于表演的戏曲底本。

二 《西厢记》已被视作"案头戏"而非真正的"场上戏"

尽管自明代以来，不少《西厢记》评本的序言中都承认《西厢记》是"曲"，但真正落实到具体的评点中，却极少有从如何唱、如何演的角度去进行探索的内容。评者更多地都是围绕作品的语言美学特征、人物形象塑造以及事件情节构架在阐发见解。他们关心的是作品如何通过文字来抒情和叙事，而声音、动作和布景等这些表演因素虽然也可以发挥抒发感情和表现情节的作用，但却很少被论及。也就是说，评者的兴趣基本都集中在戏台之外的文本层面。当戏曲脱离了戏台而纯粹以文字为载体传达信息时，它也就演变成人们常说的"案头戏"，可供阅读，却难以用于视听。

早在明代，评点者们其实就已经致力于从阅读的角度考察文本。早期的《元本出相北西厢记》以评诗的思维摘句鉴赏着曲词语句的美好，得出不少"骈丽中情语"、"情语中富丽语"之类的认识。其后一大批挂着李卓吾、徐文长、陈眉公、汤海若之名的评本则又多以评点叙事文学作品的思维，将曲白都纳入评点视野，考察其写人叙事的精到之处。即便是凌濛初本也称"是刻实供博雅之助，当作文章观，不当作戏曲相也"（《凡例》）。即便是有私人唱娱性质的槃薖硕人增改定本，其中的改编很多也并不符合表演的规矩，而纯粹是出自清玩乃至阅读的趣味。它的许多设计根本不是从观众和听众的角度出发进行的，而是更多地考虑读者，特别是文人读者的需求。其《玩西厢记评》即有云："拘儒者谓《西厢》第淫词而已。然依优人口吻歌咏，妄肆增减，台上备极诸丑态，以博伧父顽童之一笑。如是，则谓之淫也亦宜。诚于明窗净几，琴床烛影之间，与良朋知音者细按是曲，则风味固飘飘乎欲仙也，淫也乎哉？"

入清，这种案头趋势愈演愈烈。究其原因，一方面，北曲的式微让清代《西厢记》的戏台表演已经很难完成，而几部《南西厢》都因曲词和思想改动太过偏离原意而遭人诟病，所以，当年那种"终场歌演，魂绝色飞"

的胜景只能存在于人们的追怀遥想之中。李书云本的序言即谈到当时《西厢记》因"南曲兴而北音衰，北调渐次失传，又每折一人独唱，绕梁之声不继，遂为案头之书"。他的改编目的，和明代的李日华、陆天池等人一样，是让《西厢记》适应当时流行的南曲表演，以便重登戏台。但是这种努力所收获的效果显然并不明显，除李书云本人家中曾经予以演出之外，并没有更多的史料证明这部演剧本在其他有影响力的演出场合使用过。而李书云等以外的其他评者中，通音晓律的只有周昂和毛西河，擅长搬演者则寥寥，这也使得从场上角度研究《西厢记》缺乏现实可行性。

另一方面的原因便是金圣叹本的出现。金氏在继承明人案头路线的基础上，进一步强化了对"案头"的认识。他在《读法》中说："《西厢记》乃是如此神理，旧时见人教诸忤奴于红氍毹上扮演之，此大过也。"又说《西厢记》应该对花、对雪、对道人、对美人、扫地、焚香"读之"。这都是在明确反对登场而力撑案头解读。他甚至还进一步提出"发愿只与后世锦绣才子共读，曾不许贩夫皂隶也来读"，可见，他的"案头"还绝非世俗大众的案头，而是读书人的案头，其预设的阅读群体变得相当狭小。金本就是在这样一种认识的前提下化身烛光，示后人以阅读门径。其对作品的分析探讨，无不是从阅读的角度进行的，而其精细程度和系统程度较明人而言，亦堪称质的飞跃。这样的评本在《西厢记》表演已很难实现的情形下出现，又诞生在一个时代的开端，无疑对整个清代的《西厢记》评点产生了深远影响。此后的评本，其实都是在不同程度地沿着"案头"的道路继续挺进。例如，稍后出现的潘廷章评本在其序论《读西厢须其人》中就曾明确强调"优俳家读不得"，并认为对这部作品，应该"观作此书者如何贮意，观此书从何处入手，从何处结束，而后古人之意可得而求也"。评析式评本中那些少量有涉曲学的评语，都已经相当隔膜，看得出那是一种文学惯性使然的蜻蜓点水，浅尝辄止。而即便是采用论定式的毛西河本，体例调法等也不过是表象，它们其实是叙事大指挥棒调度下厘定和评论文本的工具。评本的理论内核，仍然集中在写人叙事上。

三 《西厢记》在事实上已主要被视为正统文章

"案头戏"其实不过是一个幌子,《西厢记》在绝大部分清代评点者的笔下,事实上是被当作正统文章来处理的。正统文章绝非包括诗词歌赋等若干体裁在内的广义的文学作品,它有其特定的内涵。仍然是清初的金圣叹本率先明确界定了这种内涵。金本《读法》有云:"《西厢记》断断是妙文。""他若得读圣叹《西厢记》,他分明读了《庄子》、《史记》。""如读《西厢记》,实是用读《庄子》、《史记》手眼读得。便读《庄子》、《史记》,亦只用读《西厢记》手眼读得。如信仆此语时,便可将《西厢记》与子弟作《庄子》、《史记》读。""仆昔因儿子及甥姪辈,要他做得好文字,曾将《左传》、《国策》、《庄》、《骚》、《公》、《谷》、《史》、《汉》、韩、柳、三苏等书,杂撰一百余篇,依张侗初先生《必读古文》旧名,只加'才子'二字,名曰《才子必读书》。盖致望读之者之必为才子也。久欲刻布请正,苦因丧乱,家贫无资,至今未就。今既呈得《西厢记》,便亦不复更念之矣。"从这些论调中,我们可以看出,金氏为《西厢记》追溯的文学之根,已不再是赵德麟《商调·蝶恋花》词或董解元《西厢记诸宫调》,而是《庄子》、《左传》、《国策》、《史记》、《汉书》和韩愈、柳宗元、"三苏"等人的文章,一言以蔽之,即所谓的"古文"。金氏这种矫《西厢记》为"文"的行为被同时代的李渔看得很清楚。李氏曾说:"施耐庵之《水浒》,王实甫之《西厢》,世人尽作戏文小说看,金圣叹特标其名曰'五才子书'、'六才子书'者,其意何居?盖愤天下之小视其道,不知为古今来绝大文章,故作此等惊人语以标其目。"① 又说:"圣叹所评,乃文人把玩之《西厢》,非优人搬弄之《西厢》也。文字之三昧,圣叹已得之;优人搬弄之三昧,圣叹犹有待焉。"②

金氏的这种文体定位当是在明人若干写人叙事评点的启发下诞生的,它成为金本把握作品的总纲,导致在其具体的文本批评中,人物的塑造和

---

① (清)李渔:《闲情偶寄》,浙江古籍出版社,1985,第22页。
② (清)李渔:《闲情偶寄》,浙江古籍出版社,1985,第59页。

情节的架构成为评点的重心。同时，明人已经有所认识的戏曲文本与八股文的共性在金本中也得到了重视，金氏的评点中注入了比较浓重的八股思维。由此，金《西厢》在事实上已彻底脱离了戏曲的范畴，而被纳入正统文章——古文乃至八股体例的范畴中。

金本体系鲜明的深邃思维和详尽到位的语言表述使评者的这种主张体现得相当成功。《西厢记》因而在这北曲式微的年代，在这些评点者的苦心经营之下，竟摇身一变，俨然要跻身庙堂文学之中。故金本的出现，没有为度曲作戏做出贡献，而是使得大批成日营营于八股和古文的读书人大受启发。很快就有人以选录精取的方式来对金本表示回应和膜拜——朱璐本更加明确地将《西厢记》确立为古文写作的典范，说它"作《西厢》读之，可也；作《左》、《国》、《子》、《史》读之，无不可也"，评者希望通过探讨其写作技法来指导人们作文。它以更符合清代特色的理性思维择录金评，制作出一本更具理论性和体系性的古文写作指导教材。周昂本作为金本的再评本，对金氏的基本主张都予以接受。周昂在评点中不时以《左传》、《国策》、《庄子》诸书作为参照，对金氏没有关注或关注力度不够的地方进行补论，甚至以此思维进而评点金氏评语中的那些长篇大论。戴问善本更彻底地在序言中标示"上通乎《史》、《汉》，而下有益于应试之文"的评书目的。书中已经完全看不到与曲韵调法相关的任何内容，满纸皆是"关键"、"伏"、"应"、"过脉"、"相对"、"有口角"等关乎八股行文诀窍的评语。即便是毛西河本，其频繁出现的体例调法论证固然是毛西河厘定文本的手段，但评本也相当明显地展现了他对结构叙事的兴趣，他依叙事结构将各折文本拆分成若干小节来予以论定便是最好的证明。而潘廷章本在热议"空幻"之余的其他评语，仍然也是在围绕着人物塑造、情节结构和语言运用来展开论述，其中时常可以见到将作品与《左传》相参照和联系后形成的观点。

《西厢记》评点是在明代盛演《西厢记》的背景下出现的，最初是为满足观众在戏台之外进一步关注作品的需要。而随着戏台演出的衰竭和更多并不擅唱演的文人评者的加入，《西厢记》评点已经成为脱离声乐舞表演的独立传播形式。在这种传播形式中，《西厢记》文体的事实定位也在变化，从"场上戏"逐渐演变为"案头戏"，最终在金圣叹等人的推波助澜下基本被纳入正统文章的范畴。

第二节　题材认识
——"好色而不淫"与"变而不失其正"

《西厢记》描写的是青年男女的私情。在儒家思想为官方统治思想的时代，这样的题材必将令作品处在一种尴尬的境地。中国古代的文学批评向来就十分重视作品与政治教化的关系，从孔子整理《诗经》开始，经《易传》、《诗大序》等的发展，以教化衡量文学已成为一种主流的批评观。

关于《西厢记》的批评自然也不例外。在现存最早的完整《西厢记》刊本——明代弘治间《新刊大字魁本全相参增奇妙注释西厢记》的刻书牌记中，我们就可以看到"歌曲虽所以吟咏人之性情，荡涤人之心志，亦关于世道不浅矣"[①]这样典型的教化论言辞。弘治本出自明代中期，其时"心学"的影响尚未充斥天下。它如此标榜《西厢记》，显然是为了在伦理道德上与主流思想保持一致，从而保证书籍的顺利传播。这样的情形一直延续到《西厢记》走入评点的早期。在徐士范序刻本那篇著名的《崔氏春秋序》中，我们仍然可以看到，笔者在做出"事关闺闱，自应秾艳；情钟怨旷，宁废三思"的解释后，仍然承认它是"太雅之罪人，新声之吉士"。只有到明代晚期，随着商品经济的发展和"心学"的四海炽盛，对《西厢记》的题材认识才变得相当开明起来。例如，起凤馆本序云："藉以风化见诉，宋理儒腐气，上士失笑矣。"王骥德本《评语》有云："《西厢》，韵士而为淫词，第可供骚人侠客，赏心快目，抵掌娱耳之资耳。彼端人不道，腐儒不能道，假道学心赏慕之，而嚌其口不敢道。李卓吾至目为其人必有大不得意于君臣朋友之间，而借以发其端。又比之唐虞揖让，汤武征诛。变乱是非，颠倒天理如此，岂讲道学佛之人哉！异端之尤，不杀身何待？"在那个普遍以"情"为"天理"的时代，评者们毫不讳言作品的私情题材，

[①]《新刊大字魁本全相参增奇妙注释西厢记》，河北教育出版社据北大图书馆藏弘治刻本影印，2006，第316页。

并不需要因这种题材而为自己的评点工作挂个冠冕堂皇的幌子，就像王骥德评点《西厢记》时就直接说："自王公贵人，逮闺秀里孺，世无不知有所谓《西厢记》者。……余惧其以小道而日沦之澌灭也，故不惜猥一染指，讵敢称实甫忠臣，聊以为听《折杨》、《皇荂》者，下一鼓吹云尔。"（《自序》）

在礼教社会中，晚明这种公然漠视伦理而为《西厢记》鼓吹的论调只能是昙花一现。随着"天崩地解"的王朝更迭，《西厢记》的题材很快又成为评者的一个巨大心病。一方面，对当时人而言，汉人江山落入外族之手是一种巨大耻辱，这种耻辱让汉族士人开始反思。晚明的纵"情"被认为是思想的祸端，遭到猛烈抨击，复"礼"的呼声高涨。另一方面，新立的清王朝作为异族入主的政权，迫切需要钳制人们的思想以稳固统治，而程朱理学无疑是最好的思想统治工具，"礼"因此被落实到国家政治生活的方方面面。在朝野一致倡"礼"的时代氛围中，《西厢记》的私情题材无疑变得相当敏感。清代的评者，从一开始就致力于从作品本身寻求为作品"洗刷眉目"的辩词。

一 "好色而不淫"

金圣叹本作为首部真正脱稿于清代的评本，率先开始对《西厢记》题材做出新的阐释。明代那种"事关闺闱，自应秾艳；情钟怨旷，宁废三思"说法肯定是不能用的了，金本能做的，便是想办法将这场本来不合礼教的私情纳入"礼"的范畴，为其去掉"淫"的恶名。

"淫"是儒家对不合礼法、进退不中节合度现象的指斥。《西厢记》因为叙写了崔莺莺和张生这一对青年男女的私情，历来被封建社会的主流声音斥为"淫书"。即便在明代，也有人认为"若夫《西厢》、《玉簪》等，诸淫媟之戏，亟宜放绝，禁书坊不得鬻，禁优人不得学，违则痛惩之，亦厚风俗、正人心之一助也"[①]。对此，金氏在《酬简》折批中对《西厢记》

[①] （明）陶奭龄：《喃喃录》卷上，王利器《元明清三代禁毁小说戏曲史料》，上海古籍出版社，1981，第268页。

是否为淫书进行了集中的辨析。儒家对内心真情并不持绝对的反对态度，那种合乎"礼"的两性情感被称为"好色"，是可以被允许的，但儒家礼法这种关于男女关系的认识在金氏看来是难以把握的，因为很难明确区分"淫"和"好色"的界限，所谓"好色必如之何者谓之好色？好色又必如之何者谓之淫？好色又如之何谓之几于淫而卒赖有礼而得以不至于淫？好色又如之何谓之赖有礼得以不至于淫而遂不妨其好色"，"好色与淫相去则又有几何也耶"。金氏认为崔张情缘的确是发乎天性，"普天下才子，必普天下好色，必普天下有情，必普天下相思"。既然"好色"与"淫"之界限是如此模糊，为什么非要将这场情事斥为"淫"，而不可以归入"好色"呢？

金圣叹看出，卫道者们攻击《西厢记》为淫书，主要是因为作品中叙写了崔、张私自欢合的事件。对此，金氏驳斥道："人说《西厢记》是淫书，他止为中间有此一事耳。细思此一事，何日无之？何地无之？不成天地中间有此一事，便废却天地耶！细思此身自何而来，便废却此身耶！""夫论此事，则自从盘古至于今日，谁人家中无此事者乎？"这又是从男女欢合乃是人类社会正常现象的角度力主作品题材非"淫"。

不仅如此，金氏进一步抓住崔张情缘缔结中的"父母之命"大做文章，为作品洗刷"淫"之恶名。在儒家的伦理道德准则中，一旦有了"父母之命，媒妁之言"，男女姻缘的缔结便是合"礼"的，不会再遭受非议。为此，作品中唯一的家长形象——崔莺莺的母亲被金氏挑中，得到重视。在第一之四章开篇的题目正名之下，金氏专门加了一段评语，其文如下：

> 一部书，十六章，而其第一章大笔特书曰："老夫人开春院。"罪老夫人也。虽在别院，终为客居，乃亲口自命红娘引小姐于前庭闲散心。一念禽犊之恩，遂至逗漏无边春色，良贾深藏，当如是乎！厥后诈许两廊退贼愿婚，乃又悔之，而又不遣去之，而留之书房，而因以失事，犹未减焉。

他将这场情缘的各个重要环节，包括动心、订婚、悔婚等，都和老夫人联系起来，并将责任都推到她身上。莺莺之所以会见到张生，是夫人让她逛寺所致；莺莺之所以与张生欢会，也是夫人先许婚又赖婚，却又不撵走张生所致。因此，如果一定要认为崔、张之间的情缘是一场私情，那么家长的失职和失信则是罪魁祸首。但是，既然情缘中已经出现了家长的推动和首肯，它又如何能算是真正的私情呢？

在抓住家长这个情事中唯一合乎"礼"的要素大做文章的同时，金本又积极打造情缘双方的合"礼"形象。他称《西厢记》为"才子佳人之书"。此一说或不新鲜，因为作品第三本第一折红娘的唱词早已经将莺莺称为佳人，而称张生为才子，而明代容与堂李卓吾评本也有评语曰："此时若便成交，则张非才子，莺非佳人，是一对淫乱之人了。"但金氏却对"才子"和"佳人"进行了更饱满的塑造。说是塑造而非阐释，因为他甚至不惜为此改动王实甫的原文。最典型的，便是将《惊艳》中莺莺游寺而在佛殿撞见张生的情节改作莺莺刚出自家院门，即在门前撞见莽撞闯来的张生，而莺莺也不再如原本那样回顾张生而去，而是目下无尘地从容返身入门，避见生人。为了和这个改动配合，他又在之前评张生上场所唱的【点绛唇】、【混江龙】、【油葫芦】诸曲时，力称这些描写风景的曲词是在借景寓志，展现这位才子志高怀远的不俗胸襟。甚至，他还不顾牵强地将张生上场白中的"先人拜礼部尚书"一语理解为"周公之礼，尽在张矣"。如此拔高才子，塑造其文质彬彬的形象，正是为了映衬那即将在改动中被塑造的"天仙化人"。但金氏仍然担心读者不能理解自己的良苦用心，所以他又直接在改动处评道："双文不曾久立，张生瞥然惊见。……双文虽见客走入，而不必如惊弦脱兔者，此是天仙化人，其一片清净心田中，初不曾有下土人民半星龌龊也。看他写相府小姐，便断然不是小家儿女。……张生瞥然惊见，双文翩然深逝，其间眼见并无半丝一线，然则过此以往真乃如鸿飞冥冥，弋者其奚慕哉？忽然于极无情处生扭出情来，并不曾以点墨唐突双文，而张生已自如蚕吐丝，自缚自闷。盖下文无数借厢附斋皆以此一节为根也。忤奴必欲于此一折中，谓双文售奸，以致张生心乱。我得而知其母、其妻、其女之事焉！此一折中，双文岂惟心中无张生，乃至眼中未曾有张生也。不惟实事如此，夫男先乎女，固亦世之恒礼也。人但知此节为行文妙笔，又岂知其为立言大体哉！"说到莺莺时，真是万般爱护，说到那诋毁作品为淫书的人时，真是无比刻薄。可见，他要塑造秉礼才子佳人形象的意愿有多么强烈。

不仅崔、张两人的形象被塑造得矜持有礼，就连为情事营营奔走的红娘,也颇具礼法意识。在《琴心》折批中,金氏对红娘教张生以琴传情的行为进行了如下评说:"相国府中有夫人,夫人膝下有小姐,小姐位侧有侍妾。……小姐而苟寻常遇之,此小姐之体也。小姐而独国士目之,是小姐之恩也。……以双文之体尊严,身为下婢,必不可以得言。夫必不可以得言,而顷者之诺张生,将终付之沉浮矣乎?又必不忍,而因出其阴阳狡狯之才,斗然托之于琴。"在他看来,红娘是比较有名分意识的,她对自己在崔府中的位置非常清楚。除非万不得已,她是不会有违背自己婢女身份的举动的。

从上面的这些内容中,我们可以看到金氏的苦心。他从情节本身、伦理道德本身和社会生活现象本身等多个角度寻找甚至制造证据,力图洗刷作品题材"淫"的"罪名",以使这部在艺术上成就斐然的作品能够在那样一个为礼教所主宰的社会中顺利传播。这种关于题材的见解,在后世得到了部分人的认同,比如周昂在评点金《西厢》的时候,就曾在《惊艳》中金氏的评语"此一折中,双文岂惟心中无张生,乃至眼中未曾有张生也"处评道:"是!"其《续序西厢》也曰:"其事见于《春秋》而播于《国风》。期桑中、要上宫,卫之风也;野有蔓草,郑之风也;东门之池,陈之风也。以男女野合之地,谱入风谣。而圣人删诗,并存其篇什,岂以为义有所系?亦惟是男女之欲,同于饮食,列其词于载籍,任贞者见之谓之贞,淫者见之谓之淫焉耳。"

但事实上,这种辩护是左支右绌的,崔、张的确在内心情感的作用下不待行礼便私自结合,这实在难以契合理学的伦理道德观,因此保守人士如归元恭者仍旧称其为"诲淫之书"[1]。而金氏对文本的改动,也不是所有人都能接受的,比如潘廷章就对其改莺莺佛殿遇张生为门前遇张生做出如下评价:"双文佛殿一行,去来飘忽,真如巫山神女、洛水宓妃,写得一片惊疑。若止前庭伫立,等于小妇市门之倚,欲抬高双文,正没煞双文也。如曰千金不出闺门,他日斋坛之会又何以称焉?"

---

[1] (清)王应奎:《柳南随笔》,中华书局,1983,第46页。

二 "变而不失其正"

正是在金氏题材解读处境尴尬的情况下，戴问善的"变而不失其正"说登上了舞台。戴本跋语中有段文字值得注意：

> 闲散心则秀才瞥见，做好事则暴客风闻，工诗词则酬韵听琴，善书算则传书递简。自借厢至坐衙，才五六日耳，而湖海飘零之游客，绣帏深锁之贵人，已杯酒言情，湖山密约。自佳期至长亭，止月余耳，而泪眼愁眉，全无回避；牵肠挂肚，不复羞惭。香美娘之处分，付之侍妾；国太君之处分，听之贱婢。为之上者，居何等乎！

这段言辞铿锵有力，情感激昂，戴氏不仅坦然承认了作品情节的"非礼"，而且这种指责的力度并不亚于金圣叹的回护程度。然而他的矛头却意味深长地指向了"绣帏深锁之贵人"、"国太君"和"贱婢"，偏偏没有男主角张生。由此，他眼中的"非礼"恐怕已经不是简单地停留在男女私情的范畴了。仔细考察戴氏对三个批判对象的称呼，便可以发现其良苦用心："贵人"强调的不是莺莺的少女性别，而是她尊贵的社会地位，但这贵人却兜售文才以暗结私情，沉湎爱欲终不可自拔。"国太君"传达的不是夫人作为莺莺母亲的伦理身份，而是她显赫的社会身份，但这位贵妇事前让女儿抛头露面惹下祸事，事后又任奴仆唆使摆布，充分暴露出行事荒诞、愚蠢无能的本质。"贱婢"刻画的也不是红娘的活泼聪慧，而是她的奴仆身份，但她却背弃主托，玩弄权柄，牵线搭桥，秽乱相府。由此，戴氏对《西厢记》"非礼"的认识已经跳出了传统对青年男女以"情"背"礼"的指责，当然也不在那肤浅的性别歧视的范畴。他没有指责寒门子弟张生，而将莺莺及其身后那个来自上层社会的显赫家庭作为批判对象，显然是要表达礼法之乱乃自上而作的观点。"为之上者，居何等乎"这样词气慷慨的反问充分表现出戴氏心中对上层社会腐朽堕落的愤激之情。

然而他又充分注意到，像这样一部"非礼"的作品竟然脍炙人口，被若干代人奉为经典。按照他对文学传播规律的理解，"无益人心，有伤风化，其文必不传，传亦不久"，因此，他坚定地相信，在这样一种"非礼"

题材的表象之下,"必有义以出此矣"。但这个"义"到底是什么呢?

在跋语的末段,戴氏引证了《易》的"履霜坚冰"和大禹所说的"必有以酒亡其国者",并以《金瓶梅》作喻,指出《西厢记》对"非礼"的叙写,其实是以暴露丑恶来警醒世人。所以,《西厢》之"义"不指别的,就是指文学的政教功能。这种解读显然是对儒家文学批评观中"变雅"说的继承。儒家从政治教化的角度将文学作品分为"正"、"变"两类,与正面颂扬以感召读者不同,"变风"与"变雅"是以书写黑暗来唤起读者对恶的戒惧和对美的企盼。如前所述,《西厢记》固然叙写了太多"非礼",但戴氏认为,这些内容就如同是寓有祥瑞之实的阴暗表象一般,意在通过表现乱自上作给家庭和社会带来的危害,以引导人们对礼法秩序的怀念和皈依。戴氏进一步指出,《寺警》家长许婚和《惊梦》梦醒情逝两段情节的设计,让若干淫艳情节最终被制约于"礼"的大框架之中,这就比一味暴露丑恶的《金瓶梅》更加具有秩序性,而不至于过犹不及地完全偏离"雅"的轨道,故《西厢记》的题材堪称"变而不失其正"。

根据这样的题材认识,戴氏当然不会赞成金圣叹对"淫"的辨析,他不仅在跋语中嘲之以"救火抱薪者",而且在曲文评点中不失时机地加以讥刺。比如他评《惊艳》【胜葫芦】是"秋波一转,即在此时",评《借厢》【哨遍】是"亦见得临去秋波果曾转也"。这些观点都是针对金氏的"不曾转"(崔莺莺不曾对张生眉目传情)而发,意在强调女主人公在情缘缔结中的能动性,擦除金氏对其秉礼佳人形象的虚饰。戴氏坦然宣称《西厢记》情节本来就淫艳,因"不淫不足以尽才子佳人之情,不艳不足以尽才子佳人之致",对淫艳进行充分渲染正是"变雅"文学的特有表达方式。所以,就文学批评意义而言,辨析"淫"是画蛇添足;而就文学的现实功用而言,辨析"淫"会混淆"礼"与"非礼"的界限,容易误导年轻读者效仿崔、张,"人人喜才子佳人之淫之艳,……其遗误伊胡底耶",因而更不值得肯定。

这种观点看似保守,但以历史唯物主义的眼光审视,它却能彰显戴问善这位"真教官"的经世之心。在儒学视角中,晚清中国的动荡在根本上是传统礼法秩序崩溃的结果。戴氏将批判矛头指向崔府,并且高调地将《西厢记》的社会价值界定为"尤当座置一编,以为尔室之相,于修齐非小补也",正体现出他对当时中国社会的忧患意识和责任感。就这个角度而言,"变而不失其正"的题材认识便展现出相当明显的时代精神,这和批评史上许多过分夸大俗文学政治功能的泛教化论解读是不同的。

第三节　艺术解读
——人物、结构、语言

在没有音乐和表演作为表达手段的时候,《西厢记》只是一部依靠纸张和文字传达情节并展现美的文学艺术作品。就此意义而言,《西厢记》已经与其他的叙事作品没有了本质的差别。评者们纷纷从人物形象、结构和语言等方面对它进行解读。

一　人物解读

《西厢记》中的人物形象并不十分繁多,主要的只有三个,即张生、莺莺和红娘,相对次要的有老夫人,更次要的则是惠明、法本、法聪这些普救寺的和尚以及杜将军。至于孙飞虎、琴童、欢郎、状元店店小二、草桥店店小二等,不过都是些过场人物而已。评点者们都能慧眼识轻重,将其探讨的焦点置于前两类人物。而在此基础上,他们偶尔也会对其他人物进行关注。

(一) 主要人物

在明代《西厢记》评点中,张、莺、红三人就已经进入了评者们的探讨范畴。那时候,评者们最爱说的是红娘,在他们的眼中,红娘是一个有喜感、泼辣、慧黠、在全剧中起着牵线搭桥作用的重要人物。而对张生,他们往往予以调侃,认为他固然憨直,却有不少可笑的酸腐秀才气。关于莺莺,他们关注的程度并不高,只是认为她是个具有"娇态"和"老世事"的女子。

入清,关于人物地位和形象的认识发生了较大的改变。金圣叹本和潘廷章本是将人物提得最响亮的，其在进入正文评点之前都曾对这个问题进行了专门的论述。金本在《读法》第四十七至五十六条提出，《西厢记》实际只描写了莺莺、张生和红娘三个人，其余诸人全是"忽然应用之家伙耳"。而在此三人之中，莺莺又处于核心地位。正是为刻画莺莺，所以才会花功夫描写张生和红娘。张生和红娘的形象刻画得精彩，正是为了更好地衬托莺莺的形象。金氏甚至进一步认为，整部《西厢记》都是为了刻画莺莺而存在。与金氏看法不同，潘氏则认为三个主要人物在全书中是地位对等的。"三人有三副性情，三种作用。"双文"多情"又"撒假"，张生"志诚"却"懦"，这于是需要"鹘伶"而"殷勤"的红娘在中间经营奔走。因此，既可以认为红娘是为张生和莺莺而存在的，也可以认为张生和莺莺的存在是为了更好地展示红娘。其余评本虽未曾如金、潘这样集中明晰地对人物进行论述，但其具体的文本评点中却也不乏相当深细的考察。

1. 崔莺莺——"尊贵"、"有情"和"撒假"的佳人

崔莺莺这个形象在明代没有得到足够的重视，而在清代，自金圣叹将其确立为《西厢记》的灵魂人物之后，对她的探讨也变得逐渐深入起来。在三个主要人物中，莺莺是处境最矛盾的一个。她既是这场私情的主角，又是诗礼传家的相府千金，这无疑令她具备了成为最复杂形象的潜质。清人注意到了这种潜质，并进而予以深入开掘。

首先，他们强调莺莺的相府千金身份。例如，黄培本认为《佛殿奇逢》【元和令】的曲词"尽人调戏"应作"尽人瞧盼"，这显然是因"调戏"一词并不适合于端庄贵重形象的刻画。金本则更是反复强调她是"千金国艳"。按照这种以莺莺为"天下之至尊贵女子"的认识，金本甚至改动《惊艳》文本，让这位"天仙化人"在陡遇张生之时，立刻转身相避，意欲使其"守礼"的形象更加突出。

其次，他们普遍认为莺莺是个"有情"的女子。最早明确提出这一点的乃是金圣叹。他在将"至尊贵"、"至矜尚"的头衔赠予莺莺的同时又说："双文，天下之至有情女子也。"紧接金氏，潘廷章也提出了"多情"是莺莺的根本特征之一，并在具体文本评点中不断强调这一点。毛西河同样也持此说，他在评第四折莺莺所唱【锦上花】之【幺】曲时曾云："言'黄昏'、'白日'，往常那一回偃息，已被今日作那样一会儿闹，则欲其书帏向晚独睡，凄寂何可耐也。此其所以不得不忙也。此以谅生作怜生语。"这是说她在尚未正式认识张生以前，就已经开始体贴他的心境。即便是并不希望莺莺主动爱恋张生的周昂也不得不承认这一点，如他在评《寺警》金氏折批时曾云："凡男女苟合，不惟男悦女，亦且女悦男。莺莺于张生，自酬和以后，久已念兹在兹矣，况斋期亲见其丰采实足动人乎！此即无解围一事，禁不住幽期密约，许婚而悔，亦故作曲笔以为波折。愚者每以莺莺之失身于张生为伊母许婚之故，岂知心头一滴血、喉头一寸气，早属之张生乎！《寺警》自【八声甘州】至【寄生草】，诸曲写他荡漾春心，恋恋吉士，亲自实供。此法家办案也。"直到清末的戴问善，都还在用"秋波一转，即在此时"指出莺莺早在初见张生时，就已经暗种情愫。

身份和性格的矛盾，最终造成了莺莺奇特的言行举止，这便是潘廷章所谓的"撒假"，亦是金圣叹等人所谓的"灵慧"。这一点，最早的黄培本已经有所注意，如其在批《墙角联吟》"心间无限伤情事，尽在深深两拜中"时，就认为此语应出自红娘而非莺莺。正是看出莺莺心中虽然有情，却碍于相府千金身份，难以言表。金圣叹更是在评点《闹简》、《赖简》两章时将莺莺既爱张生又欲瞒红娘的心理揭示得惟妙惟肖。如其评莺莺见情书后发怒的情节曰："或问：'莺莺见简帖，亦可以不发作耶？'圣叹答曰：'不发作，则是一拍即合也。今之世间比比者皆是也。'"正是指出莺莺的出身与教养让她不得不压抑心中的真实情感，因此才会弄出假装发怒、假托决绝信以寄情书，以及花园耍赖等许多波折，而这些心口不一的举动无疑体现了这位相国千金在无奈处境中的智谋与心思。对此，金氏显然是赞不绝口。而潘廷章的"撒假"其实也就是"灵慧"的调侃说法，他以善意的口吻在文本中反复指出她的这种性格，如其评《月下佳期》之莺莺赴会前半推半就的情节有云："此时崔已到九分九了，犹带半毫假。此半毫断是缺不得的，缺则不成崔矣。"除此之外，诸如"'撒假'二字是双文一生性子"、"'假'是双文一生妙用"、"双文极是心多"等话语，在评语中亦随处可见。戴问善同样亦是持此观点，《酬韵》中，当莺莺在听红娘说起张生生辰和婚娶情形时有"谁着你去问他"一语，戴氏评道："写出双文心灵机警，已有欲瞒过红娘意。"《琴心》中，正在对张生神思意想的莺莺当逢红娘突然出现时，唱有描写其慌乱恐惧心理的【拙鲁速】一曲，戴氏又评曰：

"灵心如画。"

对莺莺这种矛盾的心境以及由此展现出的智慧心机，评者们则是仁者见仁，智者见智。金圣叹毫不吝惜地将"至尊贵"、"至有情"、"至灵慧"和"至矜尚"这些极度褒赞的词汇送给了她。在其心中，这样的莺莺无疑是最完美的"佳人"。戴问善虽不如金氏这么顶礼膜拜，但也持基本肯定的态度。他固然认为莺莺与张生和诗是"售奸"，但并未对此深加苛责，只说她是"一时技痒"。在他的眼中，她能因张生琴音而对其越发"知重"，这就足以说明"倩女所以异于荡妇也"。周昂的态度则要偏激许多，他对莺莺爱上张生这一行径十分不满，在《寺警》中，他评论莺莺唱词"待从军，果然辱没家门。俺不如白练套头，寻个自尽，将尸榇献贼人，你们得远害全身"时，竟然说："少霞云：'此却最上策，后此恋张而淫奔不终，何尝非辱没家门？'"对莺莺在恋爱中的心思计谋，他则云："双文慕张生而欲与好合，岂能瞒过阿红？而双文素日之拳拳于张，阿红久已熟窥之。而中间闹简、赖简两番曲折，非独行文应有此波磔，亦稍示千金身分畏行多露。眼前欺着阿红，使他捉摸不定。实则莺娘之心肯意肯，不待阿红促之，而已神驰张之左右矣。不然既闹简而即问病，既面拒而旋致？方张似出望外，而莺早有成心，非前后易辙也。圣叹以天下至灵慧女子称之，盖尔时张生、红娘俱在其元中耳。"口气颇为不屑，显然折射出清代中期礼教思想进一步加强的时代氛围。

2. 张生——"聪明"而"至诚"的才子

与明人多将张生作为调侃对象不同，清人以比较严肃的眼光分析了这位私情男主角的性格特征。张生出生寒门而非望族，但作为已故礼部尚书的儿子，他也是在诗礼传家的环境中长大的，而且饱读诗书。在当时的社会中，这样的人素质应该相当不错。评者们首先都注意到了这一点，在作品开头张生登场自述时，他们纷纷做出分析。金圣叹分析得尤为细致，他认为【点绛唇】是为了展现"张生之至河中，正为上京取应，初无暂留一日二日之心"，【混江龙】则是"写张生满胸前刺刺促促，只是一色高才未遇说话，其余更无一字有所及"，【油葫芦】和【天下乐】又是"借黄河以快比张生之品量"。他甚至颇为牵强地将张生自我介绍中的"先人拜礼部尚书"理解为"周公之礼，尽在张矣"。由此勾勒出一个才高志远、俊逸脱俗、温文守礼的标准才子形象。潘廷章也说得相当到位，所谓"借黄河之险写胸中之奇，全不似纨绔中人。他日片纸兴师，胸有甲兵百万。此日一目千里，气吞河海八九。张具如许雄才灏气，一切不能入，亦一切不能夺，故情之所钟，百劫难灰。遂有后此之死心塌地也"，则是又指出张生才高志大中所蕴含的坚定诚挚。戴问善则认为他"少年英迈，绝无惹草拈花气习"。在论《酬韵》张生奢望与莺莺"隔墙儿酬和到天明，便是惺惺惜惺惺"时，他又说："此句是才子口角，才子性情，在他人则竟拽起罗衫矣。"言下之意，他对这位才子的守"礼"是相当称赏的。

张生这个才子不仅有才守礼，而且相当聪明，金圣叹在《借厢》评论张生的表现时曾云："斗然借厢，斗然抵突长老，斗然哭，后又斗然推更衣先出去。写张生通身灵变，通身滑脱，读之如于普救寺中亲看此小后生。"表现出对张生智慧的高度欣赏。戴问善在论张生欲借附斋看莺莺时也赞道："亦机变，亦自然。"而《后候》中，张生虽遭莺莺戏弄，但当红娘再次送来邀约之信时，他仍深信不疑，并自评赖简前事云："前日原不得差，得失亦事之偶然耳。"戴氏对此则评曰："在事为聪明过人。"而潘廷章眼中的"聪明"，则更似带上几分"世故"的色彩。潘氏不仅看出了他的机警，如其论借厢事曰："生聪明机警人也，故一见便生借寓之想。生又豪爽磊落人也，故一见遂税往京之驾。见景生情，随机使巧。"又论假哭欲附斋事曰："见景生情，张机巧也来得快，泪也来得快。"而且他发现张生很善于见人说话，嘴甜心活，潘氏对此善意地调侃道："见和尚便说'好一个和尚'，见女子便说'好一个女子'，毕竟二者孰胜？""见红娘便赞'好女子也'，见莺莺又赞'好女子也'，毕竟又孰胜？"

不过，当这样一个聪俊才子在真正进入爱情角色以后，他的表现却也有些特别了。如同他对功业的执着追求一般，他对爱情也是异常坚定的，"至诚"的性格于此体现得淋漓尽致。自他在佛殿一瞥惊鸿之后，莺莺的影子便在其脑中盘旋不去，爱屋及乌，连与莺莺相关之人也一并爱怜起来。毛西河在评张生于法本处偶遇红娘而唱的【小梁州】之【幺】时有云："此以调红为调莺语。""此曲全在首句，盖借此与'多情姐姐'作一照顾耳。旧解作惜红，且云有得陇望蜀之意，则凿矣。"戴问善在分析这一曲词时亦云："此时满心里俱是莺莺，乍见其家侍婢，心中恰有如此打算。"在爱情的道路上，张生遭遇到各种各样的阻碍，有红娘的切责，有老夫人的悔婚，还有莺莺的赖简，但这一切都从未打消过他心中的热情，如潘廷章所说，他在"直用"不可时便"曲用"，在"显用"不成时便"隐用"，在"浅用"不行时就"深用"，在"正用"不通时就"奇用"，所谓"宋玉东墙，曲矣；天女散花，隐矣；赋诗退卤，奇矣；援琴感心，深矣。此固劫火之所不能烧而"。这种百折不挠的性格便是"用情而能尽其情者"的"至诚"之最佳体现。不过，正因为"诚"，正因为太在乎对方，恋爱中的张生因此又展现出性格中胆小和傻气的一面，这便是潘氏所谓的"懦"和"愚诚"。比如他在《书院传情》中因一味追求能与莺莺相见，而忽视了红娘的仗义，竟然提出以金帛相谢，潘氏便评曰："张生一味愚诚。"又如《乘夜逾垣》中张生遭莺莺反悔时只是"叉手躬身，装聋做哑"，潘氏又评曰："'叉手躬身'二句，写得张愚懦，丑态毕露。"

事无绝对，当清代大部分评者都对张生持肯定态度时，也有不屑的声音存在。还是周昂，他在其评本中针对张生的上述性格要点发表了不同看法。他在评论《惊艳》【油葫芦】和【天下乐】的金氏评语时有云："吾不解《会真记》中所谓'始乱之，终弃之'，犹自云'善补过'。圣叹批《西厢》亦回护张生，谓非偷香傍玉之人。然则双文果女悦男，而张生乃出于不得已乎？"显然，他眼中的张生并非品行高尚，而颇有登徒浪子意味。这大约一方面是因其不满张生形象在小说中的文学雏形，而对此《西厢记》中的张君瑞形成了先天偏见，另一方面他应该是认为在莺莺已然多情的前提下，再将张生理解为一个无偷香之念的人，便会彻底令莺莺成为私情的主导者甚至策划者，这将更加损害莺莺的千金小姐形象，更难以让人接受。同时，他也不认为张生是个聪明人。《借厢》的【快活三】，金圣叹认为是张生故意唐突法本以获知崔家情形，而周昂却说："要问不使儿郎而使梅香，何必先以丑语抵突长老？"不仅如此，对张生的"至诚"，他显然也不同意。他反对金圣叹将《闹斋》首曲【新水令】解释为想看莺莺心急如焚，因此不待十五日天明时分，而是十四日初更即去佛殿处守望，认为"十四初更，料和尚都在睡梦中，殿楄正闭，张生此时彷徨露下，不太苦乎"。又云："张生寓居寺中，非在寺外。钟铙响作，自可徐赴殿庭。何至初更未尽，窥殿楄而彷徨露下哉？"他眼中的张生，并没有那份因爱情而迷失的痴狂，而是相当理性的。爱情于他，似与穿衣吃饭一般，不过是生活中的一件事罢了。而在《赖简》中，他更认为张生搂住红娘是有意之举，所谓"上文潜身槛边，正为搂红地步。此种小点缀自不可少。然细思'你且'、'他今'二语，张生岂尚听不明红娘声口？暗中搂之，呼以小姐，固是文笔到此，略作曲折，要亦因引针之故，张生所以媚红也"。在这种理解中，张生的形象更加不堪，简直快沦为一个无品的好色之徒了。

3. 红娘——"热心"而"鹘伶"的相府家婢

红娘作为崔张情缘中的关键一环，在清代仍然备受关注，明人对红娘性格的认识在清人这里得到了认可和继承。在明人眼中，红娘是个女侠式的人物，如槃蓢硕人在其评本卷首的《玩西厢记评》中就直言："红固女中之侠也。"入清，这种认识变得愈加深厚。金圣叹在评《前候》第八节（红娘愤恨张生竟欲以金帛相谢）时有云："如张生、莺莺男贪女爱，此真何与红娘之事？而红娘便慨然将千金一担，两肩独挑。细思此情此义，真非秤之可得称，斗之可得量也。"正是在指出红娘这种见义勇为、打抱不平的侠义性格。戴问善则更是对红娘的侠性推崇备至，在评析中反复指出这一点。其在《请宴》之【二煞】处云："红娘口中并无半点含糊，恰是替人高兴之人。不待传简，而阿红之为人可想。"《赖婚》之中，当张生遭遇老夫人悔婚而愁肠郁结时，红娘又挺身而出，为其谋划，戴氏又云："有心人，热心人。""何乃是剑侠语。"即便是对莺莺和张生颇多訾议的周昂，也指出红娘具有一心助人、不计回报的高尚品格。他在评《拷艳》【紫花儿序】之"猜我红娘做的牵头"一语时，就反对过去不少版本将"牵头"改作"饶头"（小妾）的做法，所谓"红亦止欲成就二人，别无自炫意"。红娘不光具有热心的侠义心肠，她还有胆有谋。唯其如此，崔、张才能在她的运作下成功结合。对此，明人也早有认识，如容与堂李卓吾评本曾曰："红娘真有二十分才，二十分识，二十分胆。有此军师，何攻不破，何战不克？宜乎莺莺城下乞盟也哉！"清人继续探讨红娘这一出众的品质，如金圣叹和戴问善都以"贼"这个充满疼惜和欣赏的术语来对她的智慧予以赞叹。而潘廷章更提出"鹘伶"一词，将其俨然女中诸葛的形象阐述得通通透透。潘氏云："'鹘伶'二字是红娘定评。"这首先是指她的识见高妙，即所谓"红娘见地事事俏"。在《寄方问病》之红娘对莺莺白"不是你，一世也救他不得"

处，潘氏又评曰："此便会意，红见地最敏捷。"在《堂前巧辩》中，红娘抓住老夫人失信之事，有效化解了崔、张和自己的一场灾难，潘氏便云："红洵属鲁仲连一流人物，非仪、秦巧诈可方也。"其次是指她临危不乱，敢于担当的气度。《堂前巧辩》是她这种品质表现得最明显之处，她突逢老夫人的严厉拷问，毫不慌乱躲闪，反而慨然承担，潘氏因此评曰："第一句先认自家知情，便是廿四分胆力。若从崔、张说起，便少担当。""平素则担惊受怕，临事则不慌不忙。心细于秋毫之末，而勇足夺三军之帅。世安得如红娘者，而与属天下事哉！"最后，"鹘伶"还重在强调她颇深的心计。在潘氏看来，红娘的智慧不仅运用在与老夫人的斗争中，也充分展露于她和莺莺的相处中。莺莺好"撒假"，红娘要套出她的真心，便不得不使用些计谋。如其评《墙角联吟》红娘笑着告诉莺莺白日遇张生之事时有云："红的笑是装点着面皮去动人。"又如，《月下佳期》中莺莺在赴会时拖拖拉拉，红娘立刻威胁要将情诗交给夫人，潘氏于此评道："此是红娘按纳得定处。"但有的时候，红娘的心机在潘氏看来，已经过于深沉。例如，在《妆台窥简》中，其评红娘怂恿张生的【耍孩儿】五曲云："肚里未免藏几分牢骚，口头亦带无数讽刺，却一味蕴藉尖酸，略无愤怒之色。千伶百俐人，莫看得粗狠。"更有甚者，潘氏眼中的红娘竟已有弄权之嫌。在《乘夜逾垣》中，红娘使张生跳墙，潘氏认为这是"欲入而闭其门，卖弄手段"，"角门本是开的，公然走去关了。人已阑入门内，翻教他出去跳墙，着着有操纵在手之意"。

除了"热心"和"鹘伶"之外，清人还对红娘相府中人的身份有所重视。金圣叹在其《读法》第五十六条有云："《西厢记》写红娘，凡三用加意之笔：其一于《借厢》篇中峻拒张生。其二于《琴心》篇中过尊双文。其三于《拷艳》篇中切责夫人。一时便似周公制礼，乃尽在红娘一片心地中，凛凛然，侃侃然，曾不可得而少假借者。"在他看来，红娘和一般的婢女是有区别的，她虽然泼辣甚至不识字，但其骨子中却带有一种自然的贵重。金氏这种观点是有相当意义的，因为在《西厢记》评点领域中一直存在着小股的低俗化红娘的声音。比如明代槃薖硕人本的第十八折《接书志喜》中出现了这样的改动情节：张生收到莺莺情诗之后，狂喜不已，竟提出要和红娘一试云雨，而红娘竟也不严厉斥责，只是劝张生不要自慰或交媾琴童，应该养精蓄锐去会莺莺。即便在金圣叹以后，清代那部印"衍庆

113

堂"字样的致和堂刊《增补笺注绘像第六才子书西厢释解》在《前候》【后庭花】处也仍然有评语曰："'假意'二字大有意味，见红娘与张生已相淫相爱为夫妻，视再得莺莺为余意耳。"可见这股低俗化解读思维的生命力还是比较强的。金氏显然意识到或者说预见到了这一点，并且深知它对作品魅力的危害。所以他才会在上述三章反反复复为红娘解说，将其塑造得大义凛然，光彩照人。其后之评者也大多继武，如周昂在《借厢》评红娘呵斥张生"今后当问的便问，不当问的，休得胡问"时，也以"辣"一词指出红娘作为大家婢女的庄重傲气性格。蓝炳然在评《前候》【寄生草】中红娘勉励张生谈情之余休忘功名时也说："至此忽作劝勉之词，非大人家侍婢，断无此口吻。"

（二）其他人物

崔、张、红之外，老夫人、惠明和法本也受到了一定程度的关注。老夫人作为作品中唯一的家长形象，她按照当时的社会习例，一心要维持相国府的体面，却终究未能禁止私情的发生。她既是失败的礼教捍卫者，又处在三个年轻主角的对立面，因此历来都不受评者待见。明代容与堂李卓吾评本在她让莺莺游寺时即骂她曰："老婆子家教先不严了。"又在她悔婚后却留张生居住书房处评道："由他去了便了，又留他做怎！做出来都是这个老虔婆。"这两处文本由此成为评家攻击老夫人的主要凭据。金圣叹专门在《惊艳》之前书一小序曰："一部书，十六章，而其第一章大笔特书曰：'老夫人开春院。'罪老夫人也。虽在别院，终为客居，乃亲口自命红娘引小姐于前庭闲散心。一念禽犊之恩，遂至逗漏无边春色，良贾深藏，当如是乎！厥后诈许两廊退贼愿婚，乃又悔之，而又不遣去之，而留之书房，而因以失事，犹未减焉。"这是将遣女游寺、轻易许婚又复赖婚都当作罪名扣在她头上，从而令她成为整部《西厢记》中所有"违礼"之罪理所应当的承担者。潘廷章也抓住她赖婚一事做文章，所谓"'老夫人'三字，书法也，来得词严义正。夫人者何？上奉诰命于朝廷，下端母仪于家室。此何等风范，而反失信义。"戴问善亦云："着红娘引小姐散心，是夫人；着红娘传做好事，又是夫人；许婚赖婚是夫人；着红娘问病亦是夫人。"周昂虽然也同意前人对她做出的形象认定，不过他似乎并不因此而对她怀有憎恶的感情色彩。在他看来，她遣女儿游寺以及赖婚，其实都是作者的有意安排，"也是硬造出来的。既以双文为末减，不得不以老夫人为戎首"。而李书云等人则在指责她失职的同时更似要发掘她性格中人性的一面。李氏既在《巧辩》折后评道："老夫人一不合幼女孤儿寄居萧寺；二不合令女游殿；三不合月轮高时做斋，男女混杂，名播飞虎；四不合闻警不论僧俗许配；五不合停婚，许而不与。妇人见浅，全无主张。"又在《寺警》孙飞虎围寺，莺莺自请献贼时，将老夫人本来心痛家族名声的说辞改为"宁可同死，决不如此"，使得她在作为一个失败礼教维护者的同时，还能具备一些慈母的性格特征，从而成为一个比较有血肉的形象。

惠明虽然仅在围寺一段情节中出现过，但地位却不可忽视。周昂曾说："前《西厢》十六篇除张生、莺莺、红娘外，惟惠明以杂色有【端正好】曲一套，其词意伉爽，盖隐然一部中之棒喝也，阅者慎勿以闲文视之。"其实，这个人物历来都吸引评者的眼球。与老夫人常常作为被批驳的对象不同，他一般都被人们称赏。明代的容与堂李卓吾评本就曾称他为"活佛"和"烈汉子"。至清，金圣叹亦称他为"好和尚"，并说："写惠明，若不是和尚便不奇。然写惠明是和尚，而果是和尚亦不奇。"在他看来，惠明没有普通僧人那种虚伪酸腐的气息，而是豪气干云、真率大胆，是个相当奇特可爱的人物。潘廷章也评惠明上场白"我敢去"云："'敢'字有胆量。"并认为他的胆量来自于他内心的"志诚"，即能坚守内心的真纯和执着于目标，他说："志诚是'敢'字骨子，'敢'字是志诚作用。……惠明亦只是一味志诚，所以能突围陷阵。"清人在称颂惠明豪气的同时，也认识到他的粗中有细。戴问善评【耍孩儿煞】第二曲有云："一语喝破，卤莽和尚固不卤莽也。"毛西河也认为该曲是"因生激己而故作刺生之词"。潘廷章也评【倘秀才】云："惠明审于直壮曲老之势，声强实弱之情，即身膺节钺，自可制胜千里。莽和尚竟不莽至此。"

最后是法本老和尚，虽然他的出场也不多，但仅就他在做法事和张生高中后买登科录两段情节中的表现，已足以引起评者一定程度的关注。他和惠明一样都是和尚，但明显处于两个极端，他大约正是属于惠明口中的"僧不僧、俗不俗、女不女、男不男，则会斋得饱僧房里胡撺"之流。因此明人常常对他予以嘲笑，笑他在法事上装模作样，笑他扯谎说张生是他亲戚。清人对他的看法与此类似，但无疑阐述得更为详尽具体。金圣叹在评《闹斋》法本让张生谎称自己亲戚时曰："只图自家免罪耳。是和尚亲，便怎么耶？"潘廷章亦于此处说："老僧亦打诳语。"显然是嘲笑他的胆小怕事和不真诚。毛西河评该折【乔牌儿】和【折桂令】中的"大师年纪老，法座上也凝眺"以及"大师难学，把个发慈悲脸儿蒙着"也云："初云'大师凝眺'，后又云'难学'，似矛盾。不知以凝眺之师，能假覆以慈悲之脸，故难学也。"这是指出他身为出家人的虚伪。周昂则注意到尾折《团圆》中法本荒唐的言行细节，他以"好大功德"犀利讽刺其用"这门亲事，当初也有老僧来"邀功的行为，又批判其阿谀杜将军的"护身符"、"有权数"等言论"岂像和尚声口"，显然对法本这种六根不净的趋炎附势相当痛恨。

二　结构解读

通观清代的《西厢记》评本，可以发现一个奇特的现象，即绝大部分都只有十六折（"章"或"套"），张生草桥梦莺莺成为作品的结局。① 对于这种现象的出现，金圣叹《第六才子书》无疑做出了最大的贡献。这部诞生于清代初年的评本在对《西厢记》结构进行深入而完整分析的基础上，果断地将《惊梦》以后的内容划入"非《西厢记》"的范畴，对后世评本有相当的影响。当然，有些评者主张收局于《惊梦》，则是不同结构观下殊途同归的结果。

（一）《第六才子书》的结构观

《第六才子书》对《西厢记》的整体结构有一处比较集中的阐释，这便是

---

① 《第六才子书》虽然在文献版本上保留了草桥梦莺莺以后的内容，但金圣叹已经讲得很明确，最后四章是"本不欲更录，特恐海边逐臭之夫，不忘饔飱，犹混弦管，因与明白指出之，且使天下后世学者睹之，而益悟前十六篇之为天仙化人，永非螺蛳蚌蛤之所得而暂近也者。因而翻卷更读十百千万遍，遂愈得开所未开，入所未入，此亦不可谓非续者之与有其功也"。同时，他在《后候》折批中亦明确认为《西厢记》为文只有一十六篇。因此，该书在事实上仍然可以划入以《惊梦》收尾的范畴。清代评本中只有大量采用论定式评点的黄培《详校元本西厢记》和毛西河《论定西厢记》使用了大团圆结尾，但黄氏也认为草桥梦莺莺之后的内容是另一个作者关汉卿所作，而毛氏则完全是从戏曲体制角度，认为作品是属于元词十二科中的"悲欢离合"模式，因此必应先离后合。

评本第三之四章《后候》的折批。在这篇两千余字的评语中，金圣叹将《惊艳》至《惊梦》这十六章文本作为作品的十六个构成单位，提出了"生——扫"、"此来——彼来"、"三渐——三得"、"二近——三纵——两不得不然"、"实写——空写"五组概念，以此阐释十六章之间的结构关系。

"生——扫"所指向的乃是作品的宏观结构。所谓"生"，金氏的解释是"今夫一切世间太虚空中，本无有事，而忽然有之"。具体到叙事作品本身，则是指情节之开端。《西厢记》之中，承担这一功能的便是第一章《惊艳》。张、崔之间一场梦幻式的偶遇开启了一部风月情史，引出后来若干悲欢离合，恩怨情仇。然而这一切终归寂寥，一章《哭宴》让崔张情缘化作镜花水月，这便是"扫"，即金氏所云之"一切世间妄想颠倒，有若干事，而忽然还无"，便是叙事的结束。于是，一部《西厢记》就被囊括进这一对矛盾之中，结构的大轮廓已被勾画出来。

从开篇到结束，作品是怎样演绎得精彩的呢？那便要依赖其间的若干具体构成单位。"生"、"扫"之间，存在着许多的曲折起伏。有人方有事，任何情节的生发都自人开始。对西厢情事而言，两位主角彼此向对方靠拢将成为微观结构的第一层次，这便是"此来"与"彼来"。所谓"此来"，是指张生向莺莺的靠拢。一章《借厢》让张生在住所上得以接近莺莺，为下一章的墙角联诗提供了地理便利。所谓"彼来"，则是指莺莺向张生的靠拢，一章《酬韵》以她偶然为之的吟诗成为沟通张生与自己心灵的媒介。

当两位主角已经在心底彼此留意对方之后，作品微观结构内部的基础层次也就垒筑好了。然而要避免平铺直叙的枯燥，逼真勾绘地位悬殊的才子佳人爱情，便要依靠"三渐"这个作品微观结构的第二层次，也即主要层次。所谓"三渐"，是对情节主干的精炼概括，是在崔、张彼此留意之后，直至情事成功以前的三个关键性情节：第一是《闹斋》，第二是《寺警》，第三则是《后候》。金氏认为，《闹斋》让莺莺终于清楚地看见了张生，为其仪表所折服，由此促使情事往成功的方向迈出第一步。《寺警》令莺莺与张生订下婚约，使情事具备了"父母之命"，由此进一步向成功靠拢。《后候》更令莺莺与张生定情，使情事终于成功。这三步中的收获便是所谓的"三得"。值得注意的是，金氏的"三渐"分析都是从莺莺的立场展开的，认为她随着处境变化而产生的心理变化是推动情节发展的主要动力。

即便在"三渐"之中，金圣叹也能进行更细微的剖析，这便是"二近——三纵——两不得不然"。我们不妨称其为微观结构的第三层次，其中的"二近"与"三纵"以矛盾的情节形态构成了"三渐"之间的曲折起伏。"近"是指"几几乎如将得之之为言，终于不得也"，即情事眼看着就要成功，却又功败垂成。承担这种情节功能的是《请宴》和《前候》。前者张、崔奉"父母之命"，似可花好月圆，却不想老夫人陡然食言，令二人空欢喜一场。后者张、崔相互传情，红娘穿针引线，眼看就要欢合，却不料莺莺临时反悔，使事情废折。"纵"则是指"几几乎如将失之之为言，终于不失也"，即事情看似山穷水尽，实则暗伏转机。《赖婚》、《赖简》和《拷艳》承担着这种情节功能。《赖婚》中夫人陡然食言，婚姻看似无望，却不想红娘又想出琴声传意的高招，揭开了张、崔二人私传情意的序幕。《赖简》中莺莺临阵反悔，情缘似将断绝，却引发出后文中莺莺因张生气病而豁出去，终于前来相会的美事。《拷艳》中私情事发，夫人盛怒，情缘似要散去，却不想红娘一张利嘴说得夫人哑口无言，竟令夫人同意二人名正言顺地结合。"二近"和"三纵"交错配搭，欲擒故纵的结构技巧就这样反复出现，使情节跌宕生姿，相当精彩。至于"两不得不然"，则是"纵"、"近"之间相互转化的过渡性情节，《琴心》与《闹简》承担了这个情节功能。前者是就红娘的角度而言，后者则是就莺莺的角度而言。两人作为两章情节的引发者，是其性格、身份和处境决定了她们这些相应的行动，而这些行动所产生的情节又使所在章节成为前后"近"、"纵"之间得以衔接的桥梁，文章的结构因此环环相扣，自然合理。

至于"实写"和"空写"，则是指《酬简》和《惊梦》两章，它们在结构中主要承担的是结局功能。前者春风一度，是一个世俗的美满结局，所谓"一部大书，无数文字，七曲八折，千头万绪，至此而一齐结穴"。这是从事件进程上结束叙述，对这段情事的走向给出一个明明白白的交代，使之前的若干曲折得到一个归宿，也使读者始终缺憾的心理期待得到弥补。然而金圣叹认为，仅仅凭借《酬简》，并不能实现作品现有的经典高度。从文人阳春白雪式的期待出发，作品应该还有超越世俗识见的深刻意蕴。因此他力主将《惊梦》作为和形而下世俗情事并行的另一条形而上精神线索的结局，使前此若干人事在张生的梦中幻影式重现后，最终落脚于"娇滴滴玉人何处也"的追问，由此解构一切世俗的人生观与价值观，所谓"一部大书，无数文字，七曲八折，千头万绪，至此而一无所用"。

金圣叹的结构认识真可谓"晰毛辨发，穷极幽微"。在其"极微"的鉴赏心理的指导下，一部《西厢记》的结构奥秘以"化无为有"的细腻思维被剥析为"宏观——微观——次微观"这样层层可勘的平实技巧；而一番"从实向空"的转换，却又能让读者弃有入无，在无限遐思中领悟作品结构的精神真谛。这真堪称"入得去、出得来"，无怪乎在继起之评本中响应者甚众。

（二）《西来意》的结构观

在《第六才子书》问世廿载之际，潘廷章不满金圣叹对《西厢记》的解读，别出机杼，制作了《西来意》。然而此书也是殊途同归地主张收局《草桥惊梦》，并且比金本更加干净利落地砍掉了其后的四折文本。潘氏的结构观主要集中表达于卷前的《西厢三大作法》。此文认为作品的结构具有三个主要特征：一是"大起落"；二是十六折文"意止有八折"；三是"先合而后开，始合而终开"。

所谓的"大起落"，在文本剖析上实与金圣叹的"生扫"有一定类似性，仍然是从宏观着眼，取其头尾以展现作品的整体构架。潘氏认为作品"起"于《佛殿奇逢》的"正撞着五百年风流业冤"一句。未有此句时，没有西厢情事，正因此一句，才衍生出张生租借厢房直至草桥店惊梦的无数悲欢离合。主角从此堕入情孽，生出许多烦恼。作品之"落"，则在《草桥惊梦》中的"娇滴滴玉人何处也"一句，因此一句，西厢情事戛然而止，一切悲欢和一切烦恼终归于无，而情孽得脱，业冤得尽，大觉得开。这样的认识真正是服务于他以"空"阅"色"、惊世醒梦的评书意图的。

一头一尾的"大起落"之间，贯穿着十几个情节单位。潘氏认为它们和"起"、"落"本身组合在一起，构成了一个有机整体。他接下来的兴趣，便是要研究这个有机整体内部的组合情形。这面临的其实是和金圣叹同样的命题，但他的鉴赏心理显然不是抽丝剥茧的"极微"，而是更加接近于现代叙事解读中的叙事模式探究。在他的眼中，十六折文本情节其实是由八种情节模式来演绎的，兹以图示述之：

佛殿奇逢——模式：崔张相逢——斋坛闹会
僧房假寓——模式：红奉主命——红娘请宴
墙角联吟——模式：崔至花园——闻琴感意
乘夜逾垣——模式：崔张相会——月下佳期
把盏停婚——模式：夫人宴张——长亭送别
白马解围——模式：抢掠双文——草桥惊梦
书院传情——模式：遣红探张——寄方问病
妆台窥简——模式：诘问红娘——堂前巧辩

  潘氏自言情节模式之探寻乃是受《易》"生生不息"思想之启发。八种模式推演出十六种情节，正和《易》之八卦可演至若干卦的现象具有相似性；不仅如此，在每一对具有相同模式的情节之间又存在着"显然相犯，隐然相生"的关系，这些情节和它们相应的模式放在一起时，就呈现出"立一以定体，兼两以致用"的现象，又恰合乎"十六卦反对之用"的原理。按照这样的思路，潘氏进一步指出，前述宏观外廓的一"起"一"落"其实正可类比为"乾"卦和"坤"卦，所谓"乾父坤母，孕藏六子，虽与互对，而不为互对者矣"，八种情节模式及其下延的十六个情节单位正是由这两个基本结构元素推演而出。由此，一部《西厢记》好似镜花水月世界的《易》卦，各种卦象交互参错，组构出最复杂的"色"之机体，以阐释"空"之本原。

  然而潘氏为何还要提到"开合"问题，而且强调"开"方是结局呢？这其实也是在服务于其对"空"的阐释。他指出，历来的叙事文学作品，特别是传奇，都遵从"先开后合"的情节模式。但是《西厢记》独独不然，它是"先合而后开，始合而终开，小合则小开，大合则大开"。这里的"开"和"合"应该分别指因为男女主角的分散和聚拢而导致的情事情节的不顺畅和顺畅、不圆满和圆满。按照这种标准，他认为作品统共存在着四对开合：第一对是《佛殿奇逢》与《僧房假寓》。前者崔、张相遇，故为合；后者张生遭红娘呵斥，是为开。第二对是《墙角联吟》、《斋坛闹会》、《白马解围》、《红娘请宴》与《把盏停婚》。前者一连串的机缘巧合，使得崔、张得以定亲，故为合；后者夫人陡然悔婚，姻缘无望，是为开。第三对是《闻琴感意》、《书院传情》、《妆台窥简》与《乘夜逾垣》。前者经过一系列的小吵小闹，张、崔终于约定花园私会，故为合；后者莺莺临场变卦，张生空欢喜一场，是为开。第四对是《寄方问病》、《月下佳期》、《堂前巧辩》与《长亭送别》、《草桥惊梦》。前者张、崔不仅私下花好月圆，甚至还终于赢得了家长的同意，故为合；后者则于皆大欢喜之时急转直下，夫人一句"不招白衣女婿"便让崔、张哭哭啼啼地分离，从此前程难卜，草桥惊梦之中，一切都似过往云烟，再不留痕，是为开。对此，我们可以用图表来进行直观展示：

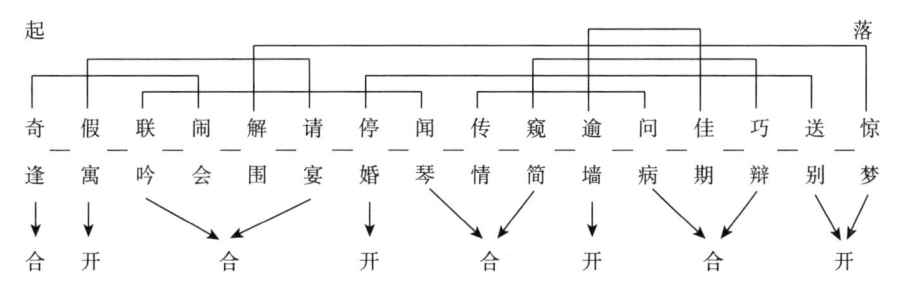

```
起                                                          落
├──┬──┬──┬──┬──┬──┬──┬──┬──┬──┬──┬──┬──┬──┤
奇  假  联  闹  解  请  停  闻  传  窥  逾  问  佳  巧  送  惊
逢  寓  吟  会  围  宴  婚  琴  情  简  墙  病  期  辩  别  梦
↓   ↓       ↓       ↓       ↓       ↓       ↓       ↓   ↓
合   开      合      开      合      开      合      开
```

所谓"盖不合则不开，不大合则不大开"，潘氏再一次从《易》中吸取到思想灵光。借重于"终于未济"，他要向读者昭示，"起"和"落"并非想当然地对应世俗的喜与悲。恰恰相反，"起"作为既成的"大合"，乃是色之幻相，并不具有永恒性，故毫不值得喜；"落"却作为未定的"大开"，方是"真空妙有"的永恒，承载着生命之不系于心的无限期待，正不值得悲。由此，潘氏的三条结构观实是一个有机体，饱满地阐释着他"因色示空"的基本评点视角。

三 语言探讨

戏曲本来是曲白歌舞相结合的艺术，当音乐与表演被抽离以后，语言文字便成为作品唯一的载体。值此情形之下，语言的文学意义已不仅仅表现为它本身的美学属性，更体现在它刻画人物、描述场景和叙述情节的功能上。在《西厢记》评点的范畴内，明代的评者经历了一个由偏重前者到渐次关注后者的过程。容与堂李卓吾评本、陈眉公评本、三先生合评本等已经从起凤馆本那种单纯赏鉴曲词美学特性的做法，转向大力探究曲白对人物形象的刻画和对场景事件的描述。这样一种转向及其留下的成果无疑为清人的研究奠定了基础。而清代戏台难见《西厢记》的现实情形，则更急迫地需要评者彻底突破语言的外壳层面研究，更加深入地挖掘其叙事意义，从而令读者手捧文本即能领略这部剧作的风姿神采。

金圣叹《第六才子书》是率先加大这种力度的评本。在金氏眼中，语言很少仅仅是其字面意思的载体，而基本都是整个叙事体系中某个部分的承担者。以《琴心》【斗鹌鹑】为例，其曲词"云敛晴空，冰轮乍涌。风扫残红，香阶乱拥"从字面上看是在描写夜晚庭院中的景致，但金氏却认为前二句"非写月也，乃是写美人见月也"，后二句"非写落红，乃是写美人走出月下来也"，总之"只写云，只写月，只写红，只写阶，并不写双文，而双文已现。有时写人是人，有时写景是景；有时写人却是景，有时写景却是人。如此节，四句十六字，字字写景，字字是人"。与明代王世贞"骈俪中情语"这种仅仅停留在字面品味的评语相比，它所揭示的，是语言对人物神态动作刻画乃至心理追索的意义。金氏之后，其他评者对语言的审视也基本是从这个视角来进行的。比如潘廷章在《墙角联吟》折对【麻郎儿】之【么】的评论。曲词本来刻画的是宿鸟惊飞，震动花枝，摇碎月影，落红满地的美丽夜景，而潘氏看到的却是它对张生心理的描摹，所谓"一声何声？即下'扑剌剌宿鸟飞腾'也。张方欲牵衣向前，忽听宿鸟飞腾而止。联下数句读去，写得偷香人毛骨悚然"。正是在这种强烈的叙事意识指导下，清人对《西厢记》的语言得出了如下基本认识：

（一）高度的逼真性

叙事作品的语言承担着写人、记事、描物三种基本功能。这种功能实现的良好与否在很大程度上影响着作品的生动性和情节的文学可信性。清人认为，《西厢记》的语言高度传神，无论画人还是状物、述事，无不栩栩如生。其画人也，口角婉肖，往往能够准确反映人物的身份、处境和心理。例如《赖婚》一章，满怀欣喜的莺莺陡见宴会席面寒磣之时，有【搅筝琶】一曲曰："我虽是赔钱货，亦不到两当一弄成合。况他举将除贼，便消得你家缘过活。"金氏评曰："此'我'、'他'二字，更奇更妙，便将自己母亲之一副家缘过活，立地情愿双手奉与解元。自古云'女生外向'，岂不信哉?"这便是指出语言对莺莺在猛然失落之际既疼护张生,又埋怨母亲的复杂心理的准确揭示。戏曲文学作品的曲词本身就是代言性质,因此《西厢记》的曲词能真切反映人物心理或不足为奇。然而对历来并未引起曲家高度重视的对白与科范,清人也绝不马虎。《酬韵》一折,莺莺于花园拜月祷告,而最后一个关于婚姻的誓愿却不说出,只是由红娘代祝。蓝炳然评道:"此一炷香偏待红娘替他祷告,若从双文口中直说,……不肖相国千金小姐"。莺莺烧香事毕,即与红娘迅速"关角门下",戴氏又评曰:"何去得快?稍迟,则不为莺莺矣。"也是指出该动作符合家教极严的相府小姐身份。写人之外,作品语言对事件的描述也堪称淋漓尽致。例如,《酬韵》之【拙鲁速】叙写的乃是在一场联诗中经历了欣喜和失落的张生回到厢房后的孤独情形,周昂评曰:"写尽旅馆独眠,满目凄凉情况。文笔一气贯注,最是北词擅胜处。"除去画人述事的惟妙惟肖,《西厢记》的语言在描绘场景方面也相当生动。《闹斋》【驻马听】便是描写佛殿之中的法事情形,其中呈现的有和尚、崔府老少和张生诸人的神情动作,还有法会的布置场景以及各种法器的敲击声等纷繁复杂的内容,周昂对此赞曰:"启建道场时,真有如许光景,亏他笔下写得出。"《红娘请宴》之【醉春风】曲词则有"受用足宝鼎香浓,绣帘风细,绿窗人静"三句,潘廷章评曰:"就新婚宴尔处写出一段风流蕴藉,令人想李易安夫妻。"此是称赞曲词将红娘想象中的贵族之家的闺房恩爱情形描写得绘声绘色。

(二) 丰富的内蕴性

丰富的内蕴性,是指《西厢记》的语言涵盖力度很高,其凝练的字句承载着丰富的内容,发挥着并不单一的叙事效用。例如《闹简》【醉春风】的前四句"只见他钗亸玉斜横,髻偏云乱挽。日高犹自不明眸,你好懒,懒",不过二十余字,但在金圣叹的理解中,却发挥着两重叙事功用:第一是画出莺莺"美人晓睡图";第二则是"写红娘之满心参透,满眼瞧科,满身松泛,满口轻忽,便使莺莺今早眼中忽觉有异。而下文遂不得不变容也"。也就是说,短短的四个句子,承载的却是主仆两个关键人物在情事迷惘期的不同心理,其中不仅反映出两人身份地位的差别,以及由此对各自性格产生的影响,甚至还蕴藏着后来莺莺闹简乃至赖简等情节的伏笔。再如《月下佳期》之【寄生草】的曲词"多丰韵，忒稔色。乍时相见教人害，霎时不见教人怪，些时得见教人爱。今宵同会碧纱幮，何时重解香罗带"，潘廷章认为它"将从前向后情事一一道尽"。这便是指出它既以"丰韵"和"稔色"道出情人的无限美好是爱情生发的缘由，又以三个"时"凝炼概括情事一路发展的曲折，还以"今宵"、"何时"反映当下和预示未来；而最妙的是，无论追述过往，还是展望将来，都是从张生的心理视角来展开的，因此读者在聆听张生叙述情事的同时，又能充分感受到这位青年才子"一往有深情"的形象。

（三）清爽的层次性

这主要是指《西厢记》的语言在履行叙事功能时，可以以一定数量的字句井然有序地表意传情，显得层次清晰，进退合节。例如《斋坛闹会》一折叙写的是张生第三次看见莺莺。在经历佛殿偶遇的匆忙以及墙角遥见的朦胧之后，这一次碰面需要让莺莺的容貌具体细致地呈现在张生面前。【得胜令】的曲词便承担着这个任务，其文如下："则见他檀口点樱桃，粉鼻儿倚琼瑶，淡白梨花面，轻盈杨柳腰。妖娆，满面儿扑堆着俏；苗条，一团儿衠是娇。"对此，潘廷章指出："'一团儿纯是娇'，妙极形容！上数语就口、鼻、面、腰分写之，末以一字总括之。併诸名相，俱可不设。支道林畜一马，目之曰神骏，觉'竹批两耳'、'风入四蹄'等语尚属鳞爪。"正是称赏其由面至身、先分后总、虽然全面却毫不紊乱的语言艺术。《西厢记》绘人清晰，演事亦毫不逊色。比较《闹简》和《赖简》两章的首曲便能感受到这一点。两支曲子分别作【粉蝶儿】和【新水令】，它们承担着同一种叙事任务，即叙写人物的位移。前者是红娘回屋，后者是莺莺出屋。因此风、窗、帘等这些屋内屋外的事物都成为建构曲词必不可少的意象。然而，当它们被组合成句以后，却呈现出不同的文本形态：

【粉蝶儿】风静帘闲，绕窗纱麝兰香散，启朱扉摇响双环。绛台高，金荷小，银缸犹灿。

【新水令】晚风寒峭透窗纱，控金钩绣帘不挂。门阑凝暮霭，楼阁抹残霞。恰对菱花，楼上晚妆罢。

对此，金圣叹认为前者是写红娘从外行入闺中来，"故先写帘外之风，次写窗内之香"，然后通过门环暗示红娘向门内走去，而灯台和烛火则表明她已经进入房中。相反，后者则是写莺莺从屋内走到院中，故首句先写未开之窗，暗示人物尚在屋内，然后因为要出门，所以"开窗见帘垂"。而"门阑凝暮霭"和"楼阁抹残霞"则是随着人物的行进，分别在其临阶正望和下阶回望时看到的不同景物意象。尽管两曲在意象排布上各有不同，但其语言的设计却呈现出一致的特征，即移步换景中的层次井然，错落分明。

（四）回环伏应性

《西厢记》所演绎的故事是一个逻辑性和体系性都相当鲜明的情节整体。作为表达媒介的语言，当然也要为构建情节的这些特征服务。所以作品在一些关键的文本位置设置了一些同样的语言意象，以标识这些位置具有某种呼应性的联系，由此令语言产生了回环伏应特征。对此，清人很早就有所察觉。

金圣叹在研究作品的人物塑造时，不经意地发现了这一语言特性。他评《前候》之【上马娇】时曾说："此分明是后篇莺莺见帖时情事，而忽于红娘口中先复猜破者，所以深表红娘灵慧过人，而又未尝漏泄后篇。"此曲要表述的，是红娘对莺莺接到张生情书时反应的猜想。曲词用一种模仿的笔调进行描绘，其中既有话语模仿——"这妮子，怎敢胡行事"，又有声音和动作模仿——"嗤，扯做了纸条儿"。这种绘声绘色的描述恰好同下章《赖简》中莺莺接简后的反应相吻合，由此让读者在情节尚未进入某个阶段时，就对该阶段情节有了一定的心理准备。从结构的视角来看，这自然是一种伏笔；而自语言的角度而言，它呈现的却是一种回环伏应的特征。同样，潘廷章在评《月下佳期》之【混江龙】时也指出，在这支叙写张生等候莺莺前来相会情节的曲词中，"月移花影，疑是玉人来"二句"即用崔之前语"。这里的"崔之前语"指的就是《妆台窥简》中莺莺托红娘带给张生的那首情诗，其内容为"待月西厢下，迎风户半开。隔墙花影动，疑是玉人来"。当时莺莺以此诗约张生花园私会，却因事情为红娘得悉，致使她临场反悔。【混江龙】中这两句曲词使用了与诗歌如此相似的表述，正是要对前面的莺莺许诺情节做出一种鲜明的回应。

金、潘二人的探讨还没有进入有意为之的阶段，因此比较零星稀落。清末的戴问善却在这方面大有进步。他是一个极重作品技法的评者，又是一个眼光颇为细腻的人。在他探讨伏应问题的时候，他关注到很多伏应其实都是依靠语言的回环来实现的。例如作品在开篇《惊艳》张生上场时即有"张生引琴童上"一语；至作品末篇《惊梦》时，又是"张生引琴童上"。又如《惊艳》莺莺第一次登场，便是得到老夫人的授意，由红娘陪着去前边庭院"闲散心"；而张生刚到河中府，投宿才毕，问店小二的第一句话便是"这里有甚么闲散心处"。再如同折张生投店之时，有一段篇幅短小的对白，其中的语言都相当精炼，并无闲置笔墨；但就是在这样的情形下，张生却对琴童进行了两次关于马的嘱咐，刚至店便叫"接了马者"，临离店时又云"撒和了马"。戴氏立即评道："屡顾'马'字，为《哭宴》篇也。"原来在作品收尾处的《哭宴》折中，将会频繁出现"马"，而届时它已不再是将张生驮至河中府的坐骑，而成为将张生带离莺莺的一种动力。

总之，由于清代评者们都是带着审视叙事作品的眼光来介入《西厢记》的，因此，他们所提取出的语言艺术特征也紧紧围绕着叙事的话题。不过，这并不意味着他们完全没有关于语言本身的美学风格鉴赏。比如他们会注重语言的意境，就像潘廷章评《僧房假寓》【三煞】时有云："此掉的是'风韵'，彼拾的是'思量'，如云英化水，筝丝成龙，奇变不可方物。昔人称韩娥去后三日，歌声犹然绕梁。此盖善于言'掉下'者矣。然声音之道，却实实有此种情理。此更加在风韵上，愈觉幻化空灵，若在巫山暮雨之中。"又如，他们也会对语词清丽、气势雄壮之类的语言表示欣赏，像"句丽而豪"（《惊艳》戴批）、"别样丽句"（《惊艳》金批）等评语也不时会出现。

第四节　写作研究
——为文之心与行文之技

在《西厢记》评点领域中，写作研究是清人开辟的处女地。明人虽然评点《西厢记》，但基本都是在鉴赏的范畴内进行。他们标注出作品的精彩，帮助人们更深入地理解它，促使更多的民众对它爱不释手，但他们却没有将自己从作品中发掘出的精彩艺术奥秘与写作联系起来。这种情形，在清初金圣叹《第六才子书》出现后被彻底改变。

正如我们在本章第一节所指出的，金圣叹眼中的《西厢记》已非戏曲作品，在他看来，它和古文性质相通，甚至和八股也沾得上几分关系。他评点《西厢记》的目的已经不是为了顺应市场的需求谋取利润，而是要将关于这部作品的评点推向一个新的高度，使其从人们茶余饭后的休闲小书变为士子文人案头的写作典范。所谓"《西厢记》亦是偶尔写他佳人才子。我曾细相其眼法、手法、笔法、墨法，固不单会写佳人才子也，任凭换却题教他写，他俱会写"。由此，从古文甚至八股写作的角度来研究《西厢记》在清代的评点领域拉开了序幕，从此一如决堤之河，绵延不绝，最终汇聚成一片大海，成为最能代表清人《西厢记》评点成就的一项内容。

一　为文之心

这是一种形而上的探讨，它要解决的是临文时的心理问题，帮助行文者在提笔之前洞悉如何认识文学、如何面对写作或是更具体一些的如何面对自己将要写作的题材的奥秘。在《第六才子书》的八十一条《读法》中，第二十七至第四十六条在集中论述一个很"玄"的问题。它先说《西厢记》"其实只是一章"，然后又说"其实只是一字"，最后则落脚到"是此一'无'字"。而在论"《西厢记》是一'无'字"的时候，它又大量使用了佛家参禅式的表述方法，例如：

> 三十二、《西厢记》是何一字？《西厢记》是一"无"字。赵州和尚，人问："狗子还有佛性也无？"曰："无。"是此一"无"字。
>
> 三十三、人问赵州和尚："一切含灵具有佛性[①]，何得狗子却无？"赵州曰："无。"《西厢记》是此一"无"字。
>
> 三十四、人若问赵州和尚："露柱还有佛性也无？"赵州曰："无。"

[①] 贯华堂刻本为"一切舍灵具有佛性"，语意不通。此处据清康熙间世德堂刻本改。

《西厢记》是此一"无"字。

三十五、若又问："释迦牟尼还有佛性也无？"赵州曰："无。"《西厢记》是此一"无"字。

三十六、人若又问："'无'字还有佛性也无？"赵州曰："无。"《西厢记》是此一"无"字。

三十七、人若又问："'无'字还有无字也无？"赵州曰："无。"《西厢记》是此一"无"字。

三十八、人若又问："某甲不会？"赵州曰："你是不会，老僧是无。"《西厢记》是此一"无"字。

三十九、何故《西厢记》是此一"无"字？此一"无"字是一部《西厢记》故。

四十二、赵州和尚，人不问狗子还有佛性也无，他不知道有个"无"字。

四十三、赵州和尚，人问过狗子还有佛性也无，他亦不记道有个"无"字。

仅从上面列举的这十条文字来看，它在表述上已经和通常的问答很不相同。这里的每一条答案都既不存在肯定，也没有否定。这正是佛家那种一切不系于心的"真空妙有"精神之体现，同时又和道家"无为而无不为"的思想相通。金圣叹不惜花去《读法》四分之一的篇幅来阐述这个问题，无非是要告诉人们，洞悉为文之心也需要一种坐忘式的"悟"。如果我们一定要用比较具体的文字来阐述这种"悟"，那么姑且可以作如下理解：《西厢记》作为一部业已成书的优秀文学作品，它既是作者的创作、评者的解读和读者的接受，又是曲折情节的演绎，还是丰富文学思想的统合，也是若干写作技艺的汇集，等等。也就是说，它其实是一个由各种层面的文学活动和文学现象叠合堆垒出的复杂实体。因此，要通过领悟《西厢记》的精彩来写出和它同样水平的作品，是不可能抓住一个或者多个枝节就能成功的，是不可能找到像我们今天解普通数学题那样的一种或者多种具体方法的。金圣叹反复使用"无"，并非是真的认为，要达到《西厢记》的艺术境界无法可循，而是希望有志在写作上有所造诣的读者在积极寻求技法时，应首先确立一个认识前提，即文学是一个包罗万象的复杂对象。因此，当其通过阅读以学习如何写作，以及提笔临文之时，他们应该具有一种整体的思维和一种全局的眼光，应该具有一种因事制宜的心理准备，应该破除那种基于狭隘和固化思维的"有"，应该明确任何割裂的审视和机械的效仿都难以获得成功。

由此，"为文之心"的探讨其实属于写作心理学的范畴。它是一切写作技法研究的出发点。从这个角度来看，清代《西厢记》评点范畴内写作研究的起点是比较高的。这和评者金圣叹本人对文学的深刻领悟、他丰富的哲学思想以及他成长于晚明这个好论心性时代的人生历程等不无关系。不过，很可惜的是，这样一种形而上的探讨，并不适合清代的世风。在那个刚刚经历了"天崩地解"的时代，心性探讨在汉族士人的眼中，普遍被视为明王朝灭亡的一大祸端。而刚刚坐稳朝堂的清朝统治者也不希望这种极易活跃人民思想的行为继续下去，他们通过各种途径急切重塑程朱理学的思想权威地位。"重实"世风在朝野无形中的协力之下形成，并渗透进文学领域。表现在《西厢记》评点的写作研究的范畴，那就是更加看重行之有效、容易上手的行文技法。因此，金圣叹的后继者们迅速将评点的兴趣集中到他所提出的若干技法上，不断将其发展，终于结出了丰硕的果实，而关于"为文之心"的研究却被搁置一旁。虽然如此，它高屋建瓴的精神却贯穿在了有清一代的行文技法探讨中，其指导意义即便在今天看来，也是不可轻视的。

二 行文之技

由于自金圣叹开始，清代的评点者们就把《西厢记》的写作研究和古文以及八股绑在了一起，因此，古文乃至八股写作技法的重心也逐渐成为《西厢记》写作技法研究的重要内容。古文和八股首先讲究审题，又非常重视结构，因此这两项内容，特别是后者，便成为行文技法研究的主要对象。另外，古文叙事离不开人物，而八股更要求"代圣贤立言"，因此，人物写作也得到了比较深入的探讨。

(一) 题文关系的处理

"题"即题目，它是一篇文章要表达的主要思想或要叙述的核心内容。"文"则是对题目的具体展开和发挥。在确定了写作对象的情形下，如何进行写作，便是题文关系要回答的内容。金圣叹率先对此进行了探讨。

他首先对"题"的地位和意义进行了充分的认识，提出"凡作文必有题。题也者，文之所由以出也"。这就是说，在题、文这一对矛盾中，题不仅是灵魂和核心，还是文滋生的源泉。所以，要作文就必须牢牢抓住题，从它下手。为此，金圣叹从佛家的"极微"观中吸取灵感，为如何从题中抽出文找到了思想上的指导：

> 夫娑婆世界，大至无量由延，而其故乃起于极微。以至娑婆世界中间之一切所有，其故无不一一起于极微。此其事甚大，非今所得论。今者止借菩萨极微之一言，以观行文之人之心。……诚谛审而熟睹之，此其中间之层折，如相委焉，如相属焉，必也一鳞之与一鳞，真亦如有寻丈之相去。所谓极微者，此不可以不察也。(《酬韵》折批)

按照此"极微论"的思想，任何一个题目中都蕴涵着若干可以延展的要素，只要作者细心寻觅，就可以从一粒米中看到一个大世界。由此，金圣叹进一步提出了与"极微论"相应的"那辗"以作为具体的操作方法：

> "那"之为言"搓那"，"辗"之为言"辗开"也。……那辗则气平，气平则心细，心细则眼到。夫人而气平、心细、眼到，则虽一黍之大，必能分本分末，一咳之响，必能辨声辨音。人之所不睹，彼则瞻瞩之；人之所不存，彼则盘旋之；人之所不悉，彼则入而抉别，出而敷布之。……题也者，文之所由以出也。乃吾亦尝取题而熟睹之矣，见其中间全无有文。……夫题……不论其字少之与字多，而总之题则有其前，则有其后，则有其中间。抑不宁惟是已也，且有其前之前，且有其后之后。且有其前之后，而尚非中间，而犹为中间之前。且有其后之前，而既非中间，而已为中间之后。此真不可以不致察也。诚察题之有前，又察其有前前，而于是焉先写其前前，夫然后写其前，

夫然后写其几几欲至中间,而犹为中间之前,夫然后始写其中间至于其后,亦复如是。而后信题固蹙而吾文乃甚舒长也,题固急而吾文乃甚纡迟也,题固直而吾文乃甚委折也,题固竭而吾文乃甚悠扬也。

在这段文字中,金氏详尽论述了如何运用那辗的方法,将一个看似枯窘乏味的题目演绎成一篇内容丰富的文章。简单地说,就是要眼细心平,以题目为中心,展开联想的翅膀,将题目可能牵涉和引发的各种内容都纳入自己的素材范围中,根据取舍组织文章。在那辗这个总的方法原则下,金氏还提出了更加具体的操作途径。首先,对题目衍生出的若干内容,究竟选择什么作为切入点?他的回答是"凡一题到手,必有一题之难动手处。但相得其难动手在何处,便是易动手之秘诀也"。其次,对题目从各个方向衍生出的内容,采用哪些才能使文章丰润精彩?他的答案也非常明确:"仆思文字不在题前,必在题后。若题之正位,决定无有文字。""文章最妙是目注彼处,手写此处。若有时必欲目注此处,则必手写彼处。一部《左传》,便十六都用此法。若不解其意,而目亦注此处,手亦写此处,便一览已尽。""文章最妙,是目注此处,却不便写,却去远远处发来,迤逦写到将至时,便且住,却重去远远处更端再发来,再迤逦又写到将至时,便又且住。如是更端数番,皆去远远处发来,迤逦写到将至时,即便住,更不复写出目所注处,使人自于文外瞥然亲见。""文章最妙,是先觑定阿堵一处,已却于阿堵一处之四面,将笔来左盘右旋,右盘左旋,再不放脱,却不擒住。分明如狮子滚球相似,本只是一个球,却教狮子放出通身解数,一时满棚人看狮子,眼都看花了,狮子却是并没交涉。人眼自射狮子,狮子眼自射球。盖滚者是狮子,而狮子之所以如此滚,如彼滚,实都为球也。"考察这些出自金氏评本《读法》的话语,可以看出,他非常反对写作者将自己的思维局限在题目之中,就题论题,从而找不到话说,或是反反复复咀嚼陈渣。他总是强调"文"与"题"的"距离",就是期待作者能够根据自己的识见准备来驰骋才情,使"题"能够在"文"的运作中得到饱满而立体的呈现。

如果说这些识见为行文者指出了"寻文"的方向,那么稍后于金氏的朱璐则对所寻之文相互之间的区别提出了要求。所谓"作文最忌手拈一题,前半是此意,后半亦是此意也;手拈两题,前篇是此意,后篇亦是此意也。……《西厢》必变幻莫测,不使重复雷同。""作文最忌题是此意,而文亦止此一意也;题有此意,而文反失此一意也。……《西厢》必翻腾开拓,另辟生面。"他在从反面直接指出行文者不得就题论题的前提下,以《西厢记》为典范,强调在将笔触围绕着题目运用时,应该注意避免内容重复,而要努力从各个方面挖掘题目的不同内涵,从而使组织出的文章跌宕起伏、生动有致。

金氏的那辗法在清人那里得到了普遍认同。周昂在《此宜阁》评本中赞其"深得行文三昧",同时,他又进一步指出:"那辗一法亦是胸中先有成局,不是支支节节撮些肤词浪语成篇也。"他注意到金氏将论述的重心放在了不黏滞题目的细部推演上,因此他特意又为这种方法加上一个整体性的前提,强调围绕着题目的推演要服从于整个写作的主题,从而避免"离题万里"现象的出现。在评《惊艳》时,他进一步结合文本案例说道:"题名'惊艳',隐隐写得'惊'字出,犹《闹斋》一出的然是'闹'的光景。"也就是说,《惊艳》的主题是陡遇佳人的"惊",所以该折的材料组织都必须围绕着它来组织;而《闹斋》强调的是法事的喧闹,所以同样是写崔、张相遇,却要在组织材料时注重体现这个过程中的热闹攘乱。由此,"文"才能真正点题,成为"题"名副其实的演绎与展现,题文之间才能真正实现水乳交融。

由此,由金圣叹提出的那辗法在一代又一代评者的不断发展中,内容愈发充实,在处理题文关系的问题上也愈发具有可操作性。

(二) 结构秘法

评点最早诞生于古文的范畴,在现存最早的评点书籍《古文关键》中,文章的结构就已经成为评家考察的重心。当《西厢记》在金圣叹等人的努力推动下逐渐成为古文和八股写作的参考典范时,占据其写作研究内容最大比例的,仍然是结构技法。

古文和八股的结构研究都极重起承转合。这是文章组织层面的一个基本原则,"起"是指文章的开端,具有总领全篇的意义;"承"则有承接之意,是对前面的话题继续发挥;"转"则是强调改变,或者是变化角度,或者是话题的转换;"合"则是文章的收尾,要求总束全篇。其中,"起"和"合"应该相互呼应,以加强篇章的整体性特征。"起承转合"从根本上讲是一种在整体系统中求"变"的行文思维,经它的指导所写出的文本,将会呈现出脉络清晰、跌宕起伏、前后呼应的状态。《西厢记》作为叙事文学作品,评者们在研究它的结构时所使用的最主要角度,仍然是起承转合。正如金圣叹所说:"一部书,有如许洒洒洋洋无数文字,便须看其如许洒洒洋洋是何文字,从何处来,到何处去,如何直行,如何打曲,如何放开,如何捏聚,何处公行,何处偷过,何处慢摇,何处飞渡。"在第三节的结构探讨中,我们已经可以感受到这一点,不论是金圣叹还是潘廷章,其析出的作品结构其实都蕴涵着这个总体的艺术原则。而具体到写作研究的范畴,"起承转合"又将具体演化为以下几个方面的内容。

1. 文脉

文脉是文章中为表现主题,经组织材料而形成的统摄首尾、贯穿始终的思想内容的线索和条理。不论是起是承,是转是合,都必须紧紧依附于这根主心骨,如此方能形变而神稳,在充盈作品内容的同时却能保证作品始终是一个有机的统一体。评者们对《西厢记》的文脉明显之处都不吝指出,例如《前候》开篇莺莺一上场即云:"自昨夜听琴,今日身子这般不快呵。红娘,你左则闲着,你到书院中看张生一遭,看他说甚么,你来回我话者。"戴问善立刻于此评道:"领脉。"他正是看出该折虽是叙述红娘探张生事,但红娘探张生却又要奉莺莺之命。而莺莺何以要使红娘探他呢?那又要归结到前夜她从张生琴声中听到的脉脉情意。由此,"听琴"便是一处文脉的体现,它贯穿《琴心》和《前候》,使两者顺利衔接。又如,《闹简》结尾处张生心急火燎地盼天黑,以便好到花园中私会莺莺,戴氏于此评道:"以张生自己捣鬼收场,是下折过脉,却是下折反笔。"这又是一处文脉的体现,所谓张生"捣鬼",是说他因为过于欢喜而有些疯癫地痴盼天黑,以便能去花园私会佳人。作者在此煞笔,却又将这一事件拽住不放,在下一折《赖简》中继续交代发展情形,而《赖简》中莺莺的"变脸"与上折中张生的欢喜明显构成了情节落差。因此,这一文脉抓得相当有意义。

评者们不仅在折与折相互转换的大关节处寻觅文脉,在文本的很多细处,他们也相当用心。例如《酬韵》的开头有这么一段对白:

（红娘上云）回夫人话了，去回小姐话去。

（莺莺云）使你问长老：几时做好事？

（红云）恰回夫人话也，正待回小姐话。二月十五，佛甚么供日，请夫人、小姐拈香。

可以发现，这段对白中红娘说了两次"回夫人话"，第一次具有人物上场时交代事件背景的意义，第二次则似不必存在。但戴问善却评道："'恰回'句初看以为重复，欲删之。前后细寻，各有血脉，古人文必不可增减也。"戴氏此言，乃是联系这段对白之后的情节而发。在这之后，红娘向莺莺讲述了遇见张生的经历，而莺莺听罢后，曾有"你曾告夫人知道也不"一问。倘若红娘不对莺莺提起自己曾回话夫人，莺莺此问又从何出？而莺莺不出此问，作者又怎能成功暗示莺莺此时已然留意张生的心理呢？所以，这是一处贯穿得相当巧妙的文脉。又如，《琴心》一折本是以张生操琴开篇，但此折却是从莺莺的角度来叙写二人的曲意贯通。如何从张生的郁闷操琴顺利转换到莺莺的悲伤听琴呢？作品因此抓住"月"作为文脉，在《琴心》的前半部分反复使用了五次"月"意象。从张生盼月早出的"月儿你于我分上，不能早些出来呵"，一直到莺莺关于月阑"围住广寒宫"的感慨，将情节的转换和视角的转换完成得天衣无缝。因此，戴氏在这每一处"月"下都标以圈点，而周昂也不断评道："跟明月来，不是另寻支节。""又借月阑生情，笔意双关，文境展拓。""起手从自家身上说到月中间，从月道出两情阻隔。曲尾拍合月阑，愿与善读者细咀其妙。"

2. 文势

文势是指文章的气势。它是在文章跌宕起伏、张弛有度的情节和纵横恣肆的语言中展现出的一种内部气韵和外部态势。如果说文脉是起承转合所依附的线索，那么文势就是起承转合综合运用所形成的效果。作品的艺术感染力正有很大一部分来自这种效果，因此清人对它非常重视。例如朱璐就在其评本的六条读法中，专以三条的篇幅来对其进行阐述：

作文最忌起势不张也。……起势得则通篇觉增神彩，起势失则通篇便减气色。《西厢》每于起处必有怒涛峻岭之势。

作文最忌余勇不劲也。……将阁（应为"搁"）笔时而能恣意飞翔,斯为文家妙境。《西厢》每于篇终曲尽淋漓之致,使笔酣墨舞。

作文最忌中气不充也。……若首尾结构,而中无纵横穿插之妙,如潢污坑阜,复何可观?《西厢》每中一篇,务令峰回路转,使人应接不暇。

朱氏这三条文势论还是比较有概括力的,制造文势的三大要素——起落、起伏、节奏都被谈到。在他看来,"起落"的"起",即文章的开端,要响亮醒目,给人以冲击力,这样才能让整个作品在一个比较高的层次上进行演绎。金圣叹也有类似的看法,只不过他说得比较寓言化,那便是《借厢》折批中提出的"晴空插翠"论。金氏认为,如果将作品比作船行江面中的移步换景的话,那么这个开端一定是像突然跃入人眼帘的庐山那样,给人巨大的视觉冲击力和心理震撼力。他以该折首句【新水令】之"梵王宫殿月轮高"为例,认为其"如此落笔,真是奇绝",并以亲身感受来证明这个开端带给人的艺术冲击力:"记圣叹幼时,初读《西厢》,惊睹此七字,曾焚香拜伏于地,不敢起立焉。"不仅"起"要响亮夺目,"落",即文章的收尾,也应该饱满有力且余韵悠长。正如戴问善在评《惊梦》时所指出的,"所见、所闻、所梦,参差夹写。曲终之奏,乃得此淋漓排奡之笔。应试文尤宜摹此"。

光是文章的首尾出彩不凡还不够,要使文章在整体上保持有震撼力的气势,还必须处理好文章的中段内容。朱璐所谓的"中气",就凝聚在这一段,它主要依靠情节的起伏和节奏来营造,正如金圣叹所说的,"文章之妙,无过曲折"。对此,评者们以《西厢记》为例解析出不少用情节的起伏来造势的具体途径。例如,《赖婚》之中,莺莺正在欢天喜地地等着做张生的夫人时,老夫人突然让她拜张生为哥哥,戴问善于此便评道:"文势必须有此。"这是以情节的急转直下制造文势。又如,张、崔第一次约会的失败,在很大程度上和莺莺想要瞒过红娘而激怒她有关,而红娘之怒又集中展现在《闹简》一章。具体考察此章,可以发现红娘的发怒共有两次,前一次是因为莺莺的翻脸,但红娘对此也就是通过【脱布衫】至【斗鹌鹑】数曲痛快淋漓地发泄了一番即作罢。所以,真正与下折《赖简》相关的其实是第二次发怒,红娘实实不曾想到莺莺还会耍两副面孔,一边斥责自己,一边却约会张生。对此，作品先用【上小楼】至【满庭芳】三支曲词表现红娘对替张生传情之事失败的不平，其间甚至还穿插着张生跪地痛哭求救的科白。在这事已无望的背景下，却突然又出现张生读简后的欣喜若狂，由此引发出红娘对张生解诗正确性的一再怀疑，而张生的一再确定终于导致了红娘的大怒。周昂在红娘那声"你看我小姐，原来在我行使乖道儿"的愤怒慨叹处评道："上文千回百折，全为此语作势。"又具体解析说："自【上小楼】下三曲，是当张生面回绝之。盖红娘总不料回简之有诗订会也，其实为后文作势也。""就张生一边写他哭，写他跪，为上文推足笔势，为下文截断众流，蓦起波澜也。""前段云'真个如此解'，到此还说'真个如此写'，并作复句。极摹红娘之不信，而为'怒'字作势也。"这又是通过相近情节的不断堆叠来积蓄文势；又如，《红娘请宴》折张生踌躇满志，红娘喜不自禁，与下折《把盏停婚》的愁云惨雾形成鲜明对比，对此潘廷章曰："唯如是其满志，则下文停婚一篇势便跌得重、截得开也。"

除去情节的起伏变动之外，情节节奏的控制也是制造文势的一条重要途径。所谓节奏，是指由情节所传达信息的不同紧张程度和所蕴涵感情的不同强烈程度带来的不同叙事效果的组合。张弛有度的节奏，往往能带来精彩的文势。金圣叹在《寺警》折批中提出的"羯鼓解秽"文法，其实就是一种节奏变换法。在这个文法寓言中，李三郎奏羯鼓之音驱除了柔弱之音带给人的烦闷不畅，大快人心之时竟使栏中诸花一时尽开；落实到《西厢记》文本之中，正是指该折后半部分惠明和尚的突然登场，数曲痛快淋漓、豪气干云的唱词立刻消解了前半折莺莺闻警弥漫在文中的悲伤氛围。金氏将这种做法称为"放死笔，捉活笔"，认为其可"使通篇文字立地焕若神明"。

金氏以后，其他评者也都认识到调整节奏可以营造文势。《闹简》之中，红娘遭莺莺斥责之后，作品并没有立即安排她去回复张生，而是用了【脱布衫】、【小梁州】、【石榴花】和【斗鹌鹑】四支曲子让她痛痛快快地抱怨了莺莺一番。对此，周昂解读道："闹简后若遽接红娘到书房递送回简，则文势便促，将使阿红一肚牢骚直到书房向张生披露耶？中间揣度情事，描摹口角，语语从实处下签，却笔笔向空际游衍，使前后文骨节通灵，文心可云绝世。"再如《借厢》之中，张生在向法本租房的同时又成功攀附了崔家的法事，为自己再见莺莺找到一条好道，但作品在该折结束后并未立即就接上叙写法事情形的《闹斋》，而是在两折之间安插了《酬韵》。戴问善对这种做法大加赞赏，认为它"极有匠心，无此，则《借厢》与《闹斋》气脉太紧"。此处的"气脉"显然就是指文势，在他看来，这种安排可以避免情节发展太过骤速，从而使作品在整体上保持纡徐有致的文势。

除去情节上的因素，语言也可以巧妙地用来制造文势。例如《酬韵》【紫花儿序】的"一更之后，万籁无声"，八个字勾绘出夜晚的极度静谧，而紧接着的下曲【金蕉叶】却以"猛听得角门儿呀的一声"开头，静动由此形成鲜明对比。周昂因此在前者处评道："着此二句，下文'猛听得'一接，倍有势。"

3. 伏应

伏应是指文章前有伏笔，后有照应，二者相呼相应，使文章成为一个有机的整体。伏应首先存在于"起承转合"的"起"和"合"之间，作为文章的开头和结尾，它们首先应该做到一伏一应，从而令文章在宏观上表现出整体性特征。戴问善在这方面尤其敏感。《惊艳》中张生上场时有"张生引琴童"这么几个字，乍看不过是人物上场的科范介绍而已，但戴问善却注意到作品的末折《惊梦》也同样是以这么几个字来描述张生的上场，并于此末折处评道："一场热闹仍是'张生引琴童'而已，五字大是黄粱梦觉时。"显然，这五个字在《惊艳》中是作为伏笔出现的，尽管当时西厢情事尚未发生，但却已经暗示在最后的结局中张生仍要回到原点，陪伴他的，仍然只有一个小琴童，一切都会化作过眼云烟。

伏笔不仅可以运用到作品的首尾以加强作品宏观层面的整体性，也可以用在作品中大大小小的情节片段内部以及之间。周昂就多次指出《西厢记》中各折内部和相互之间的这种伏应关系。例如他在《闹斋》【雁儿落】"我是个多愁多病身"处评曰："似为后文伏根。"此后文便是指《后候》中张生的害病。又如，《请宴》一折，张生与红娘都沉浸在喜悦的气氛中，谁也不曾料到后来老夫人会食言拒婚，但此时红娘的【朝天子】唱曲中却有"曾闻才子多情，若遇佳人薄幸，常要耽搁了人性命"一语。对此，周昂指出："直逗赖婚后张生解带自缢。"乃是发现此处文本与《赖婚》之末张生的悲愤形成了一对伏应。总的看来，在这些不经意的小细节处理下对后文的提示，不仅可以让读者在读到后文时有一种欣喜的熟悉感，而且能不断加强作品内部各要素之间的联系,从而促使作品更能有机地统一在一起。

(三) 怎样写人

作为叙事作品,写人乃是不可或缺的一项内容。即便是以议论为主的科场八股,也因强调"代圣贤立言"而十分注重模仿圣人口吻的逼真性。《西厢记》的写人,恰好囊括了这两个方面的内容。它作为戏曲文学剧本,其曲词正要揣摩相应人物的心理;而它作为叙事文学作品,又要在丰富的事件中刻画人物。因此,清人评点的文法成果中亦不乏人物塑造论。

1. 注重从联系中定位人物的主次是写人的前提

当行文者要写一部像《西厢记》这样不止一个人物的叙事作品时,他该如何操作呢?作为清代评点者中最重视人物的一位,金圣叹在正面论述他对《西厢记》人物主次的看法时,也从侧面流露出他关于这个问题的相应见解:

《西厢记》止写得三个人:一个是双文,一个是张生,一个是红娘。其余如夫人,如法本,如白马将军,如欢郎,如法聪,如孙飞虎,如琴童,如店小二,他俱不曾着一笔半笔写,俱是写三个人时所忽然应用之家伙耳。

譬如文字,则双文是题目,张生是文字,红娘是文字之起承转合。有此许多起承转合,便令题目透出文字,文字透入题目也。其余如夫人等,算只是文字中间所用之乎者也等字。

譬如药,则张生是病,双文是药,红娘是药之炮制。有此许多炮制,便令药往就病,病来就药也。其余如夫人等,算只是炮制时所用之姜、醋、酒、蜜等物。

若更仔细算时,《西厢记》亦止为写得一个人。一个人者,双文是也。

这几段文字被放置在作品文本之前的《读法》之中,从写作的角度来看,应该是起到一种前提性的指导作用。金圣叹根据自己对《西厢记》主题的理解,将作品中的人物分作三等,灵魂人物是崔莺莺,重要人物是张生与红娘,其余人物都不过是随手取用的"家伙物件"。在此基础上,他强调莺莺这个寄托了作者主要思想的、最能展现作品主题的人物,应该成为作品人物塑造的核心,其余一切人物的描写都必须服务于对她的描写。在这里,金氏显然认为行文者还应该具备一种全局性的思维,即要注意到作品中的各层次人物之间相互牵绊、相互影响的关系,从而在定位主次的同时,对非灵魂人物也积极根据其与主要人物不同程度的联系,进行不同程度的刻画描写,使其发挥对主要人物最大的陪衬作用。

注重从联系中定位人物主次不仅是金圣叹的看法,潘廷章也在其评本的总论《西厢只有三人》中提出"《西厢》只有三人。一张生、一双文、一红娘。三人有三副性情,三种作用","《西厢》只有三人,其实只为两人而设。……然则《西厢》为二人而设,又未必不为一人而用也"。尽管在人物主次的具体认定上,潘氏的最终认识是坚持崔、张、红三人并重,这显然与金氏的唯重莺莺有很大区别,但就在具体境域中通过发掘人物之间的相互联系来定位人物主次这一点而言,他们的看法却是一致的。正是基于这样一种重视联系性的共同认识,清人普遍倾向于将侧面塑造作为写人的一种主要渠道。

2. 旁侧描写是写人的有效途径

正如清人认为好文章的文字可在题前、题后,而唯独不在题之正位一样,如果把要着力塑造的人物视作一题,那么最好通过塑造与之密切交集的其他人物来完成行文,这便是旁侧描写。清代的评者们很多都具有这种认识。毛西河评第十折【醉春风】时批驳金圣叹将"日高犹自不明眸,畅好懒,懒"解作红娘对莺莺道出的讥诮话,而认为它与下句"半晌抬身,几回搔耳,一声长叹"相互照应,都是从红娘眼中看出的莺莺情态,以此暗示莺莺此时的心理境况。戴问善评《借厢》【脱布衫】时也说:"在张生眼里写红娘,却是红娘正文。"不过,能对旁侧描写进行集中探讨并形成一定理论的,却还是要数金圣叹和潘廷章。

金圣叹按照他一向的思维习惯,使用了寓言化的文法提出了"烘云托月"法。他将要着力塑造的灵魂人物比拟为"月",将与灵魂人物密切相关的人物比拟为"云",认为"欲画月也,月不可画,因而画云。画云者,意不在于云也。意不在于云者,意固在于月也"。这个观点的前提是"云之与月正是一幅神理。合之固不可得而合,而分之乃决不可得而分乎",也即上面所说的，一部作品中的人物总是处于相互联系的状态，其关系可用"牵一发而动全身"来形容。因此，陪衬人物如果塑造得不好，将会使灵魂人物的形象大打折扣，反之则会使其光彩大增。所以金氏非常强调张生与红娘这两位在情事中与莺莺密切相关的人物的形象塑造，"诚悟《西厢记》写红娘，止为写双文；写张生，亦止为写双文"。在《借厢》论述红娘形象刻画时，他还进一步以"东西壁画人"的寓言对"烘云托月"法进行补叙。东人与西人正是两种行文者的象征。西人在墙壁上画人物群像，按照尊者居中的常规思维，一开始就将最要紧的人物画在画面中间，而将陪衬人物画在两旁。这就和写人时专拣主要人物着力塑造，而不及其余一般，所以最后的效果就是，失去了陪衬的主要人物显得孤立而死板。而东人的画法，却是将主要人物画在画面的最前端，然后依照重要性一层矮一层地排列下去。由此最前端的主要人物由于受到其余人物的映衬，形象就显得越发高大尊贵。通观金氏的评点也正可证明旁侧写人的高妙效果，当他着力将红娘阐释为有品节的相府家婢，又将张生打造为坦坦荡荡的孔门子弟时，莺莺也就果真被烘托成了"至尊贵、至有情、至灵慧、至矜尚"的"千金国艳"。

潘廷章也非常强调旁侧写人的重要性。他关于《西厢记》崔、张、红三人关系"为二人而设"和"为一人而用"的理解体现在写作手法上，其实就是旁侧塑造。而在《僧房假寓》的折批中，他更直接说道："《西厢》情文之妙，妙在崔、张之互写，尤妙在红娘之旁写、参写。"而为什么妙呢？他解释道："崔、张所说不出者，红则为之显喻而切讽之；崔、张所不自知者，红则为之深弹而曲中之。红苟非极慧巧、极敏便、千伶百俐人，则崔、张之情十不得二三耳；即少解事焉，亦十得五六而止耳。则红诚天下之极慧巧、极敏辨、千伶百俐，无复有过焉者也。"原来一箭可以双雕，以红娘旁写侧写崔、张，既鲜活了这两人的形象，又在这个过程中将红娘自身的形象饱满地呈现出来。《乘夜逾墙》便是一个典型例子，"各怀鬼胎"的三个人在这一折中依据各自的心性立场上演出一段极其精彩的好戏。潘氏在评末了的【清江引】时便指出，从红娘的讥诮中既能见出莺莺的"对人前巧语花言，背地里愁眉泪眼"，又能看到张生的"没人处则会闲嗑牙，就里空奸诈"，同时也能反衬红娘的机巧伶俐，所谓"暗地里看双文如何处分，料想必从我衙门经过"。

3. "心、体、地"是塑造人物的根本原则

从古至今，文学批评家在探讨叙事文学作品的人物塑造时，往往都将"逼真"作为经典标准。但"逼真"究竟是如何形成的？清人给出了自己的解释。金圣叹在《赖婚》折批中说："盖事只一事也，情只一情也，理只一理也，问之此人，此人曰果然也。问之彼人，彼人曰果然也，是诚其所同也。然事一事，情一情，理一理，而彼发言之人，与夫发言之人之心，与夫发言之人之体，与夫发言之人之地，乃实有其不同焉。"根据这段文字的上下文，此处之"心"是指人物的心理，"体"是指人物在事件中所扮演的角色，"地"则是指人物的处境地位。逼真效果的营造，其实就是在给出一定事件背景的前提下，展示不同人物因在不同地位上扮演了不同角色而导致的不同心理下出现的言行举止。就像《赖婚》一章，唱词的拥有者，不能是张生、红娘和老夫人中的任何一人，而只能是莺莺。因为在这个事件背景中，张生处在恩人的地位却扮演了被欺骗者的角色，老夫人处在相国夫人的地位而扮演着食言者的角色，红娘处于奴婢的地位则扮演着旁观者的角色，所以张生之心唯有愤激，老夫人之心唯有无奈，而红娘之心则是难以表态。因此，整章唱词只能由莺莺来完成。只有她在角色上既是老夫人的女儿，又是感激爱慕张生的女子，外加相府小姐的地位，这一切都使得她在面临赖婚事件时具有最为复杂的心理。只有通过她的视角，才能一面描老夫人，一面写张生，而她多情守礼而又孝顺的形象也在此过程中被逼真地勾画了出来。同样，《琴心》和《赖简》的折批对红娘以琴音撮合崔、张以及莺莺耍赖的剖析也是按照这样的原则来进行的。前者是红娘在"老妪之计倏然又变"的情境下，身为大家下婢欲助"两人之互爱"的必然举止；后者则是莺莺"极娇小、极聪慧、极淳厚之一寸之心"与"尊贵矜尚"在"更未深，人未静，我方烧香，红娘方在侧"的特殊情境下结合的产物。

与"心、地、体"的提法颇为接近的观点还有戴问善所提出的"恰"。在《惊艳》眉批中，戴氏说道："圣叹批《西厢》数万言，才子文也。我批《西厢》止一字，曰'恰'。盖人人心头口头所恰有，而未能道出者也。"在创作分析层面，这"人人心头口头所恰有"指的正是作品中人事的塑造应该充分符合生活的逻辑，而具体到人物形象，便是指人物的言行举止应该

与其基本性格设计、扮演角色和身份处境等因素吻合。比如他评首折【元和令】"颠不剌的见了万千，这般可喜娘罕曾见"时说："乍见、惊见，心头恰有此语。"这便是指出曲词所表现的想法非常符合气傲志远的才子张生在初见莺莺时的心理；又如，《借厢》之【哨遍】有曲词"若今生你不是并头莲，难道前世我烧了断头香"，它生动地刻画出了痴诚性格的张生在满腔热情地坠入爱河后陡遭冷遇的心理，故戴氏评曰："事如山穷水尽处，恰有此颠倒妄想。"

第五章

清代《西厢记》评点的美学特性

德国批评家刻耳曾经说:"批评是一种艺术,不是科学。""最好的批评便是一种艺术。而批评愈发达,则愈将成为一种伟大的艺术。""在批评里面,不单是须说真实的话,并须在使那句真实话具体时能造成一种美的有形式的艺术品。"① 如果将《西厢记》评点视为一件逐渐成长的事物,那么进入清代以后的它就已经彻底告别了稚拙的岁月,进入集大成时代。明人所堆垒的前期成果,若干文人不计金利甚至托付灵魂的呕心沥血,以及清代理性的世风,都令此时的评点不仅理论建树丰富,而且表现出比较突出的美学特性。

第一节 结构之美
——体系性

一 关于"体系性"的界说

就像读《西厢记》文本最容易被其中曲折的情节所吸引一般,清代的《西厢记》评点呈现给人最直接的感受便是它在结构上的美学特性,即鲜明的体系性。所谓体系,简单地说,就是两样或以上的东西联系在一起,互

---

① (德)刻耳:《批评家及创造者》,(美)琉威松著,傅东华译,《近世文学批评》,商务印书馆,1928,第142、146页。

相制约，互相影响。但如果要给出一个严格的学术化解释，那却是颇费周折的事情。因为在现代学术领域中，该概念的常规含义中所蕴含的更多的是舶自西方的思想。就像张法在《中国美学史上的体系性著作研究》中所说的："按照现代学术的标准，一种学说要成体系，必须要：第一，有一批基本概念；第二，这些概念必须是明晰的，即内涵外延规定得清清楚楚；第三，这些明晰的概念以一种严密的推理形成一个逻辑整严的体系。最后，这一体系要成为真理，必须在实践上放之四海而皆准。"① 按照这种解释，一件事物的内部构成单位不仅彼此必须相互独立，相互之间的关系也必须是严密的逻辑推理关系，就像一根咬合密实的链条，容不得任何的空隙和松懈。但事实上，在以"气化万物"为基本指导思想的古代中国，组成各种理论的命题都很难清晰地界画其外延与内涵，因此也谈不上明确的逻辑和推理，所以如此状态的体系在当时是很难出现的，尤其是对评点这样特别的文学批评样式。

正如我们在绪论中所提到的，评点不同于一般批评著作，它穿插在作品文本的字里行间，紧密依附文本阐释观点，因此评点内容是与它所批评的文本，而不是它们内部相互之间，最直接地对应。每处评语和每处圈点都可以各自独立存在，所以从外在形态上来看，它是松散的，甚至是相当零乱的，它似乎根本不可能与体系性发生联系。

然而事实并非如此。就《西厢记》评点而言，明代的评本的确有很多在评点外在形态上还不够完整，评点的内容意蕴中也缺乏全局性的思维。但那是因为评点刚入驻戏曲文学领域，很多因素都还发育得不够充分。一旦进入清代，特别是当金圣叹《第六才子书》出现以后，体系性俨然就成为《西厢记》评点一项难以忽视的美学特性。只是，对这种体系性，我们不能纯粹以西方的审美标准作绳尺，而应结合本土文化的固有特征，进行具体的分析。

如前所述，"气化万物"是古代中国文化中的一条基本思想。"气"，或又可称"太和"、"太虚"，这是充斥在宇宙之间的本然。气聚则物生，气散则物灭，所以世间万事万物莫不同源。中国古人的思维因此变得极富具象

---

① 张法：《中国美学史上的体系性著作研究》，北京大学出版社，2008，第3页。

性和比拟性，人们非常善于展开联想的翅膀，从那些在西方人看来绝对是风马牛不相及的事物中看出共通性。中国古代的文学创作和批评，显然也烙上了这种思维的深刻印迹，像比兴和寄托就是极为突出的例子。在此情形下，中国文学批评中的理论命题往往并不具备清晰的内涵外延界限。正是靠着这种模糊性，它们的外延才可以无限扩展，从而彼此交集，形成被整合和统一的基础。由此，我们对中国文学批评特别是评点的体系性的考察，就应该从内在的联系着手。一个评本的评点内容内部各单位之间看起来虽然不是那么有关，但只要我们以宏观的视角通达地解读，就可以看见它那并不一定要借助逻辑推理才能构建起来的体系性。

二　评点形态的体系性

清代评点的结构的体系性特征首先展现在其评点形式上。正如第三章所讲的，此时的评点在圈点上已经拥有了单圈（○）、双圈（◎）、斜点（、）和直线（—）等多种符号，而在评语上更发展出包括序跋、读法、折批、节批、眉批、夹批、旁批在内的一套要素齐全、搭配完善的形态结构。这套结构中的每一个要素都不只是一种形式，更代表着一种思维内涵。序跋是关于整部评本的各种相关信息的最粗线条、最宏观论述，所以它们分别放在正文的前后。读法是对作品高屋建瓴的把握，所以它放在正文的开头。其余如折批、节批、眉批、夹批和旁批，则又各自反映着评者对文本从大至小各单位组成部分的见解，所以它们被依次安放在相应的文本单位处。在很多情况下，这些见解的确如同它们的形式载体一般，被囊括在上一层次形式要素所传达的见解之中，或者是与同一层次形式要素所承载的见解内涵形成并列对应的关系。例如金圣叹评本第一章《惊艳》折批提出"烘云托月"时是如此阐述的："将写双文，而写之不得，因置双文勿写，而先写张生者，所谓画家烘云托月之秘法。然则写张生必如第一折之文云云者，所谓轻重均停，不得纤痕渍如微尘也。设使不然，而于写张生时，厘毫夹带狂且身份，则后文唐突双文乃极不小。"此话并没有对具体应如何写张生进行交代，只以"如第一折之文云云"一笔带过，由此让这段论断在表述上显得简练，很符合折批应有的概括性特征。而在此折文本中，评者就以如何刻画张生为主题对描述张生的那部分曲白进行了详细解读。这部分文本包括张生上场时的开场白和【点绛唇】、【混江龙】、【油葫芦】、【天下乐】四支曲词。金氏首先将其划分为三个小节，以节批形式分别论道：

> 右第一节。言张生之至河中，正为上京取应，初无暂留一日二日之心。

> 右第二节。写张生满胸前刺刺促促，只是一色高才未遇说话，其余更无一字有所及。

> 右第三节。借黄河以快比张生之品量。试看其意思如此，是岂偷香傍玉之人乎哉！用笔之法，便如擘五石劲弩，其势急不可就。而入下斗然转出事来，是为奇笔。

此三段节批，分别是围绕着"赞张生"的主题论说各小节的大致内容，还未曾将笔触伸向曲白的具体文本。细品曲白的任务，将要留待夹批来完成。因此，我们便可看到，在第一节中，道白"暗想小生萤窗雪案，学成满腹文章，尚在湖海飘零，未知何日得遂大志也呵"下有评曰："看其中心如焚，止为满腹文章有志未就，其他更无一言有所及。"而在【点绛唇】中，"游艺中原"下有评曰："言游艺，则其志道可知也。开口便说志道游艺，则张生之为人可知也。""望眼连天，日近长安远"下有评曰："中心如焚，止为长安，岂有他哉？看他一部书，无限偷香傍玉，其起手乃作如是笔法。"第二节的夹批则在整支【混江龙】下注出，所谓"哀哉此言，普天下万万世才子同声一哭。看张生写来是如此人物，真好笔法"。第三节的【油葫芦】中，"九曲风涛何处险"至"天际秋云卷"下，有评曰："便是曹公乱世奸雄语。""竹索缆浮桥，水上苍龙偃"则是"便是治世能臣语也"。"东西贯九州，南北串百川"被解读为："言其学之富。""归舟紧不紧，如何见？似弩箭离弦"则又是"言其才之敏也"。而【天下乐】的"疑是银河落九天，高源云外悬"是"言其所本者高"。"入东洋不离此径穿"是"言其所到者大"。"滋洛阳千种花"则为"言其润色帝图"。"润梁园万顷田"是"言其霖雨万物"。"我便要浮槎到日月边"则为"又结至上京取应也"。可以发现，节批中的概括性的观点在夹批中被细化，夹批这种穿插力极强的评语形式将文本拆分为若干细节,使评者对每一条文句的解读都成为节批观点的注解;而当两者综合起来以后,折批"轻重均停,不得纤痕渍如微尘"的抽象之论也得到了非常明晰的阐释。

像这样的评点形态,的确已经做到了名实相副,它无论在要素的形式还是要素的思维内涵方面,都体现出一种由总到分、由宏观到微观的体系特性。这种体系特性中蕴涵了一定的逻辑思维,评者正是依靠这种思维,不断地在业已奠定的宏观认识中剖析更微观的成分,而在分析微观成分时又不断地以上层宏观认识为指导,由此使这关于文本的探析在层层深入中依然能够保持一种有机的统一性。

三 评点内容的体系性

与评点形态的体系性还蕴涵有一定的逻辑思维特点相比,评点内容的体系性则主要表现为理论内部各命题之间的共通性。如果将评点视为人类的一项心灵活动,那么评者的评点意图则是这场活动的幕后指挥棒。在这根指挥棒的操控之下,评者会基于自己广博的学识,通过深沉的思考,以广阔的视角对评点对象建立一种基本的认识。这种基本认识将贯穿评点内容范畴内的各个命题,成为它们彼此之间的一种共通性,从而令这些看似独立的命题个体能够在宏观层面组建为一个有机的整体。

作为真正脱稿于清代的第一部评本,金圣叹《第六才子书》意欲在"承载自我"中实现精神的不朽。在这个儒家思想占据统治地位的时代,要凭借一部描写青年男女私情的作品来实现这样一个意图,显然是有难度的。金氏因此要极力调和"情"与"礼"的矛盾,努力在其间寻求平衡点,"有情而守礼"成为评点中各命题的共通性。所以评本在思想解读方面力倡"好色而不淫"之说,既以强调夫人许婚为崔张情缘寻找合"礼"的借口,又反复声明男女情事"何日无之,何地无之";而在进行艺术分析时,金氏又选中莺莺作为作品的灵魂人物,将"千金国艳"的身份和多情的内心作为她形象的两大特征,牢牢抓住她在如何"守礼"和如何"有情"之间的心理斗争来考察其性格的发展,并以此为线索解读作品的叙事结构。

金本以外,其他的清代评本在评点内容上也相当具有体系性。以《西来意》为例，潘廷章的评点意图是惊世醒梦。在这个评点意图的操控下，潘氏依据自己的哲学思想，并结合自己的人生阅历得出了"空"这个关于作品的基本认识。贯彻到作品的具体评点中，整个情节发展因此全被阐释为"因空示色，由色入空"的"渐悟"过程。而评者关于作品艺术特征的解析，也是展示"词不尽不足以极情，情不极不足以见意"的观点。人物形象解读得再精彩，语言特色提炼得再准确，结构探求得再绝妙，却都是在为阐释作品如何淋漓尽致地展现"极情"服务，而"情"愈"极"，正愈能阐发"因色悟空"的主题。

再如朱璐本和戴问善本，其评点意图都是度尽金针。在这种意图的操控下，追寻文法成为评点的指导性观念。因此，两个评本都完全抛弃了作者层面的因素探讨，而是将作品作为一件业已客观呈现的艺术实体进行批评。不论是起结伏应的结构技法探讨，还是偶对骈行或者雅洁的文字美学主张，都体现出评者对文法的苦苦追索。

《西厢记》评点在明代的时候，内容基本还处于拼凑杂糅的状态，这和它们多以娱情为评点意图并由书商炮制有关，所以即便有搭配在一起的各种评点形式要素，彼此间却不免有貌合神离之嫌。清代的评点从一开始便是由文人独立完成的，严肃而明确的评点意图让这时的评本普遍都确立了理论内部各命题之间的共通性，配合以严整有序的评点形态，使得整个评点在结构上都能呈现出浓厚的体系性美学特征，而这无疑是评点发展过程中的一大进步。

第二节　语言之美
——从感性缠绵到理性峻洁

语言是思想的载体，文学评点的语言承载着评者对文学作品的认识，而其本身则是"批评家心灵的透视，是心理痕迹在语句上的一种投射"[①]。评者们不同的个性心理以及他们认识作品的不同角度，令清代《西厢记》

---

① 冯光廉主编《中国近百年文学体式流变史》（下），人民文学出版社，1999，第689页。

评点的语言在美学特性上呈现出一种复杂变化的状态。

一 初始阶段的感性和缠绵

感性是指评点语言的情感成分比较突出,这种美学特征出现的心理渊源,在于评者并没以理智和冷静的心态来评论相应的文本对象,主观情绪渗透进评者关于文本对象的认识中。在明代,感性曾是《西厢记》评点语言的主要美学特征。在"看虽饱,到底不能救饥"、"不知趣"、"妙!妙!饿极了"、"活佛,你何不退了兵得了莺莺"等纵横捭阖和嬉笑怒骂的、以短句为特色的文句中,我们可以充分感受到评者强烈的主观情绪。明人带着具有鲜明时代特色的纵情脾性走进文本所虚构的情节场景,感受着其中的人事对心灵的刺激,个人的心理个性和审美趣味乃至道德准则等因素交相作用,使其对文本所塑造的人事产生喜憎不一的感情,而这种感情又交融在他们对作品的认识中,甚至影响着他们关于作品的评价。入清,感性的语言特征并没有立即消失。在重"理"重"实"的社会风气尚未完全形成的清代初年,我们仍然可以在许多评本的评论语言中觅到感性的遗存。

潘廷章《西来意》评点语言的感性是与明人最为接近的。潘氏在解读文本的过程中,显然已经进入了作品所设定的情节氛围,此时的他似乎已经和作品中的角色共处于一种事件背景之中,于是他开始和角色们平等地对话。在明末培养起来的放纵个性和娱乐个性在这些对话中充分展露,使这些评语带上了比较浓厚的感性色彩。例如《僧房假寓》折中红娘斥张生"今后得问的便问,不得问,休得胡问"白旁有评语曰:"何等方是得问的?"在这个疑问式的语句中颇有替张生抱不平并调侃红娘假正经的意味。又如同折中,在张生以五千钱乞求附斋一段对白之后,潘氏有节批曰:"早则送过斋金一两,也须一并登记,此亦空囊所遗,不可浪费。"评者似乎进入了那个虚构的禅房场景,以这种假惺惺提醒张生的方式调侃他作为秀才的小聪明和穷酸气。再如《斋坛闹会》折中,张生在道场散后有白云:"再做一会也好,那里发付小生也呵!"潘氏便有旁批曰:"五千钱也值了。"这又是以对话张生的口吻在调侃中揭发他思慕莺莺的急切心理。

同潘廷章一样,《第六才子书》的评者金圣叹也是在晚明世风的熏染下成长起来的文人，同时他还是个性情张狂的人。如此，要想其笔下的言辞杜绝感性显然是不现实的事。金氏批书到得意处，总是会意兴大发，让自己以评者的身份直接现身于作品的批评中。例如其在《惊艳》第八节赞文句刻画莺莺美貌的成功时便曰："普天下才子读至此处，爱杀双文，安能不爱杀圣叹耶！然世间或有不爱杀圣叹者，圣叹乃无憾。"又如其赞《赖婚》之【五供养】前二句曰："普天下后世锦绣才子读至此处，幸必满浮一大白，先酹双文，次酹作《西厢》者，次酹圣叹，次即自酹焉。"评者就这样在批评中叫嚣东西，蹬突南北，恣肆的语词表现出强烈的感性美学特征。不过，该评本语言的感性绝不仅仅体现于此，它有着前人不曾具备的复杂情形。而关于这种情形的出现，则应该从评者对形象思维的充分运用谈起。

大约是为了破除"可解不可解"的评点陋习，金圣叹竭力运用形象思维来解读《西厢记》。这种思维的诞生，与国人"气化万物"的思想密不可分，它在寻求不同事物之间联系的基础上，力图以具体形象的事物阐释抽象晦涩的事物。在中国文学批评中，这是一种传统思维方法。《诗经》之中即有"吉甫作诵，穆如清风"[1] 这种取物象以喻作品之风格的言论。南朝《诗品》也常借"翔禽之有羽毛"、"流风回雪"、"青松之拔灌木"[2] 等物象以喻诗人诗作。而明代的《西厢记》评点中，更有"恍然天孙织成云锦"之类以物象喻艺术特征的评语[3]。

金氏对前人这种以物象释抽象理念的做法进行了充分继承，所以他的评点语言中充斥着若干寓言和物象比拟。在宏观的层面，我们可以看到《闹斋》之开端被说成是船行江上，忽见庐山之"晴空劈插奇翠"；由《前候》所引发的文意构思论则在双陆的"那辗"技法中得以呈现；作品的整体结构也在生花生叶和扫花扫叶之喻中得到透彻的解析；还有"烘云托月"、"狮子滚毬"、"移堂就树"、"月度回廊"、"羯鼓解秽"等取喻新颖、生动鲜活的技法阐释。而在微观的层面，我们又可以看到《借厢》中张生向法本自述来历的【石榴花】被阐释为"有事人向无事人借钱而遭遇寒暄"，而同章【三煞】之"不想呵，其实强，你也掉下半天风韵，我也飏去

---

[1] 《诗·大雅·烝民》，《十三经注疏》，中华书局，1980，第569页。
[2] （梁）钟嵘：《诗品》，文学古籍刊行社，1954，第5、11、6页。
[3] 见署王世贞、李卓吾合评的《元本出相北西厢记》《佛殿奇逢》出之【寄生草】眉批。

第五章 清代《西厢记》评点的美学特性

万种思量"又被释之以"昔有人过嗜蟹者,人或戒之,遂发愿云:'我有大愿,愿我来世,蟹亦不生,我亦不食'"。由此,整部《第六才子书》从宏观到微观,其文学观的阐发基本都是在具体可感的方式中进行的。这些评论言辞用具体的形象描摹抽象的观点,以进行准确的观点传达,而这种描摹所带来的生动性和想象性,无疑也使言辞本身具有了感性的美学特征。

不仅如此,金氏还进一步将形象思维引入对人物心理的描摹。在解读作品的过程中,他对文本的入驻不单单停留在文本所虚构的情节场景层面,他已经彻底进入人物角色的内心,移形换位地思人物之所思,想人物之所想。因此,在很多时候,文本解析在事实上已经成为人物的心理勾绘。人物的心理本身在内容上就是绝对感性的,评点语言以此为描摹对象,又采用了形象思维尽量准确细致地勾绘它,感性的美学特征由此表现得更加突出。只要读一读《借厢》折批对张生心理的解析或是《赖简》折批对莺莺心理的解析,便可深深体会到这一点。例如其揣摩莺莺见简发怒的心理曰:

> 双文此日,真如天边朵云,忽堕纤手,其惊其喜,快不可喻,固其所耳。……其于张生今日之简之寄,是最乐也。是日夜之所望,而不得见也。是开而读,读而卷,卷而又开,开而又卷,至于纸敝字灭,犹不能以释然于手者也。……欲简张生,何止一日之心,然而目顾红娘,则遂已焉。又目顾红娘,则又遂已焉。乃至屡屡目顾红娘,则屡屡皆遂已焉。此无他,天下亦惟有我之心则张生之心也。张生之心则我之心也。若夫红娘之心,则何故而能为张生之心?红娘之心,既无故而不能为张生之心,然则红娘之心何故而能为我之心?……故夫双文之久欲寄简,而独于红娘碍之者,彼诚不欲令窃窥两人之人,忽地得其间一人之心也。无何一朝而深闺之中,妆盒之侧,而宛然简在,此则非红娘为之,而谁为之?夫红娘而既为之,则是张生而既言之矣。夫张生而既言之,则是张生不惜于红娘之前,遂取我而罄尽言之矣。我固疑之也,其归而如行不行以行也,如笑不笑以笑也,如言不言以言也。昔曾未敢弹帐,而今舒手而弹也。昔曾未敢偷看,而今揭帘而看也。昔曾未敢于我乎轻言,而今俨然谓我"懒懒"也。几此悉是张生罄尽言之之后之态甚明明也。夫以我为千金贵人,下临一小弱青衣,顾独

151

不能遂示之以我之心哉。我亦徒以此态之不可以堪，故且自忍而直至于今日。至于今日，而不谓此小弱青衣，乃遂敢以至是。然则我宁于张生焉，便付决绝，都无不可；我其谁能以千金贵人，而愿甘心于是也耶！

这段文字基本采用第一人称的方式，以莺莺的视角和口吻将她那夹杂在内心真情与千金身份中的复杂心理叙述得惟妙惟肖，纤毫毕现。人物（而不是评者）面对突发事件的起伏情绪流露在字里行间，鼓荡着文字徘徊向前。这样的评语一旦抽离作品文本，俨然就是一篇文学意味十足的人物心理日记。

与这种为破除"可解不可解"而运用的感性表述相应，金氏评本的语言还具有一种缠绵的美学特征。所谓缠绵，在此专指文句的回环往复，一唱三叹。感性来自于评者为澄清抽象的文学认识而进行的形象表述，而缠绵的修辞美学特征无疑将使这种表述发挥更加良好的效用。以上述引文为例，缠绵的语言美学特征就体现得非常明显。例如"（莺莺）目顾红娘，则遂已焉。又目顾红娘，则又遂已焉。乃至屡屡目顾红娘，则屡屡皆遂已焉"，这部分语句的主干本来相当简单，无非是"莺莺目顾红娘遂已"；要传达的情节内容，也只是莺莺顾忌红娘而不敢送简于张生。但是，评语却以三个排比式语句反复陈说这一情节事实。这便将莺莺这位相国千金在恋爱中的复杂矛盾心理渲染得淋漓尽致，她的谨慎、焦躁乃至压抑等各种情愫都在这缠绵的语言句式中跃然纸上。

二　作为主流的理性和峻洁

尽管潘、金二书的评点语言具有比较浓厚的感性特征，但结合我们在上一节中关于清代评本的体系性探讨可知，感性的语言并不意味着二书的评语都是感性层面的认识。事实上，不论是潘氏还是金氏，他们对自己要表达什么在总体上都是相当有规划的。评点语言虽然在文字表述和行文效果上具有感性乃至缠绵的美学特征，但其承载的实质内容一定是围绕着某个中心的层次性展开。就像上述金本中勾绘莺莺心理的引文，看似情感四溢，缠绵往复，但它其实是遵循着"至有情"——"至灵慧"——"至尊贵"的步骤阐释的，是有计划地对莺莺性格中的要点一一道来的。由此可以看出，在它们感性的语言表象之下，其实深埋着理性的骨架，这便是二书何以散而不乱的主要缘由，也是它们与明人评本的根本区别之一。

随着清朝在全国范围内的彻底建立，晚明纵情任性的世风终被吹散殆尽，重"理"重"实"逐渐成为清代社会的主流追求。在此情形之下，金、潘二书的理性骨架被后继的《西厢记》评点者们发掘出来并予以高调阐发，表现在评点语言上，便是感性的特征日渐消失，理性成为清代大部分评本语言的美学特性。

"理性"是一个与"感性"相对的术语，具体到评点语言中，则表现为对评点对象进行不露情感的旁观式阐释。从朱璐开始，到周昂、戴问善以及蓝炳然，甚至包括毛西河和邓汝宁，这一系列评家都将自己的情感控制得很好。他们不仅极少意气用事地闲扯胡侃，更重要的是，他们对文本的解读，基本都是以置身事外、冷眼旁观的角度进行的。在评点文本的过程中，他们基本都能保持清醒理智的心理状态，从而不怎么为文本情节所感染而入驻其中的情节场景，更少进驻人物的内心展开移形换位的人物心理勾绘。

毛西河本和邓汝宁本主要依托考订校勘来论定作品，其评点语言基本都遵循着"举证—论断"的模式，理性自不待言。这里我们主要关注的是那些以主观评析见长的评本。在这些评本中，朱璐本是最早在语言上体现出理性特征的。在这部主要以节录金圣叹评语为主的书中，我们已经看不见诸如"爱杀圣叹"、"幸必满浮一大白，先酹双文，次酹作《西厢》者，次酹圣叹，次即自酹焉"、"不怕普天下秀才具公呈告官府耶"之类的纵气使性语，也看不到那些细腻感性的人物心理剖白。我们能够看到的，只是围绕着"文"之写作进行探讨的实实在在的技法指陈。例如《附荐》套批是对金本《闹斋》折批的选录，在金本中，折批本有三个方面的内容，一是以庐山之"晴空插翠"形象阐述"梵王宫殿月轮高"的开场气势；二是以三见莺莺的写法之别论"妙文决无实写"；三是痛诟僧人。就此三项内容的语言表述而言，第一项形象而感性；第二项实在而理性，完全遵循的是举文本之例以证行文技法观的常规理论阐述模式；第三项则完全是任性纵情的言辞。而朱本的选录恰恰就是摒弃了这一头一尾，只录入了第二项。

选入朱本的金本评语不仅具有理性的美学特征，而且在修辞上常具峻洁之风。所谓峻洁，乃是与理性相配合的一种评点语言美学特性。就像缠绵是为了更好地烘托感性一样，峻洁以简练冷静的文辞营造出更加理性和客观的语言效果。将朱本评语与金本两相对校，即可感受到它的峻洁。比如《解围》之【元和令带后庭花】，金氏原评曰："此下下策也。圣叹今日述之，犹不忍述也。顾作者当日丧心害理，俨然竟布如此笔墨者，彼岂非为下文漫然高叫'两廊僧俗，但能退兵便许成婚'？此犹是策之最下，然而不免作是孟浪之举，则独为转出张生发书请将故耳。夫下文虽得转出张生发书请将，然其策既出最下，则于其前文，欲先作跌顿，势固不得不出于下下也。盖行文之苦，每每遇如此难处也。"而朱本却只简录为："此下下策也。欲先作跌顿，势固不得不出于下下也。"由此可以发现，那些被朱氏删弃的语言，或洋溢着对莺莺的怜惜之情，或充溢着关于行文之难的感慨。它们的存在让评语变得情味十足，但它们却不是传达文章秘法的关键性文辞。朱氏的提炼，可谓抓住了理论的精髓，一段情理兼备的"美文"经过删削，俨然更接近于学术阐发。

在与朱璐本一样意在"度尽金针"的戴问善本中，欲使《西厢记》变为八股写作参考教材的评点目的，令戴氏基本将自己独立于作品所营构的情节场景之外，《西厢记》在其眼中彻底成为一部被操刀的客观物体。他根据自己对"脉络气机，起结伏应"的需求，相当冷静地从文本中寻求着相关的信息，然后以简练而不带感情色彩的话语进行指陈，理性峻洁的语言美学特性体现得更加明显。

周昂虽然有着和金圣叹一样的评书意图，但他对金氏那种感性缠绵的语言显然并不赏识。在他的评语中，他多次对金氏的这种语言特征进行斥责。例如前述"爱杀圣叹"那段文字被认为"非但无谓，语亦可丑"；时常出现的"浮白酹人"又被认为"圣叹恶习"或"浮笔浪墨"；《寺警》中金氏因惠明的【叨叨令】而大肆谤僧，周昂便极不耐烦地说道："先生肯出结否？"又云："此段词意在《西厢记》中为闲文，在本出《寺警》为余波，然知是绝大喷薄，惟因北词例须成套，故前后间有复沓处，圣叹借此以谤僧，洋洋洒洒，取厌甚矣！"这种斥责在有的时候甚至已经不是主观情感上的反感，而成为理性认识上的难以沟通。比如对金氏以"有事人向无事人借钱而遭遇寒暄"阐释《借厢》【石榴花】的主题，他就直截了当地反问这"与本文有何关涉"。由此可见，周昂的思维是相当实在具体的。他的评语在美学风格上的确也和朱、戴一样，很少流露出主观情感，很少纠缠于口舌渲染，而常常都直奔主题，以理性峻洁取胜。

文学作品必定是与情感密不可分的，这使得读者在阅读的过程中，主观情绪不可避免地被调动起来。因此，即便是普通的作品批评，其实也很难祛除感性的语言，更何况评点是一种特殊的批评样式，要让紧密依附于文本、随处生发的它在语言上杜绝情感的影响，而成为绝对的学术阐发，这显然是不现实的。事实上，感性的确也可以增加评点的美感，使它与被批评的文学对象更加相称。一旦它与实在的理论骨架结合起来，这样的语言就会产生难以抗拒的魅力，金圣叹评本在清代社会各阶层中那么受欢迎，这也应是一个重要的原因。不过，更多清代评本对感性和缠绵的刻意摒除，也正反映出清人对评点的高度重视。它在他们眼中应该不再是随性为之的批评小品，他们关于评点作为文学批评应该具备鲜明理论性的意识正在增强。

第三节 思想之美
——雅

一 释"雅"

作为中国文学批评中一个古老的术语，"雅"常常被释为"正"。例如郑玄笺《诗·小雅·鼓钟》之"以雅以南，以籥不僭"时便有云："雅，正也。"[①]《毛诗序》也有"雅者，正也。言王政之所由废兴也"[②]之说。《汉

---

① 《毛诗正义》卷十三，《十三经注疏》，中华书局，1980，第467页。
② 《毛诗正义》卷一，《十三经注疏》，中华书局，1980，第272页。

书·艺文志》之"《尔雅》三卷二十篇"下注引张晏语亦云:"雅,正也。"① 刘熙《释名》卷六《释典艺》也说:"雅,义也;义,正也。"② 直至现代,余冠英也认为"雅是正的意思"③。究竟什么叫"正"呢？梁启超在《释四诗名义》中有云:"《伪毛序》说:'雅者,正也。'这个解释大致不错。……依我看,小、大《雅》所合的音乐,当时谓之正声,故名曰雅。……然则正声为什么叫做'雅'呢？'雅'与'夏'古字相通。……荀氏《申鉴》、左氏《三都赋》皆云'音有楚夏',说的是音有楚音夏音之别。然则风、雅之'雅',其本字当作'夏'无疑。《说文》:'夏,中国之人也。'雅音即夏音,犹言中原正声云尔。"④ 由此看来,所谓"正",在很大程度上是指政治范畴的正统,更进一步说,它是和儒家思想相吻合的一种文化状态。所以,"雅"作为一种美学特性,其中蕴涵的乃是若干儒家文化系统中的成分,比如中和、典重、合"礼"等。清代社会由"情"向"理"的普遍性复归,使这一时期的《西厢记》评点在思想上大都体现出重"雅"的审美取向。

二 "由礼则雅"

《荀子·修身》曰:"容貌、态度、进退、趋行,由礼则雅。"⑤ "雅"从根本上来讲,是儒家之"礼"的美学外化。清人对《西厢记》"情""礼"关系的认识中明显体现了这一美学追求。

儒家重"礼",人却是生而有"情"。如何处理"情"与"礼"的关系,乃是儒家思想中的一个根本课题。对这个课题的不同解答将决定着"雅"的具体内涵。被清廷定为官方哲学的程朱理学作为比较偏激的一派,认为人心由"性"和"情"组构,"性"是"理"所化,因而是绝对的"善",而"情"则是私欲的渊薮,是"恶"之来源。因此他们要求通过不

---

① (汉)班固著,(清)王先谦补注《汉书补注》,上海世纪出版股份有限公司、上海古籍出版社,2008,第2941页。
② (汉)刘熙:《释名》,《丛书集成初编》第1151册,中华书局,1985,第100页。
③ 余冠英选注《诗经选》,人民文学出版社,1956,《前言》第2页。
④ 梁启超著,吴松等点校《饮冰室文集点校》,云南教育出版社,2001,第3403页。
⑤ (清)王先谦:《荀子集解》,《诸子集成》第2册,中华书局,1988,第14页。

断的"格物"来存"性"灭"情",臻于至善。按照这样的思想认识,"雅"便是对绝对合"礼"状态的一种描述。以此为审美标准,崔莺莺和张生在红娘的协助下背着老夫人相互爱慕,并最终欢合的情节进程便是相当"不雅"。一直有人骂《西厢记》为"淫书",便是这个缘由。评点领域的《西厢记》研究者大多不会这么偏激,但也不是没有思想保守者,例如李书云在《演剧》本序言中就说:"《西厢》为崔氏之淫奔。文人立意,相去本自云泥,则《西厢》为俗笔颠倒,足为文人无行者之戒。至男女幽期,不待父母,不通媒妁,只合付之《草桥》一梦耳。而续貂者必欲夫荣妻贵,予以完美,岂所以训世哉?故后四折不录。"不管李氏说的是否发自其内心,这段话显然都是这一派"雅"观点的体现。

持李氏这种认识的毕竟是少数,更多的评者心目中的"雅"显然源出比较传统的先秦儒学。《论语·八佾》载孔子曾提出"绘事后素"[1]。此处之"素"指的正是人的"真性情",而"绘事"则为"礼",这便是将"礼"排在了"真性情"之后。也就是说,孔子对"礼"的强调是以尊重人内心"真情"为基础的。所谓"人之生也直"[2],"人而不仁,如礼何?人而不仁,如乐何"[3] 等,都是认为如果不重"真情",徒具"礼"之形式,那便是虚伪。由此,"雅"便可阐释为对"情"发而中节的状态的描述。在这样的美学标准下,莺莺与张生的相互爱慕便不是不可接受,但却一定要在"礼"的框架中进行。

金圣叹的评点在很大程度上便体现了这种"雅"的美学追求。和前人一样,金氏首先也认定张生和莺莺是一对"才子""佳人"[4],但他却比前人高明,为这两个称谓给出明晰的阐释,所谓"夫才子之爱佳人则爱,而才子之爱先王则又爱者,是乃才子之所以为才子。佳人之爱才子则爱,而佳人之畏礼则又畏者,是乃佳人之所以为佳人也"。这便是说,才子和佳人

---

[1] 《论语·八佾》,《十三经注疏》,中华书局,1980,第2466页。
[2] 《论语·雍也》,《十三经注疏》,版本同上,第2479页。
[3] 《论语·八佾》,《十三经注疏》,版本同上,第2466页。
[4] 将张生与莺莺称为才子佳人并不自金圣叹始,王实甫《西厢记》第二本第二折【朝天子】便有"才子多情,佳人薄幸",第三本第一折【天下乐】也有"方信道才子佳人信有之"。明代署名李卓吾的评语也有"此时若便成交,则张非才子,莺非佳人,是一对淫乱之人了"之说。

作为芸芸众生中的两类人杰，相互爱慕那是发乎天性的"真情"，并不该受到谴责。但是，"先王制礼，万万世不可毁也"，他们必须控制这种情感，使自己的行为举止都要合乎"礼"的要求，那便是"听之于父母"，"先之以媒妁"。由此，金氏所解读和塑造的莺莺，在夫人许婚情节出现之前，基本都处在一种矜持的状态中。《惊艳》中的目下无尘，迅速退避，《酬韵》中联诗之后即刻如风般消失，《寺警》中含蓄委婉地阐发情愫，这些都是以"礼"节"情"的表现。及至贼兵围寺，夫人许婚之后，《赖婚》中的莺莺便开始大胆地抒发对张生的爱慕之情了，径直以"我"、"他"互称，"贴皮贴肉，入骨入髓"。这也是为"礼"所允许的正常的"情"之流露。而夫人赖婚之后，《前候》直至《后候》、《酬简》中传书递简、夜会私合的情节，都应该归罪于夫人的不守信义。儒家讲究"信以成之"①，夫人已然失"礼"，那么无论红娘的奔走，还是崔、张的欢会，都是情有可原。始终崔、张二人都是有婚约在身者，因此他们不应该承受严厉的指责。由此，金氏遵循着"雅"的美学观念构筑出的新型"才子佳人"观，将《西厢记》前十六章从"淫书"的地位中解救出来。

同样，也正是因为这种"雅"的美学追求，他分外见不惯《惊梦》之后内容。所以他斥责《捷报》对莺莺的描写是"一味纯是空床难守，淫啼浪哭。盖佳人才子，至此一齐扫地矣"。对《争艳》和《团圆》中郑恒的登场，他深恶痛绝，因为这个人物会"累及莺莺"，从而破坏才子佳人一对一的和谐状态。

周昂的"雅"观可谓与金圣叹一脉相承，在他的眼中，莺莺作为相国千金应该做到有"情"而守"礼"，所以他评《赖简》曰："双文之有情，正从《闹简》、《赖简》看出，抑文字不得不用此体裁。否则千金弱息，一副涎脸，汲汲淫奔，安有是理哉？"他认为莺莺在与张生私会前出尔反尔的举动是守"礼"的表现，并对此予以肯定。又评《寺警》第十二节【柳叶儿】曲词曰："此层自不可少，否则莺莺竟情愿失身矣。"这也是十分强调她作为相府千金所应有的守"礼"。不过，他的思想似乎比金氏要保守些。例如他在上述叙写莺莺准备自尽献贼的【柳叶儿】曲词中还以夹批形式说

---

① 《论语·卫灵公》，《十三经注疏》，中华书局，1980，第2518页。

道:"少霞云:'此却最上策,后此恋张而淫奔不终,何尝非辱没家门?'"看来他并不能坦然接纳崔、张的私会。同时,他又批驳同折描写莺莺爱慕张生情愫的【油葫芦】说:"千金贵体,如此情极,岂锦心绣口中所有!"这似认为莺莺在得到夫人许婚之前是一点爱慕之情也不能流露的。而在《琴心》金氏折批"后世之守礼尊严千金小姐,其于心所垂注之爱婢,尚慎防之矣哉"之畔,他又不失时机地强调:"非但是曲终雅奏,亦是闺阁晨钟。"

同样以"才子佳人"的"雅"美学观审视作品的还有戴问善,比如他对《酬韵》折存在意义的认识便是"看起处则《借厢》紧接《闹斋》,若不安置《酬韵》在此,则张、崔关节未到,必流露于闹斋时众人瞩目,岂复成语哉"。他看出从情节发展主干的角度而言,《借厢》既已提到做法事,那么接下来便应该紧接《闹斋》;但是,从人物感情主线的发展来看,崔、张在借厢事件时还停留在邂逅的阶段,仅以此乍然一瞥的邂逅便有《闹斋》中的颠倒,显然难以让人信服,由此,《闹斋》必须让崔、张再次眉目传情,但那是在大庭广众中,崔、张若真个那样做了,便破坏了有"情"而守"礼"的才子佳人形象。所以《酬韵》一折必须存在。

三 含蓄深远

清人重"雅"的美学追求不仅表现在其对《西厢记》"情""礼"关系的认识上,也体现在其对文本的艺术评价中。儒家以"礼"节"情",便是要让人的行为举止体现出一种中和之美,所谓"唯中也者,和也,中节也,天下之达道也,圣人之事也"[1]。《论语·八佾》也有"乐而不淫,哀而不伤"[2] 之说。当这样的美学追求一旦用于绳约文本的语言风格与艺术格调,则会要求它们具备一种含蓄有韵味,不直露、不浅俗的美学特征。

含蓄首先表现在清人对作品中的情事描写的态度上。情事描写根据程度分为两种层次,在一般情形下是张、崔之间的相互爱慕与思念,而比较

---

[1] (宋)周敦颐:《通书·师》,《周敦颐集》,中华书局,1990,第19页。
[2] 《论语·八佾》,《十三经注疏》,中华书局,1980,第2468页。

深入的便是二人的性行为。按照"雅"的审美标准，这两层描写都必须遵循"礼"的规范，因此，文本语言稍涉直露便会遭到抨击。

前一层次的描写内容还停留在内心，尚未涉及肢体接触，而评点者基本都对《西厢记》持推崇态度，因此这个层面遭到的指责并不是很多。只有周昂对此比较介怀。在《酬韵》之中，张生在左等右等却不见莺莺出现时便开始狂想，【紫花儿序】中便有曲词曰："我便直至莺庭。到回廊下，没揣的见你那可憎，定要我紧紧搂定，问你个会少离多，有影无形。"周氏便认为"佛殿乍逢，便作如许情极语，殊伤雅道"，"张生与莺莺只有一面，'会少离多'二语太凑泊。大凡淫情所发，胡思乱想，何所不至？然毕竟蕴藉为佳"。这是说张生急于见到心上人的心情虽可以理解，但结合此事所处的情感阶段来看，这样的言辞便不合礼制，有过于直露之嫌。同样，对莺莺这一边，他虽也认为《寺警》前半折对莺莺爱慕张生情愫的描写是"细细写出，分外生情"，但他却批评【油葫芦】之"分明锦囊佳句来勾引，为何玉堂人物难亲近"是"不雅"，而【鹊踏枝】之"谁做针儿将线引，向东墙通个殷勤"也是"未免太过"。类似的又如，《酬简》中张生急等莺莺前来欢会时有"安排着害，准备着抬"之语，周氏显然觉得这种为情而死的想法不够"温柔敦厚"，因此斥其为"过火语"。

相比一般性的爱慕与思念，性事的叙述因为涉及一些比较具体的肢体接触过程描绘而更加敏感。在王实甫的原文中，张、崔欢合这部分本有【后庭花】一曲，其辞为：

> 春罗元莹白，早见红香点嫩色。（旦云）羞人答答的，看甚么？（末）灯下偷睛觑，胸前着肉揣。畅奇哉，浑身通泰，不知春从何处来？无能的张秀才，孤身西洛客，自从逢稔色，思量的不下怀。忧愁因间隔，相思无摆划。谢芳卿不见责。

显然，这是一支描写比较直露的曲词。金圣叹在《第六才子书》中索性删掉了它。邓汝宁出于发掘"活趣"的动机，将这段删文录于眉头，却愤愤说道："按此俚俗之极，不知何一伧添此一阕。"而其他以王本为底本进行评点的评本也以各自不同的方式表达了对它的不满。例如高调宣称曲词复原王实甫本的朱璐在此却依从了金本，也将其直接删除，并评论道：

"如此篇'胸前着肉揣'、'心肝般看待'、'魂飞在九霄云外'等语,在寻常曲中或可凑插。《西厢》珠玉锦绣之文,淆杂鄙词,究足为懿美之累。"潘廷章则指责它"叙述幽欢,情辞太尽","太亵太俚"。

清人不仅希望涉及情事描写的曲词能够委婉表述,而且即使是一般内容的文本表述,他们也希望能够符合文人那种有别于平民浅俗意趣的审美趣味。直白的、口语化的语词并不怎么能够获得青睐,例如作品最后一折【庆东原】有"水浸老鼠的姨夫"、"坏了风俗,伤了时务"之类的语句,便被周昂批驳为"恶俗到此"。《赖简》【驻马听】之"不近喧哗"则被周氏认为"句太本色",同时他还主张将此曲中"嫩绿池塘藏睡鸭"的"嫩绿"改为"浅碧"。《僧房假寓》【哨遍】有"若今生难得有情人,则是前世烧了断头香"之语,潘廷章也认为是"俚而浅"。他们希望文本的表述能够字少而意丰,从而表现出深远而有韵味的美学风貌。例如第十八折莺莺寄给张生的情诗中有"病里得书怀旧事"一句,毛西河曰:"'怀旧事'俗改'知中甲',既不对又不雅,可恨。"这显然是认为"知中甲"在语意内涵上只能承载莺莺获悉张生取得功名之事,由此显得莺莺十分势利不重情,而"怀旧事"的内涵却比较丰富,可以囊括这之前二人的相识、苦恋、欢会、分离以及思念等多个阶段的事件以及人物在其中的复杂情感。又如,黄培评《草桥惊梦》【鸳鸯煞】之"千种思量对谁说"曰:"'思量'时本亦作'风情',亦作'风流',皆可。然不若'思量'悠永。"仔细考察可以发现,"风情"和"风流"虽然能凝练概括过往情事,但却缺乏纵深的延展性。而"思量"则是一种生发于情事又指向未来的心理状态,因具有时间和空间的无限延展性而能带给人含蓄缥缈的美学感受,作为作品结句的关键词汇,它的确比前两者出色。

四 反腐求变

刘熙载在《艺概·诗概》中曾说:"诗不可有我而无古,更不可有古而无我。典雅、精神,兼之斯善。"[①] 这便是指出"雅"除去遵"礼"含蓄之

---

① (清)刘熙载:《艺概》,上海古籍出版社,1978,第84页。

外,还有反腐求变的美学追求。

"雅"既以尚"礼"为重,因而是一种比较内敛的美学风格。受此内敛精神的影响,求"雅"便容易陷入保守甚至陈腐的窘境。表现在文学创作上,便会出现因袭陈言,或者情节单调等弊端。因此,历代有识见的文学家在重"雅"的同时也都会强调"新变",上述刘熙载的言论即是个典型代表。另外,像陈廷焯《白雨斋词话》也有"雅而不腐"①之说。他们都认为"雅"和"变"并不是矛盾的,求"雅"不应该停留于形式,那样只会令作品僵化刻板,缺乏生命力——即所谓的"腐",而应该将它贯彻于创作思想之中,以它为指导,对文本做出恰当的"变",由此令"雅"得到更为鲜活的体现。清代的《西厢记》评点者们显然也持这种观点,所以尽管他们都认为评价作品应该坚持"雅"的准绳,但每逢有生搬硬套儒家礼教言论之处,他们便会予以批判。例如《寺警》【后】之"那厮于家于国无忠信"以及《前候》【青哥儿】之"方信道'在心为志'"都被周昂认为是"腐语"。另外像张生寄杜将军的书信,太多咬文嚼字的客套话,也被潘廷章认为是"一札冗俗不堪,略无尺牍风致"。

对《西厢记》这样一部叙事性文学作品,清人反腐求变的追求不仅体现于对生搬硬套陈词滥调的反感,还在于对情节生动曲折性的重视。金圣叹在《寺警》第四节节批中就说要"将三寸肚肠直曲折到鬼神犹曲折不到之处,而后成文"。再如《堂前巧辩》一折,老夫人在红娘的劝说下同意了张、崔的婚事。按照常理,张、崔好不容易苦尽甘来,似乎应该设计一个满堂皆大欢喜的情节,然后再接上后面的送别。但是文本却以老夫人的"我如今将莺莺配与你为妻,则是俺三辈儿不招白衣女婿,你明日便上朝取应去。我与你养着媳妇,得官呵,来见我;剥落呵,休来见我"数句言辞,一下子就打破了读者的惯性期待,让本已拔高的兴致瞬间跌落深渊,潘廷章因此评曰:"此处即转一峰,妙甚!"

---

① (清)陈廷焯:《白雨斋词话》,人民文学出版社,1959,第195页。

下 编

个 案 研 究

　　除金圣叹《第六才子书》之外，清代的《西厢记》评本都处在未曾被研究或者研究力度薄弱的状况之中。为帮助读者更全面深入地认识清代的《西厢记》评点，本编在综合考虑各评本本身的文学价值、所属评点体系以及前人探讨力度等因素的基础上，筛选出下列四个评本进行个案研究。

第六章

《朱景昭批评西厢记》述论

金圣叹《第六才子书》在清代三百年间激起了巨大反响,而这第一声回应便是朱璐的《朱景昭批评西厢记》。这是一部清代手抄《西厢》评本,2004年在《绥中吴氏藏抄本稿本戏曲丛刊》中影印出版。据影印者推测,此为存世孤本。该书前有序四篇、《读西厢记法》六条,书尾附跋一则;正文收曲文十六套,草桥梦莺莺之后的文本已被删去;诸序和曲文眉头及各套曲文结尾处有大量评语。这些评语虽多选录自金圣叹《第六才子书西厢记》(以下简称金《西厢》),但经评者取汰加工之后,却传达着与金评不同的思想倾向与艺术趣味。

第一节 评者生平及成书时间

关于评者朱景昭的生平和评本的成书时间,影印者并无交代。据评者自序之落款曰"山阴朱璐景昭氏撰",可知其姓朱,名璐,字景昭,籍贯山阴。山阴有二,一在山西,一为浙江绍兴,但朱璐曾有"吾乡徐文长"之语(《就欢》眉批),则其系绍兴人无疑。然清代绍兴方志中不见此人踪迹,可知其系一无功名之普通士子。所幸作跋者萧山人陈正治却有史可依,据民国《萧山县志稿》卷十三载,此人为康熙二十年(1681)贡生。陈跋指出朱璐曾将评本过录副本亲赠予他。由此可知朱璐所处时代实为清初。

如果再仔细挖掘评语,则还可获知他的一些具体生平情形。因为在这部极重理论性的书中，他竟然录了个别与文学联系并不紧密的金评：《投禅》（即金本《借厢》）【石榴花】处，他详录"富人向借钱者寒暄"条，说明他对此必有所感，其生活定不富足；《传书》（即金本《前候》）【胜葫芦】处则录"虽作者极写张生急情，然实是别寓许伯哭世。盖近日天地间，纯是此一辈酬酢矣"，可知他多半际遇不畅并颇愤世嫉俗；另外，在《巧辩》（即金本《拷艳》中）套批之眉头，他自云"以笔墨为粗末，以纸札为良田，以文章为锦绣，以道德为广宅"为生活理想状态，由此基本可以确定他是个艰于功名、性好文学、重道德修养的乡里文士。

至于评本的成书时间，则可据卷首钱錀序得出较为具体的答案。钱氏在序中称朱璐于"辛亥秋日"向自己出示此书。清初只有一个辛亥年，即康熙十年（1671），而评本既然采辑了金《西厢》评语，定出现于金本印行之后。金本是在1656年之后印行的，故朱本的成书时间应为1656~1671年间。陈正治在跋中曾云："凡一切无益之书（按：此指无涉举业之书），摒置弗读。惟《西厢》一书，未免恋恋，不能忘情。……见景昭先生案头手录《西厢记》一编，逐段注评，逐字校正，细为寻绎。凡读书行文，至理妙境，灿然俱备，……填词至此，洵未可作小道观也。"一个有着浓厚《西厢记》情结的人会这样评价朱本，显然只能发生在其未曾阅读金《西厢》的情形下。这也印证了朱本的出现时间应在金本尚未人尽皆知的传播初期。

第二节　评本的理论状况

一般而言，评本的理论思想主要通过评语以及评者对文本的删改来展现。如前所述，朱本的评语多出自金《西厢》——除明人评语以及朱璐自创的《读西厢记法》和一些套批外，其余如诸序眉头的《总论》多摘自金本中的《读法》等，曲文眉批也多录金本夹批，部分套批则择取金本关于该折的折批。可以说，这是一个依托金评而成的评本。然而它绝非"移金评之花，接底本之木"，因为在取汰金评之间，它所传达的文学观已自成一家。

一 守"礼"重"法"

　　《西厢记》演绎的是才子佳人之爱情故事,对封建时代的批评家而言,如何评价这样的思想内容,是一个敏感却不可回避的问题。金圣叹在处理时有一定的矛盾。他在《琴心》折批中曾通过强调老夫人许婚又赖婚而使私情带上些许合"礼"色彩,但他终究认为"普天下才子必普天下好色,必普天下有情,必普天下相思",所以,辨析"淫"是金《西厢》更明显的特征,其《读法》和《酬简》总论都在反复强调这个观点。对这样的评语,朱本基本不予选录。《就欢》(即金本《酬简》)套批虽稍录一段,却在眉头附批道:"此评词则工矣,而意则终背也。昔梁昭明素爱陶靖节诗文……尚惜其白璧微瑕在于《闲诗》一赋。盖大醇小疵,文人通病,不必强为之讳也。"它以萧统斥陶潜《闲情赋》作比,正是指出崔张私情系违"礼"之举,金氏不该为其辩护。而查遍全书,都很难发现肯定私情的评语。看来,"以道德为广宅"的人生信念已渗入朱璐的评书行为,令评本具有较明显的守"礼"特征。不过,"大醇小疵"的评价却又表明,私情题材并未抹杀《西厢》在他眼中的整体光彩。同时,评本虽不肯定私情,但也未出现道学家般的诟骂声。故其守"礼"只是一种对礼教社会中主流道德秩序和行止规范的遵守,它并未走上偏激思想道路而失去其文学理论价值。

　　与守"礼"思想倾向相关联,朱本在批评上还表现出了鲜明的重"法"特征。参照金评的本来情形,即可获知这一事实。金本第一折《惊艳》折批曾云:"此一书中,所撰为古人名色,如君瑞、莺莺、红娘、白马,皆是我一人心头口头吞之不能,吐之不可,搔爬无极,醉梦恐漏,而至是终竟不得已,而忽然巧借古之人之事以自传,道其胸中若干日月以来七曲八曲之委折。"这段位置显要的文字指出了批评是一种主观的精神活动,评语所诠释的诸人诸事无非评者内心真情的外现。众所周知,金氏是以评为作,故这段论评书的文字实亦反映出他对创作的看法。另外,在金本序言之一的《恸哭古人》中,金氏又有"细思我今日之如是无奈,彼古之人,独不曾先我而如是无奈哉","夫古之人之坐于斯、立于斯,必犹如我之今日也","如使真有九原,真起古人,岂不同此一副眼泪,同欲失声大哭乎哉"

诸语，从宏阔的视角认为古往今来天地间才子在禀赋才情、心思抱负上都相通。所以，在上述《惊艳》折批引文之后，他又接着说："观其写君瑞也如彼，夫亦可以大悟古人寄托笔墨之法也矣。"将诠释对象从"我"位移至"古人"，正是认为自己这个评书观亦适用于古今创作批评等所有文学活动。

很明显，这个观点在哲学思想上崇"情"，金氏正是以此为逻辑起点进而强调文学的主观虚构性。在其批评体系中，正是立足于可突破个体、打通古今的"情"，他才能通过贯串作者、评者、读者之心灵于一脉来探索艺术奥秘，从而在曲文剖析中详尽地发掘作品的艺术技法。尽管金评最出彩的贡献就是这操作层面的技法分析，但"情生文"的本源性探讨无疑才是其理论的根基。然而，这一体系构架在进入朱璐的批评视野后，却发生了重大变化。

如前所述，朱本重"礼"，在思想上它没有肯定《西厢》的私情内容，同样，在取汰金评时，它也没有选录作为金论基点的上述引文，而且在后面的具体曲文批评中都弃取有涉本源探讨的话语。显然，以"情"为逻辑起点之看法并不为朱璐所接受；但这并不表示他会拒绝那些极有操作性的技法。事实上，朱本选录的金评几乎都在技法的范畴内紧贴文本阐述质实的行文诀窍。关于这种做法的缘由，朱璐在自序中对《西厢》的概评能给予一定暗示："其摇笔洒墨，时有仙气回翔纸上，故其为文，无非雪痕鸿爪，镜花水月，若蜃楼海市，凭空结撰而成，使人读之如遇若耶佳艳，一种天然雅淡，悉在脂涂粉捏、香团玉削之外。"尽管他不欣赏剧本的思想，但也和金氏一样，拜服于剧本高妙的艺术造诣。但需要强调的是，这里的"其"是指《西厢》而非作者。他推崇的只是形于纸面的作品本身，即便语涉"凭空结撰"，细味即知亦不过是就文本结构特征而言，整段引文都没有表现出那种求"著书人之心"的意图。在这种摒除了主观"作者"的深层因素而将《西厢》作为纯客观艺术实体加以推崇的情形下，剧本之艺术美的构成因素便是作品中那些综合运用的艺术技法，故它们必然成为朱评全部的关注对象。朱本《总论》曾连贯选录金本《读法》的第五十七条至第六十条，所谓"细察其眼法、手法、笔法、墨法，固不止仅能写佳人才子也，即换却题目，亦俱会写"等，皆表明评者是站在执笔行文者的立场，为了创作出更多精彩的艺术实体（作品），便以作为艺术实体的《西厢》为典范直接效法，通过研习其形式层面的技法，将艺术的精妙从典范实体延伸到新的实体。由此可见，朱氏的批评思维相当实在。尽管他和金氏的批评体系都拥有相同的批评对象——"典范作品实体"和相同的终极目标——写出优秀的作品，但他却没有遵循金氏从创作者的"心"或"情"上寻求妙门的做法，而是直接面对和效法典范，将打通二者的枢纽彻底维系于同样具有实体性的"技法"，从而令整个批评都表现出极度"实"的精神。

朱本重"法"的实在批评观和守"礼"的思想倾向结合着出现，无疑与清初社会的背景密不可分。在那个思想重整的时代，"天崩地解"的易代既让汉族士人的心灵受到强烈震撼，也为清廷提供了前车之鉴。朝野一致认为盛行于晚明的空疏任情的"心学"是导致祸乱的重大原因。"以明心见性之空言，代修己治人之实学。股肱惰而万事荒，爪牙亡而四国乱，神州荡覆，宗社丘墟。"[①] "王氏之学遍天下，……其弊也至于荡轶礼法，蔑视伦常，……而百病交作。"[②] 朝廷倡宋学以期重整秩序，而在野士人又倡"天下惟器而已矣"[③] 之重"实"思想，道学之"理"渐落实至行为之"礼"，"复礼"和"重实"之风弥漫天下。彼时文坛皆以守道致用为主流，金评中抽离作品实体而略带玄虚性的本源思辨明显具有明人遗风，而难合清初求实精神，而它为私情的辩护亦冲击了"礼"之防线，故这些部分会被朱本摒弃。但另一方面，金评对技法的系统探讨却达到了前所未有的详尽程度，对清初的人们而言，这正是最有可操作性的和最可借鉴的实在成果，所以朱本会将所有注意力放置于此，在"客观物"的范畴内着力探讨创作技艺的妙谛。

二 结构是创作的核心

在《西厢记》评点史上，对作品结构的探讨虽自明代就已开始，但当

---

① （清）顾炎武著，（清）黄汝成集释《日知录集释》卷七《夫子之言性与天道》，上海世纪出版股份有限公司、上海古籍出版社，2006，第402页。
② （清）陆陇其：《学术辨》，《丛书集成初编》第671册，中华书局，1985，第1~2页。
③ （清）王夫之：《周易外传》卷五《系辞上传》（第十二章），中华书局，1962，第170页。

时无论在深度上还是在系统性上都有较大欠缺。《第六才子书》的出现则改变了这种情形,圣叹以小说读者的眼光审阅剧本,致力于对《西厢记》作为叙事文学一面的深入开掘。但在他重"情"摹"心"的批评思维下,人物必然被认定为创作的核心,人物性格决定戏剧情节的发展。到了朱璐这里,他重"法"重"实",《西厢记》作为批评对象就是一个业已呈现的客观成功作品实体,他并不关心它如何产生,只专注于解析这个实体以获取可供学习的经验。在这种刻意杜绝主观的情形下,戏曲创作的核心也就位移至如何搭建情节结构了——其提纲挈领之六条《读西厢记法》(以下简称《读法》)就绝口不及人物,却有五条在论结构。那么,"核心"是怎样锁定在"结构"上的呢?经考察,可知其是在金评"极微"思想中得到了营养,并进而强化为对文本细节的极度重视。

"极微"是圣叹将佛学思想熔铸于文学所生成的观点,《酬韵》(朱本为《联诗》)折批对它进行了详细论述。朱本将其全文收录,表明评者充分认识到此观点的价值。但是,从全书来看,朱氏的认识与圣叹的原意并不完全一致。圣叹要求读者以最细腻的心思去解读,而作者也要以最细腻的心思去创作。虽然这终究也会推导出对整体结构中各细节情节的重视,但这已是后话。而重"法"的朱本显然只截取了这个应用性的推论,正是认为作品实体由若干细节复杂组构而成,所以,如何以最精巧的方式搭建细节就成为它探讨的主要对象。为此,它大量选录金本论结构的关键评语。

在《后候》(朱本为《订约》)折批中,金氏以莺莺性格发展为线索建立了"三渐、生扫、两来、二近、三纵、两不得不然、一实写一空写"的结构论总纲。朱本剔除了其中的人物心理分析部分,择录其对诸关键情节之勾连关系的探讨,巧妙地转化出更客体化的结构论。此举既证明了评者之眼光,更令读者知道其彻底砍掉草桥梦莺莺之后文本的原因,比起金本仍将其保留,这正反映出它对结构有更严格的要求。

在收录加工结构论总纲的基础上,朱本进而提出了更加详尽的结构技法,前所云之五条"读法"正是对这些技法的精辟概括:

> 作文最忌手拈一题,前半是此意,后半亦是此意也;手拈两题,前篇是此意,后篇亦是此意也。……《西厢》必变幻莫测,不使重复

第六章 《朱景昭批评西厢记》述论

雷同。

作文最忌题是此意,而文亦止此一意也;题有此意,而文反失此一意也。……《西厢》必翻腾开拓,另辟生面。

作文最忌起势不张也。……起势得则通篇觉增神彩,起势失则通篇便减气色。《西厢》每于起处必有怒涛峻岭之势。

作文最忌余勇不劲也。……将阁(应为"搁")笔时而能恣意飞翔,斯为文家妙境。《西厢》每于篇终曲尽淋漓之致,使笔酣墨舞。

作文最忌中气不充也。……若首尾结构,而中无纵横穿插之妙,如潢污坑阜,复何可观?《西厢》每中一篇,务令峰回路转,使人应接不暇。

在若干"最忌"与神品《西厢》的对举中,"读法"论述了如何处理题文之间,以及作品内部前、中、后之间的关系等作品结构范畴内的问题,从中可见其对跌宕起伏、摇曳生姿的行文效果的孜孜追求,正是评者那重视细节及其复杂性的认识前提决定了"变"成为其对结构的主要美学追求。这套结构准则中虽有采自金评的思想要素,但不论是文字表述还是观点提炼,都已比金评更加鲜明集中,更具有系统性。之后的文本批评正是对这套准则的具体展开,其中亦不乏深度甚于圣叹之处。朱本在操作上通常是当有可用者时便借录并增补、修缮,当无可用者时便亲自上阵另抒己见。兹举几例:

《省简》(即金本《闹简》)和《订约》都有相似的"红娘送信"情节,金评注意到了这一点,但仅在《后候》批红娘白"这另是一个甚么好药方儿"时以"变相"等少量言语点出两次交信速度有反差之"妙绝"。而朱评显然相当重视这个翻新出奇的结构匠心,《订约》套批专起一段详论,将金评的"变相"和"妙绝"阐释了个通透。

《寒盟》(即金本《赖婚》)是剧本的一个关键转折,金评从人物制约情节的角度着力分析莺莺的心理和处境。而朱评则从结构主宰人物看出"取势"的意义:"前半幅写双文之欢合,……后半幅写双文之悲离,……一幅之中,翻腾变化,光怪离奇。……此无他,得其势也。"它借助"势"这个诗文批评中的常用术语,在内容层面上论证文章可以通过组接反差极大的情节以形成起伏开合的表达效果。

《投禅》一篇，金本将张生自道的"不做周方"改为对法聪唱，以此展开对张生的性格分析。朱本未改曲文，但却敏锐地发现此套曲文名虽为"投禅"，所写之事却衍生至红娘订斋和张生附荐等一系列举动，故其论曰："此皆非投禅之事，是投禅之文也。"这又是从题文关系上来剖析结构技巧。

需要指出的是，当情节相当简单，叙事结构需要借助人物描写来推进时，朱本也会录入论人物的金评。比如《遇艳》（即金本《惊艳》），作为剧本开端，其叙事重心并非"相遇"事件本身，而是要通过该事件对主要人物进行简要介绍以铺垫后面的情节，故描写张生人品及刻画他遇崔后的心理，正与结构布局有关。金评的"烘云托月"人物论对张、崔二人的刻画技巧做出了深刻诠释，故朱本对其主要论点都予以收录。

纵观朱氏的结构论，其所用的术语诸如"作文"、"势"、"余勇"、"中气"等，以及其所关注的问题如"题文关系"等，都散发着浓厚的古文评点气息。评点之兴，即在古文，而文法、章法等结构范畴问题向来为古文评点之重，这在古文与八股文合流的明代中叶以后更加明显。戏曲结构的探讨是在金圣叹手中结束了零碎散乱的情形而变得较系统深入的，但有意思的是，金氏在这方面的成功正是他借助八股评点思维进行"案头批评"的结果。而朱璐无疑承继了金氏的道路，他不但在评本序言中也说"作《西厢》读之，可也；作《左》、《国》、《子》、《史》读之，无不可也"，而且从上述论证已可感受到，他的结构观其实很少场上意味，而更近乎散文的构架。事实上，朱本在这条路上走得更远，它不仅剔除了更具感性的人物论，而且全书评语几乎没有与曲律演出等相关者，除下述之语言外，结构技法差不多就是其全部探讨对象。如此，朱本的戏曲评点在很大程度上已类似于古文评点，而其结构核心论实则是进一步用正统文学意识规约戏曲评点所滋生的结果。

值得注意的是，在与朱璐相同的时代，另一位戏曲理论家李渔也响亮提出了"结构第一"且也追求"非奇不传"。但他的理论则完全是在"场上戏"背景下发展出的，既是对王骥德"造宫室"之论的继承，更是其创作演出的经验总结。而且李渔在首倡结构之外还提出了许多别的要点，以组成一套较成熟的场上剧论。这一切都和"案头批评"道路下的朱璐有着很大差别。不过，搁置下这些具体差异，两个结构核心观的同时出现，却也能在相当程度上表明戏曲观在入清后的巨大变化，即由重"曲"向重"戏"转化，由重视抒情性向重视叙事性转化。

三 语言要切实服务于结构且风格雅重

除着力论结构外，朱本《读法》还特列一条论语言："作文最忌字句鄙俚也。……《西厢》必出语矜贵，落笔典重，雄伟苍秀之气，迥异诸书。"这是在对剧本语言提出美学要求，但考察它在文本批评中的落实情形后，就应再加上一个前提，即语言必须切实服务于结构。

金评论语言处其实不少，内容也较庞杂，但能引起朱璐兴趣的，显然还是与其重视的结构有关者。比如《逾墙》（即金本《赖简》）中张生翻墙前与红娘有对白云：

（红）我问你咱，真个着你来哩？
（张）小生猜诗谜杜家，风流隋何，浪子陆贾，准定扢扎帮便倒地。

金本对这两句皆有评语，分别是"妙，妙，此方是红娘也，世间俗笔，不写到也"和"妙，妙，偏要又写一遍"。而朱本只取后者，并增补"为后文双文变卦地文章增无数筋节气力"一语。究其原因，正是前者在研究与结构无涉的性格刻画，后者却指出了语言对张生自负赴约情节的淋漓叙写，而这正和后面的莺莺赖简情节形成鲜明对比，从而体现出"取势"的结构技巧。

在对语言功能提出要求的前提下，朱本又十分注重语言本身的美学风格。在参考上引《读法》之"矜贵"、"典重"诸语，并结合曲文评语的具体情形之后，对此可以"雅重"概之。

"雅"是典雅不鄙俗之谓。在《解围》（即金本《寺警》）中的【滚绣球】曲下，朱本直接选录了"文雅甚"这样的评语。观此所论曲词，乃是惠明调侃诸僧语，其中遣词如"女不女"、"男不男"等皆充满生活气息，故朱璐的"雅"并非单纯追求风花雪月的书面气。在他眼中，真正鄙俗者乃是那些描绘情色的曲词，但凡在此方面稍涉直露，便会令他反感。例如，《投禅》【四边静】唱词云："人间天上，看莺莺强如做道场。软玉温香，休道是相亲傍。若能勾汤他一汤，到与人消灾障。"金氏赞为"绝世奇文"，朱本却另录为"美玉之瑕"；又如，《就欢》不仅依金本删去直接描绘性行为的【后庭花】，还指责金氏所包容的其他相关曲词为"淆杂鄙词，究足为懿美之累"。

"重"是庄重不随便之谓，要求遣词用语不得浮泛而须具有凝练和耐人寻味的特征。比如《联诗》【圣药王】中朱本就选录了金氏对"语句清，音律轻，小名儿不枉了唤做莺莺"句的评语，正因此评精准地点出"莺莺"二字对崔小姐才情的生动展现，"抵过无数拖笔累墨"。相反地，朱氏自序中又专门指责金氏在"疏帘风细，幽室灯青，一层红纸，几眼疏棂"诸句间衔接以"外边"、"里边"、"中间"，正违背了"文章之妙，全在引而不发，令人会晤而得"，"使过接之痕毕露，则森秀之致尽失"。

从上述例子可以看出，"雅重"的语言美学观实与评者守"礼"重"实"的精神追求有着内在一致性。正因守"礼"，故容不得"情"的直露；又因重"实"，故容不得浮泛。它们结合在一起，正是对清初严谨世风和朴实美学观的一种反映。

在历经明代如火如荼的评点历程之后，《西厢记》的文学典范性在由明入清的金圣叹笔下得到了充分的阐释。正是在这样的文学批评背景下，《朱景昭批评西厢记》带着对金评的拜服之心和对《西厢记》的推崇之情，以时代所赋予的"实体性思维"从创作的角度继续揣摩这部神品，表现出对更可把握的实在性艺术秘法的强烈渴求。沿着圣叹的案头批评道路，朱本更彻底地以正统文学意识来审视作为通俗文学精品的《西厢记》，这不但反映了，而且必定也促进了文人对《西厢记》的进一步接纳——在士人精英社会圈中，这应是价值与地位更加上升的表征。而就评本的外在艺术形态而言，它那脉络清晰、层次分明的评语组织，以及那颇具雅重风格的语句，都能令人感到评本本身就是对其所倡文学观的一种实践。这种观点和艺术表达较为统一的情形，让评本具有了一种金本缺少的理性色彩和明晰特征。

但是，文学是客观社会生活在人心灵中的反映，不论是作品解析还是写作探讨，都绝不可能排除主观精神活动，否则终不免机械模仿之嫌。而将剧本与"文"过度等同的做法亦恰恰会遮蔽《西厢记》真正的光彩，戏曲文学独有的特征在正统文学批评意识的规约中遭到忽视，对戏曲评点而言并不一定是进步。由此，朱《西厢》犹如一扇小窗，正透视出归"雅"求"实"的清初评点者们在戏曲评点上颇为困顿的理论处境。如何面对前人并确立自我，正是他们需要解决的一道难题。

第七章

《西厢引墨》述论

《西厢引墨》是清代光绪年间出现的一部《西厢记》评本。傅惜华先生在《元代杂剧全目》中曾著录曰:"清光绪六年(1880)稿本,书名:《西厢引墨》,二卷,清戴问善评。"[①] 至今,这条简短的介绍还是学界对该书的唯一认识。笔者有幸获览此书,现将其主要情形予以阐述,希望能为学界相关领域的研究提供一点帮助。

第一节 评本的文献状态和评者生平

评本的文献状态已如上编第一章所述,此不赘谈。介于上编及本章很多理论问题的探讨都需要牵涉到评本的序、跋,此处很有必要对其予以详录:

序

《西厢》何书也?曰:"才子佳人书也。"才子佳人而必为淫艳之词,何也?曰:"不淫不足以尽才子佳人之情,不艳不足以尽才子佳人之致,实无以尽笔墨之兴也。"然则不淫艳不为才子佳人乎?曰:"才子者,衣冠中之废人也。佳人者,巾帼中之罪人也。男女睽而其志通。君子淑女乃古今来第一才子佳人,谁敢以才子佳人之名奉之哉?至于

---

① 傅惜华:《元代杂剧全目》,作家出版社,1957,第59页。

才子佳人，不过淫艳者之标目而已。"然则此书何以传也？曰："此亦天地间之至文也。自有天地，世无一人无此心，人无一日无此事，而独谓必不可有此文哉！"此书也，但为此事作乎？曰："吾恶乎知之？《诗》曰'怀人'，《骚》曰'求女'。词曲虽《风》、《骚》之余，谅未足语此。大凡古人著书类，必有磊块不平之气，与夫固结不解之情。情动乎中而形于言，至淫艳，而笔墨之兴尽矣。至今人悟其非淫非艳，而文章之能事毕矣。虽然，吾安得起才如圣叹者，与天下共明其不淫不艳哉！即如圣叹所云，亦救火抱薪者也。"一日至书房，见有《第六才子书》在案头。问，云买自小市破书中。意大不怡，颇欲有言。既而思之，为子弟者，教以通文义，而能禁其不读《西厢》哉？因取而与墨选杂置之，为之标其关键节目，指其起结伏应，清其脉络气机，何处相对，何处相映，间亦示以理趣，期与墨卷相发明，题曰《西厢引墨》。俾知虽淫艳之词，有理有法，上通乎《史》、《汉》，而下有益于应试之文。务以分读者之目，而移其心。其视才子佳人，不过淫艳者之标目而已，亦救弊之苦心也。以示吾家子弟之读《西厢》者，且以告天下凡为子弟之读《西厢》者。

光绪六年岁在上章执徐寻行数墨书室。

书西厢后

昔者圣人设卦立爻，而饮食男女尽其性；铸鼎象物，而魑魅魍魉遁其形。此开辟之大文也。书契以来，等而下之。至于文人游戏之词，其相去能以亿计乎！然无益人心，有伤风化，其文必不传，传亦不久，理固然已。淫书至《金瓶梅》而极，而其言孝弟，则句句血泪；诛奸邪，则字字肺肝。岂非古人故以此快阅者之目，而怵其心哉？若《西厢》，已脍炙人口，又岂古人故以此快阅者之目，而荡其心哉？必有义以出此矣。闲散心则秀才瞥见，做好事则暴客风闻，工诗词则酬韵听琴，善书算则传书递简。自借厢至坐衔，才五六日耳，而湖海飘零之游客，绣帏深锁之贵人，已杯酒言情，湖山密约。自佳期至长亭，止月余耳，而泪眼愁眉，全无回避；牵肠挂肚，不复羞惭。香美娘之处分，付之侍妾；国太君之处分，听之贱婢。为之上者，居何等乎？

《易》曰："履霜坚冰。"至禹曰："必有以酒亡其国者。""吾侪小人，皆有合庐"，其可畏孰甚于此！作者犹复以《寺警》许婚，曲为之地，以《惊梦》陶写，讳言其终，尤得诗人忠厚之遗。倘所谓变而不失其正者乎！吁！所以传矣。至于穷秽亵之状，如启苞符摹暗昧之形，不逢不若。尤当座置一编，以为尔室之相，于修齐非小补也，而忍作淫词艳曲读哉！

处暑日谂庵甫又题。

据序跋款识及印章"华使"和"戴问善"可知，评者姓戴，名问善。以扉页题字"渤海沧州蔚州学正戴君华使遗墨"中的籍贯为线索，检阅《沧县志》、《南皮县志》等河北方志可知，戴问善，字华使，号谂庵，晚号清净老人，南皮（今河北沧州南皮县）人，原籍沧州，生活于清道光至光绪年间，道光己酉（1849）科举人[①]，历任新城县教谕、蔚州学正之职，著有《左传谣》、《明净书室诗文集》等，曾参与光绪《蔚州志》纂修。《沧县志》将他列入"儒行"，而《南皮县志》又将其列入"文苑"。问善少负"神童"之名，一生从事教育。"其教士，先德行而后文艺，谆谆然忠孝是务。尝谓：'士竭毕生精力，读书稽古，若仅以文字为弋取科名计，大背朝廷求贤本意矣。'"[②] 可见他并非书呆道学，也不属于借儒学叩功名的士流。身为学官，他真正参悟了儒学精神，强调身体力行和积极用世，在那个封建社会急剧颓靡的时代，他常以"士当志在经世"[③] 励己励人。这显然和同时代曾国藩"圣王所以平物我之情，而息天下之争，内之莫大于仁，外之莫急于礼"[④] 的以"礼"救世思想颇为相通。在他的谆谆感召下，"士人化之，竞来执贽受业。弦诵之声，通宵达旦，官署如私塾焉。而其得意春秋

---

① 民国《南皮县志》在"科举·举人"之"戴问善"下注有"道光五年乙酉科……由沧州中式"，但民国《沧县志》却著为"道光二十九年己酉"。查戴氏参修的光绪《蔚州志》，其纂修人员中署有"五品衔蔚州学正己酉科举人戴问善"，故"乙酉"或应为"己酉"之误。

② 民国《南皮县志》，《中国地方志集成·河北府县志辑》（第47册），上海书店出版社，2006，第338页。

③ 详见《地方志人物传记资料丛刊》华北卷之民国《沧县志》，北京图书馆，2002。

④ （清）曾国藩：《王船山遗书序》，《曾国藩诗文集》，世纪出版集团、上海古籍出版社，2005，第332页。

闻者，亦先后踵相接旋。……人皆称为真教官"①。

第二节 "变而不失其正" 题材认识的思想根源

在上编第四章第二节中，我们曾以"变而不失其正"来阐释戴氏关于《西厢记》题材的认识，其具体内容此处不再赘述。这里要探讨的是，他这种认识自何处而来。

任何一种文学解读都要以遵循文学的基本规律为基础，并应密切联系包括心理的、知识结构的、时代的等多种因素在内的解读者背景。戴问善对《西厢记》题材思想的认识，显然与他所处的时代背景以及他的文化信仰密切相关。

道光年至光绪年是中国历史上最为动荡的时期之一。当时官场腐败，民不聊生，农民与地主的矛盾、中华民族与西方殖民者的矛盾交织出现。在这重重矛盾和内外叠加的压力之下，清廷逐渐开始放松思想钳制。儒家士人们渐渐从故纸堆中抬起脑袋，开始关注身边的现实世界。忧心忡忡之下，他们纷纷为拯救国家而献计献策，清末经世哲学逐渐登场。在这个思想派别中，以曾国藩为代表的不少人认为，衰微是"士"的"礼"意识淡薄所导致的。因为理学在清代虽然依旧是官方思想，但大部分士人都认为它太过空疏，因此并不真正在言行举止中贯彻它。他们或者埋头整理国故，或者只将它作为晋身之阶，一旦功成，即弃之如敝屣。而这批经世派人士有相当一部分却是理学的真正信奉者，他们力图将哲学思想中的"理"落实为现实生活中的"礼"，希望"以礼经世"，通过以士人为表率的全体社会成员的道德修习来达到社会的臻于郅治，正所谓"修身、齐家、治国、平天下，则一秉乎礼。自内焉者言之，舍礼无所谓道德；自外焉者言之，舍礼无所谓政事"②。

从史书对戴问善的记载来看，他显然就是这类人中的一员。儒家文化

---

① 民国《南皮县志》，《中国地方志集成·河北府县志辑》（第47册），上海书店出版社，2006，第338页。
② （清）曾国藩：《礼》，《曾国藩全集·诗文》，岳麓书社，1986，第358页。

中本有重"真"的一面，孔子就有过"人之生也直"和"绘事后素"的训示。男女情事正是人类生活中一种普遍存在的真实现象，那么文学作品描写它也不值得可惊可怪，所以戴氏在序言中也认同了金圣叹的观点，认为"自有天地，世无一人无此心，人无一日无此事，而独谓必不可有此文哉"。然而，儒家的"真"是一定要和"礼"结合在一起的，正所谓"文质彬彬，然后君子"。而莺莺身为相国千金却对男子眉眼传情、夫人身为家长却不晓"正名"。在虔诚的理学信仰者眼中，这些都是礼法荡轶的表现。而《西厢记》在事实上已经脍炙人口，禁人不读已非可能做到之事，但任读者沉醉于情色之间却更不利于世风之整顿。于是他在《惊梦》尾批中说："以梦作结，犹是为上乘人说法。春梦婆之语，惟内翰知之。上下千古，如内翰者几人哉？人人喜才子佳人之淫之艳，必是人人皆自命为佳人才子矣。其遗误伊胡底耶！此《西厢引墨》所以但寻行而数墨乎！"他宁愿相信作品有一个普通民众难以领悟的晦涩立意，即旨在借暴露以警世。从这个意义上来看，他的评本差不多又是《西厢记》评点史上政治意义最为突出的一部。

就此意义而言，评本还有个值得一提之处，即它对红娘形象予以了前所未有的重视。虽然之前的晚明评本、金圣叹评本以及潘廷章评本都曾着力关注过这个侍婢角色，但是没有评本像戴本这样不仅不断地强调"红娘正文……与张、崔鼎足"，而且在具体的文本评点过程中对红娘形象投放了数倍于崔、张二人的眼光，使这个非情事主人公的侍婢成为全书人物群像中的焦点。戴氏怀着高度的热情称赏红娘，而称赏的重心则落在她仗义热忱的性格特征上，"热心"一词前后竟使用了十次之多。同时，他对作品结构的解读俨然也是以红娘为中心，一个典型的证据便是他认为《拷艳》才是作品之真正结局。联系到清末离乱社会现实中恃强凌弱的现象真如家常便饭，戴氏对红娘的重视与赞叹，在一定程度上也许正如当时公案小说强烈呼唤侠客一般，未尝不是一种对正义的极度期待。

第三节 "与墨卷相发"的艺术评析

戴问善对《西厢记》艺术的评析视角很能体现他作为学官的职业特征。

他在序言中直接表明"期与墨卷相发"是评点目的,又以"引墨"为书题,第一次在《西厢记》评点史乃至古典戏曲评点史上明确将戏曲与八股时文相互参照,既以时文为尺度评析戏曲,又援引戏曲技法指导时文写作:

1. "恰"的审美准则

"与墨卷相发"的评析视角,首先表现于他鉴赏《西厢记》的审美准则。在十六折文本评点中,从头至尾时常可以见到"心头恰有此语"、"恰有此行径"、"恰是自然波折"之类的评语。在第一折《惊艳》折批中,戴氏甚至说:

圣叹批《西厢》数万言,才子文也。我批《西厢》止一字,曰"恰"。

"才子文"是金圣叹生前对自己《西厢》评本的纲领性标榜,戴氏提出"恰"与之对举,正是提纲挈领地表述自己艺术评析的审美准则。金氏"才子文"因"晰毛辨发,穷幽极微"而"令千古才人心死"[1],戴氏这个表述显然不乏对前人才情的敬佩,但从另一个角度看,却也是对自己简练评点风格的张扬。然则"恰"之所指究竟为何?

上段引文之后,戴氏接着进行了简短说明:"盖人人心头口头所恰有,而未能道出者也。"这个有些同义反复的表述传达出戴氏对《西厢记》在叙写人情世态上精准拿捏的折服态度。对此可以通过他在《惊艳》和《借厢》两折对男主角张生心理的跟踪式评析来具体感知。在运用"恰"的评价之前,戴氏先通过批评张生上场自报"功名未遂"来表达他对此人身份与基本性格的认识,所谓"开口只此四字。未曾娶妻,并不提及",乃是将他界定为无意风月、一心仕进的实诚士子。所以当张生惊见莺莺后唱出"颠不刺的见了万千,这般可喜娘罕曾见"(【元和令】)时,戴氏便以"乍见惊见,心头恰有此语"赞叹曲词对实诚君子在瞬间情窦迸发时激动心境的准确勾绘。而后,张生凝视莺莺踏过的小径唱"衬残红芳径软,步香尘底印儿浅"(【后庭花】),戴评"恰是过去心头语",是称赏曲词对实诚君子一着情魔便有比寻常人更痴傻心态的精准揭示。当被单恋折磨得彻夜未眠的张生乍遇心上人侍婢,唱出"我不教你叠被铺床,……我自写与你从良"

---

[1] (清)李渔:《闲情偶寄》,浙江古籍出版社,1985,第58~59页。

（【小梁州】），戴评"此时满心里俱是莺莺，乍见其家侍婢，心中恰有如此打算"，是认为曲词非常能展现张生此时应有的爱屋及乌心理。最后，当张生遭红娘冷言浇泼而唱"若今生你不是并头莲，难道前生我烧了断头香"（【哨遍】），戴评又以"事如山穷水尽处，恰有此颠倒妄想"指出曲词对痴诚人遭遇挫折后的极度绝望心理的确切展现。

这一系列例子表明，"恰"是形容人物针对不同情境所产生的心理反应以及由该心理支配的外在言行与其身份和基本性格的高度吻合。随着叙事情境的不断转换，吻合将会有不同的具体表现，人物的性格展示和形象塑造便在这个过程中完成。由此，"恰"不是静止的审美准则，而是具有明显的发展变动性。这在有关红娘的评点中表现得尤其明显。红娘是未经文化矫饰，爽直而正义的婢女，所以她在常规情境下都"恰是替人高兴之人"（《请宴》眉批），言行心理具有热情积极的特征。然而《后候》【紫花儿序】却是例外，"从今后由他一任。甚么义海恩山，无非远水遥岑"相当冷淡。对此，戴氏便以"看得淡极，恰是热心人语"指出曲词准确揭示了爽直人受猜忌后必然产生的过激心理变化。

综合上述文例，可知"恰"在整个文学活动流程中首先源自作者对角色的预设定位，当读者接收到定位信息后，他将按照自己对角色身份和性格的判断来期待角色在不同文学情境中的行止。如果作者对角色心理的体验以及相应的言辞表述都与读者的期待高度吻合，读者便愿意给出"恰"的判词。由此，"恰"虽起于作者的创作，却成就于读者的接受。比起以往戏曲评点家们惯用的"真"和"自然"等术语，"恰"不仅更充分地沟通了创作与接受，从而更生动地实现了文学目的，而且特别强调接受者在文学活动中的地位，从而让文学解读摆脱一味向作者和作品倾斜的片面模式，能够以更全面的视角进行发挥。

戴氏对"恰"的地位的界定和阐释，正与八股时文的"代圣人立言"异曲同工。作为儒生的应试文体，八股文从来就不是考生（作者）意志的自由抒写。被政治制约的考生必须预设自己唯一的角色定位，即思圣人之所应思，言圣人之所必言。而考官（接受者）将在具体的文题情境中衡量考生是否通过惟妙惟肖地模仿圣人口吻展示出其对圣人心理的精微体验，而且这种模仿及其传达的心理体验还必须根据八股内部特定的程序及时变换。这些因素的综合考量将决定考生的命运，因而在八股文学活动流程中，接受者的地位无疑更加明显。事实上，戴氏在评点中也的确直接将八股与《西厢》对等。例如他评《寺警》【八声甘州】时，就指出曲词的长处并非前人所言"千狐之白"的丽句云集，而是丽句"运用得恰好"，即通过"补缀"若干丽句，精准揭示出莺莺春情萌动的苦闷心理，话头再一递，便立刻伸发至八股写作，直言"近来墨卷则专以此获隽"。

从"代圣人立言"中可以看到"恰"的文学渊源，倘若我们还要进一步探寻其哲学根基，那么便可追溯到儒家奉为圭臬的"时中"思想。《中庸》以"君子而时中"强调儒者在绝对信仰儒学理念的前提下，应使其理念奉行方式充分融合各种情境，因势而动。这成为儒生景仰的人生态度，并以"文如其人"的精神贯注其文章写作。戴氏以"恰"为审美准则，正"恰"如其分地彰显了他儒学教官的身份。

2. 起结伏应的结构匠心

这是戴评探讨得最多的内容，恰恰也是八股时文谋篇布局的焦点。八股结构讲究系统严密的"一线到底"[1]，而起结伏应正可谓是这种宏观思维的具体贯彻，正如元人倪士毅《作义要诀》强调的，要"说得首尾照应，串得针线细密"[2]。

"起结"是指行文的落笔和收笔，它们奠定着叙事的基本框架。早在清初，李渔即已注意到八股起结对戏曲的借鉴意义，《闲情偶寄·大收煞》提出"场中作文，……开卷之初，当以奇句夺目，使之一见而惊，不敢弃去，……终篇之际，当以媚语摄魂，使之执卷留连，若难遽别"[3]。戴氏之论比前人更加深刻，与剧本紧密结合的评点使他不仅能将李渔口中的玄虚美学效果转化为切实执笔方法，而且能以更广阔的视角发掘起结的丰富表征及其结构学意义。首先，起结的意义不止于情节叙事，更在主题深化。在他看来，作者对起结的理解不应只停留在情节链条浅层，仅满足于精彩故事的构筑，甚至在一味求奇的心态下将它们割裂对待，而应该充分意识到它们是统一的有机体，从而最大限度地利用它们凸显主题。他果断地将

---

① （清）刘熙载：《艺概》，上海古籍出版社，1978，第173页。
② （元）倪士毅：《作义要诀》，《丛书集成初编》（第2633册），中华书局，1985，第5页。
③ （清）李渔：《闲情偶寄》，浙江古籍出版社，1985，第58页。

作品结于《惊梦》，并且首次指出作品起结都安排张生携童投店这个细节，便是看出如此起结对"黄粱梦觉"批判性主题具有深化意义。其次，他对起结的具体手法进行了多样化探析。他评张生遇艳从游寺起笔（《惊艳》）为"'佛殿'数处，起下'一座大院子'。'数毕'等字起下'见'字，俱有法"，是指起笔可渐进式导入主题。张生被莺莺气病，莺莺央红娘再次传简（《后候》），其起笔由红娘唱"先是你彩笔题诗，……引得人卧枕着床，……到如今……恨已深，病已沉"。戴氏评"先是你者，今又是你也，谁解如此起笔"，这不仅是探析内部段落起笔对上文的承应，更是针对相犯段落的起笔给出建议，即主动借犯起笔，引出新内蕴，令读者有别开生面之感。至于"结"，他以"结得高兴，墨家秘诀"（《酬韵·尾》）、"此二句作结，吾喜其思力之沉"（《闹斋·鸳鸯煞》）、"是警句，非此八字结不住也"（《寺警·收尾》）等评语道出展望、雄阔、警醒等不同风格的结法，为李渔的"媚语摄魂"效果找到了实现途径。值得注意的是，戴氏还特别提出"双结"，以针对要素复杂和意蕴深刻的文章。"双结"的第一种表现是并蒂结，如他评《赖婚》尾曲"一边甜句儿落空他，一边虚名儿误赚我"为"双结，可见上文俱是两面"，是指核心事件若能同时塑造多个人物，且塑造能烘托文章主题时，便适合采用并列方式分人物进行总结。第二种表现是明暗结。他认为按照才子佳人成眷属的情节框架，《拷艳》已是"一书结局"，然而按照传奇家"传要眇之情"的立意，《惊梦》方是"为上乘人说法"的结尾，故明暗结既可成全情节的完整，又可深化文章的主题。

"伏应"是文章内部的伏笔与照应，它们强化着框架内部的严整性。八股以"针线细密"阐释伏应，可见其对写作思维细腻性的强调。戴氏正以此思维解析出剧本许多不为前人关注的伏应技法。这首先包括常规意义上的情节伏应。开篇的老夫人上场白，前人罕有关注，他却敏锐指出"诗词书算，无有不能"是"伏酬诗传简"、"曾许下郑恒为妻"是"伏赖婚"、"这小妮子唤做红娘，这小厮儿唤做欢郎"是"特点红娘，以欢郎作陪，止拷艳一用"。这种不露痕迹的伏笔正与《读书作文谱》阐述的八股文法"篇首预伏一二句，以为张本，则中后文章皆有脉络"[1] 吻合。《寺警》中红娘

---

[1] （清）唐彪：《读书作文谱》，《历代文话》（第4册），复旦大学出版社，2007，第3491页。

劝睡，引发莺莺一系列心理活动，其中有"我但出闺门，你是影儿似不离身"。过去评家只关注它对莺莺初坠爱河心理的揭示，戴氏却评"腕中有鬼，言瞒你不得，不瞒你又不得也。已伏下闹简之根"，指出它与《闹简》中莺莺赖简的伏应关系，而"腕中有鬼"的赞叹无疑表现了他对伏笔秘藏性的重视。情节之外，戴氏亦非常注重意象伏应。作品全题为"崔莺莺待月西厢记"，故"月"实为张崔情缘之见证性意象，亦可算一题眼。故戴氏评《酬韵》时指出"每段以月为主，是《待月西厢记》也"，其后《闹斋》、《寺警》、《琴心》数折之中，他都会对月意象进行密切关注，至末折《惊梦》"残月犹明"时，他以"通篇月之余光"为此意象伏应考察圆满收官。最后，伏应还可隶属于形式的范畴。《前候》开篇红娘与莺莺都念七言诗句下场，结尾张生下场亦念诗，他指出"各以诗下，应前"，是因念诗不仅强化了该折内部形式的整饬，更因遥映《酬韵》的联诗情节而对全剧的形式严密起到积极作用。

也许有人会说，将八股结构思维引入《西厢记》评点，自金圣叹便已开始。的确，金氏在"一部《西厢记》只是一章"的指导下，对作品"从何处来，到何处去"的写作艺术进行了探讨。但是，这种探讨始终和"对雪读之"、"对月读之"的鉴赏心理结合在一起，因此不可避免地冲散了写作分析的集中性，也消解了写作理论的纯粹性，使读者更易陷入膜拜式赏玩，而不是冷峻学习。戴评则不然，其结构探讨的特色，可以通过《借厢》一折的评语管窥。该折文本从头至尾依次被评为："最争起笔"、"题前突点，此种紧字诀"、"随笔透过，此即所谓以下文作开也"、"清机徐引"、"趁势透过，此种笔意最可喜"、"徐徐入题，有此一笔便觉警紧，亦墨家要诀也"以及"正文完"。这些评语在形式上如蜻蜓点水般简洁明快，在内容上又环环相扣地呈现出一条严整的作文思路，充分彰显着评者高度自觉的写作学意识。

3. 偶对骈行的表达技巧

关注偶对骈行并非《西厢记》评点的新生事物，明代《元本出相北西厢记》等评本中已有"骈俪中情语"之类的评语，然而它们主要针对"玉容寂寞梨花朵，胭脂浅淡樱桃颗"等华美曲词，其评析视角基本还停留于诗词的范畴，重在考察语言本身的雕琢与粉饰程度。戴氏对这个显然没有浓厚兴趣，所以他会评"安排着害，准备着抬"（《酬简·寄生草》）是

"对法流利，大可揣摩"，又评 "害不倒愁怀，恰才较些。掉不下思量，如今又也"（《惊梦·锦上花》）为 "墨卷对句，得此夫复何雅"。这些曲词质朴无华却流利畅达，表明他的批评属于叙事的范畴，重在考察语言能否以骈对形式流畅表述出一个完整的内容。就像【锦上花】的文本情境是张生在被耍弄后又一次等候莺莺赴约，曲词便以两个骈对句子分别刻画他对佳人的甜蜜渴盼和对前次遭遇的心有余悸，从而完整展现出他提不起又放不下的迷乱心理。

戴氏对偶对骈行的这种关注视角，显然与八股一致。八股讲究起、中、后、束四比之内各以骈对方式行文，即由出股和对股的分别阐述组构成各比的完整要义。戴氏很善于将这种思维进行灵活运用，他将《西厢记》界定为 "才子佳人书"，故而他很称赏作品 "张崔合传" 的表述技巧。在评《寺警·八声甘州》时，他说："方是莺莺正文，……看他对上张生四折，映上四折工力悉敌，并无渗漏，可见八股文凡平对题，无论长短详略，必须两两相称，方合法也。双文身分、双文初念与张生唱'绝无粘惹'相对。" 这是指作品在以《惊艳》叙写初见给张生带来的心理冲击之后，又以《寺警》从莺莺角度进行对映式心理叙写，而这些叙写很能展示闺阁佳人的矜持气质，从而与前文中张生的沉稳人品相映成趣，将才子佳人堪相配的高妙神韵展现得分外鲜明。

在戴氏眼中，偶对骈行技巧不仅可以用于情节主干的表述，还可用于细节设计。例如在时间上用《惊艳》张、崔相遇的 "暮春天气" 与《哭宴》张、崔分离的 "暮秋时候" 骈对，在地点上用《惊梦》中张生投宿草桥店与《惊艳》中张生投宿状元坊骈对，在人物神态上有《赖简》中张生受审 "到底不语" 与《酬简》中莺莺一言不发骈对，在描写视角上有《前候》红娘窥张生和《闹简》红娘窥莺莺骈对。如此种种，不一而足，反映出戴氏关于骈对运用形式的多样化的探索。

《西厢引墨》成书于光绪六年，距迄今可见最早的《西厢记》评本万历少山堂刊本有 300 年之遥。在那个各种古代文学现象纷纷尘埃落定的时代，《西厢引墨》对古代《西厢记》评点中一些暗流涌动的重大问题给予了集大成的解答。

明代中期以后，受通俗文学汹涌传播浪潮的刺激，评点这种肇始于正统文学的批评样式被引入戏曲批评,《西厢记》便是最早被关注的作品。然而在封建文化意识形态中,戏曲终属"不登大雅"的"小道"。作品卑下的文学地位使评家左支右绌,并进而影响评点的价值定位,实乃历代评家心头之隐痛。为此,晚明凌濛初在其评本《凡例》中倡言"当作文章观,不当作戏曲相",却因未能提供相应的文本证据而难具说服力。入清,金圣叹评本开始利用结构的相似性和冠冕堂皇的八股攀亲,令后人茅塞顿开。于是康熙年间有人宣称"八比若是雅体,则《西厢》、《琵琶》不得摈之为俗,同是代他人说话故也"[①]。至嘉庆间,更有进士张诗舲将自身的获隽归功《西厢记》。[②]

戴问善评《西厢记》时,已是从教数十载的老学官。对儒学的真诚信仰和深入参悟使他能以救世情怀展开评点。他立足清末离乱的现实背景,援引春秋乱世之"变"重释作品主题,为作品彻底进入正统意识形态的范畴进行思想奠基。特殊的职业生涯则使他能更加透彻地洞悉作品与八股的血脉关联。站在前人的肩膀上,《西厢引墨》彻底打破戏曲与八股的壁垒,系统而透辟地解析《西厢记》之于八股写作的指导意义,成为戏曲批评史上第一部集中服务应试文写作的评本。它标志着《西厢记》在评点领域完成了从通俗向正统的蜕变,从而在儒学主导的封建社会中实现了价值定位上质的飞跃,使300年来评家的不懈奋斗终于画上了圆满句号。

戴问善在古代戏曲评点煞尾之际,以一个儒学"真教官"所能达到的高度,告慰了戏曲评点者们难堪的灵魂。就这个意义来看,《西厢引墨》也称得上古代《西厢记》评点的殿军。

[①] (清)吴乔:《围炉诗话》卷二,《续修四库全书》第1697册,上海古籍出版社,2002,第619页。
[②] 钱钟书:《谈艺录》,中华书局,1984,第33页。

第八章

《论定西厢记》述论

第一节　毛西河与《西厢记》

毛西河即毛奇龄，一名甡，字大可。据其作品集可知，他又别字初晴、春庄。学者因其郡望而称其西河先生。他生于明天启三年（1623），少而颖悟。明末即与兄长毛万龄名噪一时，人呼"小毛生"，其文曾被陈子龙赞为"才子之文"。明清易代之际曾为族兄毛有伦征入抗清队伍，但见毛有伦与马士英、方国安等"国贼"共事，又"觇诸军所为不道，不足与计事，且天命已有在，匿不复出"①。方国安战败，迁怒毛氏，毛奇龄亦在捕捉之列，不得已削发为僧，逃亡山寺。清军平定江南以后，他回到家乡，却又因树敌甚多，遭人陷害，不得已又开始逃亡生涯，浪迹于江淮、山东、湖北、江西、河南等地。康熙七年（1668），他在刘蕺山弟子张奠夫、赵禹功等人重开的证人书院"抗言高论，出入百子，融贯诸儒"，以至"后进之士倚一言为太山、北斗"②。康熙十二年（1673），他在天下大赦之中结束逃亡生涯，返回故里。康熙十八年（1678），他被推荐应试博学鸿词科，中二等，授翰林院检讨，充《明史》馆纂修官。康熙二十四年（1685），他又充会试同考官，该年告假回乡，从此不出，潜心著书。在康熙帝于二十八年

---

① （清）毛西河：《自为墓志铭》，《西河合集·文集·墓志铭·卷十一》，清康熙间萧山书留草堂刻本。

② （清）邵廷采：《谒毛西河先生书》，《思复堂文集》，浙江古籍出版社，1987，第310页。

(1689)和三十八年(1699)的两次南巡中,毛氏都曾谒驾,第二次还因献《乐本解说》获康熙帝嘉奖。康熙五十二年(1713)卒,终年91岁。

西河为人,恃才傲物,喜臧否,善雄辩,好标新立异。作为清初著名的经学家和文学家,一生著作等身,《西河合集》即收有其著述100余种,内容遍及经史、文学、艺术、政治等,其中有很多已被收入《四库全书》。《春秋毛氏传》、《仲氏易》、《太极图说遗议》、《四书剩言》、《经问》、《大学证文》、《古文尚书冤词》、《四书改错》等数十种经部著述固然标榜着他辉煌的经学成就,而《西河文集》中收录的文一百二十九卷、诗五十三卷、词七卷则也印证了他精深的文学造诣。① 《四库总目》谓其文"纵横博辨,傲睨一世,与其经说相表里,不古不今,自成一格,不可以绳尺求之"②,其诗"我用我法,不屑随人步趋者"③,又谓其"填词之功,较深于诗"④,并引王晫《今世说》曰:"奇龄善诗歌、乐府、填词,所为大率托之美人香草,缠绵绮丽,按节而歌,使人凄怆。又能吹箫度曲。"⑤

上段引文中的末句"能吹箫度曲"揭示了毛氏在曲学上的才华。毛氏通音晓乐,曾编撰有《古今通韵》、《竟山乐录》、《乐本解说》、《皇言定声录》等韵学和乐学书籍。这种音韵乐律上的造诣无疑为他进一步涉猎戏曲提供了便利。事实上,他的戏曲创作虽不如其经著诗词那般丰富,却也不是空白。盛唐所撰《毛西河先生传》云:"先生工为词。偶取元人无名氏所传《卖嫁》、《放偷》二剧而反之,曰《不卖嫁》、《不放偷》,作连厢词,改其事,谓庶几可正风俗,有裨于名教。"⑥ 所谓连厢词,即是一种介于杂剧和弦索弹唱之间的作品。⑦ 同时,他与当时的一些剧作家也有交往,比如

---

① 此处的作品卷数均据《四库全书总目》录入。
② 纪昀等编著,《四库全书》研究所整理《四库全书总目》,中华书局,1997,第2346页。
③ 纪昀等编著,《四库全书》研究所整理《四库全书总目》,版本同上,第2346页。
④ 纪昀等编著,《四库全书》研究所整理《四库全书总目》,版本同上,第2808页。
⑤ 同②。
⑥ (清)盛唐:《西河先生传》,《西河合集》开篇,清康熙间萧山书留草堂刻本。
⑦ 毛西河曾著《连厢词》一文,其中有云:"有所谓'连厢词'者,则带唱带演:以司唱一人,琵琶一人,笙一人,笛一人,列坐唱词;而复以男名末泥,女名旦儿者,并杂色人等,入勾栏扮演,随唱词作举止。……北人至今谓之'连厢',曰'打连厢'、'唱连厢',又曰'连厢搬演',大抵连四厢舞人而演其曲,故云。"语见陈多、叶长海选注《中国历代剧论选注》,湖南文艺出版社,1987,第315页。

他就曾为洪昇《长生殿》作序。由此，身为经学家的西河先生绝不是那一类鄙视戏曲的浅薄迂腐者，在其为洪昇《长生殿》所作的序中，他甚至说道："才人不得志于时，所至诎抑，往往借《鼓子》、《调笑》为放遗之音。"① 这更表明他对戏曲功能的认识已非传统的娱情遣兴之类，倒与诗文这些正统文学范畴的"不平则鸣"思想十分近似。戏曲在他心中是具有一定地位的文学样式，所以他才会对《西厢记》"填词家领要"、"北词之宗"的地位有深切的认识。而以他高傲好奇的个性，面对《西厢记》由小说经诗词发展而来，终于成为戏曲这种"似乎有异数存其间焉"的传奇性历程，以及"天下有演之博、传之通如《西厢》者哉"的巨大影响力，想来应该是相当心折的，所以他才会怀着整理典籍的心态来论定这部作品，才甘心以一人之力为此文献吞吐量极大、论证十分详赡的批评书籍。

毛氏论定《西厢记》应该有一个比较漫长的筹划和准备过程。评本自序在追述这段历史时首先提到的是"予薄游临江，闷闭萧寺。客有语及者，似生忧患。因就临江藏书家遍搜，得周宪王、大观堂本凡二本，他无有矣"。临江即江西，毛氏客居江西大约在康熙四年（1665）至五年（1666），因为这段时间他受施闰章之邀，在白鹭洲书院讲学。应该就是在此时，他开始了资料搜求工作，获得了他所谓的周宪王本和大观堂本。接着，序言又说："既而返临安，又得碧筠斋、日新堂、即空观、徐天池、顾玄纬诸本凡八本。……既后，则骤得善本于兰溪方记室家，与向所藏本颇相似，……遂丐实之箧而携之归。越二年，复以避人，故假居山阴白鱼潭，乃始与张氏兄弟约为论列。出箧所实本，并发人所藏王伯良本，并他本。竟以兰溪本为准，矢不更一字，宁为曲解，定无添易。"在康熙五年之后的几年中，毛氏又开始四处逃亡，其间亦曾几次偷回家乡。大概就是在这几次返家之时，他获得了所谓的碧筠斋等版本，毛本中那些详博丰赡的征引，有可能就是得益于他这时对《西厢记》版本的广泛搜求。但真正让他决定将论定《西厢记》付诸实践的，应该还是他所说的兰溪本的获得。他揣着这个本子，在其中一次偷偷返家的时候，来到山阴（今浙江绍兴）的白鱼潭，这里住着他的老朋友张杉。在此处，毛氏大概和张杉进行了一番探讨，而探讨的结果便是将论

---

① 吴毓华编《中国古代戏曲序跋集》，中国戏剧出版社，1990，第 406 页。

定《西厢记》纳入自己的工作计划，而就"约为论列"四字来看，张杉似乎也会参与这项工作。从"复以避人"可知，此时的毛氏应该还没有被赦免。很难想象一个四处流亡的人如何旁征博引地评书，所以，毛氏真正开始他的工作应该是在康熙十二年遇赦之后。康熙十二年冬，毛氏遇赦返家，但却没有作过久停留，便又匆匆出游，并于康熙十三年（1674）在无锡结识了替《论定西厢记》作序的吴兴祚（伯成）。直到康熙十四年（1675），毛氏在汝宁（今河南）偶遇张杉，"相抱痛哭"之后[①]，才双双返回浙江，安定地待了一年多的时间。[②] 只有在这样安定的情况下，毛氏才可能静心评书。而评本伯成序落款时间为康熙十五年，由此可以推知，《论定西厢记》的成书时间大约应在康熙十四年至十五年之间。另外，在评本每卷的首页，还标有"山阴叶维侯屏侯、邵炳赤文较订"；而在具体的文本评点中，也有两人的评语共八处，内容多是对毛评的赞同、称誉及发挥。他们也算得上是毛氏论定工作的参与者。

第二节　论定《西厢记》的主要方法

"以剧证剧"和"以剧解剧"是毛氏论定《西厢记》的主要方法，它们并非毛氏自创，而是承继自明代的王骥德。《新校注古本西厢记》大量运用了"以曲证曲"、"以曲解曲"的方法来勘定文本。对此，沈璟在该书编撰之时就已有所注意，他曾赞誉道："以经史证故实，以元剧证方言，至千古之冤，旧为群小所窜，若众喙所訾者，具引据精博，洗发痛快。自有此传以来，有此卓识否也？"（王本卷六《词隐先生手札二通》）其实，以经史解释典故的做法并不自王骥德始，王本之前的弘治本、徐士范序刻本等对剧本语词典故的阐释很多都是凭经据史。王骥德真正的创举，在于大量引证词曲落实文意，厘定曲词。被他引据得最多的是董解元《西厢记》，然后

---

① （清）毛西河：《山阴张南士墓志铭》，《西河合集·文集·墓志铭·卷十四》，清康熙间萧山书留草堂刻本。
② 此处关于毛西河踪迹的论述据胡春丽《毛奇龄年谱》（上），《中国经学》第5辑，广西师范大学出版社，2009。

是其他的诗词元曲。王氏将其与王实甫《西厢记》进行互证，从音韵调法等角度推勘文本，得出结论，这便是"以曲证曲"的含义。除此之外，王本有时也能依据语言对仗、文意贯通等作品内部规律来勘定文本，这便是"以曲解曲"之所指。

毛氏对王本这种方法的吸纳继承，是相当明显的。不过，由于毛氏所关注的对象已从单纯的曲转向曲白全体，其中更加突出对情节的重视，故"以剧证剧"和"以剧解剧"更能准确概括毛氏方法的实际情形。

就"以剧证剧"而言，他更加倚重董解元《西厢记》，并引入更多的元剧曲目来判定字词、理解文意以及阐发文学观点。王本举过的例证，如果他觉得合理，仍然予以借用。比如对第九折（王本为第三折第一套《传书》）【村里迓鼓】"我将这纸窗儿润破"一句，毛本肯定王本采用"润破"而弃用"湿破"，并借鉴了王本同样的例证——董《西厢》的"把纸窗儿润破，见君瑞披衣坐"和《㑇梅香》剧"润破纸窗儿偷瞧"。但更多的时候，毛本举证前人词曲的功力明显超过王本。比如第二折（王本为第一折第二套《投禅》）【醉春风】是在表达张生初见莺莺之后的激动心理，王本没有给出其"心儿里早痒，痒"句中二"痒"字断开的出处，而毛本则指出此是依董《西厢》曲词"眼狂心痒，痒"句而创，并且对王本没有顾及的"肠荒"一词进行举证阐释曰："'肠荒'，肠热也，董词'满坛里热荒'。"又如，第三折（王本为第一折第三套《赓句》）【拙鲁速】之【幺】是张生所唱曲词，表达对未来的憧憬，毛本将其中王本没有顾及的"锦片也似前程"解为"倒句，言向前好光景如锦片耳，指会合，不指名利。《曲江池》剧'只为些蝇头微利，蹬脱了我锦片前程'"。可见，毛本对王本认识缺漏之处的补论并非是刻意造作的材料堆垒或者无意义阐释。就这最后两个例子而言，"肠荒"确实是个颇令人费解的词语，而"锦片前程"也的确让人联想到俗语的"锦绣前程"，从而让不仔细的读者误会其是指功名。由此，毛本的举证阐释对正确领会文意甚至认识人物性格都有积极意义。毛氏的举证不仅用于曲之厘定，对前人很少关注的对白，他也毫不马虎。例如，第十二折张生的念白中有莺莺赠诗一首，其文曰："休将闲事苦萦怀，取次摧残天赋才。不意当时完妾幸，岂防今日作君灾？仰图厚德难从礼，谨奉新诗可当媒。寄语高唐休咏赋，今宵端的雨云来。"毛氏将其单独截作一节，评曰：

"'完妾幸'以全我为幸也。即董词'岂防因妾幸,却被作君灾'语。俗改'妾行',非。""完妾幸"的确是容易产生异文之所在,王骥德本虽与毛本同,但凌濛初本及黄培本则为"完妾命",而金圣叹本更作"完妾行"。诸说纷呈,究竟孰是,不得而知。毛氏便从董解元本的曲词中找到凭据,从而一锤定音。

毛本虽然从王骥德处学来这套方法,但却绝不因此而奉王本为全璧。学术面前人人平等,要澄清剧作的本真面目,就必须对前人的错谬进行纠正。比如第一折(王本为第一折第一套《遇艳》),王本引用徐渭的观点,认为"则着人眼花缭乱口难言,魂灵儿飞在半天"句"殊俚",而毛本则云:"'魂灵'句,人皆憎其恶。不知原本董词'张生觑了,魂不逐体',且亦元袭语,如《玉壶春》剧'猛见了心飘荡,魂灵儿飞在半天'。"此是举证曲词出处而批驳王、徐一味求雅的语言美学观。又如,第五折(王本为第二折第一套《解围》)莺莺所唱【六幺序】之【幺】中"半合儿敢剪草除根"句,王本释"半合儿"为"战阵有一合二合之说。'半合儿'者,不待其合之毕,言易也"。毛本则曰:"'半合儿'即半恰儿,一霎时也,勿解作'阵合'之'合'。《燕青博鱼》剧'半合儿歇息在牛王庙'。"此是举证他本曲词以纠正王氏对语词的错误理解。再如第一折【寄生草】"南海水月观音现"句,王本明知此句本自董本曲词"我恰才见水月观音现",且诸本都作"现",却为了迎合自己求对仗的心思,便遵循朱石津本改作"院"。毛氏对此则论道:"'观音现'本是'现'字,朱石津改作'院'字,而天池、伯良皆从之。不知此句系元人习语,本不容改。况此本董词'我恰才见水月观音现'语,尤不得改。若云'现'对'家'不整,则《抱妆盒》剧有云'若不是昭阳宫粉黛美人图,争认做落伽山水月观音现',亦以'现'对'图',何也?"此是新增举证剧目以彻底驳斥王氏对原文的窜改。由此,毛氏对"以剧证剧"的方法运用得更加圆融成熟,他的眼界更加开阔,对剧作创作的文学背景和氛围有更加深入的认识,因此他往往能得出更加公允的见解。

就"以剧解剧"而言,毛本对文本的内部消化无疑比王本更加深刻。它不像王本那样主要关注曲词并依靠语言对仗与否、重复与否等形式要素来探讨文本,而更多地将戏曲文本视为一个曲白结合的叙事整体,着重从情节逻辑、人物性格的连贯性等角度来决断文意,并发掘出剧本的文学特性。比如第六折（王本为第二折第二套《邀谢》）【脱布衫】中毛本没有支持王本的"启朱扉语言的当"，而认为应作"启朱唇语言的当"，因为"启朱唇就答应言，……答应何关启扉耶"，乃是从句子本身的前后语意关联论定文本。同折【上小楼】有"'请'字儿不曾出声，'去'字儿连忙答应，可早莺莺跟前，'姐姐'呼之，'喏喏'连声"诸句。王本对"可早"之后的文意理解是："若莺莺呼之，当何如？'喏喏'连声以应耶？"毛本却从曲白呼应的角度看出，"请字儿"二句是呼应曲前张生的道白"便去，便去"的，而"可早"诸句则是呼应张生道白中的"敢问席上有姐么"一语，"言既连忙答应'去'字，可又早将莺莺以'姐姐'呼之，如此'喏喏'连声也。数语一气"。同时，它又关注到剧作中多次出现的"可早"一词在不同语境中的不同含义，从而分析道："'可早'，又早也，与前'可早来到也'同，与后折'可早嫌玻璃盏大'不同。"又如，第七折（王本为第二折第三套《负盟》）【新水令】，王本的阐释只是集中在调法和曲词美学性上，而毛本则云："次曲顶上，言惟合殷勤，所以扶病起妆梳也，不然还卧耳。'卧'承宾白中'病'来。'惊觉'指红唤。此以撒娇处见殷勤意，最妙。"更是从曲白之间、曲曲之间的承接呼应看出剧本对莺莺形象的刻画技巧。再如第十折（王本为第三折第二套《省简》）【四边静】，王本解为："我今日非为张生，怕他日逐在此调戏，万一老夫人见出些破绽，则你与我将如之何？是大家不好看也。故今日我汲汲于你二人之成就者，亦为你我自身计也。若张生病势危难，我那里管他，正要哄他上竿，掇了梯儿闲看之耳。"认为这是被莺莺责备的红娘在解释自己的传书行为。毛本对此却评论道："过于奥折，且曲白不对，又与尔时情理稍有未合。"乃是指出王解既有违红娘正直仗义的性格，又与曲前宾白中红娘已经负气顶撞莺莺相乖，也不符合此时情节发展的逻辑。故其论道："言何必太医也，只恁足矣。且亦何必问病也。既怕调犯，则万一破绽，大家不安遑，问甚病乎！只赚人上竿，而掇梯看之足矣。此以反激为使气语，最妙。"

"以剧证剧"和"以剧解剧"作为毛氏论定《西厢记》的主要方法，是毛氏勘定文本的依据，是他阐发文学观点的事实基础。我们可以肯定，毛氏选择这两种方法，应该不全是对先贤的接踵，它在根本上，其实正是毛氏实学精神的一种展现。实学是明末清初开始滋生的一种思想潮流，它反对宋明理学的"空疏",提倡重"事功"、重"实据",毛氏本人正是这个思想群体中的一名代表人物。即便人们对他"实学"的实质是否名副其实颇有争论,①但至少在现象层面,他的确是旗帜鲜明的。他对一切擅改臆断典籍的做法深恶痛绝,他在论儒经时曾痛骂宋儒解经的做法是"第先立一义,而使诸经之为说者悉以就义,合则是,不合则非。是虽名为经义,而不以经为义"②。在他看来,"解经最患添设,圣人语言不容搀和,少加搀和,便是变乱。此不可不慎者"③。带着这样的认识涉猎《西厢记》,毛氏当然会对一切有"不实"嫌疑的评点进行批判,王骥德本的疏漏已经遭到他的严厉指责,而对不顾曲例、完全借《西厢记》以阐己意的金圣叹评本,那种愤恨正是情理中必有之事。整部毛本因此多次揪住金氏进行痛骂,前后共达39次。兹举几例以述之:

第一折(金本《惊艳》)【上马娇】有"偏,宜贴翠花钿"之语,金氏虽知【上马娇】曲于此处应有一字句,但却释"偏"为"侧转身来","宜贴翠花钿"则是"侧转来所见也"。对此,毛氏通过举前人词曲提出了三个批驳证据:一是"字断而意接"乃元曲句法之能事。同样是【上马娇】调,《对玉梳》剧的"真,是女吊客、母丧门"和《争报恩》剧的"教,我和兄弟厮寻着"便是例子。二是"偏宜"连用在前人词作中已有先例,如李珣《浣溪沙词》之"入夏偏宜淡泊妆"和欧阳修《小春词》之"天寒山色偏宜远"。三是"古贴钿皆在面,从无贴鬓边者",此有温庭筠词之"翠钿金压脸"、牛峤《南歌子》之"眉间翠钿深"、张泌《浣溪沙》之"翠钿金缕镇眉心"等为证。由此,此句的正确解读应该是"偏"字上承前之"宜嗔宜喜春风面",下接"宜贴翠花钿",在三个"宜"字的参错呼应中共同描写莺莺面庞的姣好,其宜嗔宜喜,又偏宜翠钿。而金氏之说则是"隈陋无学之甚"。

第二折(金本为《借厢》)【粉蝶儿】首句为"不做周方,枉埋怨煞你

---

① 比如有人认为他"申明汉儒之学,使人不敢以空言说经"(徐世昌《清儒学案》),但也有人认为他"以经学说理,是以经学就王学"(杨向奎《清儒学案新编》)。
② (清)毛西河:《经义考序》,《西河合集·文集·序·卷二十九》,清康熙间萧山书留草堂刻本。
③ (清)毛西河:《论语稽求篇》卷一,《西河合集·经集》,版本同上。

个法聪和尚！你则借与我半间儿客舍僧房，与俺那可憎才居止处门儿相向"。该曲之前有张生道白曰："自夜来见了那小姐，着小生一夜无眠，若非法聪和尚呵，那小姐到有顾盼小生之意。今日去问长老借间僧房，早晚温习些经史；倘遇小姐出来，饱看一会儿。"由此，【粉蝶儿】曲词实为张生自忖语。而金本将白中"若非法聪和尚呵，那小姐到有顾盼小生之意"删去，改【粉蝶儿】曲词为张生对法聪唱，以此体现他心急如焚的心理。毛氏对此完全不买账，认为金氏破坏了原本曲白互见的良苦用心，其愤愤言道："俗子忘却宾白，妄为对聪语，遂至改曲删白，无所不至。嗟乎！何至此！"

第十六折（金本为《惊梦》）内容是以惊梦写离思，金本在折批中洋洋洒洒作"郑人蕉鹿"之说，以示其深意。但毛氏却指出，以惊梦写离思是元词习套，《梧桐雨》、《汉宫秋》诸剧都是如此。更何况董《西厢》即已这样设计，王实甫不过直承而已。由此，金氏的阐释根本就是无谓的拔高，因此被斥为"痴人之不可说梦乃尔"。

第二十折（金本为《团圆》）【折桂令】有句曰："数黑论黄，恶紫夺朱。"金本因持《西厢记》当止于《惊梦》之说，故对《惊梦》之后内容都相当不屑。就像他论此句便云："又用《论语》，不通！无理！"对此，毛氏针锋相对地反驳道："'数黑论黄，恶紫夺朱'，……亦元时习用语。"并例举《对玉梳》剧的"据此贼罪不容诛，正待偎红倚翠，论黄数黑，恶紫夺朱"和《薛仁贵》剧的"着甚来数黑论黄，也则是恶紫夺朱"为证，进一步说明这是"切脚填词之例"。由此，他讥讽金氏道："只认《论语》，不认元词，又何必自称解《西厢》也？"

尽管毛氏坚持解书有据之说，但这并不意味着他的论定是对文学先例的亦步亦趋。在解经时，他认为"汉儒解经，惟过于求据，故反有失经义处"。① 这便意味着，在文学评点中，当文学例证与作品文本发生冲突之时，评者应该遵从的还是后者，由此可以看出毛氏对"实"的尊奉并不是机械的和流于表面的。兹以前面论述"以剧证剧"时曾举到的第十二折张生念白中的莺莺赠诗为例，该诗的最后一句在很多《西厢记》版本中都作"今

---

① （清）毛西河：《大学问》，《西河合集·经集》，清康熙间萧山书留草堂刻本。

宵端的雨云来"。对此，毛氏指出："'今宵'宜作'明宵'，此亦照董词而误者。"查董《西厢》相应情节处，莺莺赠张生诗的最末一句果然作"今夜雨云来"。一向重由历的毛氏何以在此时不再坚持"以剧证剧"了呢？考察叙写崔、张欢合的第十三折，其开头处即有莺莺的上场白云："昨夜红娘传简去与张生，约今夕与他相会。"所以，诗句中的"今宵"确实应系"明宵"之误。

在"以剧证剧"和"以剧解剧"之外，毛本还比较多地使用了"字形相近之误"和"字音相近之误"的方法来论定文本。王骥德本虽然也偶尔使用这两种方法，但在具体操作时却颇为粗糙。毛本却很注意将这两种看似简便的方法与"以剧证剧"和"以剧解剧"一并统合到自己的"求实"精神下。一个典型的例子便是第十八折关于【白鹤子】中"洗荡筝笛耳"的论定。此句中的"筝笛"很多《西厢记》版本都作"巢由"，文意因此难以理解。王伯良首倡此系"筝笛"字形之误说，并提供了一条苏轼"归家且觅千斛水，洗尽从来筝笛耳"（《听杭僧惟贤弹琴诗》）的诗句作例证。凌濛初本支持王氏观点，但并未贸然在文本中予以改正。至黄培本，文本已依王氏观点改为"筝笛"。由此，这本来是一个已几近澄清的问题，但大行天下的金圣叹本却又恢复了"巢由"旧貌，并批以"不通"二字，问题陡然又变得突出起来。对此，毛氏在遵循王氏旧说的基础上进行了更为深入全面的剖析。他对此句的解读并不是割裂的，而是放在整个【白鹤子】的语境之中进行的。这支曲词的全貌是："这琴，他教我闭门学禁止，留意识声诗，调养圣贤心，洗荡筝笛耳。"毛氏首先指出曲词描写的对象是"琴"，并引《白虎通》之"琴者，禁也。禁止于邪，以正人心也"来阐述琴的功用，由此为整支曲词的理解定下基调。然后他引孟郊《楚竹吟》之"识声者谓谁？秋夜吹赠君"和白行简《琴诗》之"全辨圣人心"来阐释"洗荡筝笛耳"前面的句子，指出"闭门学禁止，留意识声诗"二句运用了倒装语序，应解作"当学禁止而闭门，识声诗而留意也"，从而认定各《西厢记》版本中常出现的异文"禁指"和"识声时"是错误的，是字音相近而导致的错误。在此基础上，他才进一步引嵇康"听筝笛琵琶，则形疏而志越；闻琴瑟之音，则体静而心闲"之论说明"筝笛"的确符合该曲的主旨，并在王骥德所举的苏轼诗句之外又增白居易《废琴诗》之"不辞为君弹，纵弹人不听。何物使之然？羌笛与秦筝"为证，说明"筝笛""非偶见语"。由此，"筝笛"系"巢由"字形之误之说才变得有理有据，极有说服力。从这个案例可以看出，凭形音之误以断文本在毛本中绝不是简单的目断臆测，而是一种大胆设想和精心求证相结合的产物。评者可以凭借自己的学术敏感尽情地猜测可能的真相，但这一定要辅之以广博的文学知识和精细审慎的求证，如此方能获得有信服力的成果。所以毛氏在结束上述论定之后深深感慨道："作者既精深淹博绝人，考索而传。解者率窠陋乖舛，遂致古词之妙，失尽本来。……阅古至此，尚不憬然知惧，而妄肆讥弹，任情删改，嗟乎已矣！"

总的看来，毛氏对《西厢记》的论定是受其"求实"思想指导的。他能从文学具有前后承传性的认识出发，立足作品文本本身，又充分重视文学先例，使文学见解的表达能够呈现出丰赡的考订辨释形貌。

第三节　《论定西厢记》的主要建树

一　文献论定

论定式评点与传统的校勘注释学有着深厚的渊源，因此，一些以文献研究为兴趣的话题不可避免地会进入采用这种方式的评本中。在此之前，明人王骥德和凌濛初的本子中已经有不少这样的内容。然而毛本既以"论定"相标榜，它的论说显然也就具有了较强的一锤定音色彩。

（一）作者和第五本问题

《论定西厢记》对作者问题并没有作太多纠缠，只是在第一本正文之前，以几段简洁明了的文字予以说明。它首先开门见山地道出自身的观点："原本不列作者姓氏，今妄列若著若续，皆非也。"然后便对王实甫说、关汉卿说、关作王续说、王作关续说四种前人观点——进行辨析，各道其由来。显然，在究竟是关汉卿还是王实甫的问题上，他显得比较困惑，因为关说由来已久,"明隆、万以前,刻《西厢》者,皆称《西厢》为关汉卿作。虽不明列所著名,然序语悉归汉卿"。但是本自元代《录鬼簿》的《太和正音谱》却明确将剧作归于王实甫。然而对最为流行的一作一续说法,他却持明确的反对态度。

首先是驳斥"关作王续说"。该说的依据是一首元人《咏西厢词》的【煞尾】,其云:"董解元古词章,关汉卿新腔韵,参订《西厢》有的本,晚进王生多议论,把《围棋》增。"毛氏对此进行了三点质疑:第一,根据董《西厢》所提供的情节雏形,《围棋》一折实属赘疣;第二,《围棋》一折的存在从体制上不见容于五本;第三,《围棋》一折的创作风格与王实甫其余剧作并不具备共同点。故而他推断"汉卿《西厢》非今所传本。王生非实甫,增一折亦非续四折也"。由此"关作王续说"便站不住脚。

其次是驳斥"王作关续说"。他也提出了三个理由:第一,关汉卿虽与王实甫同时,但关"为先进","最有名",绝对不会替人续剧作。第二,《太和正音谱》已明确指出王实甫的《西厢记》是五本而非四本。第三,元剧但凡由两人合著者,必然会明确标示,但《西厢记》却无。由此,"王作关续说"也不足信。

在驳斥两种"一作一续"说法的基础上,他进而认定剧作根本就是一个整体,不应存在"作"与"续"的划分,这便进入了第五本问题的探讨。毛氏提出的理由亦是三点:

第一,"元例传演皆有由历"。他认为元剧在情节创意上都有所由来,且情节构造必须与那个根源保持高度一致。而元剧《西厢记》正是在董解元《西厢记》的基础上发展出的,董本在"村店惊梦"情节处并未煞笔,而是一直写到张、崔大团圆,故元剧《西厢记》也不能煞笔于"草桥惊梦"。

第二,【络丝娘】煞尾有所提点。毛氏认为,元剧每本之末均有【络丝娘】煞尾,其用意在承前启后。《西厢记》第四本末处的【络丝娘】煞尾是"都则为一官半职,阻隔得千山万水",这正是暗示下面还应有得官报喜的情节。

第三,"元词十二科中有所谓悲欢离合者"。毛氏认为,"悲欢离合"是元剧十二种题材之一,《西厢记》即属于此类,故其情节必然要遵循始离终合的模式，否则便不合科例。

由此，第五本与前四本本来就是一体，《西厢记》的作者虽然不能确定是谁，但必定只有一人无疑。

（二）杂剧体例问题

杂剧体例是所有涉及校勘的《西厢记》评者必谈的内容。毛氏的论定，在内容上仍然不出前代王骥德等人的范畴，主要是剧本体制构造、脚色唱例以及其他一些元剧的创作惯例等。只是，毛氏的论说更加精炼而富有选择性，前代常常出现争议的地方是其着力之处。

首先是剧本的体制构造。毛氏认为杂剧的基本体制是一本四折，几本杂剧由【络丝娘】煞尾衔接在一起则成为院本，《西厢记》便属院本。每一本之中，倘或有未尽情事，即需要交代但又不便置入四折正文的，便安排楔子纳之，"楔子，楔隙儿也。……此在套数之外者，故名楔"。楔子中若有曲词，通常都使用仙吕宫的【赏花时】曲和正宫的【端正好】曲，偶尔会用仙吕宫的【忆王孙】和越调的【金蕉叶】。

其次是标目问题。毛氏认为正名即是标目，每本结尾处皆应有六言四句正名，每句正是该本各折的名目，故不用再对各折另行标注。明人的诸种标目，不论是四字的还是二字的，都是受南曲影响出现的，而非元剧本来面目。而日新堂本等各折不标，只于每本各总标一句，也应该是后人的窜改。

接着是脚色以及唱演问题。毛氏并未一一论及所有人物的署色问题，而只单点出男主角应该称"末"，称"生"则是受南曲影响所致，这大概也是明人本子中发生混淆最多的地方。另外，他还指出，老夫人、杜将军之流在元曲科例中的确应该署色"外"，但是他为避免阅读时可能产生的混淆，还是依人名署色。在唱例方面，毛氏指出，尽管元剧通常情形下每折只能由一人唱，但作为院本，其每本的最后一折却必须参唱，即其中一些曲词要由非本折主唱者的脚色来演唱。对《西厢记》而言，参唱者除莺莺（旦）和红娘（红）之外，"外"、"净"等其余脚色皆不能担任。同时，一支曲词的演唱并非全部都是一气连贯的，有时其中会有参白，其意义在于领启下面的唱词。参白分为带白和挑白，前者是由唱者自己道出，后者则由场上的其他脚色道出。

最后，毛氏还谈到了元剧的一些创作惯例。比如第六折【小梁州】中的"万福，先生"是"以曲代白法"。第二十折结尾处【清江引】的"原普天下有情的都成了眷属"这种美好的祝愿词是爱情类题材的元剧结尾习例。又如，他认为元剧在语词上有较多的版本，其中一个缘故是"元词无正字"。再如第十九折颇多红娘奚落调侃郑恒的曲白，毛氏认为这是元剧的"打匹科例"，所谓"元词原有打牙诨匹调例，院本中所必有者"。

（三）调法和习语

调法是指每折之中各曲牌的固定程式以及程式之外衬字的使用。宏观地讲，它也属于杂剧体例的范畴，但与其他体例内容不大相同的是，它的重心是在曲学，表现为对曲文音韵、字数等方面内容的重视。毛本认为，通常情形下，曲牌对字数和音韵有严格的规定，比如【雁儿落】调每句都必须由三个衬字引领。在第八折【麻郎儿】中，他指出"知音者芳心自融"的"融"字不能换作"懂"是因此处需平韵。在第九折【村里迓鼓】处，他又论道："'孤眠'三句，……'涩滞'二句，……俱不用韵。只以'伏侍'、'脸儿'作韵，调法如此。"而他批驳王骥德等将第七折【新水令】之【幺】的"知他命福是如何"改作"知他我，命福又如何"，也是认为【新水令】调不允许有七句。

不过，毛氏对调法的认识并不机械，在很多时候，他更从对元剧的广泛接触中获得了一种变通的认识，即调法虽一定，具体操作却可因文制宜。比如第五折【六幺序】之【幺】中"半万贼兵"的"兵"字虽犯庚青韵，但他却说："元词多有一二字出韵者。"并举《青衫泪》等剧为例证，进而认为"一韵不出者，反近人之拘陋也"。又如，他认为同折【后庭花】曲可长可短，王骥德根本犯不着将其前半部分拆出为【元和令】。

习语，乃是指元剧作者常用的一些语句。毛氏对它们很是注重，常常在论定中予以指出，并对一些意义难解者做出阐释。值得注意的是，他还认为习语的使用在某些情况下是由调法所决定的。比如第十六折【折桂令】十余句曲词，王骥德、金圣叹等人都不同程度地进行过窜改。而毛氏则指出这些句子全是元剧习语，所谓"作词重韵脚，既入其押，则彼此袭切脚

201

语，以意穿串，谓之填词，唐人试题以题字限韵亦然"，因此根本不应改动。

二　文学探析

文献范畴的内容探讨并不是毛本的主要建树所在。作为一部评本，它更突出的成就，在于借助传统校勘注释的方法阐释了评者对《西厢记》的文学见解。

（一）文学作品的叙事虚构性

毛本对《西厢记》叙事虚构性的认识，突出表现在它对本事研究的态度上。《西厢记》的故事题材源出唐代元稹《莺莺传》，而《莺莺传》又被考证出是元稹对自己恋情的文学演绎。由此，清代以前的许多论《西厢记》者，都倾向于将剧作视为历史情事的演述，而非独立存在的虚构性文学作品。比如王骥德在校注剧作的第一折的第一支曲子【赏花时】时即云：

> 博陵，今属真定府。蒲郡，即今山西蒲州，唐为河中府。莺莺，唐永宁尉崔鹏之女。永宁，今属河南府。《传》言崔氏孀妇，将归长安。长安，今陕西西安府，唐所都也。博陵之崔，唐名族。鹏或徙居长安。又鹏妻郑氏墓志谓其"既丧夫，遭乱军"，则郑之归，鹏当以官卒于永宁，不当言京师。由永宁至长安差近，不当复至河中。言归长安，又不当复葬博陵。《记》中所谓相国崔珏，及此曲"夫主京师禄命终"，及"望不见博陵旧冢"，颇与《志》、《传》不合，皆词家乌有之语耳。

王氏虽然最终看到《西厢记》是"词家乌有之语"，但其态度显然是贬斥的，他并不赞成《西厢记》不遵循史事。而毛西河的态度则与此迥异。在同样的文本位置，他论道：

> 博陵，崔氏郡名。据王性之《辩证》，谓莺是永宁尉崔鹏女，然亦拟议如是耳。况词家子虚，原非信史。必谓崔是终永宁而归长安，非

终长安而归博陵者,一何太凿!

毛氏不仅没有细碎考证诸地名及人物史事,而且反对将文学作品强行印证史实的做法,认为那是穿凿附会的举措。他明确提出"词家子虚,原非信史",即谓《西厢记》是一部虚构的叙事性文学作品。

相应地,他在后面的论定中,不断驳斥那些以《会真记》或《会真记》题材史事来绳约剧作的观点。在全剧结束处,他专门撰有一则《附辨》,指陈一篇崔、郑合葬墓志铭竟然在全国四处被掘出的荒谬现象,揭露那些企图以伪造文物来证崔、郑婚姻美满从而诋毁《西厢记》,或者证明墓志铭中的崔、郑另有其人从而标榜《西厢记》做法的可笑实质。在此基础上,他进而明确剧作的文学体裁。在第二折论张生向红娘自陈"二十三岁"时有云:"'二十三岁'出董解元本,《会真记》作'二十二岁'。此从董者,正以由历在董耳。词例之严如此。"此乃严格区分小说和戏曲,认为只有同属曲的范畴的董解元《西厢记》才能被视为杂剧《西厢记》的来源。同时,他还不断强调,不能以现实生活的细节刻板要求虚构的叙事作品,作品首先应该服从的,是自身的文学逻辑。比如他在第五折【后庭花】唱词处论道:"欢郎本讨压子息,而曰'爱弟亲'、'后代孙'。使今人为此,必作如许认真矣。古人赋子虚耳。"按此曲为莺莺所唱,表现她在兵祸突至时对家人的顾惜,至于欢郎是否崔家真正的亲人,当然不是此时应该考虑的细节问题。又如,在第五本之中,关于张生究竟中的是探花还是状元之事,前人多喋喋不休,毛氏却云:"张中第三名探花,此又云张生敢是状元,后折亦称新状元,似矛盾,不知此正撒浪作子虚语处。不可不晓。"意谓状元也好,探花也好,不过都是虚构,只要能够传达张生此时已得功名的信息即可。

由此可知,在毛氏的观念中,《西厢记》并非史学的附庸,而是一部真正的文学作品。这种认识不仅使他的校勘摆脱了证史的琐碎沉冗,而且具有了浓厚的文学探讨意味。而他对叙事虚构性的充分认识,则使他的文学关注焦点亦集中在剧本叙事的一面。

(二) 结构章法探究

毛氏对叙事的关注,并非是从创作者的角度去进行的。他完全是将剧本作为一个业已形成的客观实体，考察它其中的大小情节如何搭建勾连，这便是他所谓的"章法"。可以说，毛氏对整部《西厢记》的文学探讨，就是一种章法探讨。

从宏观的角度而言，章法首先表现为作品整体的情节架构。如前所述，毛氏坚称第五本绝非后人另行补入，与前四本本为一体，观其理由，主要也是出于结构上的考虑。在具体的文本论定之中，他还对论据予以了进一步的补充。例如，第十四折【收尾】的曲词是"来时节画堂箫鼓鸣春昼，列着一对儿鸾交凤友。恁时节才受你说媒红，方吃你谢亲酒"，毛氏即论道："此又起后四折也。"第十六折【鸳鸯煞】处，他又引徐渭观点曰："'除纸笔代喉舌'，言今夜相思非纸笔以记，则此恨无从说与莺，盖为下折寄书地也。"这些都是在反复申明第五本是作品情节结构中不可分割的一部分。

而具体到每折内部，他则充分依靠节批形式细致考察情节的发展变化。以第一折为例，全折共有曲词十三支，毛氏将其分作五个部分。【点绛唇】和【混江龙】属于张生"自诉行径"；【油葫芦】和【天下乐】是张生"指点游历"；【村里迓鼓】到【上马娇】是"统言遇莺"；【胜葫芦】及其【幺】是写莺莺的容饰、言语和步履；【后庭花】至末曲【赚煞】"总是一节"，写张生在莺莺离去后的神思。对【赚煞】之中的"怎当他临去秋波那一转"一语，毛氏又特别指出："于伫望勿及处，又重提'临去'一语，于意为回复，于文为照应也。"并云："元人作曲，有凤头、猪肚、豹尾诸法。此处重加抖擞，正豹尾之谓。"可见他不仅注重情节的时序逻辑，还十分在意情节的前后照应。

在此需要特别指明的，是毛氏在结构探讨中对道白的重视。由于论定式评点与传统曲学有着颇深的渊源，故重曲轻白的现象在这种评点方式中持续了很长时间，王骥德、凌濛初乃至黄培的评本中都甚少论及道白。毛本则不然，从前面他对参白的阐释中已可看出，道白在他眼中，乃是与曲词相辅相成之物，曲白结合在一起，方能构成完整的剧本。因此，他十分重视曲白之间的结构关系，在论定过程中频繁指出某曲之中的哪句曲词是"承宾白来"。更进一步的是，他已明确提出了"曲白互引"、"曲白互见"的观点，意即曲词与其上下文中的道白有着互相映衬补充的关系，两者充分结合，共同构成一个完整的情节，从而充分表达一个主旨。例如第四折【碧玉箫】有"您须不夺人之好"一语，毛氏认为，此话绝非是指诸僧众阻挠自己偷看莺莺，因为如此理解"不惟失雅，且与前'呆僗'、'懊恼'相复出矣"，正确的理解应该结合曲后道白"再做一会也好"，是谓"法事了，则速莺之去，故曰'夺人之好'"，这便是典型的"曲白互引互见"。毛氏又指出，该折【折桂令】之"烛灭香消"与曲后道白"风灭了灯也"，以及第十一折【清江引】之"香美娘处分俺那花木瓜"与曲后对白中的莺莺令红娘发落跳墙张生，都属于这种情形。

毛氏的结构章法探究并不止于曲曲之间或者曲白之间，即便在一支曲子内部，毛氏也着力从该角度来考察其衔接构架。比如第一折【胜葫芦】之"未语人前先腼腆，樱桃红绽，玉粳白露，半晌恰方言"，此不过寥寥数语，但毛氏却在首先认定其主旨为"写莺之语"后，立即阐述其内部结构层次，即"从未语，始未语，欲语先为腼腆。……然犹未语也。但欲语矣，……然犹未语也。迟之半晌，恰才出一语耳。及其语也，而流啭若莺矣"。他以人物表情的时序逻辑进行解读，其细致程度几可与金圣叹之"极微"媲美。不同的是，这种细致的结构阐释是以对关键文辞引经据典的扎实考证为基础的，如其以《尚书》之"颜厚有忸怩"释"腼"为"厚也，面厚则惭"，以《雍熙乐府》之"樱桃微绽玉粳齿"释"樱桃红绽"、"玉粳白露"为唇启齿见。

在这种从整体到局部的全面章法探究中，毛氏整理归纳出不少结构技法。兹举几项论之：

缴上起下法。这是一种最常见的结构技法，是以一段文句承接前文又引起下文，从而令结构环环相扣，关锁严密。以第七折莺莺所唱【乔木查】为例，毛氏指出该曲之前四句"我相思为他，他相思为我，今日相思都较可。则这酬贺间理当酬贺"既承接前面张生对自家的救护以及自己对他的情意，又开启下面的家宴情节。末句"俺母亲也好心多"则更引领出莺莺见到席面之后心中的不好预感，从而为后文的悔婚做出了自然过渡。

金针暗度法。此法类似于通常所言之伏笔。以第十五折莺莺所唱【一煞】为例，该曲内有"懒上车儿内，来时甚急，去后何迟"数语，毛氏评曰："从'懒上车儿内'作一逆问，直起下曲'大小车儿，如何载得起'

句,此元词暗度金针之法。"正是指出一个看似不起眼的自问却正为本折的壮浪结尾打下伏笔。

绝处逢生法。例见第三折张生所唱【拙鲁速】之【幺】和【尾】。张生在莺莺突然离去后,"怨恨都加不得矣"。但曲词在描述完他的无比懊恼之后却立刻一转,用"有一日柳遮花映"、"画堂春自生"、"只去这碧桃花树儿下等"诸语写出对未来的美好期盼。由此,前段的极度压抑实际是以欲扬先抑的手法为后段的极度憧憬做了铺垫,从而产生波澜起伏的行文效果。

放慢一步法。例见第二折张生唱的【三煞】。该曲之前三曲都是抒发听到红娘严厉训斥之后心中的不忿,情感紧张而激烈,而此曲则进入对莺莺姿容的回想,情感明显变得舒缓,由此形成张弛有度的行文效果。

别一波澜法。例见第四折由莺、红参唱的【锦上花】及其【幺】曲。它们在整折皆从张生视角来观察莺莺的背景下,反而从莺莺、红娘的角度来观察张生;而其观察的从容又与整折张生等人偷窥莺莺的混乱截然不同,因此毛氏论之为"别一波澜,在章法之外"。

前后对比法。例见第五折。此折比较特别,前半折由莺莺唱,后半折却由惠明唱。而莺莺的唱词又根据情节背景的不同分为两个部分,在闻听惊变之前,主要是抒发相府千金的幽怨闺情,毛氏称之为"绵邈词";乍闻惊变之后,却因无所准备,一时间百感交集,既恨又怕,既担心亲人命运,又挂念张生,既想到自尽,又构思出妙计,便是毛氏所谓之"急抢词"。由此,前后一缓一紧,形成鲜明对比,令毛氏深赞为"章法颇奇"。

一步近一步法。例见第八折写琴声的【天净沙】至【圣药王】四曲。毛氏指出前两曲是"暗写琴声",第三曲是"明写琴声",最后一曲则是"写琴意,渐转入曲弄矣"。由此步步推进,有序有节,将琴声写得栩栩如生,如奏纸上。

逐节递入法。此是指真正的目的虽已确定,但却不能急于求成,而要故意左旋右绕,一步一步"水到渠成"地将它引出。例见第五折【后庭花】、【柳叶儿】和【青歌儿】三曲。毛氏认为,虽然第三曲的退兵结婚策才是"本意",但必须由第一曲的献贼策和第二曲的自尽策逐步递进推出,才有意趣。

对偶叙述法。此是指从不同的角度叙述类似的情节,从而达到一种对仗呼应的结构效果。比如第十四折红娘以【小桃红】与其【幺】曲分别嘲弄莺莺和张生在遭逢情事败露时的扭捏。又如,第十五折写崔、张别离时既有【脱布衫】述张生"蹙愁眉死临侵地",又有【小梁州】述莺莺"阁泪汪汪不敢垂"。

抑扬顿挫法。此又可称故作跌宕法,即在事件进行过程中故意设置一个与结局相悖的情节,从而营造出跌宕起伏的叙事效果。一个典型的例子便是莺莺的两次寄简。毛氏论之曰:"两次传简,何以不复?此处颇费措置。作者着眼俱在下一折。内如初次约生,下一折是跳墙,则于讪怨中尽情相许,以起下不成就意。二次约生,下一折是合欢,则于惊疑中尽情撇脱,以起下成就意。总是抑扬顿挫之法。"再如他在论张生跳墙遭斥的第十一折情节时曾云:"李卓吾评《西厢》了无是处,而独于此折云'若便成合,则张非才子,莺非佳人',最为晓畅。《会真》之奇,亦只奇此一阻耳。且即此一阻,亦并无他意,忽然决绝,即倏然成就,是故奇耳。"虽然征引了李卓吾的观点,但他的关注重心实非李氏所在意的人物形象塑造,而是情节起伏跌宕所营造的奇异效果。

毛氏从文本中总结出的结构技法还有很多,比如愈转愈深法、参错叙述法、步步转变法等,为避赘述,此不再一一举出。总之,通过考察他的这些技法可以发现,他非常追求结构章法的严密有序以及有声有色的文势。他不仅在论定中反复提出"章法秩然"、"文理瞭然"之类的观点,以将其作为对行文层次性与系统性的最高肯定,更多次引入"文势"这个古文结构学中的术语来论证《西厢记》的结构效果。比如其论第七折【乔木查】云:"盖此时红刻意调新人,而新人刻意推撇,大妙。且正为下文讳亲作势。"又论第十二折【秃厮儿】至【东原乐】三曲云:"【秃厮儿】言无衾枕,虽来无欢也。【圣药王】言未必来也。【东原乐】言若果来,虽无衾枕,犹无害也。文势最顺。"由此,这部主要采取论定方式来评点作品的评本,在文学追求上其实还是以叙事视角为解读作品的根本视角,而这与清代《西厢记》评点领域的主流认识显然是一致的。

考订辨释作为评点的一大源头,在评点诞生后仍然受到不少评者的重视。立足文本的透彻疏通来阐发文学见解,既能反映负责的批评态度,又

207

能加强结论的公信力。昔日被王骥德描述为"说曲大能解颐"的徐渭评点似乎已可见出考订向评点良性转化的苗头。然而可惜的是,王骥德对老师徐渭的这种做法反倒不大认同,认为它"声律、故实,未必详审",所以他的评点正如题名"校注"所指向的,甚多学术考订之实诚,而甚少"解颐"之机趣。如此情形在之后的凌濛初那里也并没有得到改变。这其实表明,在明末相当长一段时间内,评点者们对考订与评点的关系认识得并不到位。毛西河这部评本取名"论定",便已有与明代王、凌划界的意味。正如前文所述,毛氏对底本的介绍相当囫囵,完全不符合一位文献考订者应有的实诚态度,然而就凭着这么一本神秘的"兰溪本",他就可以纵横捭阖地指摘明人,理论之间尽显其挥斥方遒。所以,毛氏的"论定"实为借力曲学之识以立其文学之论,前人的文献考订成果和文学评论见解任其取用褒贬,既跳脱了传统考订的呆板,又夯实了传统评点的空疏,既以评论的视角统驭考辨,又以考辨的材实支撑评论,在典型的"六经注我"的方式中展现他关于《西厢记》既遵"曲"例,更重"剧"魂的认识。

第九章

《西厢记演剧》述论

鲁迅曾说："剧本虽有放在书卓（现为"桌"）上的和演在舞台上的两种，但究以后一种为好。"① 在清代评点者们普遍将《西厢记》奉为案头文学典范以揣摩其为文诀窍时，《西厢记演剧》却成为了一个异数。李书云等一群戏曲爱好者怀着对"终场歌演，魂绝色飞"盛况的追慕，积极重燃《西厢记》的场上生命。

第一节 诸评者生平及改评分工

如上编第一章所述，根据《演剧》中相关位置的文献记载，此书的改评者共有四位，即李书云、汪蛟门、朱素臣和李书楼。

李书云，名宗孔，别号秘园，江苏扬州人。他生于明万历四十六年（1618），是清顺治四年（1647）进士，历任部郎御史、给事中、大理寺少卿等官职。他工词晓曲，曾和朱素臣合编《音韵须知》。康熙十八年（1679）他解职归家后，曾组建家班。同时交好如吴绮、董文骥、缪肇甲、冒襄等皆有诗作记录其家班演剧的情形。冒诗在上编第二章论述《演剧》之评点意图时已进行引述，而缪诗《同李书云黄门汪舟次太史蛟门主政观女剧》则曰："座上黄门蓄伎精，两家珠串无边好。"②

---

① 鲁迅：《致窦隐夫》，《鲁迅全集》（第十二卷），人民文学出版社，1981，第556页。
② （清）邓汉仪：《诗观三集》卷十二，《四库禁毁书丛刊》（集部第3册），北京出版社，1998，第272页。

汪蛟门，名懋麟，字季用，"蛟门"是其号，江苏扬州人。他生于明崇祯十三年（1640），卒于清康熙二十七年（1688）。康熙六年（1667）进士，累官至内阁中书、刑部主事，曾参与《明史》修撰。他是清初诗人，著有诗文集《百尺梧桐阁集》和《锦瑟词》等。他又喜好戏曲，康熙二十三年（1684）罢官后曾蓄声伎。许多文人都曾对此进行题咏，如陈维崧《题汪舍人蛟门少壮三好图》有云："酒库经堂，正竞筝琶，客声沸然。……况溉堂集内，颇言声伎，茶村暇日，诟废丹铅。卿论诚佳，吾从所好，亟唤蛮娘斗管弦。牙签畔，渐玉箫风起，吹动舣船。"该词题注则曰："图作群姬挟筝琶度曲，拥书万卷，数鸱夷贮酒其旁。……"① 李念慈《题汪蛟门舍人少壮三女子小像》有云："妖姬三五人，秀色可餐掬。顿喉转春莺，度出清妙曲。校书及徙倚，调丝兼弄竹。新声竞盈耳，花艳并惊目。主人但安坐，衔杯流清瞩。"②

朱素臣名㿸，号笙庵，"素臣"是其字，江苏吴县人，生年不详，大约在康熙四十年（1701）后辞世。他是清初戏曲家，著有传奇二十种左右，今存《十五贯》（又名《双熊梦》）、《秦楼月》、《聚宝盆》、《翡翠园》、《未央天》、《文星现》、《锦衣归》、《万年觞》八种。曾与其弟朱佐朝合编传奇《四奇观》，协助李玉作传奇《清忠谱》并助其校订《北词广正谱》，另外还同李书云合编《音韵须知》。他同当时著名的戏曲作家和理论家李渔也有交往，其剧作《秦楼月》即由李渔评阅。

至于李书楼，该名字在书之卷端以及卷上卷下的开篇署名处都有出现，蒋星煜先生因此认为不可能是"李书云"之误刻。他推测此人是顺治五年（1648）中乡举的扬州人李宗说，并进而猜测他是李书云之兄弟。③ 对此，明光在其所著的《扬州戏剧文化史论》中持反对态度，认为序言未提及李书楼，评语作者中也没有此人，因而推测这还是"李书云"之误刻。④ 笔者在《中华书法篆刻大辞典》的《书法编·书迹》内觅得一条材料曰："《李

---

① （清）陈维崧：《迦陵词全集》卷二十五，《续修四库全书》（第1724册），上海古籍出版社，2002，第352页。
② （清）李念慈：《谷口山房诗集》卷十五，《四库全书存目丛书》（集部232册），齐鲁书社，1995，662页。
③ 蒋星煜：《西厢记的文献学研究》，上海古籍出版社，1997，第420~421页。
④ 明光：《扬州戏剧文化史论》，社会科学文献出版社，2008，第223页。

书楼正字帖》",其解释为:"历代丛帖。八卷。清康熙间,扬州李宗孔撰集,吴门管一虬摹,宛陵刘光信刻。卷一为曹植、王羲之、王献之、谢庄、陶弘景、李世民、欧阳询、颜真卿等魏、晋、唐人书十种。卷二为赵构、王羲之等书赞十一段。卷三为蔡襄书。卷四为苏轼书。卷五为黄庭坚书。卷六为米芾书。卷七为赵孟頫、鲜于枢、康里巎巎等书。卷八为聂豹、宋濂、祝允明、文徵明等书。清惠兆壬跋此帖云:'右帖邗江李氏刻石,无卷数,亦不著年月,刻手精到。唯蔡帖书体多率易处,即非赝本,要非剧迹,难可与《式古》、《贯经》诸刻颉颃矣。'"① 据此,此帖为李宗孔搜集前代诸位书法家书帖而成,而如前所述,"宗孔"即为李书云之名。此帖定名为"李书楼正字帖",正可证明李书楼即李书云之别称,并非误刻。

由此,《演剧》的评点责任人实只有李书云、朱素臣和汪蛟门三人。李书云的工作被定性为"参酌"。就文本的具体情形来看,这其实应该是对改评大局的主持。全书唯一的序言由他撰写。此序上追《西厢记》的地位和传播情形,点评前人得失,中述此书改评情形,并特别提点汪蛟门,下及汪氏之逝和出版事项。可谓高屋建瓴,总揽全局。他的主持也不仅是停留在指导谋划层面的。因为在作品第二折、第十一折、第十五折、第十六折、第十八折的折批中,都可以看到他的评语;而冒襄所观看的《西厢记》演出,也正是在他的宅中进行的。② 显然,他还是改评工作的切实执行者。汪蛟门的工作被定性为"评点"。就文本具体情形来看,他的评语是全书评语的主体,被列在每折折批之首,对该折的改编行为进行论说,因此他的工作应该与常规情形下那种与创作相分离的评点有所区别。在这场改评工作中,他应该是最主要的具体操作者,和李氏一起通过戏场实践反复探索修改,并逐步完稿。朱素臣的工作被定性为"校订",应当是在李、汪二人的工作进行得差不多时,以他丰富的戏曲创作经验来审核修订作品,令其最后定稿。相比较而言,他的工作量应该是最小的。因此,以往有些研究者将《演剧》称作"朱素臣本"其实并不够客观。

这场以合作方式进行的改评应该是一次慎重的行为。李书云序言曾以

---

① 李国钧主编《中华书法篆刻大辞典》,湖南教育出版社,1990,第707页。
② 详见上编第二章第五节。

"闲中偶为分析"来形容改评的展开方式，这就说明改评不存在时间上操之过急的缺陷。联系到李氏和汪氏都是赋闲在家的官僚，其对戏曲的好尚有丰厚的资产作支撑，随时可用家班来实地操演揣摩，因此这场改评是具备精雕细琢的条件的，这也许就是它何以会从汪氏生前一直持续到其作古之后的缘故。而汪氏之逝，也为我们勘定评本的成书时间提供了依据，上编第一章中"刻成于康熙二十七年之后不久"的结论正是据此推出。

第二节　"场上戏"的艺术魅力

剧场观演与案头阅读不同。后者是读者直面文字，在没有相对限制的时间中通过想象和联想等思维的充分调动，在思接千载、神通万里中接触人物形象，领会作品主旨，感受艺术魅力；而前者则是观众身临剧场，随着眼睛和耳朵不断接收戏台上传达出的艺术信息，心理也不断做出回应，从而领略到作品在表演中散发出的魅力。由于观演要在一定时间限制内完成，而观众的欣赏目的也以娱乐休闲为主，因此，如何在这有限的时间内营造最生动、最精彩的演出效果，便是这部以重返氍毹为评点意图的评本的责任者们最集中考虑的问题。在进行了体制、唱法和科白的改动之后，这部《西厢记》的确表现出既不同于其他案头评本，亦有别于前代改本的艺术魅力。

一　气氛热闹

李渔曾云："传奇原为消愁设，费尽杖头歌一阙。何事将钱买哭声，反令变喜成悲咽。惟我填词不卖愁，一夫不笑是吾忧。举世尽成弥勒佛，度人秃笔始堪投。"[①] 这是指出愉悦观众是场上戏曲的终极追求。而观众的来源五花八门，聚集在戏场四周的他们希望获得的愉悦一般都不会是阳春白

---

① 李渔《风筝误》之"下场诗"，见《续修四库全书》第1775册，上海古籍出版社，2002，第575页。

雪型的，因此戏曲带给人的欢乐基本都是世俗性质的。这种世俗的欢悦又往往需要通过热闹及喜感等美学要素来营造。《演剧》的评者显然深谙此道，在他们的改评之下，一场西厢情事变得更加热闹，四处皆见诙谐。

热闹气氛的主要来源之一便是登场脚色全部安排了曲白。王实甫的原本作为元杂剧，基本都是一人主唱一折，其余脚色虽然登场，发挥空间却非常有限。这与它以抒情为主的剧本特色有关，一折内的曲词基本都是从主唱者的角度描述其所见所闻、所思所感。在这样的剧本中，一折曲词连缀起来之后虽然能够展示一个人物完整的内心世界，从而有助于主要人物的塑造，但从观众的角度来看，却未必是完美的。在清初这个传奇演出早已繁盛的时代，王氏原本这种曲词表演方式显然会让场面变得冷清，而观众总听着一个主要脚色在那里演唱，也不免会产生审美疲劳。为此，《演剧》精心安排主要脚色之外的其他场上脚色分担一部分曲词的演唱，从而令个人独白式的表演变成了互动性的交锋，每个脚色都能充分展示自己的个性，场面因此变得活跃，气氛也更加热烈。

例如，《寺警》开头处有【八声甘州】至【鹊踏枝】六支曲子，原本中皆为莺莺独唱，用以抒发她对张生难以言说的爱慕。如若登台，观众便只会看到"旦"这个脚色独自在那里浅斟低唱。虽然这几支美轮美奂的曲词配上那样一个娇美柔弱小姐的绕梁丽音，场景必定动人，但终究更接近于诗词的意境，而同世俗的审美情趣有一定距离。《演剧》则不同，它将几支曲词的部分文句分给了红娘（小旦），比如"从见了那人，兜的便亲。想着他昨夜诗，依前韵，酬和得清新"、"谁肯把针儿将线引，向东邻通个殷勤"等。这些文句的内容都是红娘亲历亲验的，当她以旁观者的角度唱出来时，莺莺的内心情愫就变得更加真实生动，而这个小丫头的灵慧乖巧也得到体现，同时对下面的情节也可以进行一定的暗示。更重要的是，演唱在这主仆二人之间交替进行，一说一证，场面便不再单调冷清，观众也有了新鲜的感觉。对此，汪蛟门在折批中评述道："极写娇女儿愁态。原本淋漓无可假借，就中以闲情冷语作红娘口吻，略增一二官白，遂针线相引。……庶不冷场。"

同理，《停婚》一折的曲词本都属于莺莺唱。评本却将【庆宣和】前三句、【得胜令】和【甜水令】都改为张生（生）唱，又将【折桂令】上半曲和【乔牌儿】、【殿前欢】改作红娘唱。由此形成从张生和莺莺两位当事人角度互写夫人停婚带来的内心痛苦，并辅之以红娘这位旁观者的佐证，进一步表现停婚给二人带来伤害的生动表演局面。三种声口交响于戏台，汪氏因而在该折折批中自矜道："以此登场，那得不令人叫绝。"

热闹气氛的另一个来源便是科白的增加。以《巧辩》为例，王实甫原本中是先由红娘猜想老夫人对自己的拷问情形，再发生夫人拷红的真实事件。夫人在拷问的过程中，一共追问了五次，分别是：

（夫人云）小贱人为甚么不跪下！你知罪么？
（夫人云）你故自口强哩！若实说呵，饶你；若不实说呵，我直打死你这个贱人！谁着你和小姐花园里去来？
（夫人云）欢郎见你去来，尚故自推哩！（打科）
（夫人云）问候呵，他说甚么？
（夫人云）他是个女孩儿家，着他落后怎么？

每问都非常简单，目的都是为带起红娘的曲白，让红娘进行充分的表演。由此，一场本应杀气腾腾的拷打戏表演出来后，却几乎成为红娘的独角戏，剑拔弩张的气氛明显不够，观众也不一定能充分领略到红娘在危难时刻的魄力和智慧。对此，《演剧》评者首先认为"拷艳以夫人为主，岂可无曲"，由此便取消了红娘猜想那部分，而将其中以老夫人口吻吐出的曲词改为拷红事件中真正的老夫人（老旦）问话，同时增添了许多绘声绘色的科白，将一个威风凛凛、怒气冲冲的相府夫人形象展现得淋漓尽致。她为了追索出事情真相，前后共发问二十一次。每一问都很细致，最后形成的局面便如同挤牙膏一般，她挤一下，红娘就吐一点。虽然从阅读层面来看，这可能会削弱红娘机智勇敢的形象，但身处剧场的观众亲见这么热闹紧凑的对答，很有可能产生看旋转花灯的感觉，紧迫的追问和小心的回答络绎不绝地出现，就像灯面故事一般，令人目不暇接，新鲜感和刺激感便很容易让他们忽视这个小缺陷。更何况，这其中还伴随着二人的各种科介，如怒介、跪介、立起介、哭介、打介、背指内介、又作打介、又欲打介、欲言又止介、又作打介等。这场展现冲突的拷艳之戏真是名副其实的有声有色，具有极强的娱乐性和感染力。对此，汪氏在折批中高度概括为："此折生色处全在科目宾白，增改有情，与曲理承接自合，遂觉耳目一新。"

场上戏其实是一个双向的互动行为，热闹氛围的营造不光来自场上演出的热闹，也来自观众反应的热烈。观众的热烈反应，或者来自引人入胜的情节，或者来自演员的扮相，或者来自曲词演唱的动听，但都比不上哄堂大笑来得直接而彻底。剧本中诙谐场景的设计，无疑可以最有效率地赢得这种热烈的反应。《演剧》评者们非常注重运用这一点，这很明显地表现在他们对王实甫原本中搞笑因素的积极保留上。例如《修斋》中莺莺和红娘所唱的两支【锦上花】就具有戏谑意味，它们活灵活现地勾画了张生急于向莺莺展示自己的滑稽行为。为此，评本坚决反对别本删去二曲的做法，并援引毛西河评语曰："【锦上花】互参莺、红二曲，一调笑，一解惜，如挡弹家词。于铺序中突挼旁观数语，最为奇艳。妄者以北曲每折必一人唱，一概删去，则了措矣。乌知作者本来元自恰好如此！"

二 剧情精彩而明晰

一部优秀的剧本毋庸置疑地应该具有精彩的剧情设计，然而这份存在于纸面的精彩却不一定能够成功地被搬上戏台。王实甫原本的剧情设计固然相当出色，但是，它那种一折戏由主要脚色一唱到底的表演方式，决定了它的情节基本都通过主要脚色的说唱来演绎。观众需要从生旦关于自己耳闻目见、所思所感的陈述中间接获悉剧情，这在戏曲艺术相当成熟的清代初年，显然有隔靴搔痒之憾。对此，《演剧》大胆地将剧情演绎从主要脚色侧面描叙方式转变为由所有脚色参与的直接呈现，每一剧情单位中各人各事的精彩因而更加明晰地呈现在观众眼前。

以《跳墙》为例，该折剧情最精彩的部分在张生跳墙后莺莺陡然变卦的一段，而原本的设计却比较粗线条，先是张生搂莺莺，然后莺莺发怒，呼唤红娘，红娘替张生告饶，将张斥责了一通，然后作罢。整个情节的演绎基本都是靠红娘这个旁观者的曲白来进行，而崔、张这对生旦作为主要脚色反而很少吱声，特别是莺莺这个本该大有表演余地的关键脚色，却也只有寥寥几句道白。《演剧》的评者们显然认为这种设计不能将剧情的精彩之处充分地展现到戏台上，因此他们要做出改动，让当事人特别是莺莺积极参与到表演中来。汪蛟门在折批中说:"春宵风景,二美同声,如闻喁喁细语。……【雁儿落】与【得胜令】半曲作莺莺变卦正文,似意严词正,而暗相勾引。正在此一调换间,神情逼肖。"评者发现莺莺变卦的关键之处在于她那既爱张生又因相国小姐身份而不得不拿捏作态的矛盾心态,因此将审问张生的【雁儿落】与【得胜令】之大部分曲词都丢给了莺莺。莺莺何以会如此积极地审案?评本在二曲之前的科白中又通过改动做了充分的准备工作:在张生刚刚跳下墙来的时候,她并不惊怒,只是问道:"张生来了么?"同时还很关心他是否跌伤。然而一旦闻知他已将事情真相知会红娘后,她立刻做出一个"惊介",并迅速变色道:"呀!红娘看见的?闪开!红娘快来!"当红娘出现后,她便要求将张生扯去见夫人。张生却又申诉是她下约在先,并拿出书信。她伸手接过便"作扯书介"。由此,【雁儿落】与【得胜令】中那些口气严厉的审问曲词展现的绝不是莺莺的端庄持礼,而是她心中有鬼的惶惑不安,这便是评语所谓的"似意严词正,而暗相勾引"。这种改动,也的确比原本更能凸显莺莺复杂的心理境况,的确是"此一调换间,神情逼肖"。

三 斥低俗,添文雅

用于勾栏家院中搬演的戏曲有迎合世俗审美的需要,但是通俗不等于低俗。《演剧》出现之前,曲界本已有适合在传奇当道时代登场的《西厢记》改本,明代李日华改编的《南西厢记》便是代表。这个本子实用性虽强,却历来遭到文人曲家的诟病。一是说它割裂和改易王实甫原本曲词(这里姑且不谈此问题),一便是说它恶俗。《演剧》作为传奇化的《西厢记》,对这部《南西厢记》其实是有所继承的,《南西厢记》所设计的一些道白和上场诗都被《演剧》继续沿用。例如剧情开头张生投店时,店家上场即念"门径多潇洒,铺陈色色新,广招天下客,安歇四方人",而店家对法本的介绍也是"善能诗赋,来往士夫,无不相访"。很明显,这些道白和诗词都颇具文雅色彩。与此相反,《南西厢记》中恶俗的设计却是《演剧》坚决摒弃的。

例如,《传情》一折,南本在红娘胁迫张生称自己"娘"时,设计了琴童上场"诨叫太婆"的动作。对此,汪蛟门在折批中痛斥为"恶状,最不可耐"。与此相应,《演剧》将琴童的出场安排在红娘初来张生住处时,设计其道白曰:"红娘姐,你此来必说甚话儿。有我在此不便,可是么?你自进去,我且回避。"评者们显然对自己的这种设计相当自得,故其于折批中论道:"双文既有狡狯青衣,君瑞岂无伶俐童子?自请回避,不独大雅,而且得体。"

又如,《借寓》折批指责南本"俗优科诨,哄堂绝倒,不知何所师承,每见欲呕"。考察《南西厢记》,果然有相当数量的恶俗科诨,比如法聪在张生欲见法本时先对张生道:"我师长年纪大了,有些重听。稍停相见,须高说些。"而回过头来,他又对法本说:"便是昨日来访的先生。他有些耳聋的。"如此设计,当然是为取乐,但不免显得法聪猥琐无聊。而张生遭红娘斥责后,南本又有琴童登场,和红娘相互嘲谑,其中之道白,更多有低俗成分。对此,《演剧》也同样设计了法聪的插科打诨和琴童的出场,但风味却完全变了。法聪的科诨主要体现在【石榴花】一曲中对张生自叙的不断插嘴,如"师父,还是西京还是洛阳"、"嗄,是关中"等,以及分唱【斗鹌鹑】"则那穷秀才人情纸半张,怎强如七青八黄,尽教咱说短论长,也则待掂斤播两"时的"背向外介",都十分诙谐,却无恶俗感。而琴童的出场则被设计在红娘斥责完张生离去以后,分唱【耍孩儿】数曲中的"终则是未得风流况,成就了会温存的娇婿,怕甚么能管束的亲娘"、"他直待眉儿淡了思张敞,春色飘零忆阮郎"、"少呵有一万声长吁短叹,五千遍捣枕搥床"等语。既是对张生的安慰,又不乏善意的调侃,却不曾有半分低俗。这便是该折折批所云之"借【斗鹌鹑】下半调,与法聪唱。绝妙问答,绝妙诙谐。……又借数句与琴童唱,点缀生姿。此折遂变俗为雅"。

总的看来,《西厢记演剧》的确是一部比较成功的服务场上的改评本。在改编与评点的共同作用下,热闹气氛的营造增强了场上表演的娱乐性,加深了作品对观众的感染力度,而更精彩明晰的剧情也使戏台的呈现愈发引人入胜。从李书云等人的身份以及彼此交往情形来看,这是一个文人士大夫的戏曲爱好群体,因此,即便这部评本发挥的是指导场上演绎的作用,它却呈现出和清代那些以《西厢记》为"文"的评本相同的"雅"的美学风貌。

结　语

　　孔子曾以"十有五而志于学，三十而立，四十而不惑……"形容人一生的学习状态，其实这话同样也适用于《西厢记》评点的发展历程。明代的评点情形正如同人在不惑以前的面貌，生机勃勃、思维活跃、敢于多方尝试，但在严肃性、系统性和深刻性上却不免欠缺。进入清代，好比人届不惑，社会历史变革煽起的理性世风，以及《西厢记》舞台搬演的冷寂，让评点再也不会受到商业利润诱惑或是大众传播的干扰，评家们真正沉下心来，将这种特殊的批评活动视为一件庄严而神圣的事业，开始了冷静而审慎的体系搭建工作。无论是承载自我、度尽金针，抑或惊世醒梦，还是厘定经典、重返甄郚，每一种基于个人好恶与专长的评点意图下都存在着起码的共识，即评点是评者个人意志的展现。而这种展现的方式，不管是直接的评析，还是间接的论定，或是独到的改评，都具有一个基本的视角，即是文学意义的视角而不是文献的、哲学的、声乐的以及任何其他意义范畴的视角。由此，评点的文学内涵与批评功能获得了清晰的界定。在评点的发展历程上，这是至关重要的一步，评点正因此获得了首脑。只有在这样的认识统率下，明人业已营构出的各种形态要素和理论观点才能被"有灵魂地"继承和进一步发挥，评点才能真正摆脱松散混沌的状态，成为体系鲜明、组织严谨的有机体。由此，评点作为本土文学批评样式的特殊性和民族性才能充分得以展现。我们不仅在外在形态上看到若干的旁批、夹批、眉批、节批、折批"忙碌"地穿插于文本之间，我们更能在内涵上体认到这些丰富活泼的元素和作品总评、序跋等的紧密配合与相互阐发。它们就像一台机器上的若干零件，在评者个体性文学识见的操控下高效运转，从而对作品做出全面的、透彻的和深刻的剖析,其斩获的观点亦因此不仅满足了赏析者的兴趣,更直指创作的玄机。而在这个过程中,中华民族思维的感性与理性、民族审美的大气与细腻、民族气质的灵动与稳重等看似"二律背反"的文化元素也得以和谐而立体地呈现。

附录一

王实甫《西厢记》汇评举隅

凡　　例

※本汇评的戏曲底本为王实甫《西厢记》，采用的是明清各《西厢记》版本中最符合今人对元杂剧体制认识的凌濛初校正本之戏曲文本，具体选用的是上海古籍出版社据上海图书馆藏初刻初印本影印的《凌刻套板西厢记》。在此基础上，参校以王骥德《新校注古本西厢记》和毛西河《论定西厢记》，并参考今人王季思校注本和张燕瑾校注本的部分见解，力求完善。

※评语分别出自五种评本，即：黄培《详校元本西厢记》、朱璐《朱景昭批评西厢记》、毛西河《论定西厢记》、潘廷章《西来意》、李书云等《西厢记演剧》。为求行文简洁，汇评中分别简称其为："黄"、"朱"、"毛"、"潘"、"李"。

※眉批简称"眉"，夹批简称"夹"，旁批简称"旁"，它们均以双行合一的方式置于被评点的文本对象之后。节批简称"节"，因为是对跨度较大的文本的评说，故依原貌置于所划文段之后。折批简称"折"，作为对全折文本的概括性评述，放于末尾。

※相同文本之后各家评语的排列，原则上以时间为序。

※评点本来包括评语和圈点，但考虑到排版的困难与实际参考价值，今只录评语，不收圈点。

※个别评语所涉及的戏曲文本可能会与底本有出入，对此以脚注方式标出。

第四本　草桥店梦莺莺杂剧

第四折

（末引仆骑马上开）离了蒲东早三十里也。兀的前面是草桥店里，宿一宵，明日赶早行。这马百般儿不肯走。行色一鞭催去马，羁愁万斛引新诗。**（朱眉）**骅骝会意，纵扬鞭亦自行迟，又安知马之不害相思、不伤离别耶？看他初摇笔便作醍醐灌顶真言。

【双调】【新水令】望蒲东萧寺暮云遮，**（潘旁）**不堪回首。**惨离情半林黄叶。马迟人意懒，风急雁行斜。离恨重叠，破题儿第一夜。**痕如风迅扫，隔成异域。**（朱眉）**劈头数语，便将从前一十五篇泪点血点、香痕粉

（毛节）元词多以惊梦写离思，如《梧桐雨》、《汉宫秋》类，原非创体，况此直本董词，毫无增减。谓《西厢》之文"青出于蓝"可也，必欲神奇慄怵，谓《西厢》能作郑人蕉鹿之解，吾不知之矣。嗟乎！痴人之不可说梦乃尔○"离恨"，诸本改作"愁恨"，不知"离恨"、"离情"显然复出。古文不拘检，每如此。"破题"解见前折○刘丽华曰："旅舍魂惊，春闺梦断，此篇隐语。"

（潘节）开口第一句，便将当日相逢的佛殿一笔打灭。凡则天之敕施金碧，崔相之呵殿经营，张生之琴书下榻，小姐之锦玉香丛，俱付之烟云灭没之中已。结末二句，张方以为第一夜离恨起头，而不知为五百年业冤结果。此时盖尚在梦中也。

想着昨日受用，谁知今日凄凉！

（毛节）"便是"，便如是也，言不想便尔○参释曰：一说想起受用便是凄凉处也，亦通。①

---

① 毛本此处的念白是："（正末云）想着昨日的受用，便是今日的凄凉。"

【步步娇】昨夜个翠被香浓熏兰麝,欹珊枕把身躯儿趄。脸儿厮揾者,仔细端详,可憎的别。铺云鬓玉梳斜,恰便似半吐初生月。

(毛节)此接宾白"正想昨日受用处"。"趄",仄也。《黑旋风》剧"那妇人叠坐着鞍儿把身体趄"○词隐生曰:"'脸儿相偎',以脸着脸。'脸儿厮揾',以手着脸。'仔细端详',正揾脸之谓。"

早至也,店小二哥那里?(小二哥上云)官人,俺这头房里下。(末云)琴童,接了马者!点上灯,我诸般不要吃,则要睡些儿。(仆云)小人也辛苦,待歇息也。(在床前打铺做睡科)(末云)今夜甚睡得到我眼里来也!

(潘节)全篇只为"梦"字,便段段将"睡"字来接引。此时须记琴童睡也。

【落梅风】旅馆欹单枕,秋蛩鸣四野,助人愁的是纸窗儿风裂。乍孤眠被儿薄又怯,冷清清几时温热!

(末睡科)(旦上云)长亭畔别了张生,好生放不下。老夫人和梅香都睡了,我私奔出城,赶上和他同去。

(潘节)此时张生睡也,须记老夫人、红娘都睡也。

【乔木查】走荒郊旷野,把不住心娇怯,喘吁吁难将两气接。疾忙赶上者,打草惊蛇。(黄眉)王伯良曰:"'打草惊蛇',只用见成语,用不得王鲁事为解。大略疾忙惊动意,亦不必喻行之疾也。"

【搅筝琶】他把我心肠掇,因此不避路途赊。瞒过俺能拘管的夫人,稳住俺厮齐攒的侍妾。(朱眉)"瞒过夫人,稳住侍妾",明则不欲使一部书中若干人一齐入梦,暗则实补《旅梦》一篇未到之人矣。想着他临上马痛伤嗟,哭得我也似痴呆。(黄眉)"哭得也似痴呆"是莺说生。①不是我心邪,自别离已后,到西日初斜,(黄眉)"西斜"时本多作"初斜",已非。即空本作"西日初斜",更非。②愁得来陡峻,瘦得来咿嗻。则离得半个日头,却早又宽掩过翠裙三四褶,谁曾经这般磨灭?

---

① 黄本曲文为:"想着他临上马痛伤嗟,哭得也似痴呆。"
② 黄本曲文为:"自别离已后,到日西斜。"

（黄眉）即空主人谓："'自别离以后'四句非常调，乃'心邪'二字句下之可增四字叠句者。后'夫人的诰勅，县君的名称'是也。金伯峴削去'愁得来陡峻'及末'翠裙'二句，竟以'瘦得来咿嚌'止。不知末二句正添句。后之入本调者，亦妄涂抹矣。"徐本亦去"则离得半个日头"句，何哉？○"咿嚌"，疾快急速之意。旧解谓是庙中守门鬼，可笑！

【锦上花】有限姻缘，方才宁贴；无奈功名，使人离缺。害不了的愁怀，却才觉些；掉不下的思量，如今又也。（潘旁）一片怨乱。清霜净碧波，白露下黄叶。下下高高，道路回折；四野风来，左右乱蓳。我这里奔驰，他何处困歇？

（毛节）院本参唱例，解已见前。陋者不解，只拾得"北曲不递唱"一语，遂以为无两人互唱之例，致改生在场上听，旦在场内唱，千态万状。嗟乎！古词之遭不幸，一至于此○"打草惊蛇"，元词习语，言趁逐之速也。《百花亭》剧"任从些打草惊蛇"。"稳住"，亦作"稳下"，安顿也。"厮齐攒"，即伏侍的勤也。"陡峻"，险也。"咿嚌"，已甚也。董词"那一和烦恼咿嚌"。《黑旋风》剧"那些畅好似忒咿嚌"。"又早觉掩过翠裙"，或作"又早宽掩过翠裙"，字形之误①。"蓳"，旋倒貌。元词"羊角风蓳地蓳天"。"回折"俗作"凹折"，《雍熙乐府》作"曲折"，皆字形之误○参释曰："别离已后"数句，与【搅筝琶】本调不合。第二十折亦然。要是字句不拘者，说见卷首并第二十折。

【清江引】呆答孩店房儿里没话说，闷对如年夜。暮雨催寒蛩，晓风吹残月，今宵酒醒何处也？（朱眉）首二句拟张如此凄凉，中二句举尽日光景，末二句正见梦中恍惚寻觅也。

（毛节）接"何处困歇来"。董词"床上无眠，愁对如年夜"。柳耆卿词"今朝酒醒何处？杨柳外晓风残月"。

（潘节）四阕情词怨乱，景物荒凉，可抵宋玉《悲秋》一赋○人生惟情焰最难打灭。通折叙来，僮睡、张睡、夫人睡、红娘亦睡。人人向寂，独双文犹在奔驰。此自无始来不磨的情种，亦自无始来难消的业障。一受颠倒，九地相随。非具大觉性者，岂能斩断○或曰北曲不用两人唱，因欲藏过莺莺，而作鬼声。噫嘻！何其舛昧也！彼岂知

---

① 毛本【搅筝琶】中此处曲文为："则离得半个日头，又早觉掩过翠裙三四折。"

此篇中原未有莺莺唱耶？盖莺莺在长亭别去矣，草桥店中无莺莺也。无莺莺而何以莺莺唱？此即张之魂也。则莺莺唱即张生唱也。此时尚认崔、张为两人，何异争郑人之鹿，扑庄生之蝶哉？语云："痴人前不可说梦。"洵然！

（旦云）在这个店儿里，不免敲门。（末云）谁敲门哩？是一个女人的声音。我且开门看咱。这早晚是谁？

【庆宣和】**是人呵疾忙快分说，是鬼呵合速灭。**（旦云）是我！老夫人睡了，想你去了呵，几时再得见？特来和你同去。（末）**听说罢将香罗袖儿搊，却元来是姐姐、姐姐。**（黄眉）即空主人曰："'姐姐'是叠句，前'倒躲、倒躲'是也。俗本少二字，非调。"

难得小姐的心勤！

【乔牌儿】**你是为人须为彻，将衣袂不藉。绣鞋儿被露水泥沾惹，脚心儿管踏破也。**（朱眉）首句说莺尽心，下三句足首句意。

（毛节）"是人呵"数语全用董词。"却元来是俺姐姐、姐姐"，后二字另作句，调法如此，然勿作"小姐"，此亦用董词"却是姐姐那、姐姐"。"为人须为彻"，"须"字不着力，此引成语诵莺也。"不藉"，犹不顾，董词"几番待撇了不藉"。"脚心儿"勿作"脚心里"，《伍员吹箫》剧"害得你脚心儿蹅做了跰"。

（旦云）我为足下呵，顾不得迢递。（旦唧唧了）

【甜水令】**想着你废寝忘餐，香消玉减，花开花谢，犹自觉争些；便枕冷衾寒，凤只鸾孤，月圆云遮，寻思来有甚伤嗟。**（黄眉）即空主人谓："此曲只为【折桂令】之首一句，言想着害相思犹可，便孤单寻思来，亦不甚苦，而最苦是离别，即前'谂知那几日相思'。数句一意。王伯良妄改谬解，甚牵强。"

【折桂令】**想人生最苦离别，可怜见千里关山，独自跋涉。似这般割肚牵肠，倒不如义断恩绝。虽然是一时间花残月缺，休猜做瓶坠簪折。**（黄眉）俗本作"休猜做瓶坠簪折"，与上句"虽然"字悖〇白乐天诗"井底银瓶坠，银瓶欲上丝绳绝。石上磨玉簪，玉簪欲成终久折。瓶坠簪折似何如？似妾今朝与君别。"①**不恋豪杰，不羡骄奢。**（黄眉）即空主人曰："俗本作'不羡骄奢，只恋豪杰'，王伯良谓反堕俗境。"**生则同衾，死则同穴。**（朱眉）至此则蝴蝶乱飞矣。

---

① 黄本此处曲文为："则怕你猜做了瓶坠簪折。"

（毛节）参唱例，说已见前。俗不识例，又拾得"元曲无递唱"一语，遂依回其间，或注三曲是生唱，或解三曲是生代莺唱，无理极矣。《记》中每本有参唱，虽最愚者亦宜自明。但拾"元曲只一人唱"一语，守为金科，无怪乎天池生作《度柳翠》剧以南北间调属一人唱，而恬不知非也。"废寝忘餐"一曲，又以相思、离愁比较，言别离比之相思，似乎较胜。以相思无着，"花开花谢"，任其荣落；此则有着矣，何也？以成亲故也。但才成亲而陡别离，又益难堪耳。俗解"犹是较争"为相思，犹可，则"又甚伤嗟""又甚"二字无语气矣。① 两折内比较相思与离愁，凡四见，各不同。初曰"相思回避，破题别离"，一止一起也。继曰"稔知相思滋味，别离更增十倍"，是离愁甚于相思也。又继曰"愁怀较些，思量又也"，是离愁仍旧是相思也。此曰"犹较争些"、"又甚伤嗟"，似离愁较胜于相思，而骤得离愁，则又甚也。每转每深，愈进愈胜。俗注谓此曲俱作别后说，奥曲无理。古文之似顺而难明，每如此○"月圆云遮"，"遮"字于调宜仄，故借叶。王本改作"月满"，虽亦元词成语，然调仍不叶，何必为此○"想人生最苦离别"十余句俱元习语，似集词然者。凡作词重韵脚，既入其押，则彼此袭切脚语，以意穿串，谓之填词。唐人试题以题字限韵亦然。今人不识例，全不解何为习语，何为切脚，便欲删改旧文，此何意也○既云"倒不如义断恩绝"，随云"休猜做瓶坠钗折"，似矛盾。此处殊难得语气，大约言生人苦别，而汝方独行，所以来也；若任其牵挂而不来相就，是牵挂反不如决绝矣，而可乎？虽然暂离，莫谓可决绝也。我则无他美，愿同行耳。此正自疏其来意，抑扬顿折，妙不可言。他本改"虽然是"为"你劝我"，便觉难解○参释曰：元剧车遮韵多与此折语同。"瓶坠钗折"，用白乐天诗。"生则"二句，用毛诗。

（潘节）叙得梦中情事，倍加恺切浓至，有万万割绝不来之意。及至觉来，都属虚幻，便觉从前况味，俱可付之雪淡矣。

（外、净一行扮卒子上叫云）恰才见一女子渡河，不知那里去了？打起

---

① 毛本【甜水令】中此处曲文为："花开花谢，犹自较争些；便枕冷衾寒，凤只鸾孤，月圆云遮，寻思来又甚伤嗟。"

火把者！分明见他走在这店中去也，将出来！将出来！（末云）却怎了？（旦云）你近后，我自开门对他说。

【水仙子】硬围着普救寺下锹撅，强当住咽喉仗剑钺。贼心肠馋眼脑天生得劣。（黄眉）"儳"音谗，貌恶也，时本作"镜"，误。①（卒子云）你是谁家女子，贪夜渡河？（旦唱）休言语，靠后些！（黄眉）即空主人曰："'休胡说，靠后些'，莺叱卒之词。俗本有刻'休言语'为生唱以止莺，'靠后些'为莺唱以止生，且批云：'梦中两人犹相爱如此。'真所谓痴人前不堪说梦也。"杜将军你知道他是英杰，觑一觑着你为了醯酱，（黄眉）"醯"音海，作"醓"误。②指一指教你化做臀血。（黄眉）"臀"音辽，作"酱"误。骑着匹白马来也。（朱眉）全篇是梦中语，从天而降，模写如画。

（毛节）"硬围着普救"言往事也；"强当住咽喉"言今日也；"贼心肠"句言凡为贼者，尽如是耳。俗解三句俱指飞虎，则误认卒子为飞虎矣。"休言语"二句指生；"靠后些"与宾白"你靠后"同。此于对卒子时急换二句，殊妙。他本删去科白，遂致解者以"休言语"二句指卒子，则"言语"二字既不合，"靠后"与宾白亦不应，大谬！"你不知呵"接卒白"你是谁家女子来"，言你不知我，岂不知白马耶？他本改"你休胡说"，亦谬。"醯酱"，顾玄纬改作"醓酱"。"醯"是仄字，不叶；王本又欲改"醽酱"，反以为"醯酱"无出，不知《曲礼》有"醯酱在内"句，言醯与酱也。"酱血"，碧筠本改作"脓血"，王本又改作"臀血"，引《诗》"取其血臀"为据，但董词亦有"都教化酱血"语；《汉书》"中山淫酱"。"酱"，酗酒意，言酱与血也③○参释曰：此卒子与飞虎不涉。"硬围"句借引相形起耳。俗认宾作主，遂至扮演家皆以飞虎入梦，谬甚！

（潘节）凭你说得势焰，难免卒子之手。此时连白马将军也用不着了。

---

① 黄本此处曲文为："贼心肠儳眼脑天生得劣。"
② 黄本此处曲文为："瞅一瞅著你为了醓酱。"
③ 毛本此处曲文为："（旦儿云）你靠后，我自开门说去。【水仙子】……贼心肠馋眼脑天生得劣。（正末云）待我对他说。（旦儿唱）休言语，靠后些。（卒云）你是谁家女子？贪夜渡河。（旦儿云）你不知呵（唱）杜将军你知道他是英杰，瞅一瞅着你为了醯酱，指一指化做酱血。……"

附录一　王实甫《西厢记》汇评举隅

（卒子抢旦下）**（潘旁）**不必涅槃，已成灭度。（末惊觉云）呀，元来却是梦里。**（潘旁）**自此以后，张口中并无"姐姐"、"莺莺"等字。且将门儿推开看。只见一天露气，满地霜华，晓星初上，残月犹明。**（潘旁）**悟矣！悟矣！无端燕鹊高枝上，一枕鸳鸯梦不成！**（黄眉）**俗本于生惊叫后有"（搂住童科）"恶关目，不思是床前打铺耶？

（毛节）"高枝上"董词作"高枝噪"，似较妥。

（潘节）长亭别去，莺莺之形不存矣；卒子抢下，莺莺之影亦灭矣。所谓最难打灭者，随即打灭。猛然惊觉，便可悟向来色相都是幻也○"觉"字是一部《西厢》大结束处。向来都是梦。在梦岂知梦耶？惟觉而后知其为大梦也。情缘既尽，关头悉破，便将门儿推开，现出天空地阔境界来。此时张生胸中眼中岂复存向来妄相乎？"一天露气"六句，便可当张回头一偈。"一枕鸳鸯梦不成"，所谓既觉不复梦也。

【雁儿落】绿依依墙高柳半遮，静悄悄门掩清秋夜。疏剌剌林梢落叶风，昏惨惨云际穿窗月。

（潘节）此一阕是补写从前夜境。

【得胜令】惊觉我的是颤巍巍竹影走龙蛇，虚飘飘庄周梦蝴蝶，絮叨叨促织儿无休歇，**（黄眉）**俗本于"虚飘飘"、"絮叨叨"上增字，可厌。读者勿惑。王伯良改"庄周"为"庄子"，非是，说已见前。韵悠悠砧声儿不断绝。痛煞煞伤别，急煎煎好梦儿应难舍；冷清清的咨嗟，娇滴滴玉人儿何处也？**（朱眉）**《周易》六十四卦不终于"既济"，而终于"未济"。《春秋》二百四十二年不终于十有二年冬，而终于十有三年春。《中庸》三十三章不终于"固聪明圣知达天德者"，而终于无数"诗曰"、"诗云"也。**（潘旁）**五百年公案至此方结。

（毛节）"庄周梦蝴蝶"，王本以"周"字平韵不叶，改作"庄子"，大谬。说见第十一折。

（潘节）此一阕是直写现前觉境○"娇滴滴玉人何处也"一句，乃扫尘语也。一部《西厢记》于此收摄殆尽。非大觉人，道此语不出。自从空王之境撞着"五百年风流业冤"以来，盖无日无时而不知其处也。始而相逢，玉人在佛殿处；继而联吟，玉人在花园处；又继而附荐，玉人在斋坛处；又继而就宴，玉人在东阁处；又继而听琴，玉人在东墙处；又继而待月，玉人在西厢处；又继而就欢，玉人在书斋处；

227

即终而送别，玉人在长亭处；及此旅梦初回，爽然自失，竟以一语了之。始悟前者种种劳尘，都无是处。张于此可谓万缘俱空，一丝不挂。

（仆云）天明也。咱早行一程儿，前面打火去。（末云）店小二哥，还你房钱，备了马者。

（潘节）始以一童而至逆旅，终以一童而去逆旅，此只履西归之候也○"天明也"三字，童亦恍然大觉。向来多是梦，则多是黑夜；今早方觉，方是天明。前面是何去处？及早行程，发大猛勇。童亦善才化身，有此了彻，于是《西厢记》已毕。

【鸳鸯煞】柳丝长咫尺情牵惹，水声幽仿佛人呜咽。斜月残灯，半明不灭。唱道是旧恨连绵，新愁郁结。恨塞离愁（黄眉）"恨塞愁填"句是承上二句，俗本误作"恨塞离愁"，便不成语。①满肺腑难淘泻。除纸笔代喉舌，千种相思对谁说！（并下）（黄眉）"思量"时本亦作"风情"，亦作"风流"，皆可。然不若"思量"悠永。盖此乃实甫之笔已完，故以"除纸笔"二句结之。虽统言《西厢》一记，而亦以自寓也。（朱眉）此自言作《西厢》之故也，为一部十六篇之结，不止结《旅梦》一篇也。《西厢》至此，至矣！尽矣！何用续？何可续？何能续？②

（毛节）"咫尺"，相近也，与"仿佛"同。"别恨离愁"即旧恨新愁。③"千种相思对谁说"，原用柳耆卿词"纵有千种风流，待与何人说"，董词亦屡引之，但此改"相思"二字耳；或仍作"千种风流"，不通○徐天池曰："'除纸笔代喉舌'，言今夜相思非纸笔以记，则此恨无从说与莺。盖为下折寄书地也。"

（潘节）【鸳鸯煞】一阕是作者自寓著书之意，与崔张事无涉。"柳丝长"八句，正所谓"千种相思"处也。自古及今天下之人，谁无相思？"旧恨新愁，连绵郁结"，相思岂是一种？但所思有可对人说者，有不可对人说者。其不可对人说者，则不得不藉纸笔以代喉舌也。自先天一画以来，凡经史百家，以及骚赋乐章、诗词歌曲，皆所谓"纸笔代喉舌"者也。凡肺腑所不能藏者，则宣之喉舌；而又喉舌所不能

---

① 黄本此处曲文为："恨塞愁填，满肺腑难淘泻。"
② 黄本此处曲文为："千种思量对谁说。"
③ 毛本此处曲文为："别恨离愁，满肺腑难淘泻。"

尽者，则假之纸笔。此皆各有不能告语之故，而特藉是以自为陶写焉耳。《庄子》荒虚诞幻，而托之寓言十九；屈平幽愤离愁，惟叹哲王之不寤；太史公文成数十万，犹以郁结不能道意，但欲藏之名山，以待后人。此皆所谓"相思对谁说"也。然则古来著书立说家断非无为而作，其必有"不得其平而后鸣者"乎！而惜乎可以自贻，难以持赠。读"千种相思对谁说"七字，骂尽世间著衣吃饭人，笑尽世间读书识字人。作《西厢》者，其自居何等！而尚有续《西厢》，更有窜《西厢》者，能不蒙面地下与？

【络丝娘煞尾】 都则为一官半职，阻隔得千山万水。

　　（朱折）读《西厢记》至前十五章既尽，第十六篇乃作惊梦之文，便拍案叫绝，以为一部大书，如此收束，正使烟波渺然无尽。以耳语耳，毕作是说。予窃知其更有进也。语云："太上立德，其次立功，其次立言。"何谓立德？如黄帝尧舜、禹汤文武、周公孔子，以其至德，参天赞化，俾万世食福无厌，此立德也。何谓立功？如禹平水土、后稷布谷、燧人火化、神农尝药，乃至身护一城、力庇一乡、智造一器、工信一艺，传之后世，利用不绝，此立功也。何谓立言？如周公制《风》、《雅》，孔子作《春秋》；降而至于数千年来，钜公大家，摅胸奋笔，国信其书，家受其说；又降至于荒村老翁、曲巷童妾，单词居要，一字利人，口口相授，称道不歇，此立言也。夫言与功、德同名曰"立"，则言非小道，实有可观也。《西厢》一书，不过填词而已，如以之为无当者，则便可以拉杂摧烧，不复留迹。赵威后有言："此相率而出于无用者，胡为至今不杀也？"今既一日成书，百年犹在，且能家至户到，无处无之，则安可不反覆案验，寻其用心也？因细察其书，既以第一篇无端而来，则第十五篇亦已无端而去矣。无端而来，因之而有书。无端而去，因之而书尽。过此以往，真成雪淡。譬如风至而窍号，风济则窍虚，何为不惮烦更多写此一篇？蛇本无足，乃又为之足哉？而不知作者诚有大悲生于其心，即有至理出乎其笔也。今夫天地，梦境也；人生，梦魂也。无始以来，不知其何年齐入梦也；无终以后，不知其何年同出梦也。夜梦哭泣，旦得饮食；夜梦饮食，旦得哭泣。我则安知其非夜得哭泣，故旦梦饮食；夜得饮食，故旦梦哭泣耶？何必夜之是梦，而旦之独非梦耶？郑人之梦蕉鹿，庄生之梦蝴蝶，梦固为梦，醒亦无非梦也。《传》曰："至人无梦。""至人无梦"者，非无梦也，同在梦中，而随梦自然，我于其事萧然焉耳。又曰："愚人无梦。"愚人无梦者，非无梦也，实则梦中，而不以为梦，所有幻化，皆据为实也。然则人生世上，真乃不用邯郸授枕、大槐叶落。而后乃今，歇担吃饭，洗脚上床也已。今《西厢记》一部十五篇中之大关目，以言乎男女之慕悦也，以言乎情爱之笃挚也，以言乎名利之驰逐也，以言乎声气之感孚也，以言乎恩怨之分明也。盖无穷世人，林林总总，纷纷纭纭，鸡人始唱，亟走彷徨，漏尽钟鸣，犹劳营碌者，大都不能出此数端也。故第十六篇特以旅梦结之，使彼耽于男女者，知男女之为梦，而无庸耽也；笃于情爱者，知情爱之为梦，而无庸笃也；深于声气者，知声气之为梦，而无庸深也；切于恩怨、奔于名利者，知恩怨、名利之为梦，而无庸切、无庸奔也。则是开悟天下百代无穷世人，使知醒者之是梦，而梦者之亟宜醒也。其立言之志，诚欲与功、德并垂不朽，而为此绝世之奇文、至文者也○骆金乡云："第一段如孤鸿别鹤，落寞凄怆。第二段如牛鬼蛇神，虚荒诞幻。第三段如梦蝶初回，晨鸡乍觉，不胜其惊怨悲愁也。"文长徐氏曰："向来寻常看过，今骆子拈出'旅'、'梦'、'觉'三字，所谓"鼓不桴不鸣"，今而后当作一篇绝奇文字读矣。"○唐睿宗先天二年正月十五、十六、十七夜，于京安门外作灯轮，高二十丈，衣以锦绮，饰以金玉，点五万盏灯，望之如花树。宫女千数，衣罗绮，曳锦绣，耀珠翠，施香粉，一花冠，一巾帔，皆至万钱。妆束一妓女，皆至三百贯钞。简长安美年少女妇千余人，衣服花钗，婢子亦称，灯轮下踏歌三日夜，欢乐之盛，古未之见。予每遇元夕，辄沉思静想，默作是观，以当卧游。及诵杨用修"三家邨里无灯火，千树梅花作上元"之句，又爽然自失矣。如《西厢》自《遇艳》迨《伤离》，变幻奇特，使人应接不暇。读至《旅梦》篇，令人瞿然觉，憬然悟，爱识一切富贵、贫贱、寿夭、得失，俱可作镜花水月观也。

（**潘折**）读《长亭》一篇，已知为《西厢》大结束也。天地之理，相交则过，相望则差。萼跗必离，烟灰不守，川行溢坎，蓬飞断根。苟非形影，岂能长聚哉！即人一身，亦匪坚持。四大本空，五蕴匪有，以神运形，如车随马，马既脱鞅，车亦歇辙。况以两体之人，而必图共穴之计。不知神与形之相散久矣，则聚也不如速离之为愈也。《易》曰："说而后散之，故受之以涣。涣者，离也。"即使崔、张百年缱绻，非张死崔，即崔死张。必待皓首涕泣而言长别，不益成见尾之羞哉！则方及其说而即散之，而后知"为物之不可穷也已"。然则《草桥》一篇又何为继《长亭》而作也？夫长亭之别，足以结崔、张之案，而未足以结《西厢》之案也。西厢舍崔、张其别有案乎？凡夫《西厢》之地、《西厢》之事、《西厢》之人，皆为崔、张而设，凡有一之未尽，即崔、张之案之尚有未结也。今观《草桥》一篇，而凡《西厢》之地、《西厢》之事，与《西厢》之人俱以一梦销之。及其既觉，而俱无复有存焉者。今夫古今一逆旅也，大地一空王也，人生一梦觉也。以旅店始，即以旅店终，去来之无常也，此《西厢》所由终始也。甫至蒲东，而即游萧寺；甫去蒲东，而不见萧寺。则《西厢》之地已无复有存焉者也。空王本空也。翠被香浓，得心之事；花开花谢，伤心之事；硬围普救，惊心之事；白马仗剑，快心之事。则皆《西厢》之事也，而今皆付之飘飘蝴蝶也。拘管夫人，齐攒侍妾，皆《西厢》之人也，而今已都睡，则皆已入寂也。娇滴滴玉人，则尤《西厢》之一人，而今已不知其何处也。然后知前此之皆为幻设也，则皆梦也。觉而后知其为梦也，则又乌知非逆旅之中如邯郸生者，授之一枕？而凡自佛殿以来，至于送别，送别之后，忽复追行。幻中生幻，为一晷刻之事，而皆觉不复存者哉！嗟乎！人生天地间，又谁适而非梦也者！恩爱拟于空华，聚散同于野马。纵以崔、张之缘，止以一觉消之。而凡夫《西厢》之地、《西厢》之事、《西厢》之人，俱无复有存焉者。此五百年业冤所由立时斩尽也。虽然，《西厢》之地、之事、之人俱消于张之一梦矣，而张之人遂存不复消乎？《西厢》之始，张以一童而至逆旅；《西厢》之终，张以一童而去逆旅。始从西来，终从西去。童之言曰："早行一程前面去。"而竟不知其去之何从也。陶朱游五湖，留侯从赤松，张仲坚入海岛，姚平仲入青城山，皆不知其去之何从者。今张生之去，同一见首不见尾焉。

则唯有飘飘焉、渺渺焉，望之云山烟水之外而已。则《西厢》之结，而仍然未结也。"物不可穷焉"故也，《易》之所以终"未济"也。

（李折）汪蛟门云："此折自【新水令】至【清江引】，生、旦分唱。【庆宣和】以下，俱张生一人唱。虽体制如此，然未免少情。兹将【甜水令】作莺莺语，【水仙子】作两人对贼语，仍生、旦分唱，到底与体制无伤，而关目转自有致。"① 又云："以一梦竟结，有余不尽，最耐思量。续四折原属蛇足，且词令浅俗，删之，真为铁笔。"〇徐天池云："天下事原是梦。《西厢》、《会真》叙事固奇，实甫既传其奇而以梦结之，甚当。汉卿狃于俗套，必欲以荣归为美，续成一套，欲附骥尾，反坐续貂，惜哉！"〇骆金乡云："第一段'望蒲东'至'何处也'，如孤鸿别鹤，落寞凄怆。第二段'是人呵'至'白马来也'，如牛鬼蛇神，虚荒诞幻。第三段'绿依依'至'何处也'，如梦蝶初回，晨鸡乍觉。"〇毛大可云："元词多以惊梦想离思，如《梧桐雨》、《汉宫秋》类，原非创体。况此直本董词，毫无增减。谓《西厢》之文"青出于蓝"可也，必欲神奇懔忔，谓《西厢》能作郑人蕉鹿之解，吾不知之矣。嗟乎！痴人之不可说梦乃尔。"又云："院本参唱，此属定例。陋者不解，只拾得'北曲不递唱'一语，遂以为无两人互唱之例，致将【乔木查】四曲改生在场上听，旦在场内唱，千态万状；又将【甜水令】三曲或注是生唱，或解是生代莺唱，无理极矣。嗟乎！古词之遭不幸，一至于此。"〇李书云云："家藏元本《西厢》，兵火之后，不可复得。坊本多舛错。当以毛大可本为第一，且引据本之元剧，辩解参之董本，固足贵也。若金圣叹擅为改窜，多出杜撰，而笔下又杂野狐禅语，虽行于世，付之蕉鹿可耳。"又云："是剧曲中衬字悉与本文差小，分析既当，即可为后学谱式，但宾白多不合北音，必有哂之者。然南人归南，北人归北，亦无伤也。"

---

① 【甜水令】只是唱者由张生改为莺莺，曲词并无变动。【水仙子】则被改为：（旦）**硬围着普救寺下锹撅，强当住咽喉仗剑钺。贼心肠儳眼脑天生得劣**。（生）待我与他说。（旦）休言语，靠后些！（幸）你是谁家女子？贪夜渡河。（旦）你不知呵，**杜将军你知道他是英杰，瞅一瞅着你为了醢酱，指一指教你化做臀血。骑着匹白马来也**。（外杜确率众赶杀并旦混下）

附录二

金圣叹《第六才子书西厢记》汇评举隅

凡　例

※本汇评的底本为金圣叹《第六才子书西厢记》（包括金评在内），具体采用的是清顺治间贯华堂刊刻的《贯华堂第六才子书西厢记》，并参校以清康熙间世德堂刻本。

※评语分别出自五种评本，即：周昂《此宜阁增订金批西厢》、邓温书《静轩合订评释第六才子西厢记文机活趣》、带有无名氏墨笔批语且于扉页印"衍庆堂"字样的乾隆致和堂刊《增补笺注绘像第六才子书西厢释解》、戴问善《西厢引墨》、蓝炳然《天香吟阁增订金批西厢》。为求行文简洁，汇评中分别简称其为："周"、"邓"、"衍"、"戴"、"蓝"。

※眉批简称"眉"，夹批简称"夹"，旁批简称"旁"，它们均以双行合一的方式置于被评点的文本对象之后。节批简称"节"，依原貌置于所划文段之后。折批简称"折"，放于末尾。

※相同文本之后各家评语的排列，原则上以时间为序。同一评家关于同一文本的不同形式的评语，则按照先旁批，再夹批，然后眉批的顺序列出。

※评点本来包括评语和圈点，但考虑到排版的困难与实际参考价值，今只录评语，不收圈点。

※个别评语所涉及的戏曲文本可能会与底本有出入，对此以脚注方式

标出。

※个别文字漫漶不清，又无他本可校，或他本亦然。不敢臆测，唯以"□"代之，以俟将来有确凿文献证据时再行补入。

四之四　惊梦

旧时人读《西厢记》，至前十五章既尽，忽见其第十六章乃作《惊梦》之文，便拍案叫绝，以为一篇大文，如此收束，正使烟波渺然无尽。于是以耳语耳，一时莫不毕作是说。独圣叹今日心窃知其不然。语云："太上立德，其次立功，其次立言。"何谓立德？如黄帝尧舜、禹汤文武、周公孔子，以其至德，参天赞化，俾万万世，食福无厌，此立德也。何谓立功？如禹平水土、后稷布谷、燧人火化、神农尝药，乃至身护一城、力庇一乡、智造一器、工信一艺，传之后世，利用不绝，此立功也。何谓立言？如周公制《风》、《雅》，孔子作《春秋》。《风》、《雅》为昌明和怿之言，《春秋》为刚强苦切之言。降而至于数千年来，钜公大家摅胸奋笔，国信其书，家受其说。又降至于荒村老翁、曲巷童妾，单词居要，一字利人，口口相授，称道不歇，此立言也。夫言与功、德，事虽递下，乃信其寿世，同名曰"立"。由此论之，然则言非小道，实有可观。文王既没，身在于兹，必恐不免，不可以不察也。《西厢记》一书，其中不过皆作男女相慕悦之辞，如诚以之为无当者而已，则便可以拉杂摧烧，不复留迹。赵威后有言："此相率而出于无用者，胡为至今不杀也？"如犹食之弃之，恋同鸡跖，则计必当反复案验，寻其用心，盖乌知彼人之一日成书，而百年犹在，且能家至户到，无处无之者，此非其大力以及其深心既自作流传，又自作呵护者也！昨者因亦细察其书，既已第一章无端而来，则第十五章亦已无端而去矣。无端而来也，因之而有书；无端而去也，因之而书毕。然则过此以往，真成雪淡。譬如风至而窍号，风济即窍虚，胡为不惮烦又多写一章？蛇本自无足，卿又为之足哉？及我又再细细察之，而后知其填词虽为末技，立言不择伶伦，此有大悲生于其心，即有至理出乎其笔也。今夫天地，梦境也；众生，梦魂也。（周眉）提清眉目。无始以来，我不知其何年齐入梦也；无终以后，我不知其何年同出梦也。（周眉）汉人有《梦赋》，诡谲狞劣，不如此篇说梦滔滔清绝。夜梦哭泣，旦得饮食；夜梦饮食，旦得哭泣。我则安知其非夜得哭泣，故旦梦饮食；夜得饮食，故旦梦哭泣耶？何必夜之是梦，而旦之独非梦耶？郑之人梦得鹿，置之于隍中，采蕉而覆之。（周旁）直接者。彼以为非梦，故采蕉而覆之也。不采蕉而覆之，则畏人之取之。（周眉）引《列子》蕉鹿一段。具此慧眼，才有此名论。彼以为非梦，（周旁）作四层说。故畏人之取之也。使郑之人正于梦时，而知梦之为梦，则彼岂惟不采蕉而覆之，乃至不复畏人取之；岂惟不复畏人取之，乃至不复置之隍中；岂惟不复置之隍中，乃至不复以之为鹿。（周旁）真是雪淡。（周眉）直批剥到尽，粉碎虚空○梦蕉鹿、梦蝴蝶是此篇正面，故于此二项独写得尽致。《传》曰："至人无梦。""至人无梦"者，非无梦也，同在梦中而随梦自然，我于其事萧然焉耳。《经》曰："一切有为法，应作如是观。"是以谓之无梦也。无何而郑之人梦觉，顺途而归，口歌其事。其邻之人闻之，不问而遽信；往观于隍中，发蕉而鹿在此。则非御寇氏之寓言也，天下之事，实有之也。（周旁）何由得此妙悟？《传》曰："愚人无梦。""愚人无梦"者，非无梦也，实在梦中而不以为梦，所有幻化皆据为实。《经》曰："世间虚空，本自不有。业力机关，和合即有。"是以谓之无梦也。既而邻人烹鹿，而郑人争鹿，则极可哀也已。彼固不以为梦，故真得鹿也。予则已知是梦，而无鹿者也。若诚梦中之鹿，则是子乃欲争其无鹿也；如将争其有鹿，则是争其非子之鹿也。甚矣，此人之愚也！梦鹿，一梦也。今争鹿，是又一梦也。然则顷者之梦觉无鹿，是犹一梦也。（周眉）至人、愚人无梦，即将蕉鹿一项分别说来，确不可易。幸也，御寇氏则犹未欲言之而尽也，脱正争之而梦又觉，则不将又大悔此一争乎哉？而郑之君方且与之分之，夫今日之鹿，其何事分之与有？如使此鹿而无鹿也者，则全归之郑人，邻人本无与焉；若使此鹿而真鹿也者，则全归之邻人，郑人又无与焉，如之何其与之分之者也？为分无鹿与邻人与？为分真鹿与郑人与？如分无鹿，则是邻人今日又梦得半鹿也；如分有鹿，则是郑人前日只梦失半鹿也。盖甚矣，梦之难觉也！梦之中又有梦，则于梦中自占之，及觉而后悟其犹梦焉，因又欲占梦中占梦之为何祥乎。夫彼又乌知今日之占之，犹未离于梦也耶？（周眉）元之又元。善乎！南华氏之言曰："庄周梦为蝴蝶，栩栩然蝴蝶也。自喻适志与，不知周也。及其觉，则蘧蘧然周也。不知庄周梦为蝴蝶与？不知蝴蝶梦为庄周与？庄周与蝴蝶，其必有分也。"（周旁）跟前文来，接法又变。（周眉）引《南华》庄周梦蝴蝶一段。何谓分？庄周则庄周也，

235

蝴蝶则蝴蝶也。既已为庄周,何得是蝴蝶?既已是蝴蝶,何得为庄周?且蝴蝶既觉而为庄周,而犹忆其梦为蝴蝶之时,则真不知庄周正梦蝴蝶之蝴蝶之曾不自忆为庄周也。(周旁)一片灵机。何也?夫梦为蝴蝶,诚梦也;今忆其梦为蝴蝶,是又梦也。若庄周不忆蝴蝶,则庄周觉矣;若庄周并不自忆庄周,则庄周大觉矣。(周眉)就庄周一边说。彼蝴蝶不然,初不自忆为庄周,遂并不自忆为蝴蝶。不自忆为庄周,则是蝴蝶觉也;因不自忆为庄周,遂并不自忆为蝴蝶;蝴蝶并不自忆为蝴蝶,则是蝴蝶大觉也。(周眉)就蝴蝶一边说。此之谓物化也者。我乌知今身非我之前身正梦为蝴蝶耶?我乌知今身非我之前身已觉为庄周耶?我幸不忆我之前身,则是今身虽为蝴蝶,虽未发于阿耨多罗三藐三菩提心,而已称大觉也。(周眉)梦耶?觉耶?问之庄周,庄周不知;问之蝴蝶,蝴蝶不知;问之梦为蝴蝶之庄周,与梦为庄周之蝴蝶,更不之知。嘻!天下皆梦,则梦蝴蝶之庄周不知为庄周,知为蝴蝶也;梦庄周之蝴蝶不知为蝴蝶,知为庄周也。于此不得不思至人之大觉。我不幸犹忆我之今身,则是今身虽为庄周,虽至发于阿耨多罗三藐三菩提心,而终然大梦也。《经》云:"诸佛身金色,百福相庄严。闻法为人说,常有是好梦。"(周旁)从阿耨多罗拖出"诸佛金色"语。我则谓:"梦之胡为乎哉?"又云:"又梦作国王,舍宫殿眷属,及上妙五欲,行诣于道场。"我则又谓:"梦之何为乎哉?"至矣哉!(周眉)引佛经一段,起下孔子言。我先师仲尼氏之忽然而叹也,曰:"甚矣!吾衰也,久矣我不复梦见周公。"(周眉)引孔子叹。"吾衰"一段。夫先师则岂独不梦见周公焉而已,惟先师此时实亦不复梦见先师;先师不复梦见先师也者,先师则先师焉而已。可以仕则仕,可以止则止,可以久则久,可以速则速,可以虫则虫,可以鼠则鼠,可以卵则卵,可以弹则弹,(周旁)"仕"、"止"、"久"、"速"下接"虫"、"鼠"、"卵"、"弹",似不伦。无可无不可,此天地之所以为大者也。(周眉)前以蕉鹿、庄周梦蝴蝶二说曲道幻境,既引内典、《鲁论》以及《诗》、《礼》,更畅其旨。笔墨离奇,却自蹊径井然。古文名家也。借曰不然,而必谓人生世上,天地必是天地,夫妇必是夫妇,富贵必是富贵,生死必是生死,则是未尝读于《斯干》之诗者也。(周旁)笔法又变○奇!《诗》曰:"下莞上簟,乃安斯寝。乃寝乃兴,乃占我梦。吉梦维何,维熊维罴,维虺维蛇。泰人占之:维熊维罴,男子之样。维虺维蛇,女子之样。"(周眉)引《毛诗·斯干》第六、第七节。嗟乎!嗟乎!夫男为君王,女为后妃,而其最初,不过梦中飘然忽然一熊一蛇,(周夹)匡鼎说诗,妙语解颐。然则人生世上,真乃不用邯郸授枕、大槐叶落,而后乃今,歇担吃饭,洗脚上床也已。(周夹)到此大解悟、大解脱。吾闻《周礼》:"岁终,掌梦之官，献梦于王。"（周夹）又以经为佐证。（周眉）引《周礼》掌梦官，叠引经语作结，亦是曲终雅奏。夫梦可以掌，又可以献，此岂非《西厢》第十六章立言之志也哉！（周旁）波澜无限。（周夹）妙在约略言，若一烦絮，便成笨伯。而岂乐广、卫玠扶病清谈之所得通其故也乎？知圣叹此解者，比丘圣默大师、总持大师、居士贯华先生韩住、道树先生王伊。既为同学，法得备书也。（周夹）别是一则说梦文字，经史诸子供其驱遣，变幻诡谲，不可测识。有圣叹之笔，才可道梦境；有圣叹道梦境之笔，才不说梦话。（周眉）后半逐段引证，与《请宴》序文同一蹊径，而此篇波澜更阔。

（张生引琴童上云）离了蒲东早二十里也，兀的前面是草桥店，宿一宵，明日早行。（邓眉）参评：李日华曰："《西厢》原非实事，通一部是个梦境。王实甫作此而以梦结之，盖令人悟色空之意也，设意甚妙。关汉卿纽于常套，必欲以荣归为美，不免太泥。且后所续数折，才华俱不逮前。"唐伯虎云："此折是一部《西厢》。"刘丽华曰："旅舍魂惊，春闱梦断，此隐语。"

入梦是状元坊，出梦是草桥店。世间生盲之人，乃谓进草桥店后，方是梦事，一何可叹！

这马百般的不肯走呵！（周夹）白中不说起离别，不说起相思，但以马不肯走为通篇发端，自隐然有个害相思、伤离别者在，神妙欲到秋毫颠。（周眉）此亦实甫白中语，经圣叹手，点石成金。（戴眉）一场热闹仍是"张生引琴童"而已，五字大是黄粱梦觉时○对状元坊。（董眉）物犹如此，人何以堪！

妙白。又焉知马之不害相思、不伤离别耶？看他初摇笔，便全作醍醐灌顶真言，真乃大慈大悲。

【双调·新水令】（张生唱）望蒲东萧寺暮云遮，惨离情半林黄叶。（周旁）不堪回首。（周夹）调高响逸，如脱离尘垢之言○【新水令】前有上场诗云："行色一鞭催去马，羁愁万斛引新诗。"去之绝。（周眉）俗手未有不复叙前篇者，此乃另有无妙○昨宵疼热，今日悲凉"暮云"、"黄叶"，抵过一篇《故宫禾黍赋》。（董眉）肠断秋风，魂消旅况，回头一望，满目凄然。（衍眉）最是感人。

右第一节。只用二句文字，便将上来一部《西厢》一十五篇，若干泪点血点，香痕粉痕，如风迅扫，隔成异域。最是慈悲文字也。

马迟人意懒，（戴眉）"马"字点缀。风急雁行斜。（戴眉）前篇"迟""急"字余声。愁恨重叠，破题儿第一夜。（邓眉）一本"离恨重叠"，与上"离情"觉赘，今作"愁恨"为妙绝之句。是。（周夹）此下原本白：（生）想着昨宵受用，谁知今日凄凉

右第二节。此入梦之因也。

【步步娇】昨宵个翠被香浓薰兰麝，欹枕把身躯儿趄。（戴眉）亏他写得出。妙人，妙事，妙景，妙画，成此妙句。（周眉）"欹枕"二语，可云猥亵之至，然极蕴藉。脸儿厮揾者，妙人，妙事，妙景，妙画，成此妙句。仔细端详，可憎得别。妙人，妙事，妙景，妙画，成此妙句。云鬟玉梳斜，恰似半吐的初生月。（戴眉）如画如梦。妙人，妙事，妙景，妙画，成此妙句。（邓眉）参释："趄"，仄也。《黑旋风》剧"那妇人叠坐着鞍儿把身体趄"。词隐生曰："'脸儿相偎'，以脸著脸。'脸儿厮揾'，

以手著脸。'仔细端详'，正揾脸之谓。"（周夹）怎得不入梦！（周眉）结二语最为丰秀。

右第三节。此入梦之缘也。佛言："亲者为因，疏者为缘。"亲者为第一夜之张生，疏者为前一夜之莺莺。第一夜之张生为结业，前一夜之莺莺为谢尘。因而因缘遂以入梦也。"谢尘"者，落谢之前尘也，即"花谢"之"谢"字也。"谢"字之又奇者，庄子云："孔子谢之矣。"附识。

早至也，店小二哥哪里？

（店小二云）官人，俺这里有名的草桥店。官人头房里下者。

（张生云）琴童，撒和了马者。点上灯来，我诸般不要吃，只要睡些儿。（戴眉）入题紧。

（琴童云）小人也辛苦，待歇息也，就在床前打铺。（琴童先睡着科）（蓝眉）"床前打铺"二句，恰好为下文抱琴童作伏脉。

（张生云）今夜甚睡魔到得我眼里来？（戴眉）仍用《酬韵》语相映。

【落梅风】旅馆欹单枕，乱蛩鸣四野，助人愁，纸窗风裂。乍孤眠，三字妙。被儿薄又怯，冷清清几时温热。（邝眉）像冬夜了○"乍孤眠"三字，凄凉之极。（戴眉）店景。

右第四节。此入梦之所借也。佛言："三法和合，则一切法生矣。"

（张生睡科）（反覆睡不着科）（又睡科）（睡熟科）（入梦科）（自问科，云）这是小姐的声音。呀！我如今却在那里？待我立起身来听咱。（周旁）句伏醒时"原来是草桥店"句。（戴眉）先闻声，后唱。

（内唱，张生听科）（周夹）关目○此系圣叹所改，原本此间云：（旦上）长亭畔别了张生，好生放不下。老夫人和梅香都睡着了，我私奔出城，赶上和他同去。（周眉）圣叹增此句，为全出关目。（戴眉）看内唱数段，直明明写作一私奔村妇。何物老妪？敢与文人作恶色。

北曲从无两人互唱之例，故此只用张生听，不用莺莺唱也。须知。

【乔木查】走荒郊旷野，把不住心娇怯，喘吁吁难将两气接。疾忙赶上者。

（张生云）呀，这明明是我小姐的声音，他待赶上谁来？待小生再听咱。

右第五节。此先写其赶已到也。必先写赶已到，而后重写未赶时者，此固张生之梦，初非莺莺之事也。必如此写，方在张生梦中；若倒转写，便在莺莺家中也。（周旁）看得清。

他打草惊蛇。（周夹）趁韵凑句，如何与上文接？原本无"他"字。（周眉）王伯良曰："'打草惊蛇'，只因现成话，用不得王鲁事为解。大约疾忙惊动意，亦

①【搅筝琶】把俺心肠撦，因此不避路途赊。瞒过夫人，稳住侍妾。
不必喻行之疾速也。"（蓝眉）起句未免凑杂，故拟易之。（邓眉）参释："打草惊蛇"，言趁逐之速也。《百花亭》剧"任从些打草惊蛇"。"稳住"，安顿也。（周眉）"稳住"，安顿也。徐以红乃心腹婢，改为"说过"。不知此是梦中语，何必欲照顾微细乃尔？（戴眉）更不欲再用红娘。

右第六节。此倒写其未赶前也。"瞒过夫人，稳住侍妾"，最为巧妙，最为轻利。不然，几于通本《西厢》若干等人，一齐入梦矣。（周夹）不得圣叹批，谁道得作者苦心出！

（张生云）分明是小姐也，再听咱。

见他临上马痛伤嗟，哭得我似痴呆。不是心邪，自别离已后，到西日初斜，愁得陡峻，（周夹）不稳。瘦得咻嗻。半个日头，早掩过翠裙三四褶，（周夹）请问如何解？我曾经这般磨灭？沉郁顿挫之作。（邓眉）"陡峻"，险也。"咻嗻"，已甚也。《黑旋风》剧"那些恰好似忒咻嗻"。今庙中守门鬼，东曰咻，西曰嗻。"掩过翠裙三四褶"，可谓瘦损无？（周眉）"咻嗻"不可言瘦。此"自别离已后"四句非常调，乃二字句下之可增四字叠句者。本传第五本"夫人的官语，县君的名称"是也。金白屿削去"愁来陡峻"及末"翠裙"二语，意以瘦得来咻嗻，止不知末二句正添句。后之入本调者，亦妄涂抹矣。（戴眉）较"清减了小腰围"语何如？直一壮水牛不能载之村妇矣。千金小姐，绝代佳人，如之何哉！（蓝眉）别离已后，只有哭之一法，此节已道破千古女儿心性。

（张生云）然也，我的小姐，只是你如今在哪里呵？（又听科）（周夹）俱增。

右第七节。只写别后梦前，一刻中间有如许苦事。

【锦上花】有限姻缘，方才宁贴。无奈功名，使人离缺。害不倒愁怀，恰才较些。（周旁）语欠亮。掉不下思量，如今又也。沉郁顿挫之作。（戴眉）笔之松活，亦一至于此。墨卷对句，得此夫复何雅！（蓝眉）一气流行，的是沉郁顿挫之作。每节科白俱有变换，正如徐熙画梅，无一片重复者。

右第八节。上节写一刻中间如许苦事，此又写一刻之前，一刻之后，纯是无边苦事也。

（张生云）小姐的心，分明便是我的心，好不伤感呵！（吁科）（再听科）（周夹）俱增。

【后】清霜净碧波，白露下黄叶。下下高高，道路坳折。四野风来，左右乱楚。俺这里奔驰，你何处困歇？（周夹）欲并入张生一人唱，故作此波折。白比原本为妙。（周眉）与下莺莺敲门断而不断，有冈断云连之妙。（邓眉）"楚"，旋倒貌。元词"羊角风楚地楚天"。（戴眉）必无之事，斯为梦语。

（张生云）小姐，我在这里也，你进来波！（蓝眉）俗手于"你进来"下便直接莺莺敲门，不惟文少曲折，亦见一梦沉迷，殊非当日悔悟本意。

---

① 蓝本此处曲文改为："忆著那游子天涯。"

右第九节。又补写起句"荒郊旷野"之四字也，必不可少。（周眉）莺莺入梦，前用虚写，揣摹于声息之间；后用实写，亲接其仪容而觉。分作两层，以见张之思慕双文，羁踪旅店，涉想成因。前半只是张生意中之双文，后半真有双文入其梦中，所谓以幻缘得幻境也。要知【乔木查】至【锦上花】都是题前布置，自【庆宣和】下方是入梦正文耳。看他"忽醒云云"一段科白，及【清江引】一曲，反写向空去，文梁高架，前后愈觉空灵，而文境亦曲折浓厚〇亦有能作曲折者，或先作卒子上场，则莺莺入梦似多费一番周折。谁能竟作张生醒来，历历布置科段，与后文之抱琴童而醒绝不相犯。且抱琴童正于此处唤琴童不应埋根，否则只有琴童先睡着，在前面中间不再提明，便少关目。此种笔段，直具史才，岂但词客？

（忽醒云）哎呀！这里却是哪里？（看科）呸！原来却是草桥店。（唤琴童，童睡熟不应科）（仍复睡科）（睡不着反覆科）（再看科）（想科）（周旁）三行中，不满五十字，而叙事之精妙无以加，此种直欲突过《左》、《史》。（周夫）大界画。（戴眉）入梦、寻梦、续梦，亦恰是自然波折。

【清江引】（张生唱）呆打孩店房里没话说，闷对如年夜。妙，妙！真有此理。（邓眉）"如年夜"，谓夜如年也。

竟不知此时，是甚时候了？

是暮雨催寒蛩？为复上半夜。**是晓风吹残月**？（戴眉）两"是"字极明白。为复下半夜。杜诗"北城击柝复欲罢"，则是已宴，"东方明星亦不迟"，则是尚早。客中真有此理也。（周旁）是重入梦光景。**真个今宵酒醒何处也！**（邓眉）柳耆卿词"今朝酒醒何处，杨柳外晓风残月"。（周夫）句松〇忽说到酒醒，收不到题窠。前面不曾及酒，"酒醒"句便无根，且句法调法犯后"玉人"句。拟易句云："怎漏声儿忽然将断也。"（蓝眉）较之柳中郎"晓风残月"一阕有过之无不及也。

（睡着科）（重入梦科）

右第十节。忽然轻作一隔，将梦前后隔断，便如老杜《不离西阁》诗所云："江云飘素练，石壁断空青。"真为绝世奇景也。若不隔断，则一篇只是一梦，何梦之整齐匠緻一至于斯也。今略隔断，便不知七颠八倒，重重杳杳，如有无数梦然。此为写梦之极笔也。俗本不知。

（莺莺上，敲门云）开门！开门！（周眉）《西楼·错梦》、《牡丹亭·幽覯》运笔皆从此出，而《错梦》更仿佛其意境。

（张生云）谁敲门哩？是一个女子声音，作怪也，我不要开门呵！

【庆宣和】是人呵，疾忙快分说。是鬼呵，速灭！（邓眉）非人非鬼，是梦是呓。（蓝眉）得此两衬，下节点明小姐，愈觉得势。

右第十一节。妙，妙！前梦云"分明小姐"。后梦云"是鬼速灭"。真是一片迷离梦事也。

（莺莺云）是我，快开门咱。（张生开门科）（携莺莺入科）

听说，将香罗袖儿拽，原来是小姐，小姐。（邓眉）是"小姐"，二字见喜迎之意。

右第十二节，真是一片迷离梦事也。

（莺莺云）我想你去了呵，我怎得过日子，特来和你同去波。（戴眉）是梦语。

（张生云）难得小姐的心肠也！

【乔牌儿】你为人真为彻，（戴眉）信之也。将衣袂不藉。（周旁）腐语，不明。绣鞋儿被露水泥沾惹，脚心儿管踏破也。（邓眉）参释："不藉"，犹不顾。董词"几番待撇了不藉"。"管"字当解作"莫不"意。"脚心儿"勿作"脚心里"，《伍员吹箫》剧"害得你脚心儿蹅做了跰。"（戴眉）怜之也。（蓝眉）"管"字当作"莫不"二字解。

右第十三节。此是梦中初接着语也。轻怜痛惜，至于如此。欲其梦觉，正未易得也。

【甜水令】你当初废寝忘餐，香消玉减，此花开花谢，犹自较争些。又便枕冷衾寒，凤只鸾孤，月圆云遮，寻思怎不伤嗟？（邓眉）参释：此又以相思、离愁比较，言别离比之相思，似乎较胜。以相思无着，"花开花谢"，任其荣落；此则有着矣，何也？以成亲故也。但才成亲而陡别离，又益难堪耳〇参评：两折内比较相思与离愁，凡四见，各不同。初曰"相思回避，破题别离"，一止一起也。继曰"恰知离别滋味，别离更增十倍"，是离愁甚于相思。又继曰"愁怀较些，思量又也"，是离愁仍旧是相思也。此曰"犹较争些"、"怎不伤嗟"，似离愁较胜于相思，而聚得离愁，则益甚也。每转每深，愈深愈胜。（周夹）末句原本云："有甚伤嗟？""有甚"二字未合语气〇此曲通首语极蕴藉，只"花开花谢"二语不切情事，便是凑泊。（周眉）此曲只为【折桂令】之首一句，言想着害相思犹可，便孤单寻思来亦不苦，而最苦是离别，即前"谂知这几日相思"数句一意也。王伯良训"便"为"就"，改"有甚"为"又甚"，不如金本之安。（戴眉）体之也。（蓝眉）言以别离比之相思，似乎较胜。以相思无着，正如花开花谢，任其荣落而已；则则有着矣。何也？以成亲故也。但才成亲而陡别离，又益难堪耳。

右第十四节。此是梦中细叙述语也，牵前壹后，至于如此。欲其梦觉，正未易得也。

【折桂令】想人生最苦是离别，你怜我千里关山，独自跋踄。（戴眉）原之也。（周夹）亦是加一倍语。（周眉）此真沉郁顿挫之文。（邓眉）参释：言人生苦别，而汝怜我独行，所以来也。似这等牵挂，反不如决绝之为愈矣。"跋涉"，山行曰跋，水行曰涉，又云车行为跋。（戴眉）不能遣之也。

右第十五节。此是梦中假自作悟语也。作如此悟语，欲其梦觉，正未易得也。

这一番花残月缺，怕便是瓶坠簪折。（周夹）好事不终，隐然照着《会真记》中本事来。你不恋豪杰，不羡骄奢。（周旁）率而俗。（周眉）王伯良云："俗本有'不羡骄奢，只恋豪杰'，殊堕俗恶。"如俗本，张生自命为豪杰也。今改本"不恋豪杰"，岂指莺莺不念郑恒耶？否则别有所欢。抑知为子虚乌有、莫须有之谓耶？更不通。只要生则同衾，死则同穴。（戴眉）从而殉之也〇每于尽处作十分语，可谓毫发无憾。沉郁顿挫，至于如此。（邓眉）"这一番"，不过暂离耳，莫谓可决绝也。你则无他美，只愿同行耳。此正疏莺之来意，抑扬顿挫，妙不可言。"瓶坠钗折"，用白乐天诗。"生则"二句用《毛诗》〇附白乐天诗："井底引银瓶，银瓶欲上丝绳绝。石上磨玉簪，玉簪欲成终又折。瓶坠簪折似何如？似妾今朝与君别。"

右第十六节。此是梦中加倍作梦语也。作如是梦语，欲其梦觉，正未易得也。

（卒子上，张生惊科）（卒子云）方才见一女子渡河，不知那里去了？打起火把者！走入这店里去了。将出来！将出来！

（张生云）却怎生了也？小姐，你靠后些，我自与他说话。（莺莺下）

【水仙子】你硬围着普救下锹撅，强当住我咽喉仗剑钺。贼心贼脑天生劣。（邓眉）参释："硬围着普救"言往事，"强当住咽喉"言今日也，"贼心贼脑"句言凡为贼者尽如是耳。

（卒云）他是谁家女子，你敢藏着？

休言语，靠后些！杜将军你知道是英杰，觑觑着你化为醯酱，指指教他变做酱血。（周眉）如原本"觑一觑"、"指一指"之为妥。骑着匹白马来也。（邓眉）"休言语"指卒子，"靠后些"与宾白"你靠后"同。此于对卒子时，急换一句，殊妙。"你知道"接卒白"他是谁家女子"来，言你不知他，岂不知白马耶？"醯酱"出《曲礼》，有"醯酱在内"句，言醯与酱也。"酱血"出《汉书》"中山淫酱"。"酱"，酳酒意，言酱与血也。又"醯"作"醯"，"酱"作"膋"。屠赤水所□《西厢》亦用"膋"字，谓"醯"为肉酱，"膋"为肠间脂。沈君微从之。存。（周夹）自寺警解围，杜将军匆匆一别后，张解元更不提及。此出收尾着意写数语，作回应之笔，高绝。

右第十七节。是张生此时极不得意梦，是张生多时极得意事。谚云："要知前世因，今生受者是。要知后世因，今生作者是。"若使张生多时心中无因，即是此时枕上无梦也。危哉！危哉！

（卒子怕科）（卒子下）（蓝眉）先声夺人。如此说来，卒子焉得不怕！

（张生抱琴童云）小姐，你受惊也！

（童云）官人，怎么？（张生醒科，做意科）（戴眉）与《赖简》错搭相映。

呀，元来是一场大梦。（戴眉）一句大结，令人想易箦时。且将门儿推开看，只见一天露气，满地霜华，晓星初上，残月犹明。（邓眉）此白情景甚肖。（周夹）照应中间"忽醒"一段文字。此间"一天"四语，稍用设色，正是恰好。（戴眉）通篇之余光。（蓝眉）"只见一天露气"四句未免与下文地步无涉。①

何处得有《西厢》一十五章，所谓惊艳、借厢、酬韵、闹斋、寺警、请宴、赖婚、听琴、前候、闹简、赖简、后候、酬简、拷艳、哭宴等事哉？自归于佛，当愿众生体解大道，发无上心。自归于法，当愿众生深入经藏，智慧如海。自归于僧，当愿众生统理大众，一切无碍。（周眉）此种批评，亦是悬崖撒手之笔。

无端燕雀高枝上，一枕鸳鸯梦不成。（周夹）二语赘。（蓝眉）"燕雀"二句亦不切合，不如删之为妥。

---

① 蓝本此处曲文改为："呀，元来是一场大梦（张生起身推门看科）。"

【雁儿落】绿依依墙高柳半遮，静悄悄门掩清秋夜。疏刺刺林梢落叶风，惨离离云际穿窗月。【得胜令】颤巍巍竹影走龙蛇，虚飘飘庄生梦蝴蝶。絮叨叨促织儿无休歇，韵悠悠砧声儿不断绝。痛煞煞伤别，急煎煎好梦儿应难舍。冷清清咨嗟，娇滴滴玉人儿何处也！是境？是人？不可复辨。（邓眉）释义："庄生梦蝴蝶"，周围梦为蝴蝶，翩翩然蝴蝶也，俄然觉，则蘧蘧然周也。不知庄周之梦为蝴蝶，与蝴蝶之梦为庄周与○参评：人谓上数段是梦境，至【雁儿落】、【得胜令】是觉境。予谓通部《西厢》说人情为色所迷是梦境，而此煞之曰"玉人何处也"是觉境，而接云柳丝之牵惹、水声之呜咽、月灯之明灭，皆是难执存之义，而终以"纸笔代喉舌，千古相思对谁说"，作者之寓意可想矣，后真可以无续也。槃蔼硕人云："梦后觉境，大堪按拿。"（周夹）大结穴，太虚还他太虚○旅梦醒来，四壁厢所闻所见，多少凄凉。絮絮答答，无奈玉人不在。跌落末句，如画龙点睛，欲破壁飞去○用叠字作衬字，妙绝！（周眉）以"玉人何处"结，镜花水月，色即是空。大智慧、大解悟之言。（戴眉）所见、所闻、所梦，参差夹写。曲终之奏，乃得此淋漓排宕之笔。应试文尤宜摹此。（蓝眉）用叠字作衬，随手写来，大有飞花滚雪之妙。跌落末句"玉人不见"，愈觉得势。

右第十八节。《周易》六十四卦之不终于"既济"，而终于"未济"。《春秋》二百四十二年之不终于十有二年冬，而终于十有三年春。《中庸》三十三章之不终于"固聪明圣智达天德者"，而终于无数诗曰诗云。《大悲陀罗尼》之不终于"娑啰娑啰悉唎悉唎苏嚧苏嚧"，而终于十四娑婆诃也。（周眉）因文起例，眼高于顶，小儒何足语此！

（蓝节）旅梦醒时所见所闻，确有此景况。

（童云）天明也。早行一程儿，前面打火去。（周夹）此下有张生白云："店小二哥，算还你房钱。备了马者。"不可删去，盖"天明"三语系童所说，不将生提清，则"柳丝长"之曲不且混为童所唱乎？（周眉）前曲已结梦后之景，得童"天明"数语，略作开笔，以便衍写余情，兼作通身收局。（蓝眉）须加此白，用笔方周匝，用意亦细到。①

还着甚死急！天下真有如此人，天下真有如此理。

【鸳鸯煞】柳丝长咫尺情牵惹，今而后是"柳丝"也，非复"惜牵惹"也。水声幽仿佛人呜咽。今而后是"水声"也，非复人呜咽也。（周夹）起四语连前出说。斜月残灯，半明不灭。（周眉）前"绿依依"曲中铺叙景物，是在店中；此则出店所见矣。"斜月"、"残灯"二语，想象店中天晓客云时光景也。（戴眉）一篇艳词以此八字作结，何等凄绝！杜诗："楼下长江百尺清，山头落日半轮明。"又云："邻鸡野哭如昨日，物色生态能几时。"与此八事，一样警策矣。（周夹）此二语跟本出来。旧恨新愁，连绵郁结。亦复何害。苦。（周夹）二语并跟前数篇来。（周眉）"旧恨"上旧

---

① 蓝本此处添加了前周昂夹批中的张生念白。

本有"唱道是"三字,徐、王删之,金亦仍之。(蓝夹)"旧恨新愁"与下节"别恨离愁"稍复。(蓝眉)绝妙一幅晓行图。①

右第十九节。只要梦觉,政不必作悟语。维摩诘固云:"何等为如来种?以无明有爱为种矣。"妙批。

(蓝节)前【雁儿落】二曲铺叙景物,是在店中;此则出店所见矣。断非复衍者可比。

别恨离愁,(周夹)承上出及本出。满肺腑难陶写。除纸笔代喉舌,千种相思对谁说。(邓折)参评:"千种",元本作"千古"○元本于此一篇煞尾有【络丝娘】云:"都则为一官半职,阻隔得千山万水。"予谓"除纸笔代喉舌,千种相思对谁说"已然尽了《西厢》一部之义矣,何必赘?○李卓吾《杂说》云:"予览斯记,想见其为人,当其时,必有大不得意于君臣朋友之间者,故借夫妇离合因缘以发其端,于是焉喜佳人之难得,羡张生之奇遇,比云雨之翻覆,叹今人之如土。"观此,则作者之愁恨满腔难陶写可知矣,即作者自言以纸笔代喉舌之故,亦可思矣。(周夹)"别恨离愁"与上"旧恨新愁"太逼。(周眉)"相思"旧本作"风流",此乃实甫笔墨已完,故以"除纸笔"二句结"千种风流",统言《西厢》一记而寓自誉也。或又有作"思量"者,则落空不足道矣。周宪王本亦仍"相思"。(戴眉)此是传奇家结尾。(蓝眉)结明主意,正如画龙点睛,破壁飞去。

右第二十节。此自言作《西厢记》之故也,为一部十六章之结,不止结《惊梦》一章也。于是《西厢记》已毕。(周旁)截断众流。何用续?何可续?何能续?今偏要续,我便看你续!

(邓折)李卓吾曰:"文章至此,更无文矣。"陈眉公曰:"予读《西厢记》,初特赏其情致,及玩至《草桥惊梦》末端【得胜令】、【鸳鸯煞】二段,始悟'玉人何处也'。人间离合悲欢,一梦而已。作者自言以纸笔代喉舌,令千古之人思之。拘儒有谓《西厢》乃淫词,不可读者,皆未悟梦之说也。此可已矣,后可以无续矣。续者犹然未悟耶?"今仍为《词坛清玩》备录于左。

(戴折)以梦作结,犹是为上乘人说法。春梦婆之语,惟内翰知之。上下千古,如内翰者几人哉?人人喜才子佳人之淫之艳,必是人人皆自命为佳人才子矣。其遗误伊胡底耶!此《西厢引墨》所以但寻行而数墨乎!

(蓝折)李日华曰:"《西厢记》原非实事。通一部是个梦境。王

---

① 蓝本此处曲文改为:"柳丝长咫尺情牵惹,水声幽仿佛人鸣咽。残月如钩,山巅未下。晓露如珠,花梢乱泻。"

实甫作此而以梦结之,正所以令人悟色空之意也。设意甚妙。关汉卿纽于常套,必欲以荣归为美,未免太泥。且后所续四折,才华俱不逮前。"以吾思之,究不如不续之为□也,且相形适足以见拙耳。

主要参考文献

（梁）刘勰著，杨明照校注拾遗《文心雕龙校注》，中华书局，1959。

（梁）钟嵘：《诗品》，文学古籍刊行社，1954。

（宋）吕祖谦：《古文关键》，中华书局，1985。

（金）董解元：《董解元西厢记》，商务印书馆，1937。

（元）程端礼：《程氏家塾读书分年日程》，《四部丛刊续编》，上海书店，1984。

（元）倪士毅：《作文要诀》，《丛书集成初编》，中华书局，1985。

（元）王实甫著，王季思校注，张人和集评《集评校注西厢记》，上海古籍出版社，1987。

（元）王实甫著，张燕瑾校注《西厢记》，人民文学出版社，1995。

（明）李贽：《焚书》，中华书局，1974。

（明）李贽：《续焚书》，中华书局，1975。

（明）潘之恒著，汪效倚辑注《潘之恒曲话》，中国戏剧出版社，1988。

（明）施耐庵著，（清）金圣叹评《金圣叹批评第五才子书水浒传》，天津古籍出版社，2006。

（明）王骥德：《曲律》，《中国古典戏曲论著集成》，中国戏剧出版社，1959。

（明）王思任：《王季重十种》，浙江古籍出版社，1987。

（明）徐渭著，李复波、熊澄宇注释《南词叙录注释》，中国戏剧出版社，1989。

（清）顾炎武著，（清）黄汝成集释《日知录集释》，上海世纪出版股份有限公司、上海古籍出版社，2006。

（清）金圣叹批评，曹方人、周锡山标点《贯华堂第六才子书西厢记》，江苏古籍出版社，1985。

（清）金圣叹批评，傅晓航校点《贯华堂第六才子书西厢记》，甘肃人民出版社，1985。

（清）金圣叹批评，陆林辑校整理《贯华堂第六才子书西厢记》，《金圣叹全集》，凤凰出版社，2008。

（清）李渔：《闲情偶寄》，浙江古籍出版社，1985。

（清）廖燕：《廖燕全集》，世纪出版集团、上海古籍出版社，2005。

（清）刘熙载：《艺概》，上海古籍出版社，1978。

（清）陆陇其：《学术辨》，《丛书集成初编》，中华书局，1985。

（清）毛西河：《西河合集》，清康熙萧山书留草堂刻本。

（清）王夫之：《周易外传》，中华书局，1962。

（清）王先谦：《荀子集解》，《诸子集成》，中华书局，1988。

（清）王应奎：《柳南随笔》，中华书局，1983。

（清）吴乔：《围炉诗话》，《续修四库全书》，上海古籍出版社，2002。

（清）佚名：《辛丑纪闻》，《丛书集成续编》，上海书店出版社，1994。

（清）袁枚：《小仓山房诗文集》，上海古籍出版社，1988。

（清）章学诚著，叶瑛校注《文史通义校注》，中华书局，1985。

（清）曾国藩：《曾国藩全集》，岳麓书社，1986。

白寅：《心灵化批评——中国古代文学批评的思维特征》，中国社会科学出版社，2005。

蔡毅：《创造之秘——文学创作发生论》，人民文学出版社，2002。

蔡毅编著《中国古典戏曲序跋汇编》，齐鲁书社，1989。

曹顺庆、李天道：《雅论与雅俗之辨》，百花洲文艺出版社，2009。

陈多、叶长海选注《中国历代剧论选注》，湖南文艺出版社，1987。

陈洪：《金圣叹传论》，天津人民出版社，1996。

陈望道：《修辞学发凡》，复旦大学出版社，2008。

陈旭耀：《现存明刊西厢记综录》，上海世纪出版股份有限公司、上海古籍出版社，2007。

陈衍：《中国古代编剧理论初探》，湖北人民出版社，1984。

陈柱：《中国散文史》，上海书店出版社，1984。
戴不凡：《论崔莺莺》，上海文艺出版社，1963。
邓云乡：《清代八股文》，中国人民大学出版社，1994。
董每戡：《五大名剧论》，人民文学出版社，1984。
董源等：《文学过程原理》，云南教育出版社，1990。
段启明：《西厢记论稿》，四川人民出版社，1982。
冯光廉主编《中国近百年文学体式流变史》，人民文学出版社，1999。
冯友兰：《中国哲学史》，华东师范大学出版社，2000。
伏涤修：《西厢记接受史研究》，黄山书社，2008。
伏涤修、伏蒙蒙：《西厢记资料汇编》，黄山书社，2012。
傅晓航：《戏曲理论史述要》，文化艺术出版社，1994。
傅修延、黄颇：《文学批评思维学》，文化艺术出版社，1989。
龚鹏程：《龚鹏程文学漫步》，北京大学出版社，2008。
郭瑞：《金圣叹小说理论与戏剧理论》，中国文联出版公司，1993。
郭英德：《明清传奇戏曲文体研究》，商务印书馆，2004。
寒声等编《西厢记新论》，中国戏剧出版社，1992。
胡欣：《写作学基础》，武汉大学出版社，2005。
黄季鸿：《西厢记研究史》（元明卷），中华书局，2013。
黄霖、万君宝：《古代小说评点漫话》，辽宁教育出版社，1992。
即墨市政协文史资料研究委员会编印《黄培文字狱案》，青岛市新闻出版局，2001。
蒋星煜：《明刊本西厢记研究》，中国戏剧出版社，1982。
蒋星煜：《西厢记考证》，上海古籍出版社，1988。
蒋星煜：《西厢记的文献学研究》，上海古籍出版社，1997。
赖力行：《中国古代文学批评学》，华中师范大学出版社，1991。
赖玉芹：《博学鸿儒与清初学术转变》，中国社会出版社，2010。
李昌集：《中国古代曲学史》，华东师范大学出版社，1997。
李国华：《文学批评学》，河北大学出版社，1999。
李汝和等编《台湾省通志》，台湾省文献委员会出版，1970。
李文衡：《文学结构论》，敦煌文艺出版社，1999。

李志远：《明清戏曲序跋研究》，知识产权出版社，2011。

林岗：《符号·心理·文学》，花城出版社，1986。

林岗：《明清之际小说评点学之研究》，北京大学出版社，1999。

林衡勋：《道·圣·文论：中国古典文论要义》，中国社会科学出版社，2001。

林治金、张文平等主编《中国古代文章学辞典》，山东教育出版社，1991。

刘复：《中国文法讲话》，北新书局，1935。

刘水云：《明清家乐研究》，上海古籍出版社，2005。

门岿：《戏曲文学：语言托起的综合艺术》，广西师范大学出版社，2000。

明光：《扬州戏剧文化史论》，社会科学文献出版社，2008。

启功、张中行、金克木：《说八股》，中华书局，2000。

齐森华：《曲论探胜》，华东师范大学出版社，1985。

秦华生、刘文峰：《清代戏曲发展史》，旅游教育出版社，2006。

秦学人、侯作卿编著《中国古典编剧理论资料汇辑》，中国戏剧出版社，1984。

沈达人：《戏曲的美学品格》，中国戏剧出版社，1996。

孙绿江：《中国古代文学结构论》，甘肃教育出版社，1997。

孙琴安：《中国评点文学史》，上海社会科学院出版社，1999。

谭帆：《金圣叹与中国戏曲批评》，华东师范大学出版社，1992。

谭帆：《中国小说评点研究》，华东师范大学出版社，2001。

谭帆：《中国雅俗文学思想论集》，中华书局，2006。

谭帆、陆炜：《中国古典戏剧理论史》，华东师范大学出版社，2005。

陶学良：《古文笔法评述》，云南人民出版社，2005。

童庆炳：《艺术创作与审美心理》，百花文艺出版社，1992。

汪裕雄：《审美意象学》，辽宁教育出版社，1993。

王季思等：《中国古代戏曲论集》，中国展望出版社，1986。

王凯符：《八股文概说》，中华书局，2002。

王凯符等：《古代文章学概论》，武汉大学出版社，1983。

王利器辑录《元明清三代禁毁小说戏曲史料》，上海古籍出版社，1981。
王清淮：《中和论——文学批评原则》，中国人民公安大学出版社，2001。
王先霈、胡亚敏：《文学批评导引》，高等教育出版社，2005。
王运熙、顾易生主编《中国文学批评史新编》，复旦大学出版社，2001。
隗芾、吴毓华编《古典戏曲美学资料集》，文化艺术出版社，1992。
吴承学：《中国古代文体形态研究》，中山大学出版社，2000。
吴国钦：《西厢记艺术谈》，广东人民出版社，1983。
吴琼：《戏曲语言漫论》，中国戏剧出版社，1981。
吴新雷：《中国戏曲史论》，江苏教育出版社，1996。
吴毓华编《中国古代戏曲序跋集》，中国戏剧出版社，1990。
熊礼汇：《明清散文流派论》，武汉大学出版社，2003。
徐朔方：《晚明曲家年谱》，浙江古籍出版社，1993。
杨惠玲：《戏曲班社研究：明清家班》，厦门大学出版社，2006。
杨义：《中国叙事学》，中国社会科学出版社，2006。
叶长海：《中国戏剧学史稿》，中国戏剧出版社，2005。
于立君、王安节：《中国诗文评点史研究》，时代文艺出版社，2001。
俞为民、孙蓉蓉主编《历代曲话汇编：新编中国古典戏曲论著集成》，黄山书社，2009。
袁世硕主编《元曲百科辞典》，山东教育出版社，1989。
张法：《20世纪西方美学史》，中国人民大学出版社，1990。
张法：《中国美学史上的体系性著作研究》，北京大学出版社，2008。
张国光：《金圣叹的志与才》，南京出版社，1998。
张人和：《西厢记论证》，东北师范大学出版社，1995。
张世君：《文学批评方法与实践》，西南师范大学出版社，1989。
张世君：《明清小说评点叙事概念研究》，中国社会科学出版社，2007。
张岩冰：《粉墨登场——中国古代戏曲艺术》，沈阳出版社，1997。
张中行：《闲话八股文》，辽宁教育出版社，1998。
章培恒、王靖宇主编《中国文学评点研究论集》，上海古籍出版社，2002。
赵春宁：《西厢记传播研究》，厦门大学出版社，2005。

赵景深：《曲论初探》，上海文艺出版社，1980。

郑振铎：《西谛书话》，生活·读书·新知三联书店，2005。

朱立元、王文英：《真的感悟》，上海文艺出版社，1989。

朱世英等：《中国散文学通论》，安徽教育出版社，1995。

朱万曙：《明代戏曲评点研究》，安徽教育出版社，2002。

朱一玄编《明清小说资料选编》，南开大学出版社，2012。

朱志荣：《中国审美理论》，北京大学出版社，2005。

〔法〕蒂博代著，赵坚译《六说文学批评》，生活·读书·新知三联书店，2002。

〔英〕马林诺夫斯基著，费孝通译《文化论》，中国民间文艺出版社，1987。

〔美〕琉威松著，傅东华译《近世文学批评》，商务印书馆，1928。

〔美〕王靖宇著，谈蓓芳译《金圣叹的生平及其文学批评》，上海古籍出版社，2004。

图书在版编目(CIP)数据

《西厢记》评点研究. 清代卷 / 韦乐著. —北京：社会科学文献出版社，2015.9
（文澜学术文库）
ISBN 978-7-5097-7727-5

Ⅰ.①西… Ⅱ.①韦… Ⅲ.①《西厢记》-戏剧研究-中国-清代 Ⅳ.①I207.37

中国版本图书馆CIP数据核字（2015）第147195号

·文澜学术文库·

《西厢记》评点研究（清代卷）

著　　者 / 韦　乐

出 版 人 / 谢寿光
项目统筹 / 恽　薇　高　雁
责任编辑 / 高　雁　黄　利

出　　版 / 社会科学文献出版社（010）59367226
　　　　　　地址：北京市北三环中路甲29号院华龙大厦　邮编：100029
　　　　　　网址：www.ssap.com.cn
发　　行 / 市场营销中心（010）59367081　59367090
　　　　　　读者服务中心（010）59367028
印　　装 / 三河市东方印刷有限公司
规　　格 / 开　本：787mm×1092mm　1/16
　　　　　　印　张：16.25　字　数：257千字
版　　次 / 2015年9月第1版　2015年9月第1次印刷
书　　号 / ISBN 978-7-5097-7727-5
定　　价 / 69.00元

本书如有破损、缺页、装订错误，请与本社读者服务中心联系更换

▲ 版权所有 翻印必究